KURT GEISLER

Friesenschnee

TODESSTURZ Panik im alten Kieler Wasserturm. Während der Aufführung einer illustren Hamburger Theatertruppe wird eine junge Frau brutal angegriffen. Der mutmaßliche Täter ist Robert Halbedel, ein Schauspieler des Ensembles. In seiner Panik flüchtet er sich auf das Dach des umstellten Gebäudes. Im Scheinwerferlicht der angerückten Spezialeinheit gibt er eine letzte Probe seines Könnens, um kurz darauf in den Tod zu stürzen. Aber war er wirklich der Schuldige?

Kommissar Hansen von der Kripo Kiel nimmt die Ermittlungen auf, doch in Hamburg sind ihm die Hände gebunden. In seiner Not wendet er sich einmal mehr an seinen alten Freund Helge Stuhr, einen ehemaligen Landesbeamten. Mit Hilfe seines jugendlich-flippigen Freundes Olli beginnt der agile Frührentner in der Schauspielerszene zu recherchieren. Ihm wird bald klar, dass die Lösung des Falls mitten im nordfriesischen Wattenmeer liegt.

Kurt Geisler, Jahrgang 1952, stammt aus Kiel. Seit seinem Studium der deutschen, englischen und dänischen Sprache arbeitet er im Land zwischen den Meeren. Schleswig-Holstein und seine Menschen hält er nicht nur im Wort, sondern auch im Bild fest. Seine Fotografien wurden bereits in verschiedenen Ausstellungen gezeigt. »Friesenschnee« ist Stuhrs zweiter Fall.

Bisherige Veröffentlichungen im Gmeiner-Verlag:
Bädersterben (2010)

KURT GEISLER

Friesenschnee

Kriminalroman

GMEINER *Original*

Besuchen Sie uns im Internet:
www.gmeiner-verlag.de

Im Ehnried 5, 88605 Meßkirch
Telefon 07575/2095-0
info@gmeiner-verlag.de

1. Auflage 2011

Lektorat: Claudia Senghaas, Kirchardt
Herstellung: Julia Franze
Umschlaggestaltung: U.O.R.G. Lutz Eberle, Stuttgart
unter Verwendung eines Fotos von Kurt Geisler
Druck: Appel & Klinger, Schneckenlohe
Printed in Germany
ISBN 978-3-8392-1180-9

Personen und Handlung sind frei erfunden.
Ähnlichkeiten mit lebenden oder toten Personen
sind rein zufällig und nicht beabsichtigt.

TRIBUT

Wo blieb die Abkühlung, um die Hitze aus der Stadt zu nehmen? Helge Stuhr hatte sich die ganze Nacht tapfer schwitzend durch sein verquirltes Bettzeug gekämpft, aber selbst nach der Befreiung von seinem T-Shirt wurde er viel zu früh vom Geschrei der unzähligen Raben geweckt, die sich in der Grünanlage um den historischen Kieler Wasserturm niedergelassen hatten.

Schlaftrunken schlurfte Stuhr zum Balkon, um das Thermometer abzulesen. 25 Grad um 6 Uhr morgens, das musste im Spätsommer nicht mehr sein. Er öffnete alle Fenster und die Balkontür, doch ein Luftzug stellte sich nicht ein, obwohl bereits für den Morgen ein Wetterumschwung mit Kälte und Regen angesagt war.

Entgegen der Vorhersage spiegelte sich das Licht der aufsteigenden Morgensonne in den vielen schmalen, länglichen Fenstern des alten Wasserturms, der den höchsten Punkt des Kieler Stadtteils Ravensberg markierte. Den prächtigen Anblick des alten Backsteingemäuers nahm er allerdings kaum zur Kenntnis, denn mit gemischten Gefühlen musste er daran denken, dass er dort heute Abend mit Jenny Muschelfang ein Theatergastspiel besuchen würde. Den denkmalgeschützten Turm wollte er zwar immer schon von innen besichtigen, aber ihm graute ein wenig vor dem elitären Kulturpublikum.

Stuhr schleppte sich zurück ins Bett, doch so richtig einschlafen konnte er nicht mehr. Er begann zu grübeln.

Wieder einmal über seine Frühpensionierung. Über die

wahren Hintergründe, warum er aus dem Landesdienst ausscheiden musste, hatte er zwar eine Vermutung, allerdings fehlten ihm dazu die Fakten. In all den Jahren, seitdem er den Dienst quittieren musste, hatte er sich jedoch nicht getraut, bei seinen früheren Kollegen in der Kieler Staatskanzlei nachzufragen, denn die Wahrheit konnte manchmal ein grausames Gesicht tragen.

Diese Grübelei am Morgen, die ihm den Schlaf raubte, war nicht mehr auszuhalten. Gleich am Montag würde er seinen ehemaligen Mitarbeiter Dreesen in der Staatskanzlei anrufen.

Entschieden sprang Stuhr aus dem Bett, um sich nicht weiter in seiner Gefühlswelt zu verheddern. Nachdenklich streifte er sein blaues Holstein-Kiel-Fußballtrikot ›Deutscher Meister 1912‹ über und entschied sich für bequeme Shorts. Bis zum Wetterumschwung würde sicherlich noch einige Zeit vergehen, denn Tiefdruckgebiete kündigen sich in Kiel nicht durch Schönwetterlagen, sondern durch aufkommende Quellbewölkung und zunehmenden Wind an.

Er beschloss, zur Seebadeanstalt Düsternbrook zu radeln, die direkt an das Hindenburgufer, die langgestreckte Kieler Seepromenade, angebunden war.

Heute am Samstag war auf dem Blücher kein Markt, und so konnte er den Weg zum Seebad über den erhitzten Asphalt des Platzes abkürzen. Bald radelte er durch Düsternbrook, die vornehmste Kieler Adresse, an der Forstbaumschule vorbei in die bewaldete Lindenallee, die sich bis zum Schiffsanleger Bellevue hinunterschlängelte. Er musste hart bremsen, um nicht auf geradem Weg über die Treppenstufen auf den Anleger zu stürzen.

Es roch zwar ein wenig nach Gummi, aber letztendlich

schaffte es Stuhr noch mit verhaltener Eleganz, sich auf den Radweg des Hindenburgufers Richtung Norden zu retten, ohne in die Kieler Förde zu stürzen. Wenig später kettete er zufrieden wegen des gerade überstandenen kleinen Abenteuers seinen geliebten Drahtesel an einen der Fahrradhalter, bevor er die Holzbrücke zum frisch renovierten Seebad überquerte. Nein, es war nicht das Schwimmen, das ihn hierher zog, denn manchmal verdarben ihm Quallen oder Algen das Badevergnügen. Es war dieser magische Ort, denn ab dem Seebad weitete sich die Förde langsam zur Kieler Bucht hin. Nur ein paar graue Kriegsschiffe und Molen trennten die Badeanstalt noch vom Nord-Ostsee-Kanal, und gegenüber auf der anderen Seite lag am Ausgang der Förde das Ostseebad Laboe mit dem Ehrenmal. Zudem verzierte neuerdings eine trendige Seebar die mehr als 70 Jahre alte Holzkonstruktion.

Stuhr hatte sich wie immer eine Liege geschnappt und sonnte sich genüsslich auf dem Badesteg. Er liebte es, aus dieser Position das Treiben im Kieler Hafen zu verfolgen. Immer wieder legten am Anleger Düsternbrook die Schiffe der Kieler Fördeschifffahrt an und luden Passagiere und Radfahrer ein und aus.

Hinter dem Anleger lag in einer alten Villa die Privatschule Düsternbrook. Dort war seine erste Schülerliebe zur Schule gegangen. Auf der Privatschule Düsternbrook gab es bereits seinerzeit kleine Klassen, und das Schulgeld war durchaus erschwinglich. Er hätte dort angenehmer und viel eher seinen ersten Abschluss erringen können, aber seinen Eltern war das egal.

So musste er sich, gebrandmarkt als Ostuferkind, seine Watschen im kommissmäßigen Gymnasialbetrieb der 1960er-Jahre abholen. Mit Grauen dachte er an seine eigene Schulzeit mit riesigen Klassengrößen und schlecht ausgebildeten Lehrkräften zurück. Doch das war lange her, und inzwischen hatte er ja auch seinen Weg gemacht.

Der Blick auf die Förde entspannte ihn. Vor ihm schaukelten Möwen schwimmend auf den Wellen, und immer wieder schwappte das Wasser gegen die tragenden hölzernen Balken des Seebads. Stuhr verschaffte sich zwischendurch ein wenig Abkühlung, indem er sich aufraffte und die wenigen Stufen der Badetreppe in die erstaunlich warme Kieler Förde hinabstieg.

Nur wenige Schwimmzüge entfernt passierte ihn unter mächtigem Tuten eines der riesigen Traumschiffe, die im Sommer immer öfter die Landeshauptstadt anliefen. Das war ein imposanter Anblick vor der malerischen Kulisse der Kieler Förde. Vom Achterdeck erklang fröhliche Musik, und ab und zu waren sogar die Fetzen von Borddurchsagen zu vernehmen. Stuhr beschloss, wieder festen Boden unter den Füßen zu gewinnen, und schnappte sich einen Stuhl, um das Treiben im Kieler Hafen beobachten zu können. Kleine Boote, Barkassen, Segelschiffe, Schlepper und Fähren, immer gab es etwas zu entdecken.

Deshalb verschlug es ihn selbst im Winter oft ins Seebad. Er las dann gerne ein Buch und sah den Winterschwimmern zu. Das Seebad Düsternbrook ist zwar im Winter geschlossen, aber wie viele andere Badegäste war Stuhr im Besitz eines Jahresschlüssels.

Später am Nachmittag vermieste ein Kräuseln auf der Haut seine schönen Gefühle: Wind kam auf. Mit sorgenvoller Miene beäugte Stuhr das von Südwesten heranziehende Wolkenband, das der Sonne bald den Blick auf diesen wunderbaren Ort entzog. Das schöne Spätsommerwetter schien sich tatsächlich dem Ende entgegenzuneigen.

Stuhr stand kurz entschlossen auf, streifte sein Holstein-Shirt über und verließ den Badesteg über eine kleine Treppe, die direkt zur Seebar führte. Der Barbereich war ziemlich gut besetzt, weil die kühlenden Schatten der Sonnenschirme den betuchteren Gästen Schutz vor der mörderischen Hitze geboten hatten. Schnell quetschte Stuhr sich kurz grüßend auf den letzten freien Barhocker an den Tresen neben einen Cocktail schlürfenden Badegast und bestellte sich eine Selter.

Bis das Mineralwasser serviert wurde, betrachtete Stuhr interessiert die bunten Likörflaschen, die, von Spots erleuchtet und nach Farben sortiert, ein fröhliches Bild von der im Bäderstil gehaltenen Bar abgaben, die ansonsten stringent in weiß, grau und pink designt war.

Von seiner Sitzposition aus konnte er gut den bewaldeten Hang einsehen, auf dem in luftiger Höhe neben dem alles beherrschenden Hotel Maritim mehrere Villen mit Seeblick wie bei einer Perlenkette nebeneinander aufgereiht waren.

Sein Sitznachbar hatte seinen neidvollen Blick wohl registriert, denn unversehens begann er, ihm ein Gespräch aufzuzwingen. »Ist sicherlich nicht schlecht, da oben in der Bismarckallee zu wohnen. Ich besitze dort auch eine Hütte. Aber denken Sie, das macht einen glücklicher? Was nutzt es Ihnen, alleine auf das Wasser zu starren? Soll man sich auf der Terrasse morgens mutterseelenallein schon den ersten Whisky eingießen?

Nein, das wahre Leben spielt sich doch hier unten in der Seebar ab.«

Selbstverständlich konnte man sich in der Seebar einen guten Überblick über die vielen Badenixen verschaffen, egal, ob die sich auf dem Badesteg tummelten oder im Barbereich flanierten. Seitdem Stuhr mit Jenny Muschelfang zusammen war, schielte er eigentlich nicht mehr anderen Frauen hinterher.

Sein Sitznachbar unterbrach seine Gedanken. »Gestatten, Hans-Harald Ohmsen. Dienstleistungen und Beteiligungen aller Art, natürlich nur für gehobene Ansprüche. Meine Geschäfte erledige ich in der Regel in Kiel, manchmal auch in Hamburg. Nicht immer nur geschäftlich, Sie verstehen?«

Natürlich verstand Stuhr nicht, aber er nickte. Als sein Sitznachbar jetzt das Glas nach vorne schob, um einen neuen Cocktail zu ordern, konnte Stuhr für kurze Zeit eine kleine Tätowierung auf seinem Handrücken wahrnehmen. Sie sah aus wie ein Zahlenbruch, vielleicht ½ oder ¼.

Das passte überhaupt nicht zu der ansonsten imposanten Erscheinung des gebräunten Mittvierzigers in seiner eleganten Sommerkleidung und dem Strohhut.

Nachdem Ohmsen sein neues Getränk erhalten hatte, philosophierte er weiter. »Schauen Sie, das Bootshaus dort drüben an dem langen Steg. Das gehört meinem Nachbarn. Er könnte sich dort ungestört von morgens bis abends sonnen. Doch wo treibt er sich herum? Hier natürlich.«

Ohmsen prostete einem älteren Herrn zu, der sich trotz des eintrübenden Wetters gerade schwimmfertig machte, nicht ohne links und rechts Ausschau nach der Damenwelt zu halten.

Stuhr nickte zwar verständig, aber mit den Gedanken war er bereits wieder bei seiner Jenny. Er hatte sich mittlerweile mit Haut und Haaren auf sie eingelassen. Deutlich hatte er inzwischen zu spüren bekommen, dass er dafür Tribut zollen musste. Denn gerade die gemeinsamen Ausflüge mit ihr ins Kulturleben konnten ausgesprochen anstrengend sein. Der Wert seiner auf diesem Weg gesammelten Erfahrungen lag zudem häufig deutlich unter den überhöhten Eintrittspreisen. Für die Monroe-Ausstellung nach Wedel zu fahren, das hatte sich noch gelohnt, selbst mit dem Umweg über Hamburg, um Jenny abzuholen.

Aber letzte Woche extra nach Emden zu dieser tristen Expressionisten-Ausstellung zu reisen, das kam ihm ein wenig überzogen vor. Nichts gegen Emden, am Hafen gab es vereinzelt durchaus schöne Backsteinsolitäre, die ansonsten eher in Wismar und Stralsund überzeugen konnten.

Doch selbst Emden hatte Stuhrs nun schon viele Wochen währende Beziehung mit Jenny Muschelfang durchgestanden. Hamburg oder Kiel. Das war die Frage, die ihnen die Zukunft stellte. Es war sicherlich die große Weichenstellung, wenn sie mehr als eine Wochenendbeziehung führen wollten. Zu diesem letzten Schritt hatte sich Stuhr bei aller Liebe allerdings noch nicht durchringen können, auch wenn ansonsten vieles zwischen ihnen stimmte. Eigentlich alles, nur die ständige Packerei und Fahrerei knabberten an seinen Nerven.

Wenigstens heute Abend musste er nicht mühsam mit seinem alten Golf in der Innenstadt von Hamburg nach einem der raren Parkplätze suchen, denn Jenny hatte sich den gemeinsamen Gang zum Auftritt der Hamburger Theatergruppe ›MischMasch‹ ausbedungen, die heute im alten Wasserturm eine Sondervorstellung gab: ›Tod im Turm‹.

Der eher banale Titel war es jedoch nicht, der Jenny dorthin zog, sondern die Tatsache, dass sie früher in dem Ensemble aktiv mitgewirkt hatte. Sie war zwar nur als Edelkomparsin aufgetreten, aber sie pflegte nach wie vor enge Kontakte zu ihrer alten Truppe. Glücklicherweise lag der alte Wasserturm auf dem Ravensberg keinen Steinwurf von seiner Haustür entfernt. Mit weicher Stimme wurde Stuhr aus seinen Träumen herausgeholt.

»Nehmen Sie einen Cocktail mit mir? Ich kann Ihnen meinen ›Green Destiny‹ empfehlen. Sehr erfrischend, sind nur gesunde Sachen drin: Apfelsaft, Kiwi, Rohrzucker.«

Den Wodka verschwieg sein Sitznachbar allerdings. Stuhr lehnte dankend ab, er konnte Jenny schlecht mit einer Fahne unter die Augen treten. Er schaute auf die Uhr. Sollte er sich nicht besser auf den Weg nach Hause machen, bevor der aufkommende Regen ihn festnageln würde?

Sein Sitznachbar hatte dankenswerterweise inzwischen Witterung aufgenommen und seinen Blick auf eine Dame mittleren Alters fixiert, die an einem Drink nicht uninteressiert schien.

Stuhr befand, dass es ein guter Moment sein würde, den Platz am Tresen zu räumen, damit dieser Ohmsen seinen Angriff starten konnte. So trank er die Selter hastig aus, legte drei Euro auf den Bartresen und brummelte einige unverbindliche Worte zum Abschied. Dann verließ er entschlossen die Seebar über den Holzsteg zum Hindenburgufer.

Beim Abketten des Fahrrades war sich Stuhr unschlüssig, ob er nicht den Seeblick der Villa in der Bismarckallee dem Treiben im Seebad vorziehen würde. Sicher war er sich nur, dass er sich jetzt auf das Wiedersehen am Abend mit Jenny freute.

Ihre ehemalige Schauspieltruppe? Nun, man müsste einmal sehen.

UNERLEDIGTE GESCHÄFTE

Die Nachrichtensendung in ihrem flimmernden kleinen Röhrenfernseher interessierte Kerstin Kramer herzlich wenig. Das Gerät hatte sowieso wegen des Mangels an echter Programmvielfalt lediglich einen Platz auf dem Fußboden erhalten. Zudem telefonierte sie gerade mit ihrer besten Freundin Claudi. Auch wenn Worthülsen wie ›Politikverdrossenheit‹, ›Wirtschaftskrise‹ und ›Machtwechsel‹ in der Glotze gerade noch ihr linkes Ohr streiften, so war sie viel zu sehr in ihr Telefonat vertieft, um die Sprechblasen der Berichterstattung ergründen zu können. Auf der Wetterkarte hatte sie gerade noch mitbekommen, dass das zuletzt noch herrschende heiße Spätsommerwetter von einer Regenfront abgelöst werden sollte.

Das war ihr ziemlich egal, denn wie früher hatte sie mit Claudi alle Beziehungskisten genüsslich durchgequatscht, schließlich war sie immer ihre beste Freundin gewesen.

Als sie noch gemeinsam an der Kieler Uni studiert hatten, da waren sie oft im Doppelpack in die Nacht gezogen und hatten jedem Schnacker seine Grenzen aufgezeigt. Zugenickt hatten sie sich immer bei den Männern, bei denen es irgendwie passen könnte.

Ihr letztes Nicken Claudi gegenüber bedauerte sie allerdings heute noch abgrundtief, denn das hatte in der Konsequenz bei ihrer Freundin einen dicken Bauch verursacht, der sie in die Ehe getrieben hatte. Nein, Claudis Mann war beileibe kein Flachwilli. Er sah sogar recht manierlich aus und hatte ausgesprochen gute Umgangsformen.

So hatte das Schicksal unabwendbar seinen Lauf genommen: Claudi wohnte jetzt, unerreichbar für sie, weit hinter Elmshorn an der Westküste in einem frisch bezogenen Reihenhaus.

»Mensch, Kerstin, wie lange kennen wir uns nun schon? Wach doch endlich auf! Du kannst dir überhaupt nicht vorstellen, wie schön ein Familienleben sein kann. Anstatt mit deinem Jock um diesen blöden Wasserturm herumzulaufen kann ich mich von morgens bis abends mit dem kleinen Timmi beschäftigen.«

Kerstin ärgerte sich. Was hatte Claudi gegen Jock? Sie wurde giftig. »Was ist denn auf einmal in dich gefahren?

Du wolltest doch früher am liebsten die männlichen Wesen um dich herum festbinden, damit sie Tag und Nacht nur für dich da sind. Was hat dich so verändert?«

Es blieb eine Zeit lang still am Telefon, bevor ihre Freundin die passende Antwort formuliert hatte. »Gut, meine liebe Kerstin, vielleicht hätte ich tatsächlich von meinem Mann manchmal ein wenig mehr, aber wer auf der Welt kann schon alles haben? Meinen kleinen Timmi kann mir keiner mehr nehmen, und letztendlich verwalte ich die Konten auf der Bank.«

Dieser neue, harte und Männer verachtende Ton ihrer Freundin erschreckte Kerstin. Ihr wurde schmerzhaft bewusst, dass sie inzwischen von Claudi weitaus mehr trennte als verband.

Nicht dass Kerstin der Ansicht war, dass Männer das bessere Geschlecht wären. Aber so ganz ohne Männer wäre ihre Freundschaft langweilig gewesen. Das Salz in der Suppe sozusagen. Bis jetzt war ihr zwar noch nicht der Richtige vor die Füße gelaufen. Aber auf lange Sicht einen verliebten Prahlhans in die Sackgasse zu treiben und auszunehmen, das war auch kein überzeugender Lebensentwurf.

Kerstin bohrte nach. »Claudi, du liebst ihn doch, oder?«

Es blieb erschreckend lange still am Telefon, bis Claudis entwaffnende Antwort kam. »He, Kerstin Kramer. Geht es dir denn etwa besser als mir?«

Bevor sich Kerstin entrüsten konnte, stupste sie ihr kleiner Cockerspaniel mit seiner feuchten Nase an ihre Beine. Sie blickte kurz zum Fenster. Dunkel war es inzwischen draußen geworden, und es war höchste Zeit, jetzt mit Jock Gassi zu gehen. So hatte Kerstin zumindest einen triftigen Grund, das unergiebige Gespräch mit einem kurzen Gruß abzuwürgen.

Sie ärgerte sich jetzt, dass sie sich mit Claudi festgeschnackt hatte, denn ansonsten zog sie stets vor den Nachrichten mit Jock los, damit sie vor Beginn der Dämmerung in die Wohnung zurückkehren konnte.

Als sie die Hundeleine in die Hand nahm, begann Jock aufgeregt vor der Wohnungstür zu rotieren. Sie leinte ihn an, und dann zog ihr kleiner Hund sie schon hechelnd die Treppen hinunter. Sie öffnete die Haustür und ließ ihn an der langen Leine geduldig einige Markierungen im kleinen Vorgarten setzen. Es war für einen Spätsommerabend ungewöhnlich dunkel, und zudem nieselte es etwas. Nur wenige Menschen belebten an diesem Abend die Hansastraße. Die geschlossene Wolkendecke verhinderte jeglichen Lichteinfall vom Himmel, aber immerhin war es nicht kalt. Es war erstaunlich, wie dramatisch der bevorstehende Herbst die Tage verkürzte.

Kerstin zog den unwilligen Jock zu sich, der bereits zum Ravensberg strebte, an dem er am liebsten seine Geschäfte verrichtete. Sie überquerte mit ihm die Fahrbahn, weil der Sandweg vor der Tennisanlage mit den vielen kleinen Büschen und den tausendfachen Markierungen für Jock die erste Vorstufe zum Paradies war. Kerstin liebte es nicht besonders, im Dunkeln zu gehen, obwohl sie eigentlich keine ängstliche Natur war.

Letztes Jahr bei ihrer Großmutter auf dem Land hatte sie es zum ersten Mal richtig mit der Angst bekommen, als sie nach dem Abendbrot mit ihrem Hund noch einen kurzen Spaziergang durch das Dorf unternommen hatte. Die vom kräftigen Wind getriebenen Wolken hatten den Mond verdeckt, und nur selten erhellten Fenster schwach die stockfinstere Szenerie. Ihr kleiner brauner Cockerspaniel hatte sich daran nicht weiter gestört, und an dem Gackern der Hühner oder Muhen der Kühe hatte sie immerhin einigermaßen registrieren können, wo der sich gerade herumtrieb. Sie selbst hatte jedoch immer wieder mit der Hand ins Dunkel nach vorne getastet, um nicht gegen Bäume oder Verkehrsschilder zu stoßen. Was wäre nur geschehen, wenn ihr dort plötzlich jemand begegnet wäre?

Claudi, die aus der Provinz stammte, hatte ihr stets versichert, dass man auf dem Land überhaupt keine Angst haben musste, weil man die wenigen Menschen allesamt kannte, die sich nachts noch auf der Straße herumtrieben. In Kiel dagegen traute sich Claudi nach Einbruch der Dunkelheit alleine nicht mehr auf die Straße, obwohl in der Stadt immer irgendwelche Lichter brannten oder Reklamen flackerten. Typisch Claudia eben.

Mit festem Griff zog Kerstin Kramer den in den Büschen herumschnüffelnden Jock zu sich heran und setzte ihren Weg auf dem Sandweg fort. Sie passierten die Steinstraße, auf deren nassem Straßenpflaster sich die grellgelbe Neonbeleuchtung des Metro-Kinos spiegelte. Nein, in der Stadt mit den vielen Menschen und Lichtern musste man keine Angst haben. Als Stadtkind wusste sie natürlich, dass man besonders als weibliches Wesen in der Dunkelheit stets durch Straßen gehen sollte, die erleuchtet und belebt waren. Das hatte ihr Vater ihr immer schon eingebläut.

Sie wurde von abwechselnden Wogen des Jubels und der Verzweiflung abgelenkt, die aus dem Vereinsheim der Tennisanlage am Ravensberg schallten. Sicherlich lief gerade wie fast an jedem Freitagabend eine Fußballübertragung, und sie wusste aus eigener Anschauung, dass die Hütte dann gerammelt voll war. Es war schon erstaunlich, wie die schwitzenden Fußballfans das Tennisheim in Besitz genommen hatten.

Durch die Einfahrt zum Vereinsheim war jetzt schemenhaft der auf dem Ravensberg stehende, nur spärlich erleuchtete Kieler Wasserturm zu erkennen, ein mächtiger, runder Backsteinbau aus der wilhelminischen Zeit, der mit seinem aufgesetzten Dachreiter an einen Trutzturm aus dem Mittelalter erinnerte. Die fehlende Beleuchtung verwunderte Kerstin, denn ansonsten begrüßte der Turm sie am Freitagabend stets strahlend hell erleuchtet, weil dann Theateraufführungen stattfanden.

Jetzt im Sommer war der Turm von der Straße aus kaum noch auszumachen, weil die Bäume, die ihn umsäumten, im Laufe des letzten Jahrhunderts eine stattliche Höhe erreicht hatten. Es gab jedoch einen kleinen, von Büschen umsäumten Rundweg, der um den Sockel des Turms herumführte und bei Hundebesitzern ausgesprochen beliebt war. Der Zugang zum Rundweg war durch die tief herunterhängenden Zweige für Ortsfremde kaum auszumachen, aber Jock kannte ihn genau und begann, heftig an seiner Leine zu zerren.

Sein Frauchen löste deren Verschluss, und der drahtige Cockerspaniel hüpfte freudig erregt mit wenigen Sätzen die kleine Steintreppe hinauf, um japsend in dem schwarzen Loch im Blätterwald zu verschwinden. Nur zögerlich folgte Kerstin ihrem Hund, denn die wenigen Laternen am Rundweg waren allesamt abgeschaltet. Sie kannte sich jedoch gut aus, und trotz der Finsternis fand sie zielsicher den Weg zu dem kleinen Halter mit den Schietbüdeln, die von den Hundebesitzern zum Einsammeln des Kots ihrer Lieblinge benutzt werden sollten.

Sie zog wie immer mechanisch eine der Tüten, obwohl es wegen der Dunkelheit kaum möglich sein würde, den Kot ihres Hundes zu orten. Im Prinzip war das mit den Plastiktüten eine gute Idee, denn gerade im Winter auf Schnee waren die vielen Kotstellen und Urinflecken entlang des Rundwegs eine unästhetische Angelegenheit. Wenn ihr Hund ein großes Geschäft erledigt hatte, dann griff sie genauso wie die anderen Hundebesitzer zur Plastiktüte. Allerdings fasste sie immer, wenn es die Situation erlaubte, daneben und ließ den stinkenden Hundedreck liegen.

Sie fand es einfach unappetitlich, durch die dünne Plastikfolie den warmen Kot von Jock in ihrer Hand zu spüren, zumal die Müllkörbe weit auseinander standen. Wie sollte sie mit der gleichen Hand hinterher Abendbrot schmieren, ohne zu würgen?

Immer wieder hörte sie Jock aufgeregt im Unterholz stöbern, bis es plötzlich still wurde. Kerstin freute sich darüber, denn offensichtlich begann Jock gerade, sein großes Geschäft zu erledigen. Allerdings wurde ihr nun unheimlich, zumal der finstere, schlauchartige Weg auf beiden Seiten von dichten Büschen begrenzt war. Vorsichtig tastete sie sich weiter zur Wegbiegung vor und versuchte, Jock zu orten. Stören bei seinem Kackerchen wollte sie ihn aber auch nicht, denn sonst würde sie heute Nacht noch einmal mit ihm hinunter müssen.

Es war schon ausgesprochen ärgerlich, dass die Theatervorstellung im Wasserturm heute später anfing, denn ansonsten wurde die Umgebung um diese Uhrzeit von vielen Scheinwerfern erleuchtet, die das alte Backsteingemäuer anstrahlten. Heute dagegen schimmerten lediglich die Lichter der wenigen trüben Laternen auf dem Parkplatz vor der Berufsschule zeitweise durch die dichten Büsche auf den Rundweg.

Ein Schauer der Angst lief ihr über den Rücken. Doch jetzt vernahm sie endlich ein Rascheln hinter der Wegbiegung, als wenn Jock mit den Pfoten sein Geschäft abdecken wollte. Erleichtert bahnte sie sich vorsichtig den Weg zu ihm, obwohl sie die Hand kaum mehr vor Augen sehen konnte. Sie beruhigte sich, denn keine 100 Meter weiter würde es wegen der Lichter vom Westring wieder heller werden. Sie pfiff nach Jock, aber anstelle des heraneilenden Hundehechelns unterbrach unerwartet ein dumpfes Schlaggeräusch die Stille.

Was war das? Nie und nimmer würde Jock in der Finsternis gegen einen Baum laufen, die waren schließlich zum Markieren da. Sie pfiff noch einmal und rief laut seinen Namen, aber es blieb still. Tapfer schob sie ihre Angst beiseite, denn ihren kleinen Liebling konnte sie schlecht seinem Schicksal überlassen. Sie tastete sich vorsichtig zu der Stelle vor, von der das Geräusch gekommen war. Fahles Mondlicht erleuchtete für kurze Zeit das Gelände, und sie erschrak.

Es war Jock, der hilflos langgestreckt vor ihr auf dem Boden lag. Hatte er etwas Falsches gefressen oder war er in eine Falle gelaufen? Sie kniete schnell nieder, um ihn beruhigend zu streicheln. Doch anstelle des erwarteten weichen Fells fasste sie in eine klebrige Wunde.

Sie schrie entsetzt auf und fuhr hoch. Offenbar war Jocks vertrauter Schädel eingeschlagen.

Sie hielt die Luft an. Hatte der dumpfe Schlag ihren Jock niedergestreckt? Dann musste sich sein Peiniger in unmittelbarer Nähe befinden. Sollte sie nicht um Hilfe schreien? Sie holte tief Luft. Nein, sie würde besser weglaufen, zum Licht hin.

In diesem Moment umklammerten bereits zwei kräftige Arme von hinten ihren Hals und zerrten sie rückwärts in das Gebüsch. Mit aller Kraft versuchte sie, sich zu wehren. Näherten sich nicht Schritte?

Sie wollte um Hilfe schreien, aber die feste Umklammerung um ihren Hals ließ keinen Laut heraus. Der Angreifer ließ nicht locker.

Der folgende Schlag streckte sie nieder wie ein Blitz.

THEATER

Immer ungeduldiger lugte Stuhr aus dem Fenster, doch ein Taxi, die Jenny vom Bahnhof zu ihm bringen sollte, war weit und breit nicht zu sehen. Dagegen erreichte das Bundesligafieber im gegenüberliegenden Tennisheim seinen Höhepunkt. Bevor er Jenny kennengelernt hatte, war er bisweilen dort nach den Fußballübertragungen beim Fachsimpeln versackt. Torge, der Wirt, war ein netter Kerl und völlig unkompliziert. Sicherlich stammte er aus einer anderen Generation, aber zumindest von den Tresengesprächen her schienen ihm die Probleme nicht unbekannt zu sein, die Männer wie Stuhr mit sich herumschleppten. Sein Bierangebot war überdies ausgezeichnet.

Stuhr wanderte zurück in den Flur und schaute noch einmal selbstkritisch in den Spiegel. Gut sah er aus im Jackett. Seitdem er mit Jenny zusammen war, lebte er deutlich gesünder. Den Geruch von Salat und Gemüse kannte sein Kühlschrank vorher überhaupt nicht. Die Phalanx der Bierflaschen war durchbrochen, und das machte sich an Stuhrs Äußerem positiv bemerkbar. Natürlich stritt er das Jenny gegenüber ab, und manches Mal vermisste er seine Kameradschaftsabende.

Heute wollte sie ihn unbedingt als ihren neuen Partner den ehemaligen Schauspielfreunden vorstellen. Von ihren Kollegen taxiert zu werden, das waren Momente, die einem Mann wie Stuhr nicht leicht fielen, zumal dieser Berufsgruppe nachgesagt wurde, es mit der Treue nicht allzu ernst zu nehmen. Doch die Hamburger Schauspieltruppe schien tief in Jennys Herzen verankert zu sein, und ihr konnte er eine Bitte sowieso nicht abschlagen. Auch den Besuch dieser Vorstellung würde ihre Liebe aushalten.

Zu lange wartete er jetzt schon geschniegelt und gebügelt, und so beschloss er ungeduldig, vor die Haustür zu gehen und noch ein wenig frische Luft zu schnappen. Kalt war es nicht, aber die sommerlichen Temperaturen gehörten endgültig der Vergangenheit an. Der Blätterwald um den Ravensberg wies bereits eine beachtliche Braunfärbung auf, und an einigen lichten Stellen schimmerte nach dem sommerlichen Versteckspiel der alte Wasserturm im fahlen Licht wieder durch. Auf dem gesamten Gelände war es dunkel, doch sicherlich würden die Scheinwerfer heute Abend noch angeworfen, um für die Besucher den Weg zur Aufführung auszuleuchten.

Dem gewaltigen Backsteinbau war ein breiter Kranz aufgesetzt, in dem früher das Trinkwasser in luftiger Höhe auf dem höchsten Punkt der Landeshauptstadt gespeichert wurde.

Auf dem flachen kegelförmigen Dach thronte der achteckige Dachreiter, der von einer Kupferhaube behütet wurde. Mit der darauf sitzenden Turmspitze wirkte der Aufsatz wie eine wilhelminische Pickelhaube. Vom Wasserturm aus ging es in alle vier Himmelsrichtungen nur noch bergab, denn dem Gefälle der Wasserleitungen folgend, wurden am Ende des 19. Jahrhunderts schachbrettartig die Straßen dieses Kieler Stadtteils angelegt. Beim Joggen war das oft anstrengend, denn die letzten Kilometer nach Hause ging es stets bergauf.

Stuhrs Gedanken wurden jetzt von einem kleinen Kläffer abgelenkt, der mit fliegenden Ohren die Steinstufen zum Rundweg um den Wasserturm erstürmte und sofort wie von einem schwarzen Loch verschluckt wurde. Anscheinend funktionierten auch die Laternen am Rundweg nicht. Stuhr war froh, dort nachher nicht mit Jenny durch die Finsternis hindurchzumüssen, nicht nur wegen der vielen Tretminen, die manche Hundehalter nicht beseitigten. Umso erstaunlicher war, dass dem kleinen Hund sein Frauchen in das schwarze Loch folgte, denn selbst wenn alle Laternen brannten, war Stuhr dieser Weg abends immer schon unheimlich gewesen.

Endlich nahte dieselnd ein Taxi, und wenig später stand Jenny in einem atemberaubenden schwarzen Kleid mit eleganten Schuhen vor ihm. Aufgeregt lief sie ihm entgegen und blieb kurz vor ihm stehen. »Küsschen, mein Schatz. Nun, magst du dein Mädchen auch leiden?«

Stuhr nahm sie in die Arme und küsste sie leidenschaftlich. Jenny hatte Herz, konnte lachen und war insgesamt eine imposante Erscheinung. Trotz ihrer Haarfarbe war sie kein Blondchen, sondern eine reife, elegante Dame, die sich ihre Jugendlichkeit bewahrt hatte. Er strahlte sie an. »Ja, mein Schatz. Du bist schon eine tolle Frau.«

Jenny hakte sich bei ihm ein, und ihrem strahlenden Gesichtsausdruck entnahm er zufrieden, dass er für sie nicht unwichtiger als ihr ehemaliges Ensemble war. Während sie gemeinsam die Straße überquerten, begann sie, von der mühseligen Anreise zu berichten. »Tut mir leid, Schatz, hier sind die Eintrittskarten. Äußerst ärgerlich, erst hatte dieser dumme Zug Verspätung, und dann schnappen mir die Mitreisenden die letzten Taxis auf dem Bahnhofsvorplatz weg. Dabei hatte ich gehofft, mit dir vor der Aufführung noch einmal in die Künstlergarderobe zu gehen und ihnen Erfolg zu wünschen. Du musst meine Truppe unbedingt kennenlernen: die Lollo, den Robert, den Patrick. Ach, einfach die ganze Rasselbande.«

Auf dem restlichen kurzen Weg zum Wasserturm schwärmte sie unentwegt weiter von ihren Schauspielfreunden. Besonders schien es ihr ein gewisser Robert Halbedel angetan zu haben, der ihren Aussagen zufolge offenbar von Hamlet bis Mata Hari jede Rolle perfekt geben konnte, geschlechterneutral sozusagen, aber das sei sowieso der neueste Trend auf den Alternativbühnen.

Stuhr schloss daraus, dass dieser Halbedel vermutlich aus Geldmangel alles spielen musste, aber das behielt er lieber für sich. Er musste Jenny jetzt vorsichtig über die Straße führen, damit sie mit ihren schmalen Absätzen nicht zwischen die Sandfugen der Pflastersteine geriet. Sie gelangten zu einer kleinen, gepflasterten Auffahrt, die auf das abgezäunte Betriebsgelände des Wasserturms führte. In der Dunkelheit war eine Beschilderung nicht zu erkennen.

Jenny hakte sich fest ein. »Wo geht es denn weiter hier? Man sieht ja kaum die Hand vor Augen.«

»Ja, die haben vergessen, die Außenbeleuchtung einzuschalten. Ganz schön finster.«

Sie entschieden sich für einen Holzsteg am Gemäuer, der um den Turm herum führte. Vermutlich sollte er dem Publikum den Weg zum Eingang der Spielstätte angenehm gestalten. Er nahm Jenny an die Hand, damit sie in der Dunkelheit nicht vom Weg abkamen. Die Entscheidung war richtig, denn nach einer Viertelumrundung wies ein

Licht aus dem Inneren des Gebäudes den Weg zum Eingangsportal des Turms.

Stuhr war gespannt. In diesem Gemäuer war er noch nie gewesen, und es war schön, das gemeinsam mit Jenny zu erleben. Er umklammerte fest ihre Hand, und als sie gemeinsam das Portal durchschritten, war er überrascht, wie licht und hell der weiß getünchte Innenraum dieses monumentalen Backsteinbaus wirkte, der bis auf wenige kleine technische Gerätschaften von seiner früheren Funktion befreit war.

Freundlich grüßte Stuhr den uniformierten Bediensteten, der die Eintrittskarten kontrollierte. Wegen der zurückgelegten Odyssee konnte sich Stuhr eine bissige Bemerkung nicht verkneifen. »Danke sehr. Die Stromrechnung etwa nicht bezahlt?«

Jenny quetschte sofort seine Hand, als ob er etwas Unartiges von sich gegeben hätte.

Der Bedienstete schaute kurz hinaus. Dann hastete er hinter die Bühne. Ein kurzes Schaltgeräusch, und schon brannte die Außenbeleuchtung. So einfach konnte das sein.

Stuhr versuchte, sich im alten Wasserturm zu orientieren. Links vom Eingang war ein Podest aufgebaut, das umlaufend mit Vorhängen abgedeckt war. Vor dieser provisorischen Bühne standen acht Stuhlreihen, die jedoch noch nicht besetzt waren, denn das bereits eingetroffene Publikum hatte sich dahinter an einer kleinen Bar versammelt, die nur für dieses Gastspiel eingerichtet worden war.

Wie immer, wenn er mit Jenny gemeinsam eine Räumlichkeit betrat, drehten sich die Anwesenden nach ihnen um und musterten sie. Ja, Jenny und er passten schon gut zusammen. Stuhr nahm Jenny noch fester an seine Hand und war froh, dass er nicht die Gedanken der Anwesenden lesen konnte. Lebhaft konnte er sich vorstellen, was viele dachten, die neben ihren Lebenspartnern ein wenig unglücklich wirkten.

Stuhr blickte nach oben. Eine an der Innenwand befestigte Eisenleiter führte zu einer Brüstung in etwa 15 Metern Höhe, die an einem umlaufenden Ringbehälter aus Metall befestigt war. Ein schmaler Laufsteg durchquerte oben den Raum, und eine weitere Treppe führte zur Turmspitze in das Innere des Dachreiters, der dem leicht abschüssigen runden Flachdach aufgesetzt war. Er wäre gerne nach oben geklettert, um den Blick auf die abendliche Stadt zu genießen, aber bereits vor der ersten Leiter versperrte eine rotweiße Plastikkette den Weg.

Anstatt an die Bar, bugsierte ihn Jenny zu einem Vorhang neben der Bühne, hinter dem sich die Schauspieler vermutlich umzogen.

Nach wenigen Sekunden wurden sie von einer aufgetakelten Diva begrüßt, die Jenny sofort umarmte und überschwänglich herzte. Sie wurde ihm als Lollo vorgestellt, die Managerin und gute Seele der Truppe. Nun zog Jenny ihn ganz fest an sich und stellte ihn als ihr neues Glück vor.

Die stark parfümierte Direktrice fiel jetzt auch ihm um den Hals, doch glücklicherweise nur kurz, denn sie stand offensichtlich vor einem existenziellen Problem. »Jenny, stell dir nur vor, der Robert, der ist spurlos vom Erdboden verschluckt. Er wollte nur kurz eine rauchen, hat er gesagt. Ohne ihn bekommen wir hier kein Bein an Deck. Ich glaube manchmal, er macht das mit Absicht, um uns zu beweisen, dass es ohne ihn nicht geht.«

Jenny konnte ihre ehemalige Chefin beruhigen. »Nein, Lollo, das würde der Robert niemals machen, du kennst doch seine Liebe zum Theater. Würde der nicht alles für unsere Truppe tun? Schließlich hat er seine Karriere für euch hingeschmissen.«

Die Direktrice begann wieder Zuversicht zu schöpfen. »Ja, ja. Du magst sicherlich recht haben, aber dann muss er auch endlich kommen.« Sie wippte nervös mit ihrem rechten Fuß, der ein wenig groß geraten schien.

Wie auf das Zuflüstern eines Souffleurs tauchte jetzt ein schwitziger, hagerer Mann im Eingangsportal auf, der mit den schmierigen langen Haaren und der abgewetzten Kleidung überhaupt nicht hierher passte. Es handelte sich anscheinend um diesen Halbedel, denn Jenny drückte vor Aufregung ganz fest Stuhrs Hand. Die Managerin stieß einen Ruf der Erleichterung aus. »Gott sei Dank, der Robert! Letzte Minute! Husch, husch, nun aber ab in die Maske!«

Halbedel nickte nur kurz, hastete zur anderen Seite der Bühne und verschwand wortlos hinter dem Vorhang.

Die Direktrice wandte sich ihnen wieder zu. »Meine Liebsten, ich muss sofort hinter die Bühne. Wir sehen uns nachher noch. Einen schicken Mann hast du übrigens, Jenny. Wenn du keine weitere Verwendung mehr für ihn hast, dann kannst du ihn mir …« Ohne weiterzureden, drehte sie sich um und rauschte ab.

In die in der Luft verbliebene Parfümwolke kommentierte Stuhr trocken: »War das schon die gesamte Vorstellung heute Abend? Was für ein Frauenzimmer!«

Jenny sah ihn irritiert an. »Wieso Frau? Wie kommst du denn darauf?«

Ja, wie konnte er nur darauf kommen? Gab es etwa ausschließlich Männer in ihrer Theatertruppe?

Stuhr war nicht undankbar, dass ihn Jenny jetzt an die Bar bugsierte und zwei Prosecci bestellte. Dennoch musste er sehnsüchtig an sein geliebtes Vereinsheim denken, in dem die Jungs jetzt sicherlich Fußball lebten und ihren Vitaminmangel mit diesem fabelhaften Weizenbier bekämpften. Man kann nicht alles haben, tröstete sich Stuhr.

Bevor sie sich stilvoll zuprosten konnten, gesellte sich ein eleganter Herr zu ihnen, der offensichtlich ohne Begleitung war. Er erhob kurz sein Weinglas und stellte sich vor. »Gestatten, Rechtsanwalt Trutz. Frau Stuhr, Sie entschuldigen bitte. Ich würde Ihren Mann gerne kurz einmal allein sprechen. Es geht auch schnell.«

Jenny schien nicht unerfreut zu sein, mit seinem Nachnamen angesprochen zu werden. Sie küsste Stuhr zum kurzen Abschied auf die Wange, grüßte freundlich und begab sich strahlend zu einem der Plätze in der ersten Reihe. Mehrere andere der anwesenden Gäste nahmen das ebenfalls zum Anlass, ihre Plätze einzunehmen.

In die erste Reihe setzte sich Stuhr ansonsten nie, weil gerade bei Gastspielen auf kleinen Bühnen immer akute Gefahr bestand, von den Schauspielern zum Vergnügen der anderen Anwesenden aktiv in das Spielgeschehen einbezogen zu werden. Heute würde er eine Ausnahme machen müssen.

Der Rechtsanwalt machte es kurz. »Ich kenne Sie schon länger vom Sehen, Herr Stuhr. Bei Ihrer Größe und Ihrer Statur sind Sie keine unauffällige Person, wenn Sie braungebrannt auf Ihrem Fahrrad die Holtenauer Straße hinunter radeln. Ich suche seit geraumer Zeit im Auftrag einer Klientin von mir Ihren Kontakt. Sie stehen nicht im Telefonbuch, und im Netz gibt es lediglich einen veralteten Geschäftsverteilungsplan der Staatskanzlei, der Sie als Referatsleiter ausweist. Es ist hier jedoch nicht der richtige Platz und die richtige Zeit, über den Anlass zu reden. Können Sie mich nicht einfach Anfang nächster Woche in meiner Kanzlei am Dreiecksplatz aufsuchen? Es wird sich für uns beide lohnen, glauben Sie mir.«

Neugierig betrachtete Stuhr die Visitenkarte, die ihm der Advokat jetzt überreichte: Dr. Reinhold Trutz, Dreiecksplatz 1. Reinhold, das war ein altmodischer und eher unpassender Vorname für diesen smarten Rechtsverdreher. Mehr konnte er nicht lesen, denn nun erlosch das Licht. Offensichtlich sollte die Vorstellung beginnen, und das Publikum begann erwartungsvoll zu klatschen.

Stuhr verabschiedete sich und tastete sich in die vordere Sitzreihe zu Jenny, die für ihn den Platz neben sich freigehalten hatte. Sofort hakte sie sich bei ihm ein. Sie schien mit der Welt überaus zufrieden zu sein. »Hast du gehört, Helge? Frau Stuhr hat er gesagt. Kannst du dir das vorstellen?«

Ja, vorstellen konnte sich Stuhr mit Jenny alles, aber Hast war ein schlechter Ratgeber in solchen Dingen, das hatte er in den letzten Jahren mehrfach bitter erfahren. Er schob die Frage zu Jenny zurück. »Beim letzten Mal hast du noch darauf bestanden, dass ich Helge Muschelfang heißen soll«, konterte er.

Jenny gluckste vor Vergnügen und küsste ihn hitzig.

Das fand Stuhr prickelnd, zumal es nun stockfinster in dem alten Bau war. Es wühlte dieses wunderbare alte Gefühl von Heimlichkeiten in ihm auf.

Jenny blieb sich treu, als sie ihm ihre Erwartung ins Ohr flüsterte. »Einverstanden. Helge und Jenny Stuhr, mit Ringen. Liebst du mich?«

Ja, mit Jenny alles und für ewig. Stuhr nickte sofort mehrfach im Dunkeln. Wieder suchte er ihren Mund, um sein Bekenntnis für immer auf ihre Lippen einzubrennen. Als er sie ertastet hatte, leiteten unerwartet die Scheinwerfer das Schauspiel ein.

Sofort raunzte ihn eine tiefe Stimme von hinten an. »Sind Sie hier zum Knutschen oder wollen Sie das Schauspiel genießen?«

Ohne zu antworten, ließ Stuhr Jenny los und setzte sich aufrecht hin. Aus den Augenwinkeln beobachtete er Jenny, die sich, glucksend vor Lachen, einen Finger vor die Lippen hielt und konzentriert zur Bühne blickte.

Schon wieder forderte die Kultur ihren Tribut. Stuhr ergab sich seufzend seinem schweren Los. Das Schauspiel konnte beginnen.

TOD IM TURM

Bereitschaft am Wochenende war nicht das schlechteste Dienstgeschäft für Kommissar Hansen, denn dann herrschte in der Polizeidirektion weitgehend Ruhe. Das kriminelle Gesindel benötigte anscheinend auch Auszeiten von Prügeleien und Betrügereien.

Wenn es ihn aber doch am Wochenende erwischte, dann mit tödlicher Sicherheit am frühen Abend während der Bundesliga-Berichterstattung der Sportschau. Natürlich war er als Landeskriminalbeamter auf Sicherheit bedacht und ließ auch bei seiner Vereinswahl nichts anbrennen. Bayern München war ein guter Garant für Meisterschaften und Pokalsiege, wenngleich sein verhasster Büroleiter Zeise immer wieder Versuche gestartet hatte, ihm diese Wahl zu vermiesen.

In letzter Zeit hatten sie allerdings kaum noch über Fußball streiten können, denn Zeise war fast ausschließlich damit beschäftigt, seine nächste Beförderung in trockene Tücher zu bekommen. Seitdem stauten sich massenweise Anträge und Abrechnungen in seinem Dienstzimmer, und jeder, der nach seinen Vorgängen fragte, wurde damit beschieden, dass mit seiner jetzigen tariflichen Einstufung die Aktenhalde in absehbarer Zeit nicht abzuarbeiten sei.

So geschah es, dass sich in der Folge sogar der eine oder andere Kollege unerwartet für Zeises Beförderung einsetzte, wenngleich Zeise nur noch auf sein Eigenwohl bedacht war und für niemand anderen einen Finger krumm machte.

Kommissar Hansen schwor sich aber, schon aus Prinzip nicht bei diesem Korinthenkacker einzuknicken, obwohl er damit rechnen musste, dass Zeise seine eingereichten Reisekostenabrechnungen dann verfristen lassen würde.

Heute schob Zeise glücklicherweise keinen Dienst. Gerüchten zufolge sollte er sich schon seit einiger Zeit politisch engagieren. Hansen mochte sich überhaupt nicht vorstellen, dass solche Hornochsen Platz auf der politischen Bühne bekamen. Andererseits war er sich nicht sicher, ob sie nicht bereits von ebensolchen Hornochsen regiert wurden, denn ungetrübt von jeglicher Sachkenntnis war nach der Wahl der mit dem richtigen Parteibuch gesegnete Dr. Magnussen als neuer Polizeidirektor eingesetzt worden. Das flößte vielen Furcht ein, denn bisher kannte man solche Vorgänge nicht in der Direktion. Solche Sachverhalte kannte er nur von Stuhrs Erzählungen aus der Staatskanzlei. Man würde sehen müssen, wie es weiterging. Ändern konnte man momentan sowieso nichts.

So zog sich Hansen noch einen Kaffee aus dem Automaten, um ungestört das Heimspiel seiner Bayern gegen den Rivalen aus dem Ruhrpott zu genießen.

Der Münchener Trainer hatte zwar seine Mannschaft gut eingestellt, es gelang ihr aber nicht, das runde Leder in den Kasten der ›Knappen‹ zu versenken.

Trotz der fehlenden Tore blieb das Spiel spannend, bis ihn eine vertraute Stimme am Telefon vom Fußballvergnügen ablenkte. Es war Polizeihauptmeister Frisch von der Einsatzbereitschaft. »Alarm, Kommissar Hansen. Vermutlich ein Sexualstrafdelikt am Wasserturm in Ravensberg. Eine junge Frau liegt dort blutend am Boden neben einem toten Hund. Scheint sich um eine äußerst brutale Angelegenheit zu handeln. Der Notarzt ist bereits unterwegs, aber er bittet, dass für ihn Sicherheit garantiert ist.

Ich habe vorsichtshalber großen Alarm ausgelöst und die Umgebung von der Schutzpolizei sperren lassen. Das Spezialeinsatzkommando ist angefordert, aber dessen Eintreffen wird noch eine Zeit brauchen. Sie merken, es eilt. Tut mir leid, Sie sehen bestimmt auch gerade die Sportschau, oder?«

Das bestätigte Hansen grummelnd, während vom Fernseher her lauter Zuschauerjubel aufbrandete.

Frisch meldete sich noch einmal. »Kommissar Hansen, ich habe noch eine wichtige Info für Sie. Sind Sie noch dran?«

Gab es bereits erste Erkenntnisse? Hansen war gespannt. »Ja, sicher. Neuigkeiten vom Tatort?«

Frisch konnte sich kaum einkriegen. »Nein, aber ich kann endlich einmal einen schönen Tod vermelden. Schalke hat in der letzten Minute noch das 1:0 erzielt. Auswärtssieg in München!«

Kommissar Hansen beendete kommentarlos das Gespräch und wählte die Nummer seines ihm zugeordneten Oberkommissars Stüber. Bevor dieser Ausreden auftischen konnte, beorderte er ihn kurzerhand vor dessen Haustür. In der letzten Zeit schien Stüber zunehmend Heiratsgedanken mit der Witwe Eilenstein zu hegen, mit der er seit einiger Zeit zusammenlebte. Vermutlich ausschließlich wegen des steuerlichen Splittingvorteils und weil er dann nicht mehr so einfach zu nächtlichen Einsätzen gerufen werden konnte.

Hansen begab sich auf den Hof der Direktion und stieg in sein Dienstfahrzeug ein. Wenig später sammelte er seinen lustlosen Oberkommissar ein.

Stüber zog nach der Begrüßung, als er auf dem Beifahrersitz Platz genommen hatte, sofort seine Handschuhe aus der Manteltasche. Vermutlich wollte er sich heute Abend nicht die Hände schmutzig machen. Sofort nach der Begrüßung ließ er den Hauptkommissar ungefragt an seinen Gedankenspielen teilhaben.

»Chef, es wird bald so weit sein. Die Hochzeitsglocken beginnen, sich langsam in Bewegung zu setzen. Was meinen Sie? Stüber-Eilenstein oder Eilenstein-Stüber? Was klingt besser?«

Kommissar Hansen schüttelte ungläubig den Kopf. »Wenn Sie mich fragen: beides Scheiße, Stüber. Das passt nicht so richtig zusammen. Wenn Sie dienstprivat einen gut gemeinten Rat von Ihrem Vorgesetzten annehmen mögen: Das mit der Frau Eilenstein sollten Sie sich noch einmal gut überlegen. Sie kennen mich, Stüber. Ich rede nicht gerne um den heißen Brei herum.«

Stüber nickte verdrossen, aber er schien tatsächlich ein wenig in sich zu gehen, denn er schreckte auf, als Hansen es wagte, ihn kurz über die bisher bekannten kargen Details des bevorstehenden Einsatzes zu unterrichten.

Dann passierten sie bereits die Absperrungen am Wasserturm. Hansen stoppte auf dem kleinen Parkplatz vor der Schule am Ravensberg, auf dem sich die Polizeikräfte gesammelt hatten.

Von hier aus begab sich Hansen mit seinem hinterher trottenden Oberkommissar zu dem kleinen Rundweg, auf dem gleißende Scheinwerfer schon von Weitem auf den Tatort verwiesen. Als sie sich näherten, bemerkten sie die Mitarbeiter der Spurensicherung, die begonnen hatten, das Gelände um den alten Turm zu durchforsten.

Eine elegante Erscheinung löste sich aus dem Gehölz

und eilte auf sie zu. Es war der Kollege Fingerloos von der Spurensicherung, der Hansen kurz den aktuellen Stand referierte.

»Wer auch immer die Außenbeleuchtung vom Wasserturm eingeschaltet hat, er hat der jungen Frau mit ziemlicher Sicherheit das Leben gerettet. Sie wurde offensichtlich in der Dunkelheit von einem Unbekannten hinter den Busch gezerrt und mit einem Ast niedergeknüppelt. Es gibt Würgespuren, und es ist nicht auszuschließen, dass sie sexuell bedrängt worden ist. Als der Notarzt sie untersuchte, hatte sie nur noch schwach geatmet. Sie ist inzwischen mit dem Rettungswagen auf dem Weg zur Intensivstation. Dem dort war allerdings nicht mehr zu helfen.« Achselzuckend wies Fingerloos auf einen kleinen toten Vierbeiner, der mit Kreidestrichen umrissen war.

Kommissar Hansen kniete sich hin und besah das tote Tier. Sein Schädel war blutverkrustet.

Ungefragt begann Fingerloos zu dozieren. »Offensichtlich hat er einen kräftigen Schlag mit einem Knüppel auf die Rübe bekommen. Vermutlich mit dem gleichen Knüppel, der auch die Frau malträtiert hat. Am Halsband des Hundes haben wir eine Kapsel mit einer Telefonnummer gefunden. Ansonsten haben wir bei der jungen Frau nichts entdeckt: kein Portemonnaie, keine Papiere. Nur einen Wohnungsschlüssel. Ist manchmal schon erstaunlich, wie wenig von einem Leben übrig bleibt.«

Jetzt begann ausgerechnet der emotionslose Fingerloos zu philosophieren, der sonst ohne Regung selbst an schlimmsten Tatorten mit großem Appetit Wurstbrote verzehren konnte.

»Den Namen hinter der Telefonnummer, Fingerloos.«

»Kerstin Kramer, Hansastraße 22. Ich habe bereits zwei Kollegen mit dem Wohnungsschlüssel losgeschickt.«

Hansen quittierte das mit einem zufriedenen Nicken. »Gibt es schon irgendwelche verwertbaren Spuren, die Rückschlüsse auf den Täter zulassen?«

Fingerloos nickte. »Der Wucht der Schläge und der Schwere der Verletzungen nach muss es sich um einen männlichen Täter handeln. Neben verschiedenen Spuren zum Rundweg hin haben wir gerade Fußspuren zum Wasserturm hin gefunden. Wir müssen abwarten, aber die Wahrscheinlichkeit ist groß, dass der Täter dorthin geflüchtet ist und sich unter die Theaterbesucher gemischt hat.«

Der Kommissar sah ihn ungläubig an. »Ein Theater im Wasserturm?«

Fingerloos nickte. »Ja, dort findet ein Sondergastspiel der Hamburger Theatergruppe ›MischMasch‹ statt: ›Tod im Turm‹. Leider waren die Karten sofort vergriffen, ich hätte mir das Spektakel sonst gerne angeschaut.«

Verblüfft musterte ihn der Kommissar. »Mit Verlaub, Kollege Fingerloos, ich hätte nicht vermutet, dass Sie kulturbeflissen sind.«

Der Kollege von der Spurensicherung sah ihn erstaunt an. »Wieso kulturbeflissen? Ich wollte dort ausschließlich dienstlich hin. Man lernt schließlich nie aus bei Kriminalfällen.«

Sie wurden von einem Kollegen unterbrochen, der aufgeregt mit einem Knüppel in der Hand in der Luft herumfuchtelte. »Vermutlich die Tatwaffe, Chef. Es sind Blutspuren dran, lag genau neben dem Wasserturm. Sieht so aus, als wenn der Täter in den Turm geflüchtet ist.«

Kommissar Hansen fluchte und beorderte seinen Oberkommissar zu sich. »Es wird ernst, Stüber. Waffe überprüfen. Wir können nicht mehr warten, bis das Spezialeinsatzkommando da ist. Wir müssen hinein. Sofort.«

Stüber zog mit ernstem Blick die Handschuhe aus und überprüfte sorgfältig seine Dienstpistole. Dann nickte er ihm entschlossen zu. »Kann losgehen, Chef.«

Das mochte er an seinem Oberkommissar. Wenn es hart auf hart ging, dann stand er ihm bedingungslos zur Seite.

ARSCHWASSER

Bei den ersten Dialogen auf der Bühne hatten sich die Hände von Jenny und Stuhr wieder verfangen. In trauter Zweisamkeit, wie vor dem Heimkino, verfolgten sie jetzt das sich entwickelnde Kriminalspektakel. Es war leidlich spannend, aber nichts gegen die Fälle, in denen Stuhr bisher mit seinem jüngeren Freund Olli aus Hamburg für Kommissar Hansen ermitteln durfte.

Dieser Halbedel wurde auf der Bühne seinem Namen allerdings vollauf gerecht, sowohl von der Rolle als auch vom schauspielerischen Können her.

Dennoch betrachtete ihn Jenny fasziniert, was Stuhr maßlos ärgerte. Glücklicherweise war es nicht mehr lange bis zur Pause, und in Gedanken schenkte sich Stuhr zur Rache an Jenny ein mächtiges Weizenbier ein. Es war inzwischen mehr als absehbar, dass nach dem letzten Umbau vor der Pause endlich der Hauptverdächtige präsentiert werden würde. Die bisher eingeräumte Zeit für Monologe wie auch die exaltierte Theatralik ließen auf Halbedel schließen, der auf der Bühne einen windigen Hehler gab.

Der Vorhang blieb allerdings ungewöhnlich lange geschlossen. Die aufkommende Unruhe beim Publikum wurde durch ein lauter werdendes Geplänkel hinter dem Vorhang übertönt. Das ließ vermuten, dass irgendein unerwartetes Ereignis für die Störung verantwortlich sein musste. Schließlich wurde es hinter dem Vorhang wieder ruhig, aber dann ging überraschend die Deckenbeleuchtung in dem alten Denkmal an. Schnell löste Stuhr seine Hand von Jennys.

Es öffnete sich der Vorhang, die Vorstellung schien endlich weiterzugehen. Ein wenig verloren stand ein älterer kleiner Mann in einem schäbigen Trenchcoat auf der Bühne, der bisher noch nicht aufgetreten war. Wegen des heruntergezogenen Huts konnte die Deckenbeleuchtung das Gesicht nicht erhellen. Jetzt hob er die Hände, um die Aufmerksamkeit auf sich zu ziehen. Beschwörend versuchte er, auf das Publikum einzuwirken. »Guten Abend, verehrtes Publikum. Bitte behalten Sie die Plätze ein und bewahren die Ruhe. Eine schwere Straftat ist auf dem Betriebsgelände des Wasserturms verübt worden. Der Turm ist von außen abgeriegelt, Sie haben also nichts zu befürchten. Meine Kollegen suchen bereits das Gelände ab.«

Das Publikum applaudierte johlend aufgrund dieser unerwarteten Wende in dem doch etwas eintönigen Theaterstück. Diese überraschende Einlage mit dem frischen Gesicht ließ Hoffnung aufkeimen, dass sich noch ein kurzweiliger Abend mit anregenden Pausengesprächen entwickeln könnte.

Stuhr hatte allerdings als Erster den Ernst der Lage begriffen, denn die Stimme kannte er nur zu gut.

Der Mann auf der Bühne bemerkte, dass er nun deutlichere Worte an die Zuschauer richten musste. Er nahm seinen Hut ab und stellte sich vor. »Gestatten, ich bin Kommissar Hansen von der Kripo in Kiel. Ich muss Sie enttäuschen. Das ist heute kein Theaterspaß mehr, sondern bitterer Ernst. Mein Kollege Oberkommissar Stüber und ich können niemanden heraus lassen, bis es die Sicherheitslage erlaubt. Ich bitte Sie in Ihrem eigenen Interesse, unbedingt Ihre Plätze einzubehalten, bis wir Sie einzeln zum Verhör aufrufen. Wer die Waschräume aufsuchen muss, hat sich vorher bei uns abzumelden.«

Jetzt kam Unruhe im Publikum auf. Es war Stuhr nicht unangenehm, dass Jenny sich augenblicklich eng an ihn kuschelte. Solange er sie im Arm hielt, gab es für ihn keinerlei Grund, sich dem Kommissar zu erkennen zu geben. Für ihn war es sogar ausgesprochen interessant zu sehen, wie der Kommissar agierte, wenn er auf seinen eigenen Polizeiapparat angewiesen war. Wenn draußen eine Straftat begangen worden war, so war der Täter sicherlich schon lange auf der Flucht.

Hinter ihnen wurde jetzt die Bar abgeräumt, um Verhörplätze einzurichten.

In diesem Moment war hinter der Bühne das Geräusch einer zuklappenden Metalltür zu vernehmen. Die scharfen Kommandos des Kommissars ins Funkgerät durchschnitten unerwartet die eintretende Stille. »Achtung, Alarm! Unbekannte Person hat Turm offensichtlich soeben durch Nebentür verlassen. Hundeeinsatz, schnell!«

Wenig später war selbst durch die dicken Mauern deutlich das Anschlagen von Hunden außerhalb des Turmes zu vernehmen, und als in der Folge Rufe und Kommandos über das Betriebsgelände hallten, konnte das Publikum wie bei einem Hörspiel gebannt das weitere Geschehen verfolgen.

Das glückliche Ende ließ aber auf sich warten, denn die Metalltür wurde hinter der Bühne wieder aufgerissen. Für kurze Zeit drangen schneidende Halterufe und wütendes Hundegebell vom Außengelände durch das Mark des Publikums, bis die Tür wieder zugeworfen und verriegelt wurde. Es wurde mucksmäuschenstill im Raum. War der Flüchtende etwa in den Wasserturm zurückgekehrt?

Während ein Teil des Publikums gebannt auf den geschlossenen Vorhang starrte, drehten sich andere irritiert zum Kommissar um, der genau wie sein Oberkommissar ratlos wirkte.

In die aufkommende Unruhe des Publikums schrie eine hysterische Stimme: »Schießen Sie doch! Tun Sie etwas, Kommissar! Wo sind denn Ihre Kollegen?«

In diesem Moment lenkte eine tiefe Stimme hinter dem Vorhang die Aufmerksamkeit der Zuhörerschaft auf die silberne Mündung einer Pistole, die jetzt behutsam den Vorhang teilte. »Ja, wo sind denn nur die Kollegen? Sollen sie doch kommen. Mein kleines Spielzeug liebt bewegliche Zielscheiben.« Als die Mündung der Pistole nun begann, wahllos auf die Köpfe zu zielen, erstarrte das Publikum.

Auch Stuhr musste schlucken. Es war kein schönes Gefühl, Kanonenfutter zu sein.

Jenny flüsterte ihm fassungslos ins Ohr. »Mein Gott, das ist Robert Halbedel, der dort spricht. Das kann doch nicht sein.«

Stuhrs Ahnung bestätigte sich also schneller als erhofft, dieser Halbedel war ein Schuft. Er überlegte fieberhaft, ob er sich nicht einfach blind auf den Vorhang stürzen sollte, um den nicht besonders kräftig wirkenden Schurken zu überwältigen.

Kommissar Hansen wagte einen Versuch, den Mann hinter dem Vorhang zu beruhigen. »Nehmen Sie bitte Vernunft an. Noch ist hier im Raum niemand zu Schaden gekommen. Ergeben Sie sich der Polizei. Wir müssen sonst von der Schusswaffe Gebrauch machen.«

Niemand wagte, sich zu Hansen umzudrehen, der jetzt von der Bühne Spott erntete. »So, müssen Sie? Na, dann ist es vermutlich besser, dass die Herren Kommissare jetzt ihre Waffen im verschlossenen Halfter auf den Boden legen, bevor noch jemand zu Schaden kommt.«

Stuhr konnte aus den Augenwinkeln verfolgen, dass sich Stüber und Hansen kurz zunickten, bevor sie die Halfter mitsamt den Dienstwaffen vom Gürtel lösten und auf den Boden fallen ließen.

Dafür ernteten sie spöttisches Lob von der Bühne. »Na also, es geht doch. Nun schieben Sie Ihre Waffen mit dem Fuß zur Raummitte.«

Während Halbedels Pistole weiterhin auf das Publikum zielte, bugsierten die beiden Kommissare mit den Füßen ihre Dienstwaffen zur Raummitte.

Abermals ernteten sie Spott. »Klasse Schusstechnik, die Herren. Sie wären beide eine echte Verstärkung für die Gurkentruppe von Holstein Kiel.«

Lachen konnte im Publikum darüber niemand.

Die Stimme von Halbedel klang immer bedrohlicher. »Passen Sie gut auf, ich sage es nur einmal. Sie ordnen jetzt unverzüglich die Verriegelung des Hauptportals von außen durch Ihre Kollegen an. Sie haben genau 30 Sekunden Zeit dafür, ansonsten wird die Mündung meiner Pistole wahllos in Richtung Publikum aufblitzen. Das ist hier kein Kameradschaftsabend.«

Der Kommissar gab mit seinem Funkgerät kurze Anweisungen, und wenig später wurde tatsächlich das Portal des Wasserturms von außen verriegelt.

Hatte Hansen nicht vorhin gesagt, dass der Turm hermetisch abgeriegelt ist? Der Kommissar muss gewusst haben, dass sich der Gesuchte hier befunden hat. Jetzt saßen sie in der Falle.

Stuhr war unschlüssig, ob er nicht zu den Pistolen schleichen und damit heldenhaft auf den Vorhang schießen sollte. Nun, ein geübter Schütze war er nicht, aber im Film endete so etwas meistens gut.

Jenny begann, sich immer ängstlicher an ihn zu klammern, was jegliche Heldentat aussichtslos erscheinen ließ. Zudem verlangsamte sich die Rotation der Mündung zwischen den Vorhängen, bis der Lauf der Pistole genau zwischen Jennys Augen zielte.

Halbedels spöttelnde Stimme knarrte wieder durch den Raum. »Lass den Lackaffen los. Sei ein liebes Mädchen wie früher und sammele die Pistolen ein. Du weißt genau, dass ich unschuldig bin.«

Seine eigene Machtlosigkeit ärgerte Stuhr maßlos, und dass er Jenny, die nun von ihm lassen musste und schluchzend aufstand, nicht mehr beschützen konnte, das brach ihm fast das Herz.

Mit verweinten Augen sammelte sie tapfer die Dienstwaffen ein und brachte sie zur Bühne. Halbedels freie Hand ergriff zunächst die Pistolen und beförderte sie hinter den Vorhang. Anschließend tauchte die Hand wieder auf und zog Jenny dichter an die Bühne. Er redete massiv auf sie ein, bis sie sich aus dem Griff herauswand und schreiend zu Boden stürzte.

Die Pistolenmündung verschwand schlagartig hinter dem Vorhang, und dann peitschten in die Stille drei Schüsse, die jegliches Licht erlöschen ließen. Vermutlich hatte Halbedel seine Waffe auf den Schaltkasten gehalten, der die Beleuchtung speiste.

Stuhr wollte sich in der Dunkelheit gerade zu Jenny

schleichen, als er bemerkte, dass sich ein lautloser Schatten hinter der Bühne zur abgesperrten Treppe bewegte, die nach oben zum Ringbehälter führte. Das musste Halbedel sein!

Stuhr änderte seinen Plan und folgte im Dunkel hinterher. In gebührendem Abstand erklomm er hinter Halbedel die Treppe und folgte ihm unbemerkt am Ringbehälter entlang bis zur nächsten Stiege, die quer über den Innenraum zum Dachreiter führte.

Dieser wurde allerdings immer wieder von den suchenden Scheinwerfern auf dem Außengeländer in helles Licht getaucht, was Halbedel sichtlich irritierte. So verharrte er zunächst auf seiner Position und blickte mehrfach kurz nach unten. Er wartete vermutlich einen günstigen Moment ab, um über den Dachreiter auf das Dach zu fliehen.

Im nächsten Moment tauchte eine Blendgranate das Innere des Wasserturms in gleißendes Licht. Während Stuhr die Augenlider zusammenpresste, vernahm er Hansens knappe Befehle, um den eindringenden Polizeikräften die Lage zu erklären. »Ich brauche Scharfschützen. Flüchtender ist bereits unterhalb der Kuppel. Blonde Komplizin liegt vor der Bühne, ausschalten. Achtung, viele Unbeteiligte, Streuschüsse und Querschläger unbedingt vermeiden.«

Scheiße, fluchte Stuhr. Das Notlicht wurde eingeschaltet. Bis jetzt war er Halbedel unbemerkt auf den Fersen geblieben, doch nun musste er seine Deckung notgedrungen aufgeben und sich über das Geländer beugen. »Stopp, Hansen. Ich bin's, Stuhr. Die Komplizin ist Jenny. Finger weg von ihr und Licht aus!«

Ein von Halbedel auf der Stiege abgegebener Schuss

pfiff nicht unweit an ihm vorbei und prallte vom Ringbehälter ab. Ein spitzer Schrei unter ihm ließ vermuten, dass jemand aus dem Publikum vom Querschläger getroffen worden war. Hansen stoppte sofort den Einsatz und ließ das Notlicht ausschalten. Stuhr blickte wieder nach oben, und er konnte gerade noch erkennen, wie Halbedel Richtung Süden aus dem Dachreiter floh.

Stuhr fühlte sich jetzt im Dunkel der Kuppel sicher, und so beugte er sich in den Innenraum und informierte kurz den Kommissar. »Halbedel ist auf das Dach geflohen, Hansen. Ich folge ihm. Schickt einen Hubschrauber!«

Eine verzweifelte Frauenstimme versuchte lauthals, ihn von seinem Vorhaben abzuhalten. Es war vermutlich Jenny.

Dennoch erklomm Stuhr entschlossen die letzte Stiege. Er bemühte sich, im Dachreiter trotz der offen stehenden Fensterluke von Halbedel unbemerkt zu bleiben.

Wieder peitschte ihm ein Schuss um die Ohren, doch diesmal wurde niemand verletzt. Halbedel musste auf gut Glück geschossen haben.

Stuhr näherte sich vorsichtig der Fensterluke und spähte hinaus. Schließlich konnte er Halbedel recht gut gegen die sich auf ihn zutastenden Lichtstrahlen der Scheinwerfer vom Parkplatz vor der Berufsschule ausmachen. Eine der Pistolen hatte Halbedel vermutlich in seine ausgebeulte Hosentasche gesteckt.

Wenn Stuhr jetzt ein Gewehr gehabt hätte, dann könnte er ihn wie ein angeschlagenes Tier erlegen, denn Halbedel taumelte an der Dachkante des Wasserturmes auf und ab, was wegen der nicht unerheblichen Schrägung recht gefährlich aussah. Vermutlich zielte er darauf ab, alle Blicke von unten auf sich zu ziehen.

Das war leichtsinnig, denn die Beamten unterhalb des Turms mussten inzwischen allesamt ihre Waffen auf den von immer mehr Scheinwerfern erfassten Halbedel angelegt haben.

Halbedel störte das nicht weiter, denn er blieb jetzt sogar stehen und hob theatralisch beide Hände, um absolute Stille einzufordern.

Unterhalb des Wasserturmes schien die Spannung zu steigen, denn selbst die Spürhunde stellten ihr Gekläffe ein, nachdem alle Lichtkegel auf Halbedel gerichtet waren.

Stuhr erschrak fast zu Tode, als er plötzlich eine Berührung im Rücken spürte. War es der harte Lauf einer Waffe? Sollte Halbedel hier oben einen Komplizen postiert haben? Etwa noch jemand aus der Schauspieltruppe? Stuhr hob die Hände und ergab sich.

Eine sonore Stimme beruhigte ihn. »Entschuldigung. Ich bin's nur, Wolters vom Sondereinsatzkommando II. Ganz schön eng hier oben.«

Stuhr drehte sich vorsichtig um und musterte ungläubig die schwarze Maske eines uniformierten Einsatzbeamten.

In der Tat, es war Wolters, den er seit einem gemeinsam absolvierten Lehrgang der Landesregierung immer wieder auf der Tankstelle traf. Befreit antwortete Stuhr: »Mensch, Wolters, Sie wissen gar nicht, wie erleichtert ich bin, dass wir uns gerade hier wiedersehen.«

Der Maskierte nickte wie selbstverständlich zurück, als wenn sie ein vertrautes Schwätzchen am Sonntagmorgen auf der Tanke halten würden. »Keine Angst, ich passe schon auf Sie auf. Eine Schießausbildung werden Sie in der Staatskanzlei kaum absolviert haben.«

Wolters unternahm allerdings keinerlei Anstalten, seine Maschinenpistole auf Halbedel anzulegen.

»Kein Schießbefehl?«, wunderte sich Stuhr. »Sie könnten den Halunken jetzt gut abknallen, der uns unten bedroht hat.«

Der Maskierte schüttelte energisch den Kopf. »Sicherung der Turmspitze, so lautet mein Befehl momentan. Lassen Sie das mal die Profis machen. Kommissar Hansen will den Burschen bei lebendigem Leibe einkassieren.«

Dann wies er auf Halbedel, der inzwischen anscheinend Gefallen daran gefunden hatte, ein größeres Publikum unter sich versammeln zu können, als es vorher die gesamte Theatertruppe im Wasserturm vermocht hatte.

Theatralisch beugte er sich über den Rand des Turms. »Das ist jetzt kein Spiel mehr, die werten Herren. Schon einmal mit der Mutti im Theater gewesen? Hamlet gesehen?«

Die Haltung, die Halbedel jetzt einnahm, erinnerte ein wenig an die Posen von Diktatoren. Stuhr bezweifelte allerdings, dass die bei ihren Schandtaten genau wie Halbedel in seiner engen Jeans eine klitschnasse Pofalte bekamen.

›Arschwasser‹ hatten Stuhrs Kollegen das früher immer genannt, wenn ihnen der Schweiß vor Angst die Kimme hinunterlief.

Halbedel überspielte seine Angst. Ohne eine Reaktion abzuwarten, legte er seine rechte Faust zu einer Denkerpose an die Stirn und begann unaufgefordert, eine Kostprobe seines schauspielerischen Könnens abzulegen.

»Sein oder Nichtsein: Das ist hier die Frage. Obs edler im Gemüt, die Pfeil und Schleudern des wütenden Geschicks erdulden, oder …«

Halbedel unterbrach unerwartet seinen Monolog und fummelte aus der ausgebeulten Hosentasche seine Schusswaffe zurück, bevor er seine Rede fortsetzte. »Sich waffnend gegen eine See von Plagen …«

Jetzt wurde es vermutlich ernst. Halbedel trat an die Dachkante und wedelte mit der Pistole lässig zu den Polizeieinheiten unter ihm. Er wiederholte den letzten begonnenen Satz und vollendete ihn. »Sich waffnend gegen eine See von Plagen, durch Widerstand sie enden? Sterben – schlafen …«

Für Stuhr war endgültig klar, dass der Ex-Freund von Jenny einen kapitalen Dachschaden haben musste.

Das bestätigte Halbedel postwendend, weil er seine künstlerische Einlage unterbrach und die unter ihm postierten Polizeikräfte in schlichterer Art und Weise zum Eingreifen aufforderte. »Nun schießt doch endlich, ihr Feiglinge, oder wollt ihr euch die Beine in den Bauch stehen? Ihr braucht einen Täter. Irgendeinen. Ich bin anders als ihr. Ein Künstler. Alles, was ihr kleinbürgerlichen Staatsbewahrer euch nicht vorstellen könnt oder wollt. Ich habe immer gegen euch gehalten. Auf der Schanze, in Kreuzberg, und selbst in Heiligendamm. Ich bin euer Feindbild. Knallt mich einfach ab.«

Unter dem Turm regte sich jedoch nichts.

Das schien Halbedel nicht zu gefallen, denn er begann nun, die Einsatzkräfte zu reizen. »Hier, das ist für die kleine Nutte, die sich dort unten gewehrt hat. Die könnt ihr mit in den Sarg legen als Geschenk vom bösen, bösen Onkel.«

Mit einem kräftigen Wurf, den Stuhr diesem kriminellen, introvertierten Schmierlappen niemals zugetraut hätte, warf Halbedel die Pistole in Richtung der Schule weg. Das scheppernde Echo ließ darauf schließen, dass irgendein Fahrzeug auf dem Parkplatz getroffen worden sein musste.

Dennoch tat sich unterhalb des Wasserturms immer noch nichts, obwohl das Gelände inzwischen von den Polizeikräften vollständig abgeriegelt sein musste.

Halbedel quittierte das, indem er verächtlich hinunterspuckte. Dann drehte er sich am Dachrand um und wackelte locker mit dem Po den Einsatzkräften zu. Er war sich seiner Sache sicher. Die rechte Hand steckte dabei lässig in der Jackentasche. Es war zu vermuten, dass er seine Hand jetzt an die andere Waffe gelegt hatte, die Jenny von den Kommissaren einkassieren musste.

Stuhr drehte sich auffordernd zu Wolters um. »Wolters, nun schießen Sie endlich den Verrückten vom Dach. Oder leihen Sie mir Ihre Knarre!«

Wolters blieb sachlich und schüttelte bestimmt den Kopf. »Nein, das geht nicht. Befehl von oben: Gebrauch der Schusswaffe nur im äußersten Notfall. Der auf dem Dach scheint ein Verwirrter zu sein. Es gilt die Unschuldsvermutung.«

Stuhr verstand die Welt nicht mehr, denn schließlich hatte Halbedel das gesamte Theaterpublikum als Geiseln in Schach gehalten und zweimal auf ihn geschossen, ganz abgesehen von der Demütigung an Jenny.

Aber Wolters wirkte nicht, als wenn er umzustimmen wäre.

Stuhr wendete sich zu dem improvisierten Dachgastspiel von Halbedel zurück, der auf dem Turm anstellen konnte, was er wollte. Wild mit den Armen rudernd, forderte er nun die unter ihm versammelten Bereitschaftskräfte auf, näher zu treten. Dann begann er stockend, seinen Monolog fortzusetzen. »Sterben – schlafen – Schlafen! Vielleicht …«

Plötzlich durchriss ein Schuss die Nacht. Halbedel schrie kurz auf und verharrte in seiner Bewegung. Er schien ernsthaft getroffen zu sein, denn er blickte gehetzt um sich, während er gefährlich nahe an der Dachkante torkelte.

Das Schussverbot musste aufgehoben sein. Stuhr drehte sich um und sah Wolters fordernd an.

Aber der verweigerte kopfschüttelnd wiederum, mit seiner Maschinenpistole dem bösen Spiel ein Ende zu bereiten. »Wer weiß, wer geschossen hat? Ein Komplize vielleicht?«

Stuhr wendete sich notgedrungen wieder dem sichtlich angeschlagenen Halbedel zu, dem nicht entgangen war, dass es unterhalb des Turms unruhig wurde. »Schweine, alles Schweine!«, brüllte er in die Nacht. Ohne eine Antwort abzuwarten, drehte sich Halbedel nun unerwartet zum Dachreiter um und nahm ihn und Wolters abwechselnd mit der Waffe ins Visier. Er musste sie längst entdeckt haben.

Zum zweiten Mal blickte Stuhr heute in die Mündung einer Waffe. Vor Angst begann er am ganzen Körper zu schwitzen. Er bemerkte, dass sich jetzt auch bei ihm der Schweiß in der Poritze sammelte. Warum drückte Wolters nicht endlich ab?

Doch Halbedel wirkte verwirrt. Er musste vom Schuss schwer getroffen sein, denn er senkte kraftlos die Waffe.

Nur noch mit schwacher Stimme bellte er zum Dachreiter hin: »Jenny hat nur mich geliebt, aber auch sie ist nur eine billige Hure. Alle Weiber sind letztendlich Huren.«

Stuhr wollte sich in diesem Moment blindlings auf den angeschlagenen Halbedel stürzen, aber er wurde von Wolters' festem Griff am Kragen davon abgehalten.

Der Blick von Halbedel wurde zunehmend glasig. Er wendete sich uninteressiert ab und torkelte zurück zur Dachkante, wobei er noch theatralisch versuchte, eine Hand anklagend rückwärts auf den Dachreiter zu richten. Die andere, kraftlose Hand ließ die Waffe fallen. Ein letztes Mal bäumte er sich auf, um seinen Monolog am Rande des Daches abzuschließen.

»Sterben – schlafen – Schlafen. Vielleicht auch träum …«

Mitten in seinem letzten Wort sackte er weg und glitt über die Dachkante. Die drei Sekunden bis zum dumpfen Aufprall kamen Stuhr wie eine kleine Ewigkeit vor.

»Mein Gott, Wolters. Das war übel. Besonders schlimm fand ich, wie er seine Waffe auf uns gerichtet hatte. Das war ein Scheißgefühl. Haben Sie denn kein Problem damit?«

Wolters Antwort klang ernüchternd. »Nein, das ist mein tägliches Brot, irgendwelche Idioten einzukassieren, die Mist gebaut haben. Reine Routine, das können Sie nicht verstehen. Man muss in meinem Job eben die Ruhe bewahren können.«

Stuhr konnte nicht umhin, Wolters kameradschaftlich auf die Schulter zu klopfen, obwohl dessen Einsatz auf dem Dach des Wasserturms nach seinem Geschmack etwas zu lasch geraten war.

Höflich überließ Stuhr seinem tapferen Beschützer zum Abstieg im Wasserturm den Vortritt. In die Mündung einer Pistole zu schauen, das war kein Zuckerschlecken, doch für Wolters schien das Tagesgeschäft zu sein. Unglaublich.

Auf der nächsten Plattform beugte sich Wolters weit über das Geländer und winkte triumphierend seinen Kameraden zu. Der schwarze Streifen entlang der Hosennaht verriet allerdings, dass auch Wolters das Wasser im Hintern stand.

HINRICHTUNG

Der Wind trieb den Regen unerbittlich gegen die Fenster der Polizeidirektion, in der Kommissar Hansen die unangenehme Aufgabe hatte, seinen Kollegen Kramer vom Einsatzkommando zu verhören. Keine drei Stunden lagen die Verbrechen am Wasserturm zurück, und trotz der späten Stunde hatte sich der neue Leiter der Polizeidirektion Kiel, Dr. Magnussen, mit einigen Mitarbeitern eingefunden, um am Verhör teilzunehmen.

Auch Fingerloos von der Spurensicherung war zugegen, um die Aussagen mit den bisher gefundenen Spuren abzugleichen. Er versuchte, Kommissar Hansens Laune ein wenig aufzuheitern. »Immerhin soll das Wetter in den nächsten Stunden besser werden.«

Den netten Versuch nahm Hansen zur Kenntnis, doch vor dem anstehenden Verhör in Gegenwart von Polizeidirektor Magnussen graute ihm. So fiel seine Antwort sarkastisch aus. »Ja, das ist deutlich zu merken, Kollege Fingerloos. Der Regen kommt bereits von Osten.«

In der Tat sorgten Ostwindlagen in Schleswig-Holstein in der Regel für trockenes und schönes Wetter. Als jedoch der Kollege von der Polizei, der den Schuss auf Halbedel abgegeben hatte, das Verhörzimmer betrat, herrschte eher die Ruhe vor dem Sturm.

Theatralik lag Kommissar Hansen nicht, und so schob er gleich zu Beginn des Gesprächs seinem Gegenüber freundlich nickend einen Becher Kaffee zu. Dessen Hände griffen begierig zum Heißgetränk, wenngleich Hansen den Eindruck gewann, dass er nicht den Kaffeegenuss suchte, sondern eher die Wärme des Pappbechers, den er fest umklammerte.

Hansen nahm das zum Anlass, das Gespräch zu eröffnen. »Ihnen geht es nicht besonders gut, vermute ich. Wenn wir Ihnen helfen sollen, dann müssen Sie uns zuerst helfen.«

Sein Gegenüber umklammerte den Kaffee fester und blieb zunächst stumm. Er ließ regungslos die Litanei der Bürgerrechte über sich ergehen, die ihm Hansen vor dem Verhör herunterbeten musste. Kramers Stimme klang brüchig. »Ich benötige keinerlei anwaltlichen Beistand. Ich möchte aussagen.«

Der skeptische Blick von Direktor Magnussen sprach Bände.

Hansen begann das Verhör. »Nun, Polizeihauptmeister Kramer, ich will Ihnen als Kollege nichts vormachen, zumal wir für den gleichen Verein tätig sind. Wir können Ihre Tat in keinster Weise billigen, wenngleich uns das abscheuliche Verbrechen an Ihrer Tochter Kerstin natürlich ebenso schmerzt wie Sie. Dennoch, als ein mit besonderen Privilegien und einer Schusswaffe ausgestatteter Polizeibeamter müssen Sie in allen Lebenslagen ein zuverlässiger Vertreter unseres Rechtsstaates bleiben. Moralisieren will ich nicht, aber es liegt jetzt an Ihnen, einen ausführlichen Bericht über die Vorkommnisse zu erstatten, der uns vielleicht weitere Aufschlüsse über das Verbrechen an Ihrer Tochter geben könnte.«

Kramer bemühte sich, eine Frage zu formulieren. Hansen musste gehörig die Ohren spitzen, um dessen leise Nachfrage zu verstehen.

»Wenn man fragen darf, haben Sie eigentlich Kinder, Kommissar?«

Die hatte Hansen nicht, aber er entschied, sich zu dieser privaten Frage nicht zu äußern. Er spiegelte die Frage zurück. »Wie viele Kinder haben Sie denn, Herr Kramer?«

Diese Frage wühlte den Kollegen Kramer auf, und seine Stimme wurde jetzt fester. »Haben, Kommissar? Hatten. Bereits das erste Kind hat uns der liebe Gott genommen, und jetzt ist meine Kerstin von einem Verrückten brutal niedergeknüppelt worden. Es war eine regelrechte Hinrichtung.«

Die Antwort von Hansen war schroff. »Bei allem Mitgefühl, darum kann es erst in zweiter Linie gehen, Herr Kramer. Ihre Tochter befindet sich im Krankenhaus in guten Händen. Wir reden zunächst über Ihr Vergehen. Sie haben den Schauspieler Robert Halbedel auf dem Dach des Wasserturms im Lichtstrahl der Scheinwerfer hingerichtet, obwohl jeglicher Schusswaffengebrauch ausdrücklich untersagt war.« Hansen schielte zum Polizeidirektor, der gespannt Kramers Reaktion abwartete.

Polizeihauptmeister Kramer ergriff wieder mit beiden Händen den Pappbecher, um sich zu wärmen.
Hansen legte energisch nach. »Mensch, Kramer. Wachen Sie auf! Sie haben einen Menschen erlegt, einfach so.«

»Einen Menschen? Halbedel hat mein Mädchen vor meinen Kollegen als Nutte verhöhnt, nachdem er über sie hergefallen war und ihr die Knochen zermalmt hat. Vor 20 Jahren wäre sie nach dem damaligen Stand der Medizintechnik nicht durchgekommen, hat mir Ihr Kollege gesagt. Aber ich kenne diesen Blick von ihm. Ich wusste sofort, sie ist noch lange nicht über den Berg. Vielleicht kann ich meinem Mädchen nie wieder in die Augen schauen.«

Hilfe suchend blickte sich Hansen um, doch die Kollegen in seinem Gesichtskreis zuckten mit den Schultern. Er richtete seinen Blick auf sein Gegenüber. »Herr Kramer, wer soll denn der Kollege von mir sein? Ihre Tochter befand sich längst auf dem Weg ins Krankenhaus, als Ihr Einsatz begann.«

Hansen erkannte die angestrengte Stimme sofort, die aus dem Hintergrund antwortete. »Ich war es, Herr Kollege.«

Fingerloos also. Konnte sich der Chef der Spurensicherung nicht vorstellen, dass nicht alle Menschen wie er mit dem Gleichmut eines Ackergauls auf Schicksalsschläge reagierten? Vielleicht stammte sein Spitzname Pferdi daher.

Kommissar Hansen musste von der Familientragödie wegkommen, um die genauen Umstände des Todesschusses auf Halbedel zu ermitteln. »Sie wissen genau, Kollege Kramer, dass Sie als Beamter im Polizeivollzug kein Recht zum Richten haben. Dafür unterhält der Staat nicht ohne Grund hoch bezahlte Richter und trennt die ausführende von der richtenden Gewalt.«

Seine Replik erreichte den Polizisten Kramer aber nicht, denn es war wiederum der Familienvater, der jetzt ungefragt zu erzählen begann. »Wissen Sie, Kommissar, unser erster Sarg war klein. Wenn die Großmutter oder der Großvater stirbt, dann ist der Sarg gut zwei Meter lang, und in der Regel haben die Verstorbenen ein erfülltes Leben hinter sich gelassen. Aber ein Sarg, der keinen Meter misst, mit einem verstorbenen Kind der Liebe, der bricht jedem Mitglied der Familie das Herz, auch das unserer Kerstin. Wir haben lange Jahre geweint, und Kerstin hatte sich immer wieder Vorwürfe gemacht, nicht besser auf ihr kleines Schwesterchen aufgepasst zu haben, obwohl sie keinerlei Schuld an ihrem Tod trug. Jetzt hat sie es selbst durch diesen verrückten Halbedel erwischt. Was habe ich denn vom Leben noch zu erwarten, wenn auch sie mir wegstirbt?«

Betreten blickte Hansen zu Boden. »Es steht mir nicht zu, Ihre Trauer und Sorge um Ihre Kinder einfach abzutun. Was Ihrer Tochter widerfahren ist, das werden wir schon noch aufklären. Aber auch Sie haben sich durch Ihre Tat außerhalb des Gesetzes gestellt. Sie haben während eines Polizeieinsatzes gegen den Befehl einen Menschen getötet. Machen Sie reinen Tisch. Ich benötige von Ihnen genaue Informationen über alle Tatumstände.«

Nachdenklich stellte Kramer den Becher auf den Tisch zurück. Dann richtete er sich auf dem Stuhl auf und begann zu erzählen. »Ich hatte Bereitschaft. Plötzlich wurden wir wegen der Geiselnahme im Wasserturm angefordert. Der Kollege Fingerloos von der Spurensicherung lief mir dort über den Weg. Ich bemerkte sofort, dass er etwas zu verbergen hatte. Tatsächlich, in einem durchsichtigen Plastiksack trug er einen toten Hund bei sich, einen Cockerspaniel. Sofort schoss in mir die Angst hoch, dass es sich um Jock handeln könnte, denn schließlich war der Weg um den Wasserturm herum Kerstins Runde mit ihm. So stellte ich ihn zur Rede.

Kollege Fingerloos berichtete mir von dem furchtbaren Geschehen, und mir war schnell klar, dass es sich nur um Kerstin handeln könnte. Fingerloos ist dann weitergehastet. Vor Schmerz und Wut konnte ich keinen klaren Gedanken mehr fassen. Ich bin dann in das Dickicht vor dem Parkplatz getaumelt, weil ich niemandem von meinen Kameraden in diesem Zustand in die Augen sehen wollte, und tat so, als müsste ich pinkeln. Dann begann dieser Irre auf dem Turm, sich im Licht der Suchscheinwerfer in Pose zu stellen und Volksreden zu halten. Ich wusste zunächst überhaupt nicht, wer das war und ob das nicht zu dieser Aufführung im Wasserturm gehörte.«

Das war für Kommissar Hansen nachvollziehbar, und so nickte er ihm zu. »Warum haben Sie dennoch auf ihn geschossen?«

Kramer antwortete prompt. »Die Suchscheinwerfer erleuchteten diese Gestalt zunehmend, und ich erkannte diesen Galgenvogel wieder.«

Hansen bohrte nach: »Sie kannten ihn? Woher?«

Kramer antwortete zögerlich. »Nun, ich habe ihn irgendwann einmal aus Kerstins Wohnung herausgeworfen. Er hatte diese Schweinsaugen. Drogen, Sie wissen? Er war irgendein hergelaufener Schauspieler aus Hamburg und hat sie nur ausgenutzt. Denken Sie aber bitte nicht schlecht von meiner Tochter. Sie ist einfach nur zu gutgläubig, ihr fehlt manchmal ein wenig Menschenkenntnis.«

Ungläubig fragte Hansen nach. »Und deswegen haben Sie ihn erschossen?«

»Nein, nein. Erst als er Kerstin als Nutte beschimpfte, wurde mir schlagartig klar, dass er ihr Peiniger sein musste. So, wie der Galgenvogel sich auf dem Dach gebärdete, lag er sicherlich nicht zum ersten Mal mit dem Gesetz in Konflikt. Ich malte mir lebhaft aus, wie der sich mit seinen schauspielerischen Künsten vor Gericht aus der Schlinge ziehen würde. Man sieht das doch ständig im Fernsehen, wenn sich Knackis mit ihren Schandtaten in irgendwelchen Talk-Shows oder Singwettbewerben brüsten. Ich wollte aber nicht, dass seine Tat an Kerstin ungesühnt blieb. Deshalb zog ich unbemerkt die Dienstwaffe aus dem Halfter und zielte auf ihn, als er sich für kurze Zeit nicht bewegte. Erst als ich mir sicher war, dass ich ihn treffen würde, drückte ich ab.«

Hansen drehte sich kurz zu Fingerloos um, der durch sein stummes Nicken die Aussage bestätigte. Der Kommissar drehte sich wieder zu Kramer zurück. »Sie haben ihn mit einem Schuss getroffen?« Kramer war sich seiner Sache sicher. »Ja, denn er taumelte sofort, und wenig später stürzte er vom Dach. Ich bin dann an meinen sprachlosen Kollegen vorbei und habe mich sofort meinem Einsatzleiter gestellt, wie es sich als Schutzmann gehört, der einen Fehler begangen hat.«

Das Räuspern von Direktor Magnussen war in diesem Moment der Stille nicht zu überhören. Der schien darauf bedacht zu sein, Kramer auf sein Fehlverhalten festzunageln, aber Hansen ging es um neue Erkenntnisse.

Mit einem kurzen Blick wollte sich Hansen bei Fingerloos versichern, ob er aus ermittlungstechnischer Sicht den Tatvorgang soweit bestätigen konnte, aber das tat er nicht.

»Es tut mir leid, aber es ist spät in dieser Freitagnacht geworden, die Gerichtsmedizin wird erst am Montag eine vollständige Obduktion vornehmen können. Die Spurensicherung hat auf den ersten Blick keinen Einschuss bei Halbedel feststellen können.«

Jetzt betrat Oberkommissar Stüber mit gewichtiger Miene den Raum und hielt Hansen einen Auszug aus dem Strafregister von Halbedel vor die Nase. Fünf Verurteilungen in den letzten vier Jahren, allesamt wegen Belästigung junger Männer und Frauen, zwei davon sogar minderjährig. Ein Opfer musste nach der Tat ambulant im Krankenhaus behandelt werden. Auf freiem Fuß befand er sich zudem nur zur Bewährung.

Gut, das musste Kramer in seiner jetzigen Verfassung nicht mitbekommen, das würde er noch früh genug von seinem Anwalt nach dessen Akteneinsicht erfahren.

Hansen dankte Stüber, der den Raum sofort wieder verließ, ohne Direktor Magnussen auch nur eines Blickes zu würdigen.

Aufgrund der Sachlage erschien es Hansen am sinnvollsten zu sein, geschäftsmäßig vorzugehen. »Gut, dann müssen wir das Ergebnis der Gerichtsmedizin am Montag abwarten. Kollege Kramer, Ihnen wird das weitere Prozedere bekannt sein. Sie werden vom Dienst suspendiert, und es ist nach Lage der Dinge nicht ausgeschlossen, dass der Staatsanwalt Untersuchungshaft für Sie beantragen wird.«

Teilnahmslos nickte Kramer. Kommissar Hansen war jetzt egal, was Polizeidirektor Magnussen dachte. Der arme Teufel vor ihm tat ihm leid. Hansen bemühte sich, ein wenig auf dessen Gefühlslage einzugehen. »Ich bedaure das, Kramer. Sobald wir etwas Neues von ihrer Tochter erfahren, werden wir Sie unverzüglich benachrichtigen. Seien Sie stark. Kann ich als Kollege noch etwas für Sie tun? Soll ich Ihre Frau benachrichtigen?«

Kramer schüttelte abwesend den Kopf, als wenn er mit allem Irdischen abgeschlossen hätte.

Wiederum eilte Stüber herein und überreichte Hansen eine Nachricht aus dem Krankenhaus. Kerstin Kramer musste wegen starker innerer Blutungen notoperiert werden. Sie schwebte in Lebensgefahr.

Der Kommissar beendete das Verhör. Aus den Augenwinkeln bemerkte er, wie Direktor Magnussen bereits auf ihn zueilte. Wenigstens begann der erst eindringlich auf ihn einzureden, als Kramer den Raum verlassen hatte.

»Nicht schlecht, Hauptkommissar Hansen, aber Sie hätten noch eine Spur härter an Kramer herangehen müssen. Kommen Sie bitte Montagmorgen in mein Büro, dann sprechen wir noch einmal alles gründlich durch. Ich habe übrigens auch eine kleine Überraschung für Sie. Ihr Team wird Verstärkung bekommen.«

Hansen übergab seinem Direktor wortlos die Ausdrucke von Stüber und verließ grußlos den Raum. Er wusste zwar, dass es Chefs nicht lieben, alleine im Regen stehen gelassen zu werden, aber seine ernüchterte Gefühlslage gab nicht mehr her.

Es drängte ihn zu Fingerloos, dem Leiter der Spurensicherung, der nervös im Flur auf und ab wanderte. Eindringlich nahm ihn Hansen ins Gebet. »Fingerloos, wir kennen uns schon lange. Das war heute eine unwürdige Vorstellung von Ihnen. Jetzt sind Sie dran. Finden Sie etwas, um den Kollegen Kramer zu entlasten. Kehren Sie jeden Stein um. Ich verlasse mich auf Sie.«

Fingerloos nickte entschlossen zurück. »Es tut mir leid mit Kramer und seiner Tochter. Aber konnte ich ahnen, dass in dem eine Bombe tickt? Glauben Sie mir, Hansen, auch ich will nur eines: die Wahrheit. Wir werden heute Nacht alles geben.«

Hansen nahm das zum Anlass, mit grimmigem Blick die Direktion zu verlassen. »Dann viel Glück, Fingerloos. Wir sehen uns noch. Gute Nacht.«

Auf dem Weg aus der Direktion begegnete ihm unerwartet Stüber, dem er dankend für seinen Einsatz im Wasserturm auf die Schulter klopfte. Dankesbekundungen schien er von der Witwe Eilenstein für seine Hand- und Spanndienste in ihrem Hotel nicht gewohnt zu sein. So hatte Hansen das Gefühl, dass sich sein Oberkommissar unter seiner Obhut erstmalig richtig wohlfühlte. Sollte das noch der Beginn einer aufrichtigen Dienstfreundschaft werden?

SCHATTENSPIELE

Um emotional etwas von den Ereignissen des Abends herunterzukommen, war Stuhr auf seinen Balkon getreten und hatte sich ein kühles Bier aus dem Kasten geschnappt. Das gegenüberliegende Vereinsheim lag jetzt völlig im Dunkeln, offensichtlich hatten sich inzwischen auch die letzten Zecher nach Hause geschlichen. Sein Blick schwenkte nun zum Wasserturm, der trotz der späten Stunde immer noch hell erleuchtet war. Obwohl heftige Regenschauer eingesetzt hatten, tummelten sich auf dem Gelände nach wie vor viele Einsatzkräfte, die anscheinend jedes einzelne Blatt umdrehten, um keine Spuren zu übersehen.

Vergeblich versuchte Stuhr, seinen Ärger mit einem Schluck Bier herunterzuspülen. Beim Kommissar hatte Jenny noch tapfer Rede und Antwort gestanden, aber schon auf dem kurzen Nachhauseweg war ihre Stimmung vollends gekippt. Nach kurzem Streit hatte sie sich weinend in sein Schlafzimmer verdrückt, und seitdem blieb die Tür zugezogen.

Von Zeit zu Zeit war ein verzweifeltes aufheulendes Schluchzen zu vernehmen. Stuhr hatte in den letzten Stunden mehrfach vergeblich versucht, mit ihr noch einmal vernünftig über die Geschehnisse des Abends zu reden. Er wollte ihr wegen Halbedel keinerlei Vorhaltungen machen, aber irgendwie musste sie mit der Wahrheit herauskommen.

Sollte er nun alleine auf seiner Couch schlafen? Er setzte sich hin und beobachtete die Schattenspiele an der

Wand, die die tänzelnden Zweige und Äste der Bäume vor dem Licht der Polizeischeinwerfer verursachten. Als er die Bierflasche geleert hatte, verstummte das Geschluchze nebenan. Ermattet beschloss er, sich leise zu Jenny in das Schlafzimmer zu schleichen.

Sie lag angezogen auf dem Bett, doch als sie ihn bemerkte, schlug sie wütend auf die Bettdecke ein. »Was fällt dir ein, mich einfach so allein zu lassen? Ich habe in Todesangst geschwebt. Wo warst du, als ich dich gebraucht habe?«

Batsch, das saß. Stuhr holte tief Luft. Er musste Argumente finden, um die Situation zu entschärfen. »Aber Jenny, ich habe heute vermutlich etlichen Menschen das Leben gerettet. Deswegen kannst du doch nicht ernsthaft sauer auf mich sein.«

Wieder schluchzte Jenny herzzerreißend, und die Tränen spülten ihr schwarzes Maskara auf sein weißes Bettzeug. »Ja, das mag sein, aber ausgerechnet meines nicht. Du wolltest immer für mich da sein, oder nicht? Genau wie ich!«

Stuhr fand ihre Einlassung unsachlich und subjektiv. Er verschaffte sich Luft. »Ja, du warst für mich immer da. Aber für andere auch.«

Er hatte Jennys Groll unterschätzt, die jetzt wie eine Raubkatze auf ihn zugeschlichen kam. »So, so, Herr Stuhr. Für wen denn beispielsweise?«

Stuhr bemühte sich, nicht seine Linie zu verlieren. »Für diesen Robert Halbedel beispielsweise. Er kannte dich ja noch recht gut.«

Jenny wendete ihr Gesicht schlagartig von ihm fort. »Da war nichts, Helge, was zu erwähnen wäre. Wie kommst du nur darauf? Wieso teilst du einfach so gegen mich aus? Du musst dir schon etwas einfallen lassen, um diese Scharte auszuwetzen. Wie soll ich dir denn noch vertrauen? Bin ich etwa mit einem Hallodri zusammen, dem alles andere wichtiger ist als ich?«

Nein, natürlich war Jenny das Wichtigste für ihn, und ein Hallodri war er auch nicht. Aber Farbe bekennen sollte sie dennoch. »Du warst mit diesem Halbedel also nicht im Bett, richtig?«

Jenny drehte sich zu ihm zurück und sah ihn irritiert an. »Wieso nicht im Bett? Wir hatten eine Zeit lang eine Beziehung. Keine besonders glückliche, aber wir waren eben zusammen. Ein Vierteljahr vielleicht. Länger bestimmt nicht.«

Dieser Tritt in die Magengrube traf Stuhr keineswegs unerwartet, doch er hätte nicht gedacht, dass er so schmerzhaft sein würde. Er rang um seine Fassung, um ihr gegenüber nicht ungerecht zu werden, aber sein Resümee klang vermutlich eine Spur zu grimmig. »Also wart ihr doch zusammen in der Kiste.«

Jenny reagierte zunächst nicht, sondern begann erst nach einer kurzen Besinnungspause, ihn mit einem umfassenden Erklärungsversuch friedlicher zu stimmen. »Mein lieber Helge, bist du etwa ein Heiliger? Ich habe dich noch nie gefragt, mit wem du alles in diesem Bett genächtigt hast.«

Das war auch besser so, befand Stuhr. Sollte er jetzt lockerlassen? »Ihr habt also das Bett geteilt, richtig?«

Jennys Stimme klang jetzt entspannter. »Sicherlich, mit Robert habe ich seinerzeit für kurze Zeit das Bett geteilt, aber es war vermutlich nicht so, wie du dir das in deinen schlimmsten Vorstellungen vielleicht ausmalen magst. Ich bin ein anständiges Mädchen.«

Nun, ein Mädchen war sie beileibe nicht mehr, sondern eine begehrenswerte Frau. Vorstellen wollte sich Stuhr bei diesem Schmierlappen Halbedel mit seiner Jenny lieber nichts.

Zum Glück begann Jenny nun, sich mühselig von ihrem Kleid zu befreien, um es entgegen ihren üblichen Gewohnheiten liederlich auf den Eckstuhl zu werfen. Dann kuschelte sie sich in die Decke des Bettes ein, das sie eben noch verteufelt hatte.

Frauen, schoss es Stuhr durch den Kopf.

Doch insgesamt wirkte sie nun friedlicher, und irgendwann drehte sie sich sogar mitsamt dem Bettzeug zu seinem Schlafzimmerfenster hin, um dem stärker werdenden Prasseln des Regens auf dem Blechdach im Hof zu lauschen.

Wie oft hatten sie schon, eng zusammengekuschelt, das Weinen des Himmels genossen? Leise zog Stuhr Socken, Hemd und Hose aus und überlegte fieberhaft, wie er sich vorsichtig an ihren begehrenswerten Körper schmiegen konnte, ohne Gegenwehr zu erzeugen. Bevor er jedoch beim Hineingleiten in das Bett auch nur eine Hand an sie legen konnte, begann sie ihn heftig abzuwehren.

»Nicht jetzt, Helge. Kannst du meine Gefühle nicht respektieren? Hast du keinerlei Anstand mehr?«

Hatte er eigentlich, aber das Geplänkel der letzten Stunden hatte ihn mürbe gemacht. Er wollte nur noch, wie sonst immer, bei ihr zur Ruhe kommen.

Der Regen ließ wieder nach, und in die eintretende

Stille begann sie unerwartet zu erzählen. »Du musst wissen, mit dem Robert, da war nicht viel. Ich wusste nie, wo er herkam und wohin er ging. Wenn er auf Gastspielreise unterwegs war, habe ich manchmal tagelang nichts von ihm gehört. Jedenfalls nicht am Telefon, aus den Andeutungen meiner Schauspielkollegen schon. Vor allem Lothar gegenüber hat Robert vieles ausgeplaudert, obwohl der wusste, dass wir liiert waren.«

Einen Lothar kannte Stuhr bisher nicht. Seine Hand glitt unter die Bettdecke. Er versuchte, wenigstens den kleinen Finger von Jenny zu fassen zu bekommen. »Lothar? Wer soll denn das sein?«

Jenny hatte ihre Hände jedoch inzwischen auf der Fensterseite des Bettes in Sicherheit gebracht. »Lothar? Das ist der Chef unserer Theatertruppe, du weißt schon, den du vorhin als Frauenzimmer bezeichnet hast. Die weiblichen Anteile überwiegen bei ihm. Er liebt es, sich als Dame zu kleiden, und sein Vorname war ihm zu profan. Deswegen lässt er sich seit Jahren nur noch Lollo nennen. Er hatte immer schon ein Auge auf Robert geworfen, das weiß ich.«

Nun hatte Stuhr einigen Nachfragebedarf, denn die ihm bisher bekannten Mitglieder der Truppe kamen ihm ausgesprochen seltsam vor. »Das ist aber schon ein schräger Vogel, dieser Lothar. Oder Lollo. Mit Verlaub, deine Kollegen scheinen mir alle ein wenig durchgeknallt zu sein.«

Jenny schüttelte energisch den Kopf, als sie ihr Dasein als Schauspielerin verteidigte. »Natürlich leben wir Schauspieler ein wenig anders als der Rest der Welt: engagiert und einzig der Kunst verpflichtet. Ein bürgerliches Leben kann man schlecht führen bei wenig Verdienst, und dazu abends noch die Vorstellungen. Der ganze Druck, der auf einem lastet, vor dem Publikum nicht zu versagen. Wenn man im Ensemble nicht zusammenhält, dann steht man vor dem Nichts.«

Obwohl Stuhr den Begriff Ensemble für diese zusammengewürfelte Truppe für zu hochtrabend hielt, musste er ihr zustimmen. Er war nachdenklich geworden und suchte weiter ihre Hand.

In die Stille hinein begann sie theatralisch aufzuschluchzen. »Ach, Stuhr, was ist denn jetzt besser geworden für mich? Wir sehen uns gerade einmal am Wochenende. Du nutzt mich nur aus. Damals bei meinen Schauspielkollegen hat mein Leben wenigstens noch einen Sinn gehabt.«

Das saß. Stuhr zuckte zusammen. Empfand sie etwa den Platz an seiner Seite als unattraktiv? Er zog seine Hand zurück. Sicher, sie wollte mehr von ihm. Er ja auch von ihr. Aber weitreichende Einschnitte in sein Leben, die später nur schwer korrigiert werden können, mussten ausgesprochen behutsam auf den Weg gebracht werden. So schwieg er.

Es wurde unversehens hell im Zimmer, und der plötzlich aus den Wolken herausgetretene Mond warf die harten Schatten der Hofbäume an die Wand.

Glücklicherweise beendete Jenny die unbequeme Pause, denn sie setzte unerwartet ihre Erzählung fort. »Lollo macht jedenfalls keinen Hehl aus seiner Polung. Seinen Andeutungen war schnell zu entnehmen, dass Robert überall jemanden zu kennen schien, mit dem er etwas angefangen hatte, und mit der Zeit musste ich annehmen, dass ihm dabei das Alter und Geschlecht eher egal waren.«

Stuhr fragte vorsichtig nach. »Und das hat dir nichts ausgemacht, Jenny?«

»Nichts ausgemacht? Ich bekam es mit der Angst zu tun und bin ihm aus dem Weg gegangen, wenn er in unserer Wohnung war. Irgendwann war ich es leid und bin ausgezogen. Das musst du mir glauben.«

Ins Gesicht konnte er Jenny in diesem Moment nicht sehen, weil der gleißende Mond nur noch die Silhouette ihres Kopfes preisgab. So sehr er den Anblick liebte, so wenig war es zu umgehen, weiter nach den sexuellen Vorlieben von Halbedel zu forschen, auch wenn es Jenny verletzen mochte. »Es geht vermutlich um eine Sexualstraftat am Wasserturm, vielleicht sogar um Mord. Hat dir Halbedel jemals Gewalt angetan?«

Jenny schien zu überlegen, in welchem Maß sie ihr Wissen preisgeben sollte.

Stuhr übernahm das Heft des Handelns und zog sie an sich heran. »Es bleibt doch unter uns beiden, Jenny. Hat Robert Halbedel dir jemals Gewalt angetan?«

Jenny schüttelte heftig den Kopf und begann zu stammeln. »Nein, ich wäre auch sofort weg gewesen, wenn …« Jenny hielt inne.

Stuhrs Herz klopfte, der erste Fingerzeig schien kurz bevorzustehen. So bohrte er nach. »Wenn?«

Jenny zögerte kurz, bevor sie antwortete. »Ich habe Handschellen gefunden.«

Da hätte Stuhr schon ein wenig mehr erwartet. Jenny bemerkte das und legte nach. »Und Peitschen, Lederriemen, Mundknebel, das ganze Sortiment. Wenn ich nicht zu Hause war, schien er es gerne härter zu mögen.«

Stuhr nickte nachdenklich. »Nicht bei dir zu Hause?«

Jenny wurde giftig. »Da war er lammfromm, Helge, genau wie du. Mann und Frau. Eins auf eins. Weiß ich denn, ob du nicht genau wie Halbedel ein zweites Leben führst? Vielleicht hast du immer noch Verbindung zu deinen ehemaligen Weibern? Ich habe dich nie danach befragt. Zeit hast du schließlich genug den ganzen Tag.«

Stuhr hob abwehrend beide Arme. »Jenny, ich versichere dir, nie würde ich …«

Jenny würgte ihn mit scharfer Stimme kurzerhand ab. »›Nie würde ich‹ hat auch Robert mir gegenüber immer wieder beteuert, bis ich seine Sex-Spielzeuge gefunden habe. Lollo ließ es sich nicht nehmen, mich in der Folge genüsslich über Roberts sexuelle Vorlieben aufzuklären. Mir hat das damals auf der Stelle gereicht. Ich habe sofort Schluss gemacht.«

Es erschien Stuhr nicht vorteilhaft zu sein, in dieser aufgeheizten Stimmung auf einer genaueren Aufklärung zu bestehen. So versuchte er, seine Neugier vorsichtig in Watte zu verpacken. »Die sexuellen Vorlieben von deinem Halbedel könnten Kommissar Hansen helfen, den Fall aufzuklären.«

Jennys Antwort klang kategorisch. »Es ist nicht mein Halbedel, und es ist auch nicht mein Fall. Warum kann dein Kommissar Hansen nicht Lollo dazu verhören?«

Das war natürlich zu kurz gedacht, denn kein Kommissar im föderalen Deutschland hatte irgendeine Befugnis, in einem Nachbarland wie der Freien Hansestadt Hamburg Verhöre durchzuführen. Aber recht hatte Jenny schon, dieser Lollo musste unbedingt befragt werden. Wie nur?

Stuhrs Handy vibrierte in der abgelegten Hose. Um irgendeine Missstimmung gar nicht erst aufkommen zu lassen, huschte er rasch aus dem Bett und fummelte das Handy aus der Hosentasche. Nur kurz schaute er auf das Display und würgte den Anruf durch Ausschalten ab. Es war Olli.

Olli aus Hamburg! Richtig, der könnte doch in seiner unbekümmerten jugendlichen Art im Hamburger Domizil der Theatertruppe unbemerkt Nachforschungen betreiben. Vermutlich wäre es sogar sinnvoll, ihn nach den Andeutungen von Jenny dort in entsprechendem Outfit einzuschleusen. Das könnte den Fall vorantreiben.

Stuhr schlich sich wieder zu Jenny ins Bett, die sich inzwischen die Bettdecke bis zum Kinn hochgezogen hatte. Er schielte kurz zum Wecker, es war schon weit nach Mitternacht. »Komm, Jenny, lass uns schlafen. Morgen ist auch noch ein Tag.«

Er legte sich zunächst auch zurück. Jennys gleichmäßiger werdenden Atemzügen war anzumerken, dass der Schlaf begann, sie von ihrem angespannten Zustand zu befreien.

Er selbst fand jedoch keine Ruhe. Wie konnte Jenny nur auf die verrückte Idee kommen, dass er sie mit seinen ehemaligen Frauen hintergehen könnte? Was für ein Quatsch.

Jenny war inzwischen eingeschlafen. Behutsam näherte er sich ihr und schlüpfte unter ihre Bettdecke. Dann kuschelte er sich an sie und nahm sie in den Arm wie immer.

Endlich kam auch er zur Ruhe. Im Fall am Wasserturm gab es nur einen Weg weiterzukommen. Er würde Olli auf die Theatertruppe ansetzen.

DER FEIND MEINES FEINDES

Am Samstagmorgen war es ruhig in der Polizeidirektion. Zunächst war nur Stuhr kurz in der Leitung. Er hatte von der illustren Theatertruppe berichtet und besonders von deren Manager, einem gewissen Lollo. Kommissar Hansen hatte aber wenig Anlass, Untersuchungen einzuleiten, weil es weitestgehend Vermutungen von Stuhr waren und sich die Gestalt zudem auch noch auf hamburgischem Staatsgebiet tummelte, was die Angelegenheit ungleich erschwerte. Er fand Stuhrs Vorschlag jedoch gut, seinen Hamburger Freund Olli auf diesen Lollo anzusetzen. So konnte man vielleicht ein wenig mehr über diesen Halbedel herausbekommen, ohne gleich den langwierigen offiziellen Weg beschreiten zu müssen.

Jetzt wurde es aber ungemütlich, denn immer öfter klingelten die Telefone. Die Nummer war stets die gleiche, und die Vorwahl ließ vermuten, dass Dr. Magnussen am anderen Ende der Leitung lauerte. Hansen nahm jedoch den Hörer nicht ab, denn seine Nerven würde er heute noch brauchen. Schließlich hatte er in der Nacht keine drei Stunden Schlaf auf der Pritsche gefunden.

Irgendwann klopfte es an der Tür, und sein Kollege von der Spurensicherung trat ein. Fingerloos wies abwinkend auf das Telefon. »Das ist Magnussen. Nicht abnehmen, der will nur einheizen und neue Zuständigkeiten durchdrücken. Ich hatte ihn heute bereits mehrfach am Rohr. Die fummeln zwar noch an den Feinheiten wegen der Neuverteilung innerhalb der Polizeidirektion, aber er hat bereits einen ganz speziellen Berater in seinen neuen Stab berufen. Anfangsbuchstabe Z. Sie können sich ja denken, welche Knalltüte das nur sein kann.« Die dunklen Augenränder von Fingerloos verrieten, dass der Kollege von der Spurensicherung die ganze Nacht kein Auge zugemacht haben konnte.

Hansen schüttelte verständnislos den Kopf. »Warum will Magnussen mir einheizen? Ich habe doch nichts verbrochen.«

Der Blick von Fingerloos flackerte, als er mit leiser, heiserer Stimme antwortete. »Kollege Hansen, wir haben ein echtes Problem. Wir sollten damit aber nicht hausieren gehen. Es sind alle ein bisschen nervös nach der Landtagswahl, glauben Sie mir.«

Hansen stutzte. »Was für ein Problem?«

Natürlich wusste der Kommissar um die wechselnden Stimmungen seines neuen Chefs, die nach den jeweils unterschiedlichen Ausdünstungen im Innenministerium schwankten. Dabei konnte Magnussen drei Wochen nach der Landtagswahl noch nicht einmal den Furz des neuen Innenministers vernommen haben, so kurz, wie der im Amt war. Aber Chefs bemühen sich nun einmal, den erfühlten Wünschen der neu Regierenden in vorauseilendem Gehorsam zu entsprechen.

Erst nachdem Hansen verständig genickt hatte, fuhr Fingerloos fort:: »Neue Machthaber wollen ihre Segnungen unverzüglich über das Volk ausschütten in der Hoffnung, schnell Sympathie und damit neue Wählerstimmen zu ernten. Probleme können sie dabei in den ersten Wochen nach dem Amtsantritt überhaupt nicht gebrauchen, und eine schlechte Presse schon gar nicht. Deswegen werden ungeliebte oder verdächtige Mitarbeiter in der ersten Phase nach der Regierungsübernahme sofort kaltgestellt. Es dauert seine Zeit, bis die neu Regierenden bemerken, dass die Zahl der loyalen Zuarbeiter nicht unendlich ist.«

Wieder nickte Hansen. »Ich weiß. Aber wo liegt nun das Problem?«

Fingerloos begann umständlich zu philosophieren. »Das Problem ist, dass wir vermutlich kein Problem haben, was uns jetzt richtig Probleme bereiten könnte.«

Hansen war nicht bereit, dieses Rätsel ohne Koffeinschub zu lösen und zog Fingerloos mit zum Kaffeeautomaten. »Schwarz oder weiß?«

Fingerloos verstand die Frage falsch. »Wenn das so einfach wäre mit dem Parteiengerangel.«

Der Kommissar lachte. »Nein, eigentlich meinte ich nur, ob Sie Milch in den Kaffee haben möchten. Aber nun schießen Sie los. Probleme sind schließlich zum Lösen da.«

Fingerloos nahm dankend den Kaffee entgegen. »Gut, dann halten Sie sich fest, Hansen. Halbedel ist nicht von Kramer erschossen worden. Wir haben die abgelenkte Kugel aus Kramers Dienstwaffe auf einem der Tennisplätze gefunden. Es gibt keinerlei Spuren von einer Berührung mit organischem Material am Geschoss, auch nicht mit Halbedel.«

Kommissar Hansen sah seinen Kollegen von der Spurensicherung ungläubig an. »Und wie ist Halbedel umgekommen?«

»Wie es zurzeit aussieht, vermutlich ausschließlich durch den Sturz von der Dachkante. Er könnte durch den Schuss von Kramer irritiert gewesen sein und das Gleichgewicht verloren haben. Getroffen wurde er jedenfalls nicht von einer Kugel aus dessen Dienstpistole. Genaueres können wir aber erst am Montag sagen, wenn ihn die Kollegen von der Gerichtsmedizin gründlich auseinandergenommen haben.«

Ungläubig fragte Hansen nach. »Wieso habt ihr das nicht schon gestern direkt am Unfallort feststellen können?«

Fingerloos begann, sich die Nägel zu reinigen. »Hehehe, Kommissar. Viel mehr als einen blutigen Fleischklumpen haben wir unten am Fuße des Wasserturms nicht einsammeln können. Wenn ein Mensch aus dieser Höhe abstürzt, dann spritzt das Blut aus allen Löchern. War ein ziemlicher Schweinkram.«

»Dann ist Kramer unschuldig«, folgerte Hansen gedankenverloren.

Fingerloos präzisierte die Aussage. »Unschuldig ist vielleicht das falsche Wort. Er hat zwar den Tod von Halbedel nicht direkt herbeigeführt, aber eventuell hat ihn der Schuss irritiert und aus dem Gleichgewicht gebracht.«

Hansen nickte. »Das kann schon alles sein, aber das wird kaum für eine Unterbringung in Untersuchungshaft langen.«

Fingerloos stimmte zu. »Richtig. Der zuständige Richter hat inzwischen die unverzügliche Haftentlassung für Kramer angeordnet. Magnussen ist informiert.«

Das stimmte Hansen nicht fröhlicher. »Deswegen ruft Magnussen doch nicht hier unentwegt an, zumal er mich bereits für Montagmorgen zum Ohren langziehen einbestellt hat.«

Fingerloos lächelte jetzt. »Gut kombiniert. Er hat eine kleine Überraschung für dich. Personalverstärkung aus seinem Stab für dein Team. Unser kleiner Korinthenkacker.«

Hansen stutzte, denn so hatten sie immer ihren Büroleiter gehänselt. Er fragte ungläubig nach. »Zeise?«

Fingerloos nickte grinsend. »Ja, unser geliebter Büroleiter scheint mit der Wahl seines Parteibuchs mit vollen Händen in die Glückstrommel gegriffen zu haben. Der ist ganz nach oben gefallen.«

Die Art und Weise, wie Fingerloos einem grausamste Tatsachen beibrachte, die hatte er noch nie gemocht. Hansen führte das auf menschliche Eiseskälte zurück. Allerdings zeigte die Oberlippe von Fingerloos eine gewisse verächtliche Spannung, die den Kommissar darauf schließen ließ, dass Büroleiter Zeise auch dessen Freund nicht sein konnte.

Ironisch bohrte Hansen nach. »Was bedeutet das denn für uns? Werden unsere Reisekosten jetzt zeitgerechter bearbeitet und ohne Abschläge angewiesen?«

Den folgenden düsteren Blick von Fingerloos würde er nicht vergessen, und den zynischen Kommentar noch weniger. »Nein, man hat den Bock zum Gärtner gemacht. Die kleine Ratte ist schlicht und einfach zum persönlichen Berater von Magnussen aufgestiegen. Der Mann für das Grobe. Überlegen Sie nur einmal, wo der Ihnen überall den Finger hineinstecken kann, wenn er nur will. Lieben Sie es etwa, mit dem Finger im Po Kasperle zu spielen?«

Kommissar Hansen schüttelte angewidert den Kopf. »Nein, absolut nicht. Warum erzählen Sie mir das mit Zeise? So gut kennen wir uns doch nicht.«

Die Stimme von Fingerloos wurde brüchig. »Der Feind meines Feindes ist mein Freund.«

FLEISCHBESCHAU

Eigentlich war das Hamburger Schanzenviertel ein ziemlich beschaulicher Ort alternativer Lebensart, was sich insbesondere sonntags dokumentierte, wenn mittags die ersten Bewohner schlaftrunken zu den vielen Stühlen und Tischen vor den Kneipen wankten, um im Freien auf den Bürgersteigen das Frühstück einzunehmen. Es war an solchen friedlichen Tagen nicht vorstellbar, dass hier einmal im Jahr nach dem Schanzenfest Randale stattfand.

Olli war froh, dass das schwülwarme Wetter endlich vorüber war. Glücklicherweise lag an diesem verschlafenen Sonntag die Schanze wie ausgestorben vor ihm, und deswegen musste er sich auch keine Gedanken wegen seiner ungewöhnlichen Kleidung machen.

Genüsslich hatte er bei angenehmen Temperaturen vor der Kneipe ›Frank und Frei‹ einen Kaffee genossen. Er liebte diesen Ort, weil man von hier über die Schanzenstraße das alte, schaurig-hässliche Schlachthofgelände einsehen konnte, das sich von der gegenüberliegenden Straßenseite bis zum Hamburger Fernsehturm erstreckte.

Als sich die Straßen langsam zu füllen begannen, setzte Olli seine schwarze Sonnenbrille auf und machte sich auf die Socken. Er überquerte die Schanzenstraße und nahm schwungvoll die Backsteintreppe, die auf den alten Schlachthof führte. Interessiert nahm er zur Kenntnis, dass das Eingangsgebäude jetzt eine kleine Privatbrauerei beherbergte, die einen einladenden Eindruck erweckte. Auch die dahinterliegenden länglichen Gebäude, in denen früher die Viecher gemeuchelt wurden, waren frisch restauriert und beherbergten trendige Shops.

Er musste lachen, als seine Gestalt sich in der Schaufensterscheibe spiegelte, denn mit rosa Sweater und weißen Jeans war er schon seit Jahrzehnten nicht mehr aus dem Haus gegangen. Stuhr war jedoch der Ansicht gewesen, dass das bei seiner Mission hilfreich sein könnte.

Bei den vielen verstreuten Gebäuden auf dem weitläufigen Gelände war es nicht einfach, das zweistöckige Lagerhaus zu finden, das dem Aktionstheater ›MischMasch‹ als Spielstätte diente. Die tief heruntergezogene Aluminium-Jalousie vor dem Eingang wirkte nicht gerade einladend, obwohl sich ein minder begabter Graffiti-Künstler vergeblich daran versucht hatte, den Namen des Ensembles mittels Sprühnebel bildlich zu interpretieren. Kunstbeflissene Besucher wären vermutlich verstört, an dieser Spielstätte so schäbig empfangen zu werden, aber es entsprach durchaus dem Lebensstil auf der Schanze. Die Geschichte, die ihm Stuhr am Telefon vorgetragen hatte, klang ziemlich abgefahren, doch da der FC St. Pauli an diesem Sonntag auswärts spielen musste, kam ihm der Einsatz als Investigator gerade recht. Der verriegelte Eingang zur Spielstätte schreckte ihn keineswegs ab, und in den eleganten weißen Sneakers ließ sich das Lagerhaus zunächst leichtfüßig umgehen. Auf der Rückseite gestaltete sich die Suche allerdings durch viele herumliegende, mit herausragenden Nägeln gespickte Gerüstbretter schwieriger, aber gegenüber der Backsteinmauer bei den neuen Messehallen entdeckte er eine Haustür, die fast ein wenig unauffällig in die Lagerhauswand eingelassen war. Dem neben der Klingel prangenden Messingschild konnte er entnehmen, dass ihn Stuhr auf die richtige Fährte gesetzt hatte: L. Müller, Kampstr. 4.

Halb zwei war eigentlich eine Zeit, in der selbst die Bewohner der Schanze am Frühstückstisch saßen, aber auch nach längerem Klingeln gab es keinerlei Lebenszeichen hinter der Tür. Dieser Lollo schien ausgeflogen zu sein. Olli kämpfte sich an vielen gestapelten Plastikmüllsäcken vorbei zu dem einzigen Fenster durch, das zur Tür gehören konnte. Als er unschlüssig überlegte, ob er nicht in die Wohnung hineinlinsen sollte, bemerkte er, dass der Vorhang vorsichtig ein wenig beiseite gezogen wurde. Der Bewohner taxierte ihn. Olli drehte sich elegant wie eine Diva um und glitt geschmeidig zur Haustür zurück. Offensichtlich hatte er die Fleischbeschau bestanden, denn die Tür öffnete sich einen Spalt.

»Wer schickt dich?«, bellte ihn eine rauchige Stimme an.

Jetzt konnte endlich der Einsatz beginnen, den ihm Stuhr eingebläut hatte. »Der Robert schickt mich. Ich soll dir eine Botschaft überbringen. Lässt du mich hinein?«

Die rauchige Stimme klang schlagartig ausgesprochen skeptisch. »Robert? Ich denke, der ist tot. Was soll das? Über Tote macht man keine Scherze.«

Olli ließ sich Zeit, um die Wirkung seiner Worte zu erhöhen. »Keine einfache Botschaft, Lollo. Die letzte Botschaft. Von Robert, und nur für dich.«

Sofort wurde die Tür aufgerissen, und das helle Tageslicht traf schlagartig einen etwas heruntergekommenen Mann, der um die 50 Jahre alt sein musste. Er trug einen verwaschenen blaugrau gestreiften Bademantel, und die weißgrauen Bartstoppeln verschönerten den Anblick nicht. Vielleicht hatte er aber auch nur eine harte Nacht hinter sich. Seine Stimme blieb skeptisch, aber dem Gesicht war die entfachte Neugier anzusehen. »Wer bist du, und was hast du mit Robert gehabt?«

Olli lächelte. Der Fisch hatte angebissen, jetzt musste er ihn nur noch zum Zappeln bekommen. »Ich bin der Olli. Robert war mein Onkel. Mütterlicherseits, dritte Ehe. Weit weg, aber eben Verwandtschaft. Deswegen war da nix, Lollo. Robert war eben nur ein klasse Typ. Genau wie du.«

Das Schweigen seines Gegenübers dauerte nicht lange. »Wie ich? Du kennst mich doch noch gar nicht.«

Jetzt musste Olli seine Schlagfertigkeit beweisen. »Doch. Robert hat viel von dir geschwärmt. Ich glaube, er hat dich mehr gemocht, als du vermuten konntest. Aber müssen wir das hier vor der Haustür bereden?«

Lollo schüttelte den Kopf und machte eine kurze, einladende Handbewegung. »Nee, komm herein. Ist aber noch nicht ganz aufgeräumt.«

Vorsichtig betrat Olli den mit kaltem Rauch geschwängerten Lagerraum, der eher einem durcheinandergewürfelten Trödelladen als einer Wohneinheit glich. Lediglich ein moderner Fotokopierer in der hinteren Ecke deutete darauf hin, dass man sich im 21. Jahrhundert befand.

Lollo bemühte sich, in seinem versifften wallenden Bademantel mit den darunter hervorlugenden behaarten Beinen mit Eleganz durch das Lager zu schreiten. »Vornehmlich Erbstücke, Kleiner. Du kannst dich gerne umsehen in meinem Loft, ich habe nichts zu verbergen. Gib mir fünf Minuten im Bad. Aber bitte nichts anfassen außer mich.«

Olli war sprachlos. Als Lollo den Raum verlassen hatte, wartete er, bis er das Rauschen der Dusche vernehmen konnte. Dann sprang er auf, um den Trödel genauer zu untersuchen. Am interessantesten erschien ihm die gold eingefasste Fotogalerie, in der vornehmlich Bilder von Theateraufführungen eingerahmt waren. Aber es gab auch einige Aufnahmen aus den Kneipen im Schanzenviertel, auf denen zweifelsfrei dieser Halbedel zu erkennen war, dessen Konterfei Stuhr auf Ollis Handy gesendet hatte. Bisweilen posierte neben Halbedel eine imposante und attraktive Frau auf den Bildern.

Sie ähnelte dieser Jenny, mit der Stuhr gerade einen neuen Beziehungsversuch gestartet hatte. Aber das konnte sie nicht sein, denn mit solchen Schmierlappen würde die sich niemals fotografieren lassen.

Bei dem letzten gemeinsamen Besuch mit Stuhr und Jenny in der Hamburger Kunsthalle wurde ihm bald klar, dass sie aus dem Hamburger Geldadel stammte.

Auf eines der Fotos hatte die Frau eine kleine Widmung geschrieben: Meinen beiden ›Männern‹. Das musste ein wilder Feger sein, dabei hatte die Frau vermutlich schon die 40 deutlich überschritten.

Noch interessanter war ein kleines, fast verstecktes Foto, auf dem diese Frau gemeinsam mit Halbedel und Lollo von einem kräftigen Kerl fürsorglich umarmt wurde. Die mit feinem Filzstift darübergeschriebene Widmung las sich mehr als heftig. »In Freundschaft, Dein Pimmel«.

Nun war dem Foto leider nicht zu entnehmen, wem die Widmung gelten sollte, aber das könnte Stuhr später noch herausfinden. Olli zückte sein Handy und fotografierte die Kneipenbilder mit den Widmungen. Insgesamt wirkte die Frau im Gegensatz zu diesen drei Galgenvögeln mit Abstand am harmlosesten.

Die Tür flog auf, und Lollo schwebte geschminkt, mit Langhaarperücke und von einer Wolke süßen Parfums umhüllt, aus dem Badezimmer, was auf den ersten Blick den Gesamteindruck ein wenig verbesserte, aber nicht übersehen ließ, dass er den Griff zum Rasierer nicht richtig hinbekommen hatte. Dennoch streifte er ungeniert seinen Bademantel ab und begann, sich über den ältlichen männlichen Körper Dessous anzulegen. Letztendlich streifte er ein Kittelkleid über und ließ sich neben ihm nieder, nicht ohne ihn ans Knie zu fassen.

»Ach, Olli. Auf die Botschaft von Robert bin ich echt gespannt. Ich habe ihn schon sehr gemocht, doch er hat ständig mit den jungen heruntergemoppelten Dingern herumgemacht. Dabei hätte ich ihm viel mehr bieten können. In mancher Hinsicht bin ich noch fast jungfräulich.«

Olli musste sich das Grinsen verkneifen, um weiterhin glaubhaft zu bleiben. Fast jungfräulich klang wie ein bisschen schwanger.

Lollo war jedoch in Gedanken tief bei Robert Halbedel. »Ich war immer bereit für ihn, Olli, das kannst du mir glauben. Bis er sich schließlich für uns geopfert hat.«

Olli versuchte ernsthaft, sich in die Denke von Lollo einzufühlen. Aber dass Halbedels Tod ein Opfer für die Schauspielertruppe darstellen sollte, dafür klafften Anspruch und Wirklichkeit zu weit auseinander. »Geopfert? Wie meinst du das, Lollo?«

»Na ja, alleine gestern habe ich sieben Anfragen für ein Gastspiel erhalten. Roberts Tod erhält unsere Schauspielkunst am Leben.« In die entstehende Pause fuhr Lollo nachdenklich fort. »Ach, der Robert. Er war eigentlich immer gerne dort, wo der Sekt zwischen den Schenkeln von jungen Dingern floss. Ab und zu eine Nase Schnee hat er auch nicht verachtet. Pimmel hat ihn in diese Kreise eingeführt, dabei hat Robert natürlich von seinem Kultstatus als absolute Rampensau auf der Bühne gezehrt.« Lollo seufzte.

Bingo, Olli hatte genau den Punkt getroffen, an den er Lollo bringen sollte, und hakte nach. »Du hast ihn mehr als verehrt. Richtig?«

Lollo nickte ergriffen. »Richtig. Ich hätte Robert auch ohne seinen Starkult als einzigen Mann für mich erwählt.«

Olli sah Lollo theatralisch eindringlich an, bevor er die entscheidende letzte Botschaft von Robert preisgab. »Er muss nicht nur geahnt haben, dass er sterben muss, sondern auch, wie sehr du ihn verehrt hast, Lollo. Kurz vor seinem Tod am Wasserturm hat er mich angerufen und mir anvertraut, dass er eigentlich immer nur dich geliebt hat. Er hat sich nur nicht getraut …«

Lollos lautes Aufschluchzen unterbrach Ollis schmachtvolle Ansprache. »Olli, genau das habe ich immer gefühlt. Zwei Liebende, die sich nicht trauen. Du bist mein Glücksbote. Komm, Süßer, gib mir ein Küsschen auf die Wange.«

Olli überlegte fieberhaft, wie er aus dieser Situation unbeschadet herauskommen konnte. Er wählte den Notausgang. »Sag mal, Lollo, wo kann ich diesen Pimmel denn finden? Ich habe noch eine Botschaft von Robert auch für ihn.«

Lollos euphorisierte Stimmung sank deutlich, seine Nachfrage klang ausgesprochen kokett. »So, was hat der Robert denn dem Pimmel Wichtiges mitzuteilen?«

»Wie ich sagte, Lollo, eine letzte Botschaft von Robert für Pimmel.« Olli bemühte sich, sein ernstes Gesicht beizubehalten.

»Für Pimmel? Der hat mir doch den Robert und danach auch noch die Jenny ausgespannt. Da solltest du mal auf der Schanze nachhaken, wie der uns alle angeschissen hat. Der hat meine halbe Theatertruppe durchgezogen, ohne mich vorher zu fragen.« Lollo schmollte zwar, aber er begann, die Situation auszunutzen und sich jetzt an Olli zu schmiegen.

Olli versuchte, ihn verständnislos abzuschütteln. »Entschuldigung, Lollo, aber wie kann ich einfach so auf der Schanze nach einem Pimmel fragen?«

Lollo sah ihn liebevoll an. »Mein Süßer, da musst du nur einen Gruß in den Erika-Stuben von der Lollo bestellen und weiter beim Bombenleger nach ihm fragen: Patrick Immel. Pimmel eben.«

Konsterniert musste Olli feststellen, dass das Einfache oft auf der Hand lag. Er versuchte, den nach oben tastenden Kniegriff von Lollo elegant abzuwenden.

»Willst du nicht doch noch kurz richtig zu mir reinkommen, Kleiner?«

Genau das wollte Olli nicht. »Nein, Lollo. Ich habe vor, die Ehre von deinem Robert zu retten, und das geht nun wirklich vor. Im Übrigen habe ich Durchfall, das wäre ja für uns beide kein Vergnügen.«

Die letzte Bemerkung brachte Lollo auf den Boden der Tatsachen zurück. Problemlos konnte sich Olli nun verabschieden, und nach einem kurzen, hastigen Gruß und einem Klaps auf seinen Po wurde die Tür hinter ihm zugeschoben.

Lollo war schon ein schräger Vogel. Das würde Stuhr mindestens eine Runde Bier kosten. Das Ermittlungsergebnis war recht dürftig. Sollte er Stuhr überhaupt die Fotos senden? Nein, was sollten die groß zur Aufklärung beitragen? Olli würde sich in die Erika-Stuben begeben. Dort würde man weitersehen.

HELDEN DES ALLTAGS

Seit der Frühpensionierung kam Stuhr in der Regel am Montagmorgen nur ausgesprochen langsam in Gang. Jenny war bereits wieder in Hamburg, und er war in seinen alten Trott verfallen und hatte seinen Morgenkaffee auf der Terrasse vor der kleinen Bäckerei am Eingang des Kieler Brauereiviertels eingenommen. Nicht nur im Sommer war das ein schönes Plätzchen. Selbst im Winter fand die tief stehende Sonne über den Flachbau der Pizzeria ›Heinrich‹ den Weg in die blassen Gesichter der Sonnenhungrigen. Manchmal saßen nach Stuhrs Geschmack zwar zu viele Sonnengegerbte um ihn herum, aber die Nachbarschaft auf öffentlichen Plätzen konnte man sich nur schwerlich aussuchen.

Wie immer holte er sich, nachdem er sein Fahrrad abgestellt hatte, am Tresen seinen Kaffee, zwei halbe Brötchen und die Kieler Rundschau.

Anders als sonst wurde er heute allerdings zunächst von der weiblichen Belegschaft begafft. Es dauerte eine Zeit, bis ihm die junge blonde Auszubildende mit einer unsicheren Handbewegung den randvoll eingeschenkten Kaffeebecher über den Tresen reichte. Selbst die kecke, dunkelhaarige Kollegin, die jetzt den Brötchenteller nachschob, wirkte verunsichert. Was hatte die Belegschaft nur erschüttert? Na, solange sie ihn beim Zeitunglesen in Ruhe ließen, sollte es ihm egal sein.

Stuhr fluchte an diesem Morgen vor sich hin, denn die feuchtkühle Witterung ermunterte ihn nicht zum Biss in die kalten belegten Brötchen. Zudem war der Kaffee noch viel zu heiß, um nachspülen zu können. Frühstück mit Jenny hatte eine weitaus höhere Qualität. Doch vermutlich würde er nach den Geschehnissen vom Wochenende und ihrer überhasteten Abreise zukünftig morgens wieder öfter mit der Kieler Rundschau vorlieb nehmen müssen.

Der Aufmacher heute war im Gegensatz zu früheren Titelgeschichten des Blattes nicht schlecht geraten: ›Tod im Turm?‹. Das erinnerte an den Namen der Aufführung, hatte direkten Bezug zum Wasserturm und ließ keinen Zweifel daran, dass hier weitaus mehr hätte passieren können. Die Fotos zeigten Halbedel mit ausgestrecktem Arm zum Dachreiter, eine Innenaufnahme vom Wasserturm mit aufgebauter Bühne aus dem Archiv und ein Porträt von Stuhr.

Ein Foto von ihm? Stuhr holte die Lesebrille aus der Tasche, die er zunehmend immer wieder zu Hilfe nehmen musste, wenn es um Details ging. Das Bild musste von Dreesens Jubiläumsfeier im letzten Jahr stammen, dieser Dorffeier, auf der er die damalige Chefredakteurin Petra Bester erstmalig privat getroffen hatte. Sie hatte ihn an diesem Abend mehrfach mit ihrem Handy abgelichtet.

Ein wenig hatte er sich schon in sie verknallt, denn sie war eine begehrenswerte Frau. Doch ihre Leidenschaft galt lediglich dem Druckgewerbe. Sicher war, dass das Foto nicht von einem der Schluckspechte aus dem Dorf stammte, die seinerzeit wie wild mit ihren Mobiltelefonen in der Gegend herumgeknipst hatten.

Stuhr zog die Zeitung dichter an sich heran, um den kleingedruckten Namen des Fotografen besser lesen zu können. Tatsächlich, dort stand neben seinem Porträt in kleiner Schrägschrift pb. Stuhr durchsuchte die Zeitung nach dem Impressum: Richtig, es war Petra Bester, die für das kleine Foto ihre Urheberschaft anzeigte.

Beim Weiterlesen wurde ihm bewusst, dass Petra Bester anscheinend ihr hoch gestecktes Ziel erreicht hatte. Sie war inzwischen die Verlagsleiterin der Kieler Rundschau geworden und hatte die Titelgeschichte verfasst.

Innerlich zog Stuhr seinen Hut vor ihr, und da er in ihrem Blatt als Held gehuldigt wurde, nahm er schnell Abstand vom Gedanken, sie wegen möglicher Verletzungen seiner Persönlichkeitsrechte zu belangen.

Er wurde in seiner Entscheidung bestärkt, als sich die schüchterne Auszubildende an die frische Luft auf die Terrasse wagte und ihm ein Glas frisch gepressten Orangensaft zusammen mit einem Verzehrgutschein über 20 Euro kredenzte. »Für Sie von unserem Chef, Herr Stuhr. Wir brauchen Stadtteilhelden wie Sie. Er würde sich freuen, wenn Sie ihn bei Gelegenheit anrufen könnten.«

Stuhr nahm ungläubig dankend die Morgengaben entgegen, denen die Visitenkarte von ihrem Chef beigelegt war. Stadtteilheld wollte er nie werden. Darüber hinaus hatte ihn Petra Bester in der Rundschau als richtigen Superstar aufgebaut. Sollte er sie nicht einfach wieder einmal anrufen?

Nein, entschied er. Das könnte Jenny irritieren, und eigentlich war er ja auch mit ihr glücklich. Stuhr blickte auf die Uhr. Zehn vor zehn, es wurde Zeit. Hastig spülte er den Saft hinunter, ließ den Becher mit dem erkalteten Kaffee einfach stehen und schwang sich auf sein Rad.

Schlag 10 Uhr drückte er den Klingelknopf der Kanzlei Dr. Trutz am Dreiecksplatz. Ohne weitere Nachfrage konnte er die summende Tür aufdrücken, und ein Schild im Fahrstuhl verwies auf den 5. Stock. Wie in anderen Kanzleien ging er auf einen quer stehenden Tresen zu, hinter dem eine unbeteiligt wirkende Blondine hantierte.

Entgegen üblicher kanzleilicher Gepflogenheiten stürmte Trutz aus einer offen stehenden Tür direkt auf ihn zu. »Guten Tag, Herr Stuhr. Schön, dass Sie den Weg zu mir gefunden haben. Darf ich Sie in mein bescheidenes Refugium bitten?«

Stuhr nickte überrascht ob dieser freundlichen Begrüßung und folgte ihm artig. Als die Tür von innen verschlossen war, klopfte der Rechtsanwalt ihm kumpelhaft auf die Schulter.

»Tolles Ding, Herr Stuhr. Klasse, wie Sie dem Schurken auf das Dach gefolgt sind. Ich habe das alles in der Rundschau noch einmal genau nachverfolgt. Sie sind ein richtiger Held!« Der smarte Rechtsanwalt ging ohne Schnörkel zu einem Wandschrank und zauberte trotz der frühen Stunde eine Flasche edlen Whiskys hervor, der für Normalsterbliche sicherlich unbezahlbar gewesen wäre. Während er zwei Wassergläser halbvoll goss, begann er, über den Anlass des Treffens zu reden. »Ansonsten nicht meine Art, Herr Stuhr, so früh am Morgen. Aber wir werden über Dinge reden müssen, denen man sich lieber entziehen mag und die nüchtern manchmal kaum auszuhalten sind. Doch wir könnten rasch zu einer gütlichen Einigung kommen, denn es wird sich für uns beide lohnen. Prost.«

Stuhr erwiderte gespannt den Trinkspruch und nippte vorsichtig am Glas.

Dr. Trutz stürzte seinen Whisky erstaunlich schnell herunter und kam sofort zur Sache. »Es geht um die Angelegenheit Frau Dr. Rieder, aus Bonn. Sie kennen meine Mandantin, richtig?«

Richtig oder falsch, in Stuhr bäumten sich längst vergessene Gefühle auf und Narben, die viele Jahre vergeblicher Hoffnung bedeckten, begannen wieder zu schmerzen. Angelika hatte er immer geliebt und in seinem Herzen hochgehalten. Er hatte seinerzeit alles für sie gegeben, wollte sogar seinen Job in der Landesregierung für sie aufgeben und wegen ihr nach Bonn ziehen. Er hatte bis heute nicht verstanden, woran ihre Liebe gescheitert war, denn mehr Liebe und Vertrauen als er konnte ein Mann einer Frau kaum schenken. Er hatte sich absolut nichts vorzuwerfen, doch nie hatte er wieder etwas von ihr gehört. »Das ist richtig, Herr Dr. Trutz. Wir waren sogar liiert.«

Der Rechtsanwalt winkte ab. »Den Doktor lassen Sie mal einfach weg. Meine Mandantin hat nicht näher über Ihren Freundschaftsgrad berichtet, aber sie hat sehr respektvoll über Sie gesprochen. Nur als ich Frau Rieder gestern von Ihrer blonden Begleitung bei der Aufführung berichtete, wirkte sie irritiert. Unter uns, das war eine imposante Erscheinung, die Sie im Wasserturm begleitet hat. Darf ich fragen, ob Sie ein Paar sind?«

Die Frage kam Stuhr verdächtig vor, denn sie stand in der Tradition des ständigen Misstrauens von Angelika. Er entschied, sich mit der Antwort bedeckt zu halten. »Nein, wir sind beide ungebunden. Die Dame ist eine Bekanntschaft für gemeinsame kulturelle Erlebnisse. Der Name tut nichts zur Sache.«

Trutz zog die Augenbrauen hoch. »Lediglich eine platonische Freundschaft mit Frau Muschelfang? Das tut mir aber ausgesprochen leid für Sie.«

Ohne Wimpernzucken nahm Stuhr zur Kenntnis, dass Trutz über das Wochenende recherchiert haben musste, denn im Wasserturm wurde sie von ihm schließlich noch als Frau Stuhr begrüßt. Warum hatte ihm der Rechtsverdreher einen Whisky eingeschenkt, bevor er auf Angelika kam? Als Dr. Trutz Whisky in sein Glas nachgoss, bohrte Stuhr nach. »Angelika Rieder ist auch eine imposante Erscheinung gewesen. Dennoch wurden wir letztendlich kein Paar.«

An Dr. Trutz war bemerkenswert, dass er trotz der enormen Whiskyzufuhr am Morgen einen klaren Kopf behielt. »Ich weiß, Herr Stuhr, Respekt. Allerdings sind die Jahre nicht an allen Menschen so spurlos vorbeigegangen wie an Ihnen und Frau Muschelfang. Meine Mandantin ist nicht mehr ganz in dem Zustand, in dem sie sich seinerzeit von Ihnen verabschieden musste. Notgedrungen, hat sie mir versichert. Sie wohnt auch nicht mehr in Bad Godesberg, weil sie das warme Klima im Rheintal nicht mehr ertragen kann. Sie bereut das Nichtverhältnis mit Ihnen inzwischen sehr.«

Es schien Stuhr sinnvoll zu sein, sich zunächst reserviert zu halten. »So, tut sie das?«

Der Rechtsanwalt schenkte sich noch einmal nach. »Ja, das tut sie offenbar. Sie würde Sie gerne noch einmal sehen und mit Ihnen über die Dinge sprechen, die seinerzeit offengeblieben sind. Wären Sie einverstanden?«

Sich einmal noch sehen, das tat weh bei der Frau, die er unendlich geliebt hatte, bis sie ihn weggestoßen hatte. War sie etwa ein Pflegefall geworden? Sollte er für sie aufkommen? Doch einmal noch sehen, das klang auch gut. Er war unsicher. »Wo ist Frau Dr. Rieder denn anzutreffen, wenn sie solche Sehnsucht nach mir hegt?«

Dr. Trutz verging sich ein weiteres Mal an der Whiskyflasche, aber dieses Mal goss er das Glas randvoll. Er prostete ihm zu und nahm einen tiefen Schluck, bevor er antwortete. »Ich sehe, Sie werden zustimmen. Frau Dr. Rieder lebt jetzt auf der Insel Föhr. Fahren Sie einfach zum Runghof in Utersum. Meine Mandantin wird Sie dort erwarten.«

Der Gedanke, Angelika nach all den Jahren wiederzusehen, ließ Stuhr schlucken. Vielleicht war es aber auch eine einmalige Möglichkeit, die Angelegenheit zu einem guten Abschluss zu bringen. Seelenfrieden war schließlich auch ein hohes Gut. Er beschloss, auf das Angebot des Rechtsanwaltes einzugehen. »Einverstanden. Wann wird mich Frau Rieder dort erwarten?«

Der inzwischen etwas glasige Blick des Rechtsanwaltes wurde ernst. »Sofort, Herr Stuhr. Meine Mandantin hat mir versichert, dass Sie sofort kommen würden, wenn Ihnen ihr Wunsch bekannt wird. Frau Dr. Rieder erwartet Sie bereits. Wann werden Sie fahren?«

Stuhr musste sich eingestehen, dass Angelika mit ihrer Einschätzung recht hatte. Sie wusste immer schon, dass sie mit ihm Katz und Maus spielen konnte. Was würde Jenny dazu sagen? Hinterging er sie nicht? Stuhr zuckte unschlüssig mit den Schultern.

Beschwörend redete Trutz nun auf ihn ein. »Herr Stuhr, zögern Sie bitte nicht. Glauben Sie mir, wir beide werden davon bestens profitieren. Ein kleiner, unverfänglicher Besuch, das ist doch nicht zu viel von Ihnen verlangt, oder?«

FRISCHER WIND

Der Herbst nahte mit großen Schritten. Eine frische Brise wie heute Morgen hatte sich Kommissar Hansen in der letzten Woche oft gewünscht, denn die für den Spätsommer ungewohnt hohen Temperaturen hatten ihm tagsüber oft den Schweiß auf die Stirn getrieben. Dazu kam noch dieser unerklärliche neue Fall am Wasserturm.

Die unangenehme feuchtkalte Witterung, die ihm jetzt auf dem Weg zum Präsidium entgegenschlug, erschwerte es ihm allerdings, tief Luft zu holen, um seinen Ärger abzulassen. In Gedanken hatte er das anstehende Gespräch mit seinem Polizeidirektor bereits mehrfach durchgespielt, aber egal, wie er es führte, es würde wie immer mit einem Eklat enden.

Als Hansen die Stufen der Polizeidirektion erklomm, meldete sich Fingerloos am Telefon mit ersten Ergebnissen von der Obduktion. »Wir sind ein ganzes Stück weitergekommen, Hansen. Meine Vermutung von gestern scheint sich zu bestätigen. Keinerlei Hinweis auf eine Schussverletzung bei Halbedel. Wir haben die DNA-Proben von ihm mit den Spuren bei der Kramer abgeglichen, aber es gab keine Übereinstimmung. Ansonsten gab es weder genital noch rektal Auffälligkeiten.«

Die grüßenden Kollegen in der Direktion nahm Hansen nur verschwommen zur Kenntnis, während er bei Fingerloos nachhakte. »Wieso denn rektal?«

Es blieb eine Zeit lang still im Telefon, bevor Fingerloos antwortete. »Na ja, Sie wissen schon, bei Schauspielern weiß man doch nie, und die Analysemethode ist die gleiche.«

Hansen schüttelte den Kopf über das Vorurteil von Fingerloos, während er in den ersten Stock stiefelte. Gedankenversunken zog er die Folgerung. »Dann kann sich Halbedel also nicht an der Kramer vergangen haben, wenngleich er das auf dem Turm vor seinem Tod höhnisch in die Nacht geschrien hatte, richtig?«

Fingerloos bestätigte das. »Richtig, Hansen. Niemand hat sich vermutlich an der Kramer vergangen. Aber nicht einmal den Knüppel, mit dem der Köter erschlagen wurde, hat Halbedel in der Hand gehalten.«

Hansen hielt inne. »Es muss sich also mindestens eine zweite Person auf dem Gelände aufgehalten haben, die den Hund erschlagen und die junge Frau niedergeknüppelt hat. Können Sie das von der Spurenaufnahme her bestätigen, Fingerloos?«

Der druckste herum. »Nun, Spuren kann man so oder so zuordnen. An Halbedels Händen gab es keinerlei Spuren von Handschuhen. Es könnte sich durchaus eine zweite Person zeitgleich mit Halbedel auf dem Betriebsgelände aufgehalten haben. Saubere Schuhsohlenabdrücke haben wir leider nicht sichern können, um sie unterschiedlichen Personen zuordnen zu können. Also könnte der Unbekannte den Knüppel ergriffen und den kleinen Kläffer erschlagen haben. Daraufhin hat er auf die herbeieilende Kramer eingeschlagen. Anschließend hat er sie entkleidet …«

Das klang für Hansen unlogisch. »… und sich nicht an ihr vergangen? Wozu hat er sie dann entkleidet?«

Die Antwort von Fingerloos klang ratlos. »Ich weiß es nicht. Dem medizinischen Bericht der Kollegen vom Krankenhaus ist jedenfalls nicht zu entnehmen, dass sie penetriert worden ist. Vielleicht hat dem Täter schlicht und einfach die Zeit gefehlt. Wir waren recht schnell vor Ort.«

Das konnte stimmen. »Was meinen Sie, Fingerloos, sollten wir nicht Kerstin Kramer so bald wie möglich vernehmen?«

Die Antwort des Spurenermittlers klang ernüchternd. »Die Kramer ist vermutlich über den Berg, aber vernehmungsfähig ist sie nicht. Das ist natürlich ärgerlich, denn vielleicht hat sie einen der beiden Täter erkannt und ist deswegen niedergeknüppelt worden. Vielleicht sollte alles aber nur wie eine Sexualstraftat aussehen, um vom tatsächlichen Geschehen abzulenken. Ich weiß es nicht, das müssen Sie schon selbst herausbekommen. Ich jedenfalls habe meinen Job weitgehend erledigt, Herr Kollege.«

Hansen beendete mit einem Dank für die geleistete Arbeit das Gespräch. Dann erschrak er, weil er bereits vor dem Schreibtisch von Magnussens Sekretärin, dem Fräulein Schönerstedt, stand, wie sie sich entgegen dem gewöhnlichen Sprachgebrauch allerseits nennen ließ. Die lächelte ihm jedoch freundlich zu und wies auf die halb geöffnete Tür des Direktionszimmers.

Magnussen hatte sein Kommen bereits bemerkt, denn die knarrige Stimme des Polizeidirektors klang noch eine Spur zackiger als sonst. »Nun treten Sie schon ein, Hauptkommissar Hansen, aber schleppen Sie nicht so viel heiße Luft mit herein.«

Solche Ansagen hasste Hansen abgrundtief, denn schließlich war er kein Depp, der zum Vorsingen eingeladen war. Er grüßte kurz die Vorzimmerdame und begab sich in die Höhle des Löwen.

Magnussen nickte ihm vom Schreibtisch aus nur geringschätzig zu. »Schließen Sie bitte die Tür, Hansen. Wir müssen einmal Tacheles reden. Kann lauter werden.«

Der Kommissar fühlte sich ein wenig wie ein Todeskandidat, der sein eigenes Grab schaufeln musste. Kaum hatte Hansen die Tür zugezogen, da ging das Donnerwetter auch schon los. »Erklären Sie mir bitte, wieso Sie im Wasserturm keinen Schießbefehl erteilt haben. Fehlte Ihnen etwa der Mumm? Oder hatten Sie Angst, weil Sie selbst unter den Eingeschlossenen weilten?«

Natürlich hatte Hansen Angst im Turm gehabt, auch um das Publikum. Den Heldentod erstrebte er nicht, den hatte es für seinen Geschmack in der Weltgeschichte oft genug gegeben. Fast immer mit unbefriedigendem Ergebnis.

»Wer ist schon frei von Angst? Im Endergebnis hat es Halbedel auch so erwischt.«

Magnussen bemühte sich, eine freundlichere Miene aufzusetzen. »Mensch, Hansen, Sie sind doch ein alter Hase. Sie wissen ganz genau, wie misstrauisch die Kieler Rundschau unsere Arbeit beäugt. Ich hatte heute bereits mehrere unangenehme Anrufe von der Verlegerin, die vermutlich ihre Redaktion massiv unter Druck gesetzt hat. Nach dem unerwarteten Wahlsieg meiner Partei wartet die geradezu auf meinen ersten Fehler, um ihre Papierkanonen auf meine Polizeidirektion zu richten. Müssen Sie denn unbedingt die Steilvorlage dazu liefern?«

Die Antwort des Kommissars fiel patzig aus. »Ich bin parteilos, Dr. Magnussen.«

Die Stimme des Polizeidirektors klang jetzt drohend. »Eine Partei bietet einem immerhin Schutz, Hauptkommissar. Wenn man nach allen Flanken hin offen ist, dann muss man gut aufpassen, ob man noch ganz dicht ist.«

Hansen zog es trotz der Beleidigung vor zu schweigen.

Der Polizeidirektor musterte ihn kritisch, bevor er die nächste Attacke startete. »Hansen, glauben Sie mir, im Polizeivollzug wird zukünftig ein anderer, ein frischerer Wind wehen, der die alte Laschheit hier wegblasen wird. Schließlich haben wir es mit Verbrechern zu tun und nicht mit Samaritern.«

Kommissar Hansen zog daraus die Schlussfolgerung. »Sie meinen, wir sollten in Zukunft die Verdächtigen härter rannehmen, richtig?«

Plötzlich strahlte Magnussen. »Richtig! Endlich einmal jemand, der mich versteht. Die neue Führung im Innenministerium hat mich vor den vielen Weicheiern in der Direktion gewarnt. Sie können sich denken, dass ich am liebsten den gesamten Apparat austauschen würde.«

Kommissar Hansen nickte, denn das konnte er sich lebhaft vorstellen. Taugt das alte Spielzeug nicht mehr, muss eben neues her.

Dr. Magnussen nahm das Nicken als Zustimmung zu seiner Ansage, denn die Stimme wurde vertraulicher. »Dann sind wir ja schon drei, die diesen neuen Kurs einschlagen wollen.«

Er griff zum Telefon und führte ein kurzes Gespräch, bevor er seine weiteren Überlegungen mitteilte. »Wissen Sie, gerade zu Beginn muss man im Amt die Pflöcke besonders fest einschlagen. Ich möchte, dass wir drei am Mittwoch auf der Dienstversammlung als Triumvirat von Dienststellenleitung, Ermittlern und Verwaltung auftreten, um möglichst viele Kollegen hinter uns zu scharen. Da kommt der Kollege Zeise ja schon.«

Die eiskalte Wut stieg in Hansen hoch, als er seinen verhassten Büroleiter das Direktionszimmer betreten sah. Ausgerechnet dieser Paragraphenreiter hatte aufgrund seines Parteibuchs das Vertrauen des neuen Dienststellenleiters gewonnen. Am liebsten wäre Hansen auf der Stelle aus dem Raum gelaufen, aber aus taktischen Gründen war es sicherlich klüger, Zeise demonstrativ die Hand zu schütteln.

Dieser schien sich ernsthaft darüber zu freuen. »KoHa, ich habe immer schon gewusst, dass wir noch einmal ganz anders zusammenkommen.«

Wie immer ärgerte sich Hansen über die Verballhornung seines Namens mit der Dienstbezeichnung, aber er ließ es sich nicht anmerken und grinste scheinbar freundlich zurück. Dann hakte er vorsichtig bei Magnussen nach. »Was unternehmen wir denn, wenn sich die Kollegen nicht hinter uns scharen?«

Der Polizeidirektor lachte laut auf. »Dann muss ich Ihre Kollegen eben per Dienstvereinbarung zwingen, schärfer vorzugehen. Parteikollege Zeise hat dafür bereits ein Papier in Arbeit. Natürlich werden alle jammern, aber es ist nun einmal schwierig, Handgranaten diplomatisch zu überreichen.«

Augenzwinkernd lächelte ihn Zeise mit einem breiten Grinsen an, dem zu entnehmen war, dass sich vermutlich im Vorgriff auf einen höher dotierten Posten in den letzten Wochen die Zahl seiner Goldzähne erheblich erhöht hatte. Es war nicht Hansens Art, sich bei seinem Büroleiter einzuschleimen, aber eine gewisse Nähe zum neuen Polizeidirektor konnte in diesen unruhigen Zeiten nicht verkehrt sein. So bemühte sich Hansen, ähnlich schmierig zurückzugrinsen, was ihm allerdings schwerfiel.

Zum Glück klingelte in diesem Moment das Telefon, und in der Folge wendete sich Dr. Magnussen ab, um offensichtlich Dienstinterna mit dem zuständigen Referenten im Innenministerium abzusprechen.

Hansen war sich nicht klar, ob er länger bleiben sollte, bis ihm eine wegwischende Handbewegung des Polizeidirektors verdeutlichte, dass Zeise und er das Feld zu räumen hätten.

Auf leisen Sohlen schlich Hansen hinter Zeise aus dem Raum. Hatte er sich von Magnussen kaufen lassen? Nein, er hatte sich nur aus taktischen Gründen etwas Luft verschafft, um diesen verzwackten Fall in Ruhe lösen zu können. Die Kollegen würde das verstehen.

ZWEI MINUS

Ohne ein wenig vorzuglühen, hätte sich Olli trotz der frühen Abendstunde niemals in die verräucherten Erika-Stuben getraut, in der es von abgefahrenen Typen nur so wimmelte, die sinnentleert zu den Klängen der Musikbox am Tresen abhingen. Zielstrebig eilte er deswegen zu der dubiosen dunkelhäutigen Figur hinter dem Tresen, den Lollo vermutlich wegen des Castro-Bartes und der langen, nach hinten zu einem Zopf verflochtenen Haare als Bombenleger betitelt hatte.

Seine vorsichtige Nachfrage nach Pimmel wurde lediglich mit einem lustlosen Fingerzeig nach unten beantwortet. »Wenn der nicht gerade im Schnee tobt, dann findest du ihn sicher unten im Mondragon.«

Olli konnte sich zunächst keinen Reim auf diese Antwort machen, bis er auf dem Weg zur Toilette wummernde Musik aus dem Untergeschoss vernahm. Vor dem Eingang zu den Örtlichkeiten verwies ein lieblos gestaltetes Werbeschild auf das treppab liegende Tanzcafé Mondragon, das vollmundig Unterhaltung für alle Generationen anpries. Sollte das der Weg zu Patrick Immel sein?

Unschlüssig folgte Olli dem Pfeil, doch je weiter er die Treppe herabschritt, desto schwülstiger gestaltete sich die Discomusik, die von fistelnden männlichen Gesangsstimmen dominiert wurde. Schließlich verharrte er vor einem offenen Portal, hinter dem in einschlägigen Farben Discolichter auf eine leere Tanzfläche zuckten.

Vorsichtig lugte Olli in den Tanzsaal. Es handelte sich um einen umfunktionierten alten Lagerraum, in dem das den Bau tragende Gewölbe nur von wenigen störenden Säulen gestützt wurde. Rechts an der Bar hockten zwar einige männliche Gestalten, doch insgesamt ähnelte das riesige weiß geflieste Etablissement einem unbestückten Fleischereigroßhandel.

Aber das sollte ihm egal sein, er hatte schließlich einen Auftrag zu erfüllen. So nickte Olli dem nächsten herumlungernden männlichen Gast zu und setzte sich neben ihn auf einen Barhocker, um einen Drink zu ordern. Während er versuchte, den Barkeeper ausfindig zu machen, taxierte Olli vorsichtig aus den Augenwinkeln seinen Sitznachbarn, der sich über die unerwartete Abwechslung zu freuen schien. Eigentlich wirkte er mit seinem gegelten Bürstenhaarschnitt und dem gleichmäßig gebräunten Teint ein bisschen zu elegant für diesen Tanzschuppen. Vermutlich sollte die lässige Kleidung darüber hinwegtäuschen.

Ungefragt brachte sein Nachbar die Stimmung im Tanzcafé auf den Punkt. »Schwanzparade heute.«

Olli schaute sich um und musste zustimmen, denn in der Tat langweilten sich nur Männer am Tresen. »Ist es denn sonst anders hier?«, fragte er vorsichtig nach.

Sein Sitznachbar winkte ab. »Nein. Das Hauptgeschäft ist heute schon gelaufen. Die vom Altersheim schlagen meistens mittags so gegen zwei auf. Die kommen teilweise mit dem Rollator angewackelt und schleppen im Gepäckkorb ihre alten Tanzschuhe mit.« Jetzt zeigte sein Sitznachbar auf den Wirt. »Nöffi muss ihnen oft helfen, die viel zu engen Lackschuhe über die Wasserfüße zu stülpen. Aber du glaubst nicht, wie die halbtoten Dinosaurier nach zwei Kurzen förmlich über das Parkett schweben.«

Ollis Blick folgte dem Finger seines Sitznachbarn, der die Bewegungen und Pirouetten auf dem Tanzparkett nachahmte. Dabei bemerkte er eine kleine Tätowierung auf dem Handrücken, die das Gesamtbild ein wenig trübte. Als sein Nachbar den Finger ausstreckte, um die Aufmerksamkeit des schweißgebadeten silbergelockten Wirts auf sich zu ziehen, konnte Olli feststellen, dass es sich bei der Tätowierung um einen mathematischen Bruch handeln musste. Oben war vermutlich ein großes I oder J zu erkennen, unter dem Bruchstrich zweifelsfrei eine zwei. Ollis Blick folgte anschließend dem Fingerzeig, doch besonders knusprig anzusehen war der Wirt nicht, zumal sein aufgeschwemmtes Gesicht neben hervorstechenden riesigen, roten Segelohren eine Nase aufwies, die man entweder nur Steckdosen oder Schweinen zuordnen konnte. Das erklärte zumindest seinen Spitznamen Nöffi.

Weil der Wirtsmann, der jetzt seinen Blick erwiderte, ein außerordentlich gehetzt wirkendes Gesicht aufsetzte, als wenn feindliche Schützenpanzer vor ihm aufgezogen wären, fiel es Olli zunächst ausgesprochen schwer, seinen Wunsch zu äußern. Aber sein stechender Durst setzte sich schließlich durch. »Einen Rum-Schuss, bitte.«

Der Wirt blickte ihn verständig an und nickte mitfühlend, aber in der Folge passierte nichts. Warum bewegte er sich denn nicht? Sicherlich, er war weit über die 60 Lenze hinaus, aber auf den ersten Blick wirkte er durchaus souverän, wenngleich ausgesprochen angestrengt. Sollte er vielleicht Hörschwierigkeiten haben? Olli wiederholte deswegen ein wenig lauter die Bitte nach seinem Mischgetränk.

Wieder sah ihn der Wirt verständig an, aber er setzte sich immer noch nicht in Bewegung, um den Drink zu mischen.

Immerhin sah er ihn jetzt erwartungsvoll an, als wenn er auf eine Bestellung lauern würde. Sein Sitznachbar raunte ihm die Lösung zu. »Nöffi ist ein feiner Kerl, aber mit dem Hören ist es nicht allzu gut bei ihm bestellt. Zeig ihm einfach, was du willst.«

Notgedrungen vollführte Olli mit der rechten Hand eine eindeutige Schluckbewegung, zeigte auf die Rum-Flasche und anschließend auf eine Cola-Flasche auf dem Tresen. Dann reckte er seinen Daumen hoch zum Zeichen der verbindlichen Bestellung.

Jetzt nickte der alte Kämpe aufgeregt, als wenn er aufgerüttelt worden wäre.

Erleichtert ließ sich Olli wieder auf dem Barhocker nieder und genoss das Gefühl, endlich verstanden worden zu sein. Als sich Nöffi mit einem Long-Drink-Glas zu den Eiswürfeln in Bewegung setzte, riss er mit seinem nassen Geschirrhandtuch zwei halbgezapfte Biere unter dem Zapfhahn weg, die klirrend auf dem Boden zerschellten.

Sein Sitznachbar hüllte sich in Schweigen, er schien das schon öfter mitbekommen zu haben.

Zeitungen lagen leider nicht aus, und so stierte Olli einfach nur durstig vor sich hin auf den Tresen. Irgendwann wurde ihm die Zeit zu lang. Er drehte sich zum Wirt um, der sein Gesicht bereits wieder krampfhaft verzerrt hatte, als wenn er der Belastung der Bestellung kaum noch länger standhalten könnte. Zumindest den Rum hatte er inzwischen über die Eiswürfel gegossen, und jetzt tröpfelte er mit angestrengter Miene akribisch die Cola hinzu. Skeptisch kontrollierte er in kurzen Abständen immer wieder den Füllstand.

Mein Gott, dachte sich Olli, der zieht sich bestimmt mit der Kneifzange die Unterhose an.

Irgendwann war es jedoch vollbracht. Prompt folgte Nöffis fleischiger Zeigefinger, der auf den von der Zapfanlage verbauten Zugriff zu seinem Tresenplatz hinwies. »Sie sind zum ersten Mal hier, richtig? Schauen Sie einmal, um den Biertropf komme ich immer so schlecht herum. Können Sie den Rum-Schuss nicht von der Seite zu sich nehmen?«

Das konnte Olli natürlich, und der Wirt quittierte es mit einem dankbaren Lächeln. Er lehnte sich an den Tresen und wischte sich ob der gelungenen Auslieferung mit dem Geschirrhandtuch den Schweiß von der Stirn. Nun ja, essen würde Olli hier nichts.

Sein Sitznachbar konnte sein Lachen kaum noch verbergen, als er Olli zuprostete. »Prost, ich bin Hans-Harald.« Nachdem sich Olli ebenfalls kurz vorgestellt hatte, hob Hans-Harald seine Handfläche über den Kopf. Das war für den Wirt das Signal, ein großes Bier einzuschenken. Der Mann hinter der Theke hatte nicht nur ein echtes Hörproblem, er war auch nicht mehr der Jüngste. Sicherlich gab es für Erdenkinder erstrebenswertere Orte, als in einem verlassenen Tanzsaal hinter einem Tresen seine Rente aufbessern zu müssen.

Olli verspürte immer noch stechenden Durst, der durch den kleinen Long-Drink in keinster Weise gelöscht war. So bedeutete er dem Wirt mit der gleichen Handbewegung wie Hans-Harald über dem Kopf, dass er jetzt auch ein großes Bier ordern wollte.

Nöffi sah ihn rätselnd an. »Mein Herr, möchten Sie etwas bestellen?«

Jetzt übernahm Hans-Harald lautstark die Antwort. »Ja, das möchte er. Genau das Gleiche wie ich, also insgesamt zwei Halbe.«

Der Wirt reagierte darauf mit Tränen in den Augen. »Nicht so laut, Hans-Harald. Denke an die anderen Gäste. Einfach die Hand über den Kopf halten, das reicht. Das machen alle hier so.« Er wendete seinen tadelnden Blick von Olli ab und bewegte sich über die unter seinen Sohlen knirschenden Glassplitter mit zwei großen Biergläsern auf den Zapfhahn zu. Ungefragt begann er die Vorzüge seines Etablissements zu preisen. »Ich gebe alles für meine lieben Gäste. Ich führe nur Biere aus Heimatbestand, dazu Markencola und Edellimo. Vino und Prosecco grundsätzlich nur aus Frankreich. Qualität wird bei mir groß geschrieben. Deswegen auch der gute Zulauf.« Nicht ohne Stolz wies er auf das Dosenkabinett hinter seinem Rücken, das die einschlägigen Marken repräsentieren sollte.

Ollis mechanisches Nicken quittierte der Wirt mit einem kurzen, dankbaren Blick. Dann blickte er flehend zum Zapfhahn, um den Bierdurchfluss zu erhöhen. Premium-Bier, stand auf einem kleinen Reiter. Was tatsächlich aus seinem Zapfhahn rann, das schien keine Sau zu wissen, vermutlich nicht einmal er selbst. Sollte sich Patrick Immel in dieser Kaschemme tatsächlich wohl fühlen?

Wenig später bekam Olli mit einem Augenzwinkern vom ächzenden Wirt endlich seinen Halben unter die Nase geschoben.

Sein Sitznachbar prostete ihm zu. »Willkommen im Club!«

Das verstand Olli nicht, aber er prostete beschwingt

zurück. »In welchem Club auch immer. Bleibt es denn heute beim Totentanz?«

Hans-Harald beschwichtigte ihn. »Abwarten. Meistens kommt um diese Zeit noch einmal Leben in die Bude, wenn die Shops schließen und die tanzwütigen Verkäuferinnen und Friseusen hier hereinschießen. Du kannst das Bier in aller Ruhe trinken.«

Auf einmal richteten sich die Blicke der männlichen Tresengestalten zum Eingang des Tanzcafés, denn offensichtlich hatte sich eine achtköpfige Damenriege entschieden, hier eine spontane Betriebsfeier zu veranstalten. Auf den ersten Blick verursachte das eine gewisse Unruhe am Tresen, denn Tanzlust bei angeschickerten Frauen bildete eine nicht zu unterschätzende Gefahr für Männer.

Nöffi übertrieb, als er mit schmerzverzerrtem Gesicht die sofortige Bezahlung einforderte. »Ich kenne das. Erst hockt ihr durstig am Tresen herum, und dann lauft ihr auf einmal mit den Weibern weg. Bezahlt kurz vorher, dann könnt ihr meinetwegen hinterher den Truthahn stopfen.« Stopfen wollte Olli in diesem Etablissement nichts, aber er entschied sich, für Hans-Harald mitzubezahlen, um vielleicht ein wenig über diesen Immel herauszubekommen.

Die Art und Weise, wie Nöffi fast atemlos mit hochrotem Kopf unter äußerster Anstrengung den Zwanziger in seiner Geldtasche zwischen den anderen Scheinen versenkte, die war kaum noch mit anzusehen. Als sich Olli von diesem Elend abwendete, nahte schon die erste ernsthafte Bedrohung in Form einer kleinen Brünetten, die ihn zum Tanz bat. Warum sollte er Nein sagen, und so folgte er wie ein gockelnder Hahn ihrem wackelnden Po zur Tanzfläche. War sie schon 40? Nein, sie musste jünger als er sein. Er bemühte sich, als einziger Mann auf der Tanzfläche nicht zu prollig zu wirken. Immerhin küsste ihn seine Tanzpartnerin flüchtig zwischen zwei Tänzen, aber das galt nicht ihm, sondern war mehr an ihre Kolleginnen adressiert.

Die Stimmung steigerte sich bei der Damenriege, als sich aus dem offenen Eingangsportal ein neuer, großgewachsener Gast näherte. Ollis Tanzpartnerin wies mit heftigen Handbewegungen ihre angeheiterten Kolleginnen auf die neu eingetretene Lichterscheinung hin und bat ihn um vorzeitige Beendigung des gemeinsamen Tanzvergnügens, um zu ihren Kolleginnen zum Beratschlagen zurückkehren zu können. Olli nickte notgedrungen freundlich und entschied sich, devot zu seinem Sitznachbarn zurückzukehren.

Hans-Harald empfing ihn verständnisvoll lächelnd. »Schau mal einer an. Unsere große weiße Hoffnung hat dich soeben aus dem Rennen geworfen. Er ist der Platzhirsch hier, der Patrick. Der legt alles flach.«

Das war also Patrick Immel. Bevor Olli weiter nachforschen konnte, wandte Hans-Harald seinen Kopf zu dem Wirt. »Nöffi. Gib uns noch einmal zwei Halbe.«

Selbstverständlich unternahm Nöffi keinerlei Anstalten, sich in Bewegung zu setzen. So hob Olli beide Hände über den Kopf, und sofort beugte Nöffi sich schwitzend vor. »Zwei Halbe, richtig.«

Olli hob den Daumen zum Einverständnis. Dann schrie er ihn laut an: »Willst du einen mittrinken?«

Nöffi schüttelte angestrengt den Kopf. »Nee, mittrinken sollte ich besser nicht. Es geht mir gesundheitlich nicht besonders gut, nur so Zwei minus. Wie es eben so ist. Aber die Biere sind in Arbeit.«

Ollis Sitznachbar näherte sich bedrohlich dicht seinem Ohr. »Du musst wissen, der Nöffi hat Lungenkrebs. Halbwertzeit von vier Wochen. Wenn du Glück hast, fällt der um, bevor du bezahlen musst. Einige hier am Tresen spekulieren bereits darauf. Und den Finger vom Stoff bekommt Nöffi auch nicht. Warte nur ab.«

Diese Einlassung hatte der Wirt irgendwie mitbekommen, denn Nöffi beugte sich jetzt fast intim zu ihnen über den Tresen. »Ihr habt über mich gesprochen, richtig? Ihr wisst Bescheid?«

Ollis Sitznachbar nickte stumm.

Nöffis Blick wurde entspannter. »Ja, es wird wohl nicht mehr lange gut gehen für mich. Ich muss aber auch wirklich kein Weihnachtsfest in meinem Leben mehr überstehen. Ich habe einfach schon zu viel erlebt. Jeden Abend nach der Arbeit ziehe ich mir konsequent die Kirschen zu. Für mich wird es jedenfalls keinen schleichenden Tod geben.«

Hans-Harald schien mit der Aussage nur schwer umgehen zu können. »Mensch, Alter. Du darfst doch nicht die Tampen einfach schleifen lassen, nur weil du zurzeit ein wenig schwächelst.«

Jetzt zog Nöffi ein Whiskyglas unter dem Tresen hervor. »Hans-Harald, du bist genau wie ich ein Mann. Ein wenig jünger, und sicher hast du mehr Eleganz als ich. Aber glaube mir, den Laden hier unten im Mondragon habe ich die ganze Zeit nur hochhalten können, weil ich ständig mit den alten Tanzschnepfen ins Bett gekrochen bin.«

»Und dann hast du es ihnen noch einmal richtig besorgt, oder?«

Nöffis Nasenlöcher weiteten sich zu respektabler Größe. Entrüstet hob er die Hände. »Mensch, Hans-Harald. Natürlich ging bei mir nie etwas nach einem Abend hier im Loch, aber ich bin wenigstens schön angedüst an warmem und weichem Fleisch eingeschlafen. Wer hat das schon? Du? Oder dein Kollege vielleicht?«

Nöffi wartete keine Antwort ab und füllte sein Whiskyglas wieder auf. Verschnitt war es nicht, so edel, wie die Flasche aussah. Ob edler Whisky Nöffi zu besserer Gesundheit verhalf, daran hegte Olli jedoch Zweifel.

Seinen Sitznachbarn konnte er nur schwer einschätzen. Wenn man sich abends in einem Fummelbunker wie dem Tanzcafé Mondragon herumtrieb, dann befand man sich auf der Reise aus der Einsamkeit heraus in beliebige Bekanntschaften.

Nöffi beugte sich jetzt vertraulich zu den beiden nach vorne. »Glaubt mir, egal, wo ich aufgewacht bin, jeden Morgen bin ich unter Ausflüchten geflohen. Manchmal war es nicht ganz einfach, ohne Gesichtsverlust das Weite zu suchen.«

Ungläubig fragte Hans-Harald nach. »Warum bist du dann überhaupt mit den alten Schnecken ins Bett gestiegen? Whisky hält doch auch warm.«

Jetzt krochen Dollarzeichen in Nöffis Augen. »Verstehst du nicht, Harald? Die Damen sind allesamt mit ihren Freundinnen hierher gekommen und haben sich ausgesprochen großzügig gezeigt. Mein Großgeschäft mache ich nachmittags von drei bis sechs, den Rest sitze ich meine Zeit hier ab. Das ist aber immer noch besser, als wie Pimmel …«

Hans-Harald zog schnell den erhobenen Finger vor seinen Mund. Nöffi verstummte sofort. Dieser Patrick

Immel hielt hier vermutlich eine herausragende Position inne.

Ausgesprochen unruhig rutschte Hans-Harald auf dem Barhocker herum, und deswegen kommentierte Olli diesen Auftritt auf seine eigene Art. »Der Pimmel zieht mit seinem Gehabe die guten Frauen ab, und ihr dürft euch im Restestechen üben.«

Hans-Harald sah ihn verständnislos mit großen Augen an. »Das hat aber auch einen Haufen Vorteile.«

Vorteile konnte sich Olli nicht so recht vorstellen, und so sah er seinen Sitznachbarn fragend an.

Hans-Harald schob die Erklärung nach. »Na ja, unter uns. Die jungen Dinger kosten nur Geld. Die wollen alles ausgegeben haben, am liebsten Champagner. Wenn es so weit ist, dann zieren sie sich. Bei den Älteren kommst du viel einfacher zum Stich, und die zeigen sich hinterher dankbar, selbst wenn du breit gewesen bist. Genau, was Nöffi erzählt hat. Im Übrigen sind die finanziell meistens besser bestückt, bei denen laufen die Mäuse nicht mit verweinten Augen durch den Kühlschrank.«

Olli bemerkte, dass Hans-Harald jetzt Augenkontakt mit einer von den älteren Kolleginnen aufgenommen hatte. Dennoch, dieser Patrick Immel schien den Laden mit seiner Großmannssucht zu beherrschen. Laut singend gab er bei Nöffi seine Bestellung auf. »Champagner für die Damen, und für mich das Hartgetränk.«

Hans-Harald lieferte die Erklärung. »Das ist aus einem alten Harald-Juhnke-Song. Pimmel bringt den jedes Mal, ersetzt aber ›Herrengedeck‹ durch ›Hartgetränk‹. Der Zeitgeist, du weißt? Aber schau mal, Nöffi hat schon längst eingeschenkt.«

In der Tat stellte Nöffi jetzt unter dem Gejohle der Damenriege die Getränke zur Abholung auf den Tresen.

»Warum muss dieser Pimmel denn nicht sofort bezahlen?«, fragte Olli nach.

Die Antwort von Hans-Harald war verblüffend. »Weil ihm der Schuppen gehört.«

Das erklärte natürlich einiges. Olli überlegte fieberhaft, wie er sich möglichst unverdächtig an ihn heranmachen konnte. Er nahm sich einen Schreiber und einen Zettel vom Tresen, auf den er seine Handynummer schrieb und den Namen Robert Halbedel. Dann stieß er Hans-Harald an, der mit den Augen kaum noch von der einen Dame ablassen konnte. »Hans-Harald, ich muss dringend mit dem Pimmel sprechen. Kannst du ihm nicht diesen Zettel geben? Dann hast du einen Grund, dich an deine Herzensdame neben ihm heranzumachen.«

Hans-Harald beäugte ihn misstrauisch. »Ist da auch kein Stress drauf? Patrick kann leicht sauer werden. Oder willst du Schnee?«

Olli verneinte. Seltsam, schon wieder fiel das Wort ›Schnee‹. Rasch nestelte er aus der Hosentasche einen Hunderter. »Ist da etwa Stress drauf?«

Hans-Harald schüttelte den Kopf und steckte den Schein weg. Er machte sich aber nicht mit dem Zettel auf den Weg, sondern musterte Olli neugierig.

Auf einmal erregte ein Aufschrei am hinteren Ende des Tresens die Gemüter. Nöffi war offensichtlich aus den Latschen gekippt. Sofort lösten sich drei Gestalten vom Tresen. »Wir gehen rasch Hilfe holen.«

Olli nickte Hans-Harald kurz noch einmal zu, zog sich

die Kapuze über den Schopf und schloss sich ihnen an. Unbehelligt gelangte er mit den Zechprellern an die frische Luft.

NACH VENEDIG

Der Fähranleger von Dagebüll war vielleicht nicht der Ort an der nordfriesischen Küste, der den Beginn einer ewigen Liebe zum Nationalpark Wattenmeer begründen konnte.

Nach einer ereignislosen Autofahrt durch die Marsch stand Stuhr ein wenig verloren mit seinem Krabbenbrötchen auf dem Deich dieses verschlafenen Nestes. Sein Blick glitt vom Strandhotel zur Mole mit dem Fähranleger. Die Aufstellfläche mit den vielen Fahrspuren jenseits der Bahngleise, die den Hafen mit dem Eisenbahnnetz verbanden, war in den letzten Jahrzehnten ausgewuchert. Durch die Verlegung gefärbter Betonpflastersteine in den letzten Jahren sollte dieser Wartebereich offenbar aufgewertet werden. Leider hatte dabei ein futuristischer Bau mit Restauration den kleinen sensationellen Imbiss im Abfertigungsgebäude verdrängt, in dem früher die besten Pommes frites Deutschlands über den Tresen gereicht wurden. An diesem kultigen rauchgeschwängerten Ort hatte er vor Ankunft der Fähre mit Angelika oft noch einen Kaffee genossen, bevor sie mit der Autofähre nach Föhr übergesetzt hatten.

Vermutlich wegen der verblichenen Frittenbude empfand er Dagebüll jetzt noch unspektakulärer als früher. Er bedauerte fast ein wenig die Feriengäste, die in diesem verschlafenen Nest Erholung suchten. Gerade jetzt bei Ebbe war der Blick über die schlickigen Wattflächen mit der schmalen Fahrrinne ausgesprochen unspektakulär. Er musste gähnen, was zugegebenermaßen weniger mit der

Eintönigkeit der Landschaft, sondern mehr mit fehlendem Schlaf zu tun hatte.

Aus zahllosen Steuerungsrunden zu alten Zeiten in der Kieler Staatskanzlei wusste Stuhr nur zu gut, dass der vor ihm liegende Hafen, der hauptsächlich von der Frequentierung durch die Fährschiffe der Wyker Dampfschiffs-Reederei und dem kleinen Sommerverkehr von einigen unabhängigen Schiffern zu den Halligen lebte, nur mühsam mit Staatsgeldern vor dem Verschlicken bewahrt werden konnte. Den jahrzehntelangen Wunsch der Insel- und Halligbewohner, den kleinen Hafen zur Verbesserung der Infrastruktur weiter auszubauen, kannte Stuhr allerdings auch aus zahllosen Beerdigungsrunden Erster Klasse in der Staatskanzlei. Natürlich waren die Wünsche der Inselbevölkerung nach Gleichstellung mit der Festlandsbevölkerung irgendwie nachvollziehbar, aber eine Mund-zu-Mund-Beatmung der Wattanrainer zu Lasten der Steuerzahler wollte und konnte sich letztendlich niemand im Land leisten.

Wieder musste er gähnen.

Die Träume, die ihn letzte Nacht durchgerüttelt hatten, waren kaum auszuhalten gewesen. Schweißgebadet war er mehrfach aus seinem Bett hochgeschossen, denn ausgerechnet Angelika war ihm im Traum erschienen. Zweifellos war sie eine intelligente und schöne Frau, und dazu verdiente sie noch ihr eigenes Geld. Mehr als er sogar. Gab es größeres Glück im Leben eines Mannes?

Kinder hatten sie nicht zusammen, das hatte sich nicht ergeben und die wollte sie auch nicht. Dafür wäre sie nicht geschaffen, beteuerte sie immer wieder. Dabei hätte sich Stuhr mit ihr alles vorstellen können, zumal er sich Kinder immer als liebenswerte Wesen vorgestellt hatte, die nach dem Abendessen wie Zombies freiwillig ins Bett wankten.

Stuhr versuchte mehrfach mühselig, sich in eine angenehme Situation mit Angelika einzudenken, die ihn wieder in den Schlaf zurückfinden ließ, aber die ergab sich nicht. Als er zum Wecker blinzelte, war es noch keine vier Uhr. Eine grauenhafte Zeit zum Aufwachen. Warum raubte ihm ausgerechnet Angelika den wohlverdienten Schlaf?

Kaum hatte er die Augen geschlossen, da tauchte sie wieder auf. »Komm, Helge. Höre auf damit. Bei vollen Bezügen in den Ruhestand geschickt zu werden, das ist doch grandios. Andere würden sich alle Finger danach lecken. Du musst dem Schicksal dankbar sein.«

Hinter ihr tauchte überraschend sein Vater in den Wirren des Kriegsendes auf, der, humpelnd nach einem Fußschuss, versuchte, sich über die Tschechei in die zertrümmerten Reste des Deutschen Reiches zu retten. Konnten die beiden sich überhaupt kennen? Stuhr bekam das im Traum nicht aufgelöst und schreckte wieder hoch.

Er musste ein wenig geschlafen haben, aber zum Aufstehen war es immer noch zu früh. Sein Kopf sank wieder auf das Kissen zurück. »Helge. Du bist das größte Miststück, das ich jemals in meinem Leben kennengelernt habe«, hämmerte Angelika schon wieder auf ihn ein. »Dabei warst du der einzige Mann, dem ich jemals vertraut habe. Mein größter Wunsch in meinem Leben wäre, dich niemals gekannt zu haben.«

Das saß. Stuhr schreckte endgültig hoch und saß aufrecht schweißgebadet im Bett. Das waren seinerzeit tatsächlich die letzten Worte, die er von ihr vernommen hatte. Anschließend war Funkstille, obwohl er bisweilen noch versucht hatte, vorsichtig Kontakt mit ihr aufzunehmen. Allerdings umhüllte sie seitdem eine Mauer des Schweigens. Er wusste bis gestern Morgen nicht einmal, wo sie lebte.

Stuhr wurde jetzt von dem Zug abgelenkt, der fahrplanmäßig auf die Mole rollte, um die Fahrgäste der nahenden Fähre aufzunehmen. Die auf dem Hafengelände lungernden Menschen strömten zu ihren Fahrzeugen. Auch er setzte sich in Bewegung, um mit seinem alten Golf über den Brückenausleger auf die Fähre zu gelangen. Bereits beim Anspringen der Schiffsmotoren stiegen tief sitzende Erinnerungen an Angelika in ihm hoch, denn auf der Insel Föhr hatten sie zu allen Jahreszeiten schöne gemeinsame Momente verlebt, während die Zeiten in Bonn mit ihr stets katastrophal für ihre Beziehung waren. Zum Schluss hatte er nur noch das Gefühl, dass sie ihn loswerden wollte. Immer weiter hatte sie ihn aus ihrem Leben gedrängt.

Fast zeitgleich bekam er zunehmend Ärger im Dienst, bis er schließlich eine Regelung angeboten bekam, durch die er frühpensioniert werden konnte. Für die Kollegen galt er als entsorgt. Wie ein begossener Pudel musste er damals aus seinem Büro schleichen.

Es begann eine harte Zeit für ihn, denn das Herumlungern in Baumärkten und das Anstellen von Preisvergleichen in Supermärkten zählten nicht zu seinen Stärken. Er musste sich selbst neu erfinden. Nur schwer kam er langsam wieder auf die Füße. Das war nun alles mehr als ein halbes Jahrzehnt her, aber das unbestimmte Gefühl, dass er letztendlich wegen Angelika aus dem Dienst scheiden musste, das hatte ihn nie verlassen.

Richtig, er wollte deswegen heute bei Dreesen in der Staatskanzlei anrufen. Er zog sein Handy aus der Tasche. Achtmal musste das Telefon am anderen Ende der Leitung anschlagen, bevor abgenommen wurde.

»Oberamtsrat Dreesen, Staatskanzlei. Was kann ich für Sie tun?«, sprach ihn eine unerwartet freundliche und hilfsbereite Stimme an.

»Moin, Dreesen, Stuhr am Apparat. Was ist denn mit dir los? So kenne ich dich gar nicht. Hast du auf einmal die Bürgerfreundlichkeit entdeckt?«

Wie immer, wenn Stuhr versuchte, Dreesen positive Absichten zu unterstellen, dann raubte der ihm sofort jegliche Illusion.

»Stuhr, spinnst du etwa? Du kennst mich doch. Nein, das liegt einzig und allein im Machtwechsel bei uns begründet. Nach der Wahl haben sich in der Staatskanzlei die politischen Verhältnisse verändert. Liest du denn keine Zeitung mehr?«

Natürlich hatte Stuhr stets den landespolitischen Teil der Kieler Rundschau besonders aufmerksam verfolgt, aber seitdem er mit Jenny zusammen war, kam er nur noch die Woche über zur ausgiebigen allmorgendlichen Lektüre. Am Wochenende nahm er lediglich die Schlagzeilen am Kiosk zur Kenntnis. Er würde in dieser Beziehung mit Jenny noch die eine oder andere Stellschraube zu seinen Gunsten justieren müssen. Doch zunächst galt es, Dreesen eine angemessene Antwort zu verpassen. »Was soll der Quatsch, Dreesen? Natürlich lese ich genau wie du unser Käseblatt, und gewählt habe ich natürlich auch. Ich habe sogar mitbekommen, dass unser neuer Landesvater euch zunächst einmal Heulen und Zähneklappern angekündigt hat. Vom Armenhaus Schleswig-Holstein hat er gesprochen. Deswegen hat mich deine Freundlichkeit am Telefon schon verwundert.«

Am anderen Ende der Leitung stöhnte Dreesen auf. »Mensch, Stuhr, lass gut sein. Heulen und Zähneklappern, wenn ich das nur höre, da kommt mir der kalte Konfirmationskaffee hoch. Trotz aller Spar-Appelle der neuen Regierung wird bei uns gerade der alte Teppich herausgerissen, damit der neue Filz eingebracht werden kann. Zudem bekommen alle umlaufenden Gerüchte zurzeit Beine. Das ist eine schlimme Zeit für die Verwaltung. Als ehemaliger Referatsleiter weißt du, dass man sich in solchen Zeiten in das Mauseloch verkriechen muss, bis die neuen Regierenden endlich ihre Linie gefunden haben. Und das kann dauern.«

Das konnte Stuhr nachvollziehen, denn er hatte zu seinen aktiven Zeiten auch einen Machtwechsel in der Staatskanzlei miterlebt. Als die neuen Machthaber einmarschierten, war das so, als ob man einen Krieg verloren hatte. Die Besatzer kamen und fragten einen Löcher in den Bauch, warum man dieses oder jenes getan hatte. Blöde Fragen, denn in der Regel hatte man Anweisungen von der vorherigen politischen Führung bekommen, die schlicht und einfach umzusetzen waren.

Der jetzt schlechter gelaunte Dreesen beendete die Pause. »Erstaunlich war bei diesem Regierungswechsel nur die ungewöhnlich schlechte Stimmung unserer Führungsriege, die die Staatskanzlei verlassen musste. Bis zum letzten Tag vor der Wahl hatten sie Durchhalteparolen propagiert: Wenn das Schiff untergeht, dann betrifft das jeden. Das ist natürlich Quatsch, denn die Kleinen gehen im Bauch des Schiffes unter, während die politisch Verantwortlichen in die Rettungsboote steigen.«

Sein ehemaliger Oberamtsrat hatte recht mit seiner Analyse, denn auch Stuhr war nicht verborgen geblieben, dass Abschied nehmen vermutlich die mit Abstand schwerste Disziplin der politischen Kaste war, obwohl ihnen mit einer dicken Pension ein goldener Handschlag gereicht wurde.

Dreesen begann nun, sich in Selbstmitleid zu versteigen. »Wir einfachen Verwaltungsbeamten müssen selbst in diesen stürmischen Zeiten unverzagt weiter unserem Broterwerb nachgehen und uns irgendwie auf die Macken der neuen Herren einstellen. Das ist nicht immer einfach.«

Stuhr amüsierte sich. »Ich fange gleich an zu weinen, Dreesen. Als Verwaltungsbeamter bist du verpflichtet, den politischen Willen umzusetzen. Dafür kassierst du schließlich ein gutes Gehalt.«

»Richtig. Nur wenn keiner im Haus weiß, welcher politische Wille umgesetzt werden soll, dann kann man leicht auf dem falschen Fuß erwischt werden. Eine gewisse Bürgerfreundlichkeit kann einen in solchen Zeiten durchaus davor schützen, in die Wüste gejagt zu werden.«

Das war wieder einmal ein echter Dreesen, fand Stuhr.

Patzig jaulte sein ehemaliger Oberamtsrat wie ein vom Fressnapf gestoßener hungriger Welpe auf. »Letztendlich ist doch schnurzpiepegal, wer unter mir Ministerpräsident ist. Verwaltungshandeln muss flutschen: Lesen, lachen, lochen.«

Das klang fast so trotzig wie früher, und so versuchte Stuhr, seinen alten Oberamtsrat weiter aufzumuntern. »Pass mal auf, in vier Wochen habt ihr wieder ein ganz normales Tagesgeschäft.«

Nach einer kurzen Pause intervenierte Dreesen glucksend. »Von wegen normales Tagesgeschäft. Wir haben hier in den letzten Wochen unter uns Beschäftigten eine völlig neue Arbeitsphilosophie entwickelt. Wir arbeiten jetzt alle Hand in Hand.«

Während Stuhr versuchte, den Wahrheitsgehalt einzuschätzen, gab Dreesen bereits prustend die Auflösung preis. »Was die linke Hand nicht erledigt, das lässt die rechte Hand liegen.«

In der Folge konnte sich Dreesen kaum noch einbekommen, so dass sich Stuhr mehrfach räuspern musste, um zu seinem Anliegen zu kommen. »Ja, wirklich sehr witzig, Dreesen. Aber vielleicht kannst du etwas mit beiden Händen für mich bewegen. Ich muss Einsicht in meine Personalakte bekommen. Nach fünf Jahren dürfte sie nicht mehr unter Verschluss sein, oder? Die muss irgendwo bei euch gespeichert sein.«

Dreesens Antwort erfolgte zögerlich. »Zugriff habe ich höchstens auf den Hintern der Kollegin Schlenderhahn. Der wackelt in der Regel täglich mehrfach durch die Gänge unseres Zentralarchivs. Wenn du mich freundlich bittest, würde ich für dich das Opfer auf mich nehmen und ihr ein wenig zur Hand gehen.«

Stuhr war erleichtert. Dreesen schien auf seinen Wunsch

einzugehen, und so frotzelte er zurück. »Zur Hand gehen, das kenne ich bei dir. Du machst dir doch einen Spaß bei deiner Kollegin daraus. Dabei würde vermutlich ein Mausklick im Archiv auf deinem Landesnetzrechner reichen.«

»Nein, nein. Bei uns hängen alle Personalakten nach wie vor ausschließlich in unserem Zentralregister, fein säuberlich von A nach Z sortiert. Eine elektronische Sicherung oder Speicherung gibt es meines Wissens nicht.«

Das fand Stuhr ungeheuerlich. »Was passiert denn, wenn euer Archiv einmal abfackelt?«

Dem folgenden Schweigen am Telefon musste Stuhr entnehmen, dass Dreesen offenbar – wie immer in solchen Fällen – keine Antwort wusste und mit den Schultern zuckte.

Es blieb noch eine Zeit lang still am Telefon, bevor Dreesen sich vorsichtig äußerte. »Na, am Freitag schön mit Jenny im Theater gewesen?«

Sein alter Oberamtsrat musste also auch schon die Kieler Rundschau studiert haben. Stuhr antwortete unwirsch, um nicht neuen Streit wegen Jenny aufkommen zu lassen. »Nein, du weißt genau, dass das nicht schön gewesen sein kann. Bist du etwa immer noch eifersüchtig?«

Schnell versicherte Dreesen ihm das Gegenteil. »Mensch, Stuhr, du glaubst gar nicht, wie angenehm es ist, ohne Frau zu leben. Man kommt endlich zu den Dingen, die wirklich wichtig sind.«

Stuhr nutzte die Chance. »Dann sieh zu, Dreesen, dass du an meine Personalakte kommst, bevor sie zu Asche geworden ist.«

Dreesen griff die Vorlage dankbar auf. »Das hängt nur

davon ab, wie lange sich die Kollegin ziert. Aber keine Angst, ich bin dran.«

Allerdings ließ sein ehemaliger Oberamtsrat offen, wo genau er dran war, denn er legte auf.

In Gedanken versunken, ließ Stuhr die Strandpromenade von Wyk auf Föhr hinter der Reling passieren, bis das Vibrieren des Handys seine Aufmerksamkeit verlangte.

Jennys ungewohnt energische Stimme schreckte ihn auf. »Helge, wo steckst du nur? Hier brennt es lichterloh und du bist wie immer schlagartig wie vom Erdboden verschwunden.«

Wegen des lauten Dieselns des Schiffsmotors machte es wenig Sinn, seinen Aufenthalt auf einem Schiff zu verleugnen. »Ich unternehme eine kleine Kreuzfahrt, Jenny. Das Wetter ist schön. Wo brennt es denn?«

Die Stimme von Jenny klang misstrauisch. »Du bist auf einem Schiff? Ich denke, du wirst leicht seekrank. Dann hätten wir doch auch unsere Mittelmeerkreuzfahrt in Angriff nehmen können.«

Der ungewohnt bohrende Charakter ihrer Nachfragen begann Stuhr nervös zu machen. Er musste sie beruhigen. »Darum übe ich ja auch, mein Schatz. Zunächst ganz brav hier auf der Kieler Förde, dann geht es irgendwann mit uns beiden schon noch Richtung Venedig. Wo brennt es denn nun?«

Jenny war mit der Antwort nicht zufrieden, das merkte man ihr an. Zögerlich kam sie zur Sache. »Mich hat Lollo gerade angerufen, Helge. Der ist völlig durch den Wind. Er denkt, dass die gesamte Theatertruppe unter polizeilicher Beobachtung steht. Er hatte am Sonntag Besuch von einem verdeckten Ermittler. Lollo ist in solchen Dingen ausgesprochen sensibel. Kannst du nicht diesen kleinen Kommissar vom Wasserturm anrufen und ihn bitten, meine Künstlerfreunde in Ruhe zu lassen?«

Wie naiv war Jenny, dass sie dachte, er könnte polizeiliche Ermittlungen abwürgen. Gut, dass Olli von ihm geschickt worden war, konnte sie natürlich nicht ahnen, aber das tat nichts weiter zur Sache.

Stuhr spöttelte: »Ein verdeckter Ermittler? Wie kommt Lollo denn darauf?«

»Na ja, ein Schwuler, der nicht schwul ist? Das ist schon auffällig.«

Stuhr unterdrückte einen Fluch. Vermutlich hatte sich Olli zu stereotyp verhalten. Er musste ihr diese fixe Idee schnell ausreden. »Das ist Quatsch, Jenny. Wenn Kommissar Hansen Verdacht in dieser Richtung schöpfen würde, dann hätte er mich längst angerufen, um meine Kontakte zu euch zu nutzen. Rede dem Lollo das bloß aus.«

In die entstehende Pause fiel unglücklicherweise eine Ansage des Kapitäns. »Die Wyker Dampfschiffsreederei dankt Ihnen herzlich für die Überfahrt mit uns zur Insel Föööhh …«

Stuhr klappte fluchend sein Handy zusammen, um die Verbindung zu kappen, aber keine fünf Sekunden später flackerte Jennys Name wieder auf dem Display. Er nahm das Telefonat an, um ›Schlechte Verbindung‹ in den Hörer zu schreien. Dann schaltete er das Gerät endgültig aus, was ihm nicht leicht fiel. Der Abschluss der Sache mit Angelika hatte jedoch Vorrang.

Er richtete seinen Blick über die Reling auf die von roten, klobigen Backsteingebäuden dominierte Silhouette von Wyk auf Föhr, der Inselhauptstadt.

Vorhin hatte er sich noch auf das Wiedersehen mit der Insel und Angelika gefreut. Jetzt hatte er ein schlechtes Gewissen wie ein Schüler, der schwänzt.

Dann näherte sich bereits die Hafeneinfahrt von Wyk.

SICHTWECHSEL

Natürlich schaltete Kommissar Hansen sofort sein Mobiltelefon aus, als er das Universitätsklinikum betrat. Auch wenn er nicht glaubte, dass das Gerät irgendeinen Schaden anrichten würde, so hatte er doch Respekt vor den Ängsten der Patienten. Der Betonbau der Inneren Medizin war ein wenig unübersichtlich, und so dauerte es eine Weile, bis er das Krankenzimmer von Kerstin Kramer gefunden hatte.

Unwirsch quittierte er mit einem kurzen Blick durch die offene Tür das verwaiste Krankenbett. Das Stationszimmer war ebenfalls nicht besetzt, und so trabte er ungeduldig den Flur auf und ab. Mürrisch zog er sein Handy und schaltete es wieder ein, um sich bei Stüber nach dem neuesten Stand der Dinge zu erkundigen. Obwohl sein Oberkommissar seit dem gestrigen Tag wie vom Erdboden verschluckt war, erreichte ihn Hansen sofort. »Mensch, Stüber, wo stecken Sie denn nur? Schon etwas Neues von Fingerloos gehört?«

Stüber zeigte sich ungerührt. »Immer mit der Ruhe, Chef. Ich war in der Uni-Bibliothek und habe gestern den ganzen Tag Interpretationen von Hamlet durchforstet. Sie wissen, diese Verse, die Halbedel vor seinem Tod in die Nacht gerufen hat. Das war hochinteressant. Man kann sogar eine ganze Menge für sich mitnehmen, privat wie dienstlich.«

Stüber sprach in Rätseln. War er bei seinen Nachforschungen auf eine interessante Spur gestoßen?

Hansen konnte sich seine Replik nicht verkneifen. »Ja, wer lesen kann, ist klar im Vorteil. Wie sind Sie denn nur auf den Trichter gekommen?«

»Durch Fingerloos, Chef. Der scheint ein verkappter Intellektueller zu sein. Sein Tipp war Gold wert. Kennen Sie den Text von Sein oder Nichtsein?«

Hansen grantelte zurück. »Kennen ja, aber auswendig gelernt habe ich ihn nicht.«

Stübers Antwort war spitzzüngig. »Das sollten Sie aber, Chef. Wenn Sie die Zeilen des Monologs nämlich genau analysieren, dann ergibt sich ein möglicher Fingerzeig auf Halbedels Motiv und eventuell auch auf das eines Komplizen. Wissen Sie, welche Übersetzung Halbedel bei seinem Monolog gewählt hat?«

Hansen musste passen. »Gibt es denn verschiedene? Ich glaube nicht, dass einer von den Kollegen am Tatort auf diese Feinheit geachtet hat.«

Stübers Belehrung erfolgte umgehend. »Doch. Kollege Fingerloos hat mir versichert, dass es der alte Text von Schlegel war, den Halbedel zitiert hatte. Das ist nämlich nicht ganz unwichtig, um Rückschlüsse zu ziehen.«

Jetzt war Hansen sprachlos. Es war unfassbar, dass sein hausbackener Oberkommissar aus Liebe zu dem Fall mit Hilfe von Fingerloos zu einem Schriftgelehrten mutiert war.

Doch Stüber dozierte ungerührt weiter. »Sie werden in der Schule gelernt haben, dass es in Hamlet um die Sinnfrage des Lebens geht. Soll man sein Schicksal hinnehmen oder dagegen ankämpfen? Schlegel spricht in seiner Übersetzung von der See der Plagen, das ist eine Metapher für die Widrigkeiten des Lebens. Vermutlich sah Halbedel keinen Ausweg mehr, denn eine junge Frau lag niedergeknüppelt mitsamt ihrem toten Hund am Rundweg des Wasserturms. Wenn Halbedel am Tatort erwischt worden wäre, dann hätte er bei seinem ellenlangen Vorstrafenregister damit rechnen müssen, festgenommen zu werden. Der Verlust der Freiheit und endlose Verhöre hätten ihn zermürbt, denn wie Hamlet war Halbedel feinfühlig. Vielleicht fühlte er sich zu schwach, das durchzustehen.«

Diese Theorie von Stüber war nicht von der Hand zu weisen, doch Hansen blieb skeptisch. »Vielleicht hätte er sich irgendwie herausreden können? Redegewandt war er schließlich.«

Stüber schien daran bereits gedacht zu haben. »Richtig, diese Befürchtung hat auch der Kollege Kramer gehabt, und deswegen hat er den Schuss auf ihn abgegeben. Aber neben der Kramer mit dem Hund muss es einen zweiten Grund für Halbedel gegeben haben, die Flucht auf den Turm anzutreten. Genau das habe ich gestern beim Studium der Interpretationen herausgefunden: Schlafen ist für Shakespeare nichts anderes als Sterben, aber Halbedels letztes, nicht mehr ganz vollendetes Wort war ›Träumen‹, was eigentlich erst viel später im Monolog folgt. Ich möchte Sie von den Feinheiten der Glaubenskämpfe verschonen, die die Interpretatoren untereinander ausfechten, Kommissar Hansen. Aber im Gegensatz zu Hamlet, der dazu neigt, nicht den Freitod zu wählen, weil er Angst hat, dann träumen zu müssen, schien Halbedel davor keine Angst zu haben. Warum?«

Stüber konnte einem aber auch unglaublich verzwackte Fragen stellen. Kommissar Hansen sehnte sich nach den alten Zeiten zurück, in denen sein Oberkommissar über die schlechten Launen der Witwe Eilenstein lamentierte. »Na, weil Halbedel ein aufgeklärter Mensch war«, lautete die Vermutung des Kommissars.

Doch Stüber wusste es besser. »Falsch, Chef. Weil er bereits am Träumen war. Er hatte Drogen genommen. Genauer gesagt: Kokain. Durch seinen Rausch sah er sich nicht mehr in der Lage, sich angemessen gegen die Polizeikräfte zur Wehr zu setzen. Deshalb die Flucht auf den Turm, deswegen die bizarre Vorstellung dort, und aus diesem Grund auch der Sturz in die Tiefe. Er wollte seinen grausamen Traum beenden.«

Kommissar Hansen holte tief Atem, bevor er begann, die Luftschlösser von Stüber zu attackieren. »Das ist aber ausgesprochen weit hergeholt, Stüber. Ich brauche Fakten. Belastbares Material.«

Doch Stüber war erst am Anfang. »Ich habe gestern gegenüber Fingerloos meine Vermutung geäußert. Auf seine Veranlassung hin haben die Kollegen in der Gerichtsmedizin daraufhin den Nachweis führen können, dass Halbedel tatsächlich kurz vor seinem Tod gekokst haben muss. Viel wichtiger aber ist: er war dabei nicht alleine.«

Hansen pfiff durch die Zähne. »Das ist in der Tat interessant. Was hat Sie darauf schließen lassen, dass Halbedel einen Kumpanen gehabt hatte?«

Stüber prasselte jetzt los. »Da Halbedel kurz vor seinem Tod noch eine Linie gezogen hat, liegt die Vermutung nahe, dass er sich deswegen vor dem Turm aufgehalten hat, denn drinnen gibt es weder vor noch hinter der Bühne eine Möglichkeit, unbeobachtet zu bleiben. Fingerloos hat daraufhin den gesamten eingesammelten Müll auf Kokainspuren untersuchen lassen, und siehe da, an einem kleinen Plastikbeutelchen haben sie Rauschgiftspuren entdeckt. Eben gerade rief mich Fingerloos an, weil er Sie nicht erwischen konnte. Stellen Sie sich vor: Die Leute von Fingerloos haben nicht nur Halbedels Fingerabdrücke auf dem Plastikbeutel gefunden, sondern auch die einer anderen Person. Diesen Fingerabdruck haben sie wiederum auch auf dem Knüppel gefunden, den der Täter benutzt hatte.«

Hansen ärgerte sich. Kaum hatte er einmal sein Handy ausgeschaltet, schon überschlugen sich die Ereignisse. »Ist bereits der Abgleich mit dem Zentralcomputer erfolgt?«

Jetzt wurde Stübers Stimme kleinlauter. »Ja, Chef. Negativ.«

Das war ausgesprochen ärgerlich. »Was schlagen Sie vor, Stüber?«

Stübers Vorschlag klang nicht überzeugend. »Ich schlage vor, dass wir von allen Männern der Schauspieltruppe Fingerabdrücke nehmen lassen. Soll ich die Hamburger Kollegen darum bitten?«

Dagegen war natürlich nichts einzuwenden, wenngleich Hansen die Nachforschungen von Oliver Heldt nach diesem Patrick Immel für weitaus erfolgversprechender hielt. Um ein Lob für seinen Oberkommissar schien er jedoch nicht herumzukommen. »Gut gemacht, Stüber. Dann sehen Sie zu, dass Sie jetzt mit den Hamburger Kollegen rasch Erfolge erzielen, sonst enden Sie noch als Shakespeareforscher.«

Stüber lachte kurz auf, aber seine Antwort bekam Hansen nicht mehr mit, denn in diesem Moment bog im Sturmschritt die Stationsschwester um die Ecke. Erbost entwendete sie ihm das Telefon und schaltete es ohne Nachfrage einfach aus.

»Wollen Sie etwa unsere hochempfindliche OP-Technik lahmlegen? Haben Sie denn die Verbotsschilder nicht gesehen?«

Hansen zog seine Dienstmarke und forderte mit geöffneter Hand sein Diensttelefon zurück.

Die resolute Schwester zögerte einen Moment, bevor sie ihm das Gerät wieder aushändigte. »Das bleibt aber aus, Kommissar. Stellen Sie sich vor, Sie unterziehen sich nebenan einer Herzoperation und hier dudeln die Handys. Da würden Sie aber Panik schieben.«

Hansen nickte sauertöpfisch, denn die Schwester hatte natürlich recht.

Argwöhnisch bohrte sie nach. »Was führt Sie überhaupt in unsere Anstalt? Habe ich etwa einen Strafzettel übersehen?«

Hansen schüttelte den Kopf. »Nein, der Kollege von der Spurensicherung hatte gestern Abend Kontakt mit dem diensthabenden Arzt. Er hat mir das Krankenzimmer von Frau Kramer benannt. Ich wollte die junge Dame vernehmen.«

Die Antwort der Schwester war enttäuschend. »Das war gestern Abend. Heute Nacht musste Frau Kramer wieder notoperiert werden. Es hatten sich bedrohliche Blutergüsse unter der Schädeldecke gebildet. Die Not-OP ist glücklicherweise ohne weitere Komplikationen verlaufen. Aber zwei Operationen innerhalb von wenigen Tagen, das muss ein Mensch erst einmal verkraften.«

Das war nicht abzustreiten, und so nickte Hansen mitfühlend. »Ist sie denn ansprechbar?«

»Das würde ich so nicht sagen. Sie scheint irgendwie ihre Sprache verloren zu haben. Gestern war ihr Vater zu Besuch. Er hat lange auf sie eingeredet, und ab und zu hat sie zu nicken versucht. Ich weiß nicht, worüber er mit ihr gesprochen hat, aber es muss ihr sehr unter die Haut gegangen sein.«

Natürlich war Hansen klar, dass die Kramer einen heftigen Schock erlitten haben musste, dennoch, er musste sie dringend vernehmen. »Wo liegt sie denn jetzt?«

Die Stationsschwester kämpfte sichtlich mit sich, ob sie diese Information preisgeben wollte, aber sie ließ sich schließlich erweichen. »Jetzt liegt sie apathisch im Aufwachzimmer, da wird sie die nächsten 24 Stunden auch bleiben. Sie wirkt, als wenn das Leben aus ihr gewichen wäre, wenngleich sie sich nach den Aussagen der Ärzte physisch auf dem Weg der Besserung befinden soll. Wir haben bereits Kontakt mit den Kollegen vom psychologischen Dienst aufgenommen, die sie betreuen werden, sobald sich ihr Zustand stabilisiert hat. Diese Apathie tritt nicht selten nach Überfällen auf.«

Hansen hakte nach. »Sie meinen eine Sexualtherapie?«

Die Schwester sah ihn erstaunt an. »Wie kommen Sie denn darauf? Nein, ich meine die übermäßig brutale Gewalteinwirkung mit dem Knüppel auf ihrem Schädel. Einen sexuellen Übergriff hat der Professor laut Krankenakte ausgeschlossen. Das hat doch auch seine Sekretärin schon Ihrem Kollegen vom Spurendienst telefonisch übermittelt.«

Richtig. Fingerloos hatte davon gesprochen. »Der Professor ist nicht für mich zu sprechen?«

»Wohl kaum, der ist heute Morgen völlig erschöpft nach Hause gefahren. Lassen Sie ihn schlafen, was soll er Ihnen denn mehr erzählen, als in der Krankenakte steht? So richtig sprechen hat Frau Kramer hier noch mit keinem können, so, wie die zugerichtet war.« Die Schwester zuckte bedauernd die Schultern.

Hansen sah ein, dass hier nichts mehr zu machen war. Er verabschiedete sich und verließ die Station. Er hätte gerne selbst mit Fingerloos gesprochen, aber viele Piktogramme wiesen darauf hin, dass das Handyverbot selbst auf den weitläufigen Fluren galt. Schließlich entdeckte er eine kleine Kantine. Er entschied sich, einen Kaffee zu holen, und suchte sich einen freien Platz. Wenig später nahm am Nebentisch ein Mann Platz, den er nur zu gut kannte. Hansen schnappte sich seinen Kaffee und rückte hinüber. »Ah, der Kollege Kramer. Tut mir leid wegen neulich, aber unser neuer Polizeidirektor hatte mir mächtig Dampf gemacht. Kann ich das mit einem Kaffee wiedergutmachen?«

Kramer blickte nicht auf. Erst nach einer Weile brach er sein Schweigen. »Nein, danke. Da ist nichts gutzumachen. Sie haben nur Ihre Pflicht getan, Kommissar. Ich habe doch selbst geglaubt, diesen Schurken umgelegt zu haben. Wie das Leben so spielt. Dabei wäre mir wohler, wenn er durch meine Kugel gestorben wäre.«

Hansen entschied, Kramer nicht vom neuesten Ermittlungsstand in Kenntnis zu setzen, sondern von Halbedel abzulenken. »Dann hätte Ihre Tochter aber nicht mehr viel von Ihnen gehabt.«

Die Antwort von Kramer klang schroff. »Falsch, Kommissar. Was habe ich denn jetzt von meiner Tochter außer einem Klumpen malträtiertes Fleisch. Haben Sie sie nicht gesehen?«

Hansen schüttelte schweigend den Kopf.

Kramer fuhr fort. »Ich habe gestern lange bei ihr am Bett

gesessen und auf sie eingeredet. Sie scheint sich an nichts erinnern zu können. Das Einzige, worauf sie reagiert, ist der Tod ihrer kleinen Schwester. Das ist nun aber schon mehr als 20 Jahre her.«

An dieser Stelle hakte Hansen ein. »Bei der Vernehmung am Samstag haben Sie ausgesagt, dass sich Kerstin Vorwürfe wegen des Todes ihrer kleinen Schwester gemacht hat.«

Kramer ging tief in sich, bevor er leise zu sprechen begann. »Da gibt es eigentlich nicht viel zu erzählen. Die beiden waren auf dem Weg zum Einkaufen. Kerstin passte auf die Lütte auf. Das machte sie gut, aber sie wurde durch eine Auslage im Spielzeuggeschäft abgelenkt. In diesem Moment ist der Ball unserer Lütten auf die Straße gerollt. Wie Kinder so sind, ist sie hinterher, bevor Kerstin das mitbekommen hat. Der beladene Kieslaster, der viel zu schnell unterwegs war, war ein 40-Tonner. Kerstin hat das nie verwunden.«

Hansen nickte betreten. »Sie haben gestern mit ihr darüber gesprochen, richtig?«

Kramer zögerte mit der Antwort, aber er schien ihm zu vertrauen. »Ja. Ich habe den Eindruck, dass Kerstin im Unterbewusstsein denkt, dass der Kieslaster jetzt auch sie erwischt hat und dass daher ihre Verletzungen stammen. Sprechen konnte sie gestern nicht. Heute vermutlich erst recht nicht nach dieser schweren Operation. Es ist furchtbar.«

Dem musste Hansen zustimmen. »Sagen Sie, Kollege Kramer, damals nach dem Unglück, hat sich bei Ihrer Tochter etwas im Wesen verändert?«

Kramer nickte nachdenklich. »Natürlich, eigentlich

alles. Sie konnte nicht mehr alleine in der Wohnung sein. Sie hat sich oft in eine Ecke verdrückt und mit den Spielsachen ihrer kleinen Schwester gespielt, obwohl sie eigentlich viel zu alt dafür war. Sie war dann in ihre eigene Welt versunken, und wir kamen nicht mehr an sie heran.«

»Sie ist dann aber irgendwann ausgezogen, in die Hansastraße, richtig?« Das bestätigte Kramer. »Richtig, zu Beginn ihres Studiums ist Kerstin mit ihrer Freundin Claudia zusammengezogen. Das ging auch eine ganze Zeit gut. Wir dachten schon, dass Kerstin sich wieder fangen würde. Dann hat Claudia einen Mann kennengelernt und ist mit ihm weggezogen. Danach habe ich viel Ärger mit Kerstin gehabt.«

Kommissar Hansen zog fragend die Augenbrauen hoch, und Kramer erzählte weiter. »Ja, richtigen Ärger. Sie konnte seitdem nicht mehr alleine sein. Sie hat sich viel mit wildfremden Männern herumgetrieben. Ich habe sie öfter aufgesucht und die Kerle aus ihrer Wohnung rausgeschmissen. Sie war anscheinend nicht besonders wählerisch. Das besserte sich erst, seitdem sie Jock hatte.«

Hansen war erstaunt, wie offen Kramer über seine Tochter sprach. »Sie waren deswegen enttäuscht von Ihrer Tochter?«

»Enttäuscht? Nein. Wissen Sie, man kann doch nie in einen Menschen ganz hineingucken, nicht einmal in die eigenen Kinder.«

»Können Sie sich vorstellen, dass Ihre Tochter Drogen genommen hat?«

Kramer schüttelte energisch den Kopf. »Nein, das hätte ich bemerkt. Natürlich ist es ungewöhnlich, wenn der eigene Vater bei der volljährigen Tochter aufräumt.

Aber ich hatte immer das Gefühl, dass ich ihr noch etwas schuldig bin. Ich habe es immer gut mit ihr gemeint und sie geliebt, auch wenn ich vielleicht nicht alles richtig bei meiner Erziehung gemacht habe. Das habe ich ihr gestern gesagt.«

Hansen nickte anerkennend. »Hut ab, Kollege Kramer. Manche Väter bekommen so etwas nie über die Lippen.«

Doch Kramer wehrte ab. »Ich hätte es ihr vielleicht eher schon einmal sagen sollen, um ihr Mut zu machen. Sie dachte wohl immer, dass wir sie nach dem Tod unserer Lütten nicht mehr lieben würden. Vielleicht ist es jetzt zu spät. Ich habe Angst, dass sie sich noch mehr in ihre eigene Welt flüchtet. Wenn Sie mir nur einen Gefallen tun können, Kommissar, dann lassen Sie das Mädel erst einmal in Ruhe. Ich habe kein gutes Gefühl.«

Das hatte Hansen auch nicht, aber er ließ es sich nicht anmerken. »Verlassen Sie sich darauf, Kollege. Wir bekommen den Täter, notfalls auch ohne die Aussage Ihrer Tochter. Kopf hoch.«

Kramer nickte zum Dank.

Kommissar Hansen wechselte das Thema. »Und wann geht es wieder in den Dienst?«

Kramer zuckte mit den Schultern. »Ich weiß es nicht. Zurzeit bin ich noch beurlaubt, zum Glück bei vollen Bezügen. Normal muss man mit vier Wochen rechnen, bis die Untersuchungen abgeschlossen sind. Viel mehr als eine Ermahnung wird dabei hoffentlich nicht herauskommen. Eigentlich passt mir das ganz gut, so kann ich diese Zeit auf meine Art ganz nah bei Kerstin sein.«

Dann hat das Ganze auch etwas Gutes, dachte sich Hansen und nickte zustimmend. »Ihre Frau ist zur Arbeit?«

Kramer schwieg eine Zeit lang, bis seine heisere Stimme das Wort formte, welches er vermutlich nicht so gerne in den Mund nahm. »Durchgebrannt.« Erst kurze Zeit später folgte eine knappe Erläuterung. »Bereits vor zwei Jahren. Ich habe doch außer Kerstin niemanden.«

Hansen entschied sich, es bei einem freundschaftlichen Klaps auf die Schulter zu belassen. Mit welchen Worten hätte er den armen Teufel schon trösten können?

Den kalten Kaffee ließ Hansen stehen.

GLAUBE, LIEBE, HOFFNUNG

Die Fahrt mit dem alten Golf in den äußersten Südwesten der Insel Föhr nach Utersum verlief nicht besonders spektakulär. Bewaldete Flächen gab es kaum, und die kleinen Orte am Wegesrand auf der Fahrt über den flachen Geestrücken wirkten tief im Schlaf versunken. Utersum entpuppte sich schließlich als ein Friesendorf, in dem Reetdachhäuser das Ortsbild bestimmten. Schnell fand er die Straße zum Runghof, und wenig später parkte er nach dem Passieren von drei Hünengräbern vor Angelikas imposantem Anwesen.

Das flaue Gefühl im Magen behagte Stuhr überhaupt nicht, als er den vergoldeten Klingelknopf der reetgedeckten Villa drückte, denn einen richtigen Plan, wie er Angelika begegnen wollte, den hatte er nicht. Er würde das Gespräch mit ihr in aller Ruhe führen, und wenn er seinen Seelenfrieden wiedergefunden hatte, dann würde er sich aus dem Staub machen.

Zum Glück dauerte es nicht lange, bis Geräusche im Flur das Öffnen der Tür ankündigten. Wenige Sekunden später strahlte ihn Angelika an, als wenn er nur einmal kurz zum Rasenmähen hinausgegangen wäre.

»Komm herein, Helge. Oder muss ich dich Stuhr nennen, so wie früher?«

Stuhr schüttelte eilig den Kopf und reinigte auf der Fußmatte gründlich seine Schuhe. »Nein, natürlich nicht. Dein Rechtsverdreher, dieser Dr. Trutz, der hat mir gesagt, dass du mit mir noch einmal über die Dinge sprechen möchtest, die seinerzeit offengeblieben sind.«

Angelika überging seine Einlassung. »Nun übertreib man nicht mit dem Schuheputzen, Helge. Das hast du früher nie gemacht. Magst du einen Cappuccino?«

Stuhr nickte, und bereits auf dem Weg in die Küche musste er sich staunend umsehen. Wirkte die weißgetünchte Reetdachvilla bereits von außen ausgesprochen edel, so verstärkte sich der Eindruck durch das sorgfältig ausgewählte moderne Interieur.

In der Küche drückte Angelika den Knopf einer ultramodernen Espressomaschine mit einer gläsernen Front. Das Mahlwerk begann leise zu arbeiten, und wenig später ergoss sich das schäumende Gebräu in eine Designertasse.

»Wir wollen doch aber nicht in der Küche sitzen, oder?«

Stuhr schüttelte den Kopf, und so führte sie ihn in den Wohnbereich. Eine große Fensterfront dominierte den Raum, hinter der sich ein prächtiger Ausblick auf die Nordspitze der Insel Amrum auftat. Er näherte sich wie ein kleines Kind der Fensterfront, um den imposanten Bilderbuchblick auf die gegenüberliegende Insel mit den winzigen weißen Häusern, die in eine sanft geschwungene Dünenkette eingebettet waren, in sich aufzunehmen. Der darüber thronende rotweiße Leuchtturm hielt Wacht über dieses Idyll, das nicht allzu fern von hier entfernt lag. Offensichtlich herrschte Ebbe, und eine kleine Gruppe von Wattwanderern war im Begriff, den die Insel trennenden Priel zwischen Amrum und Föhr zu durchqueren.

»Nicht schlecht, wie du wohnst, Frau Doktor«, rutschte es Stuhr heraus, obwohl er keinerlei Neid zeigen wollte.

Angelika lächelte ihn abgeklärt an. »Du spielst sicherlich auf diesen wundervollen Blick an. Nun, die Föhrer denken schon lange, dass auf Amrum die Strandräuber hausen. Das stimmt aber nicht ganz, denn Norddorf dort gegenüber ist trotz der schlechten Verkehrsanbindung einer der größten Fremdenverkehrsorte in Schleswig-Holstein, was hier natürlich keiner wahrhaben will.«

Auch ohne Plan hatte sich Stuhr vorgenommen, locker zu bleiben, und so fragte er verschmitzt nach. »Und warum steht dein Häuslein dann nicht dort drüben?«

Angelika reagierte schnippisch. »Auf Föhr habe ich alles gefunden, was ich benötige.«

Lächelnd nickte ihr Stuhr zu, auch wenn die Schönfärberei von früher sich bei ihr fortzusetzen schien. Unterkriegen lassen wollte er sich jedoch nicht. »Verstehe mich nicht verkehrt, aber aus der Portokasse wirst du diese Hütte kaum bezahlt haben. Selbst als hoch bezahlte Bundesbeamtin musst du eine überobligatorische Einnahme verbucht haben, um dir so etwas leisten zu können.«

Angelika lächelte ihn daraufhin mit ihrem unschuldigen Blick an, der ihn früher schon oft verzweifeln ließ. Ihre Antwort hatte es jedoch in sich. »Die erfahrene Ehefrau behält im Falle einer Scheidung alles, außer den Ehemann.«

Das überrumpelte Stuhr. »Was, du warst verheiratet?«

Angelika antwortete, als wenn es das Normalste auf der Welt wäre. »Ja, das ließ sich seinerzeit irgendwann nicht mehr umgehen. Mein Mann war schließlich Staatssekretär in unserem Bonner Ministerium. Wegen der Geburt meiner Tochter nahmen die Gerüchte über uns immer mehr zu. Wir hatten schließlich keine andere Wahl, als zu heiraten, wenn wir beide im Amt verbleiben wollten. Überrascht dich das?«

Stuhr war nicht überrascht, er war stinksauer. Das konnte doch nicht sein, dass seine unglückliche große Liebe so mir nichts dir nichts geheiratet und nun sogar ein Kind hatte. Doch er hatte sich vorgenommen, ihr gegenüber keinerlei Schwäche zu zeigen. Er zwang sich, die Ruhe zu bewahren und nur behutsam nachzufragen. »Was ist mit euch denn schiefgelaufen, wenn man fragen darf? War er kein guter Vater?«

Angelika warf resolut ihre langen Haare zurück. »Ich weiß nicht, ob er ihr Vater ist. Er hat es nie angezweifelt, und so gab es keinerlei Anlass, das näher zu untersuchen. Ansonsten kam sowieso nur noch ein anderer infrage.«

Noch einer? Genervt fragte er nach. »Um Himmels willen, wer denn noch?«

Ihr Blick wurde stechend. »Ja, wer denn wohl? Du natürlich!«

Zum Glück war das Polster des weißen Ledersessels, in den Stuhr niedersank, angenehm weich. Irritiert fragte er nach. »Aber wir haben uns doch schon seit mehr als sechs Jahren nicht mehr gesehen. Wie soll das denn gehen? An jungfräuliche Geburten vermag ich nicht zu glauben.«

Jetzt wurde ihr Ton schnippisch. »Wieso, was soll daran nicht gehen? Laura wird nächste Woche elf.«

Stuhr ersparte sich die Nachrechnerei, denn die Vorstellung, vielleicht Vater einer Tochter zu sein, die wollte überhaupt nicht in seinen Kopf hinein. »Wo ist deine Tochter denn jetzt?«

Angelikas Ton blieb schnippisch. »In der Schule, wo

denn sonst? Es sind eben nicht alle Menschen auf der Welt von Pflichten freigestellt wie du.«

Stuhr hielt dagegen. »Und auch du.« Dennoch war es Stuhr ganz lieb, dass ihm zunächst eine Begegnung mit ihrer Tochter erspart blieb, denn diesen Schock musste er erst einmal verdauen. Natürlich drängten sich ihm sofort einige Fragen auf, aber die musste er in Ruhe überschlafen.

Angelika beugte sich ein wenig vor und öffnete eine Klappe der Schrankwand, hinter der sich offenbar eine Bar verbarg. Ihre gertenschlanke Figur war immer noch tadellos, und er konnte nicht verhehlen, dass er sich nach einer Berührung mit ihr sehnte. Sie reichte ihm ein Cognacglas. »Ich weiß, du trinkst keine harten Sachen, aber du siehst irgendwie aus, als wenn du einen Beruhigungsschnaps vertragen könntest. Weißbier führe ich nicht im Sortiment.«

Stuhr nahm dankend den Schwenker entgegen. »Wir wollen schließlich ja auch nicht tagsüber das Trinken beginnen.« Bereits nach dem ersten Schluck breitete sich wohltuende Wärme in seinem Magen aus. »Ich hätte übrigens auch noch einige Nachfragen.«

Angelika musterte ihn skeptisch, bevor sie sich ebenfalls setzte. »Dann schieß los, Helge. Ich dachte, ich hätte dir bereits alles erzählt.«

»Du meinst, du hattest damals schon das Kind, als wir uns immer wieder in Bonn und auf Föhr getroffen haben? Und musstest Schluss mit mir machen wegen deiner Heirat?«

Angelika begann zu weinen. »Ich wollte dich doch. Das mit meiner Tochter war ein Betriebsunfall. Ich habe versucht, das so weit wie möglich in Bonn zu verheimlichen. Aber irgendwann war eine Heirat unvermeidlich, mein Mann und ich hätten sonst die Ministerien wechseln müssen. Was hättest du denn an meiner Stelle gemacht?«

Ja, wie hätte er an ihrer Stelle reagiert? Am besten überging Stuhr die Frage einfach. »Was ist denn jetzt mit deinem Mann?«

Es war schon erstaunlich, wie Angelika ohne jegliche Gemütsregung antwortete. »Der hat inzwischen unter der Erde seinen Frieden gefunden. Er hat sich das alles zu sehr zu Herzen genommen und ist schließlich im Alkohol ersoffen.«

Stuhrs aufkommendes Mitgefühl war nicht gespielt. »Deine arme Tochter. Das muss ja furchtbar für sie gewesen sein.«

Angelika blieb jedoch kühl. »Sie hat ihn kaum gekannt. Er hat immer nur gearbeitet und war selten einmal zu Hause. Schließlich war es mehr oder weniger eine Scheinehe, die wir geführt haben. Ich habe ihn nicht wirklich geliebt, und er wusste das. Mein Herz hing immer nur an dir. Das Beste an ihm war das Erbe, das er hinterlassen hat. Ein hübsches Sümmchen hatte er zusammengespart. Ich muss jedenfalls nicht mehr arbeiten.«

Wieder musste Stuhr schlucken. Was war das nur ein für berechnendes Monster, das er geliebt hatte? Nein, mit ihr wollte er eigentlich nichts mehr am Hut haben. Er machte seinem Unmut Luft. »Das sind ja schöne Sachen, die du mir erzählst, Angelika. Wenn ich das alles gewusst hätte, dann wäre ich sicherlich kaum hergekommen, und ob ich mich seinerzeit auf dich in Bonn eingelassen hätte, da wäre ich mir unsicher. Ich denke, ich werde mich lieber gleich wieder auf den Weg machen. Kann ich noch irgendetwas für dich tun?«

Angelika lächelte ihn entwaffnend an. »Wenn du mich schon so fragst, Helge. Sicher. Mich heiraten. Nichts weiter.«

Stuhr fühlte sich von Angelika völlig überrumpelt. Ungläubig blickte er ihr fest in die Augen. Unweigerlich musste er dabei an Jenny denken, die er doch liebte und die ihm vertraute. Hastig leerte er das Cognacglas und stand auf. »Es tut mir leid, Angelika, aber ich bin nicht ganz ungebunden. Ich kann dich nicht einfach so heiraten, selbst wenn ich wollte. Du musst mich verstehen.«

Sie schien seine Einwendungen jedoch nicht sonderlich ernst zu nehmen, denn sie strich sich mit ihren gepflegten Händen verführerisch von oben bis unten über ihre schlanke Figur, bevor sie spöttisch antwortete. »Du willst mich nicht? Du begehrst mich nicht mehr? Helge, du lügst dich doch selbst an.«

Stuhr begann zu stottern, aber er war sich nicht klar, ob er das überhaupt abstreiten sollte.

Angelika fiel ihm ins Wort. »Meinetwegen auch nur eine Scheinehe, Helge. Dennoch, wenn du Verlangen nach mir hast, bist du mir jederzeit willkommen.«

Das Angebot klang verlockend, wenngleich er mit keinem Menschen auf der Welt darüber reden konnte. Wer hätte gedacht, dass er noch einmal die Finger an Angelika bekommen würde? Stuhr taxierte sie. »Warum willst du denn überhaupt wieder heiraten, Angelika? Du hast doch alles.«

Durch seine unüberlegte Frage war das Gespräch allerdings schlagartig an einen Punkt gelangt, an dem mit Angelika nicht mehr zu verhandeln war. Sie blickte düster aus dem Fenster. »Meine Tochter Laura braucht einen Vater. Wenn mit mir einmal irgendetwas geschieht, dann ist sie ganz allein auf der Welt. Das will ich nicht. Basta!«

Stuhr wusste zwar, dass er jetzt auf Granit beißen würde, aber er nahm seinen ganzen Mut zusammen, um ihr bereits im Vorfeld das Ansinnen auszureden. »Was soll dir schon groß passieren, Angelika? Du bist bestmöglich abgesichert, und krank erscheinst du mir auch nicht, obwohl Dr. Trutz eine seltsame Andeutung in diese Richtung gemacht hat.«

Angelika lachte kurz auf. »Ich habe ihn natürlich angelogen. Wer weiß, ob du sonst überhaupt gekommen wärst? Glaube mir, Helge, ich habe die ganzen letzten schweren Jahre starke Gefühle für dich empfunden. Denkst du denn, dass ich dich nicht mehr liebe nach alledem, was wir miteinander hatten?«

Wenngleich Stuhr die Lüge gegenüber Dr. Trutz als abstoßend empfand, so hätte er sie dennoch bei diesem Liebesschwur gern in die Arme genommen. Aber nach wie vor galt es, Vorsicht walten zu lassen. Er hatte irgendwo einmal gelesen, dass man viele Frauen im Bett haben kann, aber nur eine im Kopf, denn die zweite sollte bereits den Schädel sprengen. Nein, er würde Jenny treu bleiben, darauf sollte sie sich verlassen können. Gleich nachher würde er sie anrufen.

So fiel es ihm nicht schwer, Angelika mit skeptischer Miene auf seine Ablehnung vorzubereiten. »Was ist denn, wenn ich nicht einwillige?«

Daraufhin näherte sie sich ihm bedrohlich. Sie umschlang ihn und küsste ihn auf die Wange. Ihr Parfum betörte ihn, und sie behielt ihren Mund ganz dicht an seinem Ohr, während sie ihm zuflüsterte: »Ich spiele jetzt mit offenen Karten, Helge Stuhr. Ich habe Dr. Trutz zwei Schreiben aufsetzen lassen. Das eine ist ein Ehevertrag, den du nur noch unterschreiben musst. Nach der Unterschrift kannst du sofort frei über die Hälfte meines Vermögens verfügen. Zunächst ohne weitere Verpflichtungen. Ist das kein Angebot?«

Angelikas flüsternde Stimme so dicht an seinem Ohr ließ ihm einen wohligen Schauer über den Rücken laufen, was der unangenehmen Botschaft ein wenig die Härte nahm. Das Wort »zunächst« ließ ihm allerdings einen zweiten Schauer über den Rücken laufen, der nicht so angenehm war.

Der Teufel ritt ihn nun, und er konnte nicht umhin, sie ebenfalls zu umarmen und ihr seine Botschaft in das Ohr einzuflößen. »Du weißt genau, reiche Leute sind nur arme Leute mit Geld. Deine Kohle lockt mich nicht. Ich bin selbst vermögend, Angelika. Das zieht nicht bei mir.«

Während seiner Botschaft schob sie behutsam, aber bestimmt, ihr linkes Knie in seinen Schritt. Obwohl Stuhr kaum noch klar denken konnte, flüsterte er ihr durchaus liebevoll seinen abschlägigen Bescheid ins Ohr. »Ich werde nicht unterschreiben, Angelika, und das weißt du auch. Du kennst mich genau. Was ist denn mit dem zweiten Schriftstück?«

Während sie begann, mit ihrer Hand ungeduldig an seinem Hosenstall herumzufummeln, hauchte sie ihm liebevoll die Antwort ins Ohr. »Das ist ein Schreiben von Dr. Trutz an das Jugendamt in Kiel, in dem ich dich als Vater von Laura angezeigt habe. Du wirst dich dann leider irgendwann einem Vaterschaftstest unterwerfen müssen. Das kostet ein wenig Geld und soll ausgesprochen unwürdig sein, aber Laura soll schon ihren richtigen Vater bekommen.«

In diesem Moment hätte er eigentlich wegen dieser üblen Erpressung schreiend vor Wut fortrennen müssen, aber sein Verlangen nach dem vertrauten Körper war inzwischen unstillbar geworden. Die Luft brannte, und Angelika kannte aus altbekannter Übung die richtigen Griffe, um ihn nun vollends gefügig zu machen. Warum sollte er jetzt abwehren, wonach er sich sechs lange Jahre gesehnt hatte?

Glaube, Liebe, Hoffnung.

EIN BAD IM GANGES

Nachdenklich legte Olli das Telefon beiseite. Diesmal hatte ihn Kommissar Hansen direkt angerufen, was ungewöhnlich war, denn normalerweise hielt der nur über Stuhr mit ihm Kontakt. Die Stimme des Kommissars erkannte er natürlich sofort, aber die Nachrichten, die er überbrachte, klangen ausgesprochen unerfreulich. Nach Lage der Fakten war anzunehmen, dass der Täter aus Halbedels Hamburger künstlerischem Umkreis stammen musste.

Patrick Immel war zwar wegen Rauschgifthandels und Erpressung einschlägig vorbestraft, aber in den letzten vier Jahren hatte er sich nichts mehr zuschulden kommen lassen. Als gewalttätig galt er auch nicht, obwohl er von kräftiger Statur war. Er sollte irgendwann in den nächsten Tagen von der Hamburger Polizei verhört werden, aber Kommissar Hansen zweifelte nicht daran, dass er ein gutes Alibi aufweisen würde, auch wenn er am Abend der Tat nicht bei der Schauspieltruppe weilte. Als Hansen darum bat, gezielt bei Immel wegen möglicher Verwicklungen in Drogengeschäfte nachzuhaken, berichtete Olli von den Andeutungen über den Schnee. Hansen riet ihm daraufhin zur äußersten Vorsicht. Auf die Nachfrage nach Stuhr konnte Olli auch keine Hinweise geben, wo der sich aufhalten könnte. Daraufhin beendete der Kommissar dankend das Gespräch.

Leider bekam Olli nur die Fernbedienung seiner Flachglotze in die Hand, die er am liebsten an der Wand zerschmettert hätte. Doch Wut ist ein schlechter Ratgeber, und so schlug er nur kurz mit der Faust auf den Tisch. Warum hatte er sich von Stuhr in diesen Fall hineinziehen lassen? Es war wieder einmal typisch: Stuhr war wie vom Erdboden verschluckt, und Olli musste mit seinem Hintern über die glühenden Kohlen reiten. Gut, am Anfang, bei dem Gespräch mit Lollo, war alles noch mehr oder weniger Spaß gewesen. Im Tanzcafé dagegen war es weitaus schwieriger, an Patrick Immel heranzukommen. Doch jetzt mit einem Drogendealer ins Gespräch kommen zu müssen, das war alles andere als prickelnd.

Wo Stuhr nur steckte? Jenny Muschelfang hatte bereits zweimal bei ihm nachgefragt, und jedes Mal hatte sie ihn gelöchert, ob er vielleicht nach Föhr gefahren sein könnte. Das konnte sich Olli jedoch nicht so recht vorstellen, denn besonders see- oder flugtauglich schien ihm Stuhr nicht zu sein. Aber da er mit dem alten Haudegen schon so manche Untiefe erfolgreich umschifft hatte, erteilte er Jenny aus alter Erfahrung nur vage Antworten, denn richtig helfen konnte man eifersüchtig nachforschenden Frauen sowieso nicht.

Die Tätowierung auf Hans-Haralds Hand kam ihm wieder in den Sinn. Er nahm sich einen Zettel und malte sie aus dem Gedächtnis nach. Erst oben ein J oder I, dann ein Querstrich. Darunter eine zwei. Offensichtlich ein Differentialbruch. Was sollte das bedeuten? Während er verzweifelt nach einer Lösung grübelte, klingelte sein Telefon wieder. Im Gegensatz zum letzten Anruf konnte er jedoch den Anrufer nicht anhand der Nummer identifizieren. Die barsche Stimme am anderen Ende weckte ihn unerwartet schnell aus seiner Grübelei. »Was soll denn dieser Zettel von dem Witwenstecher für mich? Du bist doch bestimmt die kleine Schwuchtel mit der Flitzkacke, die bei Lollo war. Hier auf dem Zettel steht zwar der Name von Robert, aber Lollo hat mir gesteckt, dass du Olli heißt. Richtig? Red' jetzt keinen Scheiß, sonst ist unser Gespräch gleich zu Ende.«

Zweifelsfrei musste es sich um den erwarteten Anruf von Immel handeln. Mit dem Witwenstecher musste er Hans-Harald aus dem Tanzcafé meinen. Olli fiel es schwer, aufgrund dieser direkten Ansprache umgehend eine adäquate Antwort aus dem Hut zu zaubern. »Ja, das stimmt schon, ich bin Olli. Ich vermute, dass du Patrick bist, nach allem, was mir Robert über dich erzählt hat. Lollo hat mir verraten, wo ich dich antreffen kann. Ich soll dir nämlich persönlich einen letzten Gruß von Robert übermitteln.«

Immel reagierte jedoch anders als Lollo. »Von Robert? Leck mich. Der ist mausetot, und das wird er auch noch einige Zeit bleiben. Lass ihn still ruhen. Scheiß drauf, am besten lässt du mich auch in Ruhe. Ich bin todmüde. Sonst war nichts, oder?«

Olli fluchte innerlich, denn jetzt musste er notgedrungen die Litanei für Lollo noch einmal wiederholen, um den Gesprächsfaden nicht abreißen zu lassen. »Im Prinzip ist das richtig, Patrick. Aber vor seinem Tod hat Robert noch eine letzte Botschaft für dich hinterlassen. Ich fühle mich in der Pflicht, ihm seinen letzten Wunsch zu erfüllen, aber gestern im Café Mondragon mochte ich dich nicht ansprechen, weil du zu sehr mit den Hühnern beschäftigt warst.«

Patrick Immel lachte laut auf. »Ja und? Ich war noch die ganze Nacht mit den Hühnern beschäftigt. Was meinst du denn, warum ich heute so kaputt bin?«

Vom Schnee, fuhr es Olli sofort durch den Kopf, aber

dafür war es noch zu früh. Er musste erst das Vertrauen dieses Aufschneiders gewinnen. »Hat es sich denn wenigstens gelohnt?«

Immel brauste höhnisch auf. »Gelohnt? Warum willst du ausgerechnet jetzt deinen Frust in meine Seele ziehen? Hast du denn mit dem Witwenstecher eine bessere Zeit als ich verlebt? Hat sich Roberts Tod gelohnt? Was lohnt sich schon im Leben?«

Bei solchen philosophischen Fragen war es eigentlich immer am besten, den Mund zu halten, aber Patrick Immel ließ die Stille misstrauisch werden. »Lollo behauptet, dass du ein Hetero bist. Der hat eigentlich eine gute Nase für so etwas.«

Natürlich fiel Olli sofort die Andeutung mit der Nase auf. Es roch nach Schnee am Telefon. Olli redete beschwichtigend mit säuselnder Stimme auf ihn ein. »Mensch, Patrick, meinst du denn, der Robert hätte mir eine Botschaft für dich hinterlassen, wenn er mir nicht blind vertraut hätte?«

Es blieb eine Zeit lang still in der Leitung, bis Immel nachdenklich zurückfragte. »Du warst mit ihm eng verwandt, oder?«

Endlich sah Olli eine Möglichkeit, Immel vorsichtig einzuwickeln. »Richtig, Patrick. Freunde kann man sich aussuchen, Verwandte nicht. Dennoch, Robert hat mir vertraut. Du verstehst, was ich meine?«

Das Schweigen am Telefon quittierte Olli als Zustimmung.

Wenig später folgte Pimmels zögerliche Nachfrage. »Was hatte Robert mir so Wichtiges mitzuteilen? Hatte er seinen Tod etwa geplant? Das muss man bei letzten Botschaften ja fast annehmen.«

Jetzt legte Olli seinerseits eine Kunstpause ein, bevor er den von Kommissar Hansen übermittelten Versuchsballon preisgab. »Geplant anscheinend nicht, Patrick, aber vermutlich geahnt, sonst hätte er mich kaum gebeten, dich zu treffen.«

Sein Gesprächspartner wirkte interessiert. »Sag mal ein Stichwort, Kleiner.«

Olli zückte seinen ersten Trumpf. »Weißes Gold. Oder Schnee. Ganz wie du willst.«

Die Stimme von Patrick Immel klang jetzt gedehnt. »Auch Friesenschnee?«

Diese Andeutung verstand Olli nicht. Er überging sie. »Robert hat jedenfalls mir gegenüber geäußert, dass er über kurz oder lang aussteigen wollte. Er wollte aber keinen Stress mit dir, und deswegen war es seine Idee, dich zu bitten, mit mir genauso weiterzuarbeiten, wie ihr beiden zusammengearbeitet habt.«

Das verdeckte gegenseitige Auskundschaften fand jetzt seinen Höhepunkt, denn Immels Antwort kam ausgesprochen zögerlich. »Warum sollte ich das um Himmels willen tun?«

Mein Gott, dachte Olli, was war der nur für eine harte Nuss? Olli setzte jetzt entsprechend dem Rat von Kommissar Hansen die restlichen Trümpfe auf die Karte Schnee. »Weil du wieder und wieder Geld verdienen musst, Patrick, genau wie ich. Du brauchst Leute, die dein Zeug absetzen. Verteiler, Händler, Dealer.«

Die folgende Pause war vermutlich nicht nur der Nachdenklichkeit geschuldet, denn Immel begann nun zu flüstern. »Solche Geschäfte bespricht man doch nicht am Telefon, Olli. Leider hat Nöffi gestern seinen vierten Herzinfarkt gezogen, deswegen ist unten heute dicht.

Komm einfach nach oben in die Erika-Stuben, ich sitze ab neun dort am Tresen. Wir sind völlig unbeobachtet, ich halte Anteile an dem gesamten Etablissement.«

Aus taktischen Gründen zögerte Olli mit einer Zusage.

Immel machte ihm den Besuch jedoch auf seine Art schmackhaft. »Wenn Robert wirklich gesagt hat, dass wir ins Geschäft kommen sollen, dann müssen wir uns einmal tief in die Augen schauen. Du wirst dich mit gewissen Ritualen anfreunden müssen, doch wenn es mit uns beiden passt, wie Robert gemeint hat, dann können wir ein verschworenes Team werden. Ansonsten …«

Die folgende bedrohliche Pause stimmte Olli nachdenklich, und er wagte es nicht, die fehlenden Satzteile einzufordern.

Die lieferte Pimmel postwendend nach. »Tja, Olli, ansonsten wirst du kaum noch ein Bad im Ganges nehmen können.«

Ein Bad im Ganges? Olli verstand die Anspielung nicht, und so fragte er vorsichtig nach. »Wozu soll ein Bad im Ganges für mich denn nützlich sein?«

Die Antwort klang vieldeutig. »Das kennst du nicht? Ein Bad im Ganges soll von Sünden reinigen, zumindest für die Inder.«

Das Rülpsen am Telefon verriet Olli, dass Immel sich inzwischen ein Konterbier eingetrichtert haben musste.

Arglos fragte Olli nach. »Ja, und? Sünde, das klingt doch nach Mittelalter. Wer ist schon frei von Sünde? Da kann ein Bad im Ganges doch kaum schaden.« Seine Hoffnung auf eine mildere Stimmung dieses Typen erfüllte sich jedoch nicht.

»Vermutlich. Für dich gilt das allerdings nicht, Olli. Wenn ich erfahre, dass du auch nur in irgendeiner Form für jemanden anderen arbeitest oder mit den Bullen verstrickt bist, dann werden höchstens noch deine Eier den Ganges erreichen, allerdings von mir höchstpersönlich von einem Silbertablett in den Fluss geschabt.«

Da Olli dazu keine passende Antwort einfiel, versuchte er, das Gespräch in seichtere Gewässer zu ziehen. »He, Patrick. Wem kann man im Leben denn schon vertrauen? Den verkackten Typen im Sozialamt, deinem gierigen Banker oder etwa einem der aufgetakelten Hühner, mit der du gestern in die Kiste gestiegen bist?«

Die Antwort von Pimmel war verblüffend. »Wieso nur eins der Hühner? Was meinst du denn, warum ich so kaputt bin?«

Olli durfte sich nicht aus der Fassung bringen lassen und musste seine Linie beibehalten. »Das ist doch alles Megascheiße, Patrick. Der Robert hat dir vertraut, und du ihm. Ihr habt euch gut gekannt, das war die Basis. Jetzt bietet Robert sozusagen posthum mich als Ersatz an. Warum sollte ich dich leimen? Meinst du denn, ich kann keine Knete gebrauchen?«

Die folgende Pause unterschied sich in der Bedrohlichkeit kaum von der vorherigen. Die knarrende Stimme erlöste ihn schließlich. »Dein Auftritt bei Lollo hat für Irritationen gesorgt, die ich bei meinen Geschäften nicht gebrauchen kann, Olli. Es ist eben alles keine Lustveranstaltung bei uns, aber das wird dir Robert ja auch schon berichtet haben.«

»Robert hat mich gebeten, Lollo aufzusuchen.«

Jetzt begann Immel, ihn zu beschwichtigen. »Ja, ich weiß. Lollo ist manchmal ein wenig zu dünnhäutig.

Nichts für ungut. Ich habe vielleicht einen Job für dich. Halte dir morgen den Tag frei. Wir sehen uns nachher, da können wir uns jetzt das weitere Gesabbel am Rohr ersparen.« Mit diesen Worten würgte Immel grußlos das Gespräch ab.

Das war schon starker Tobak. Viel Zeit, darüber nachzudenken, hatte Olli jedoch nicht, denn wieder klingelte das Telefon. Es war Kommissar Hansen. Wollte der ihn etwa nochmals belämmern?

Nein, jetzt reichte es ihm. Um nichts in der Welt würde er sich heute Abend freiwillig in die Erika-Stuben begeben. Mit dem Bombenleger musste er keine Bekanntschaft schließen, und wer wusste schon, welche von Immels Leuten dort noch abhingen und ihm womöglich auflauerten?

Nein, im Gegenteil, er würde versuchen, sich elegant aus der Nummer herauszuziehen. Richtig. Sollten doch Hansen und Stuhr weiterhin ihr Glück versuchen. Olli beschloss, die Angelegenheit ganz einfach bei sich zu Hause auszusitzen und steif und fest zu behaupten, Patrick Immel nicht getroffen zu haben. Entschlossen stand er auf und schloss die Vorhänge. Dann sicherte er die Wohnungstür durch das bisher noch nie genutzte Kettenschloss und ein zweifaches Schlüsselumdrehen.

Der kurze Blick in den Kühlschrank verriet ihm, dass der Biervorrat für den heutigen Abend auskömmlich war. Er öffnete gleich eine der Flaschen und kehrte erleichtert in seinen Wohnbereich zurück, um seine kleine, heile Welt wohlwollend zur Kenntnis zu nehmen. Schnell schaltete er sein Telefon aus und nahm die glücklicherweise unversehrte Fernbedienung in die Hand, um die

Flachglotze anzuschalten: Fußball, Handball, Motorsport. Er würde sich in den nächsten Stunden lustvoll durch alle Sportkanäle zappen.

Mit dem Patrick Immel würde er sich jedenfalls nicht anlegen. Der war ihm ein Kaliber zu groß.

HALBSTARK

Unsanft wurde Stuhr von unruhig trippelnden Schritten hochgeschreckt. Obwohl er noch etwas benommen war, wurde ihm bald klar, dass es sich nicht um Jenny handeln konnte. Aus seinen müden Augen konnte er zunächst nur mühsam eine Silhouette ausmachen, die sich allerdings immer deutlicher vor dem Flackern hinter der Fensterscheibe hervorhob. Er war in Angelikas riesigem Bett aufgewacht, und ihr Haus schien zwar noch nicht zu brennen, aber irgendjemand musste direkt vor dem Anwesen ein loderndes Feuer entfacht haben, was Angelika offensichtlich ernstlich Sorge bereitete.

»Diese marodierenden Halbstarken auf der Insel sind eine wahre Plage. Die müssen doch wissen, dass sie in der Nähe von Reetdächern nicht zündeln dürfen«, fluchte sie leise vor sich hin. Dann erst bemerkte sie, dass er inzwischen aufgewacht war. Natürlich erwartete er keine Lobeshymnen von ihr, doch er freute sich, als sie sich dem Bett näherte und ihm zärtlich mit der Hand über den Kopf fuhr. »Ist alles in Ordnung mit dir, Helge?«

Es war nicht nur alles in Ordnung, es war sogar ausgesprochen schön mit ihr gewesen. Er war nur ein wenig schlapp, denn sie hatte ihm alles gegeben, was er in den ganzen langen Jahren vermisst und inzwischen bei Jenny auf eine andere Weise wiedergefunden hatte. Sofort begann ihn das schlechte Gewissen zu plagen.

Angelika schien das zu bemerken, denn sie begann, ihre zärtlichen Aktivitäten zu verstärken, wenngleich eine gewisse Anspannung bei ihr nicht zu übersehen war. Sie wollte ihn mit allen Mitteln bei der Stange halten. So versuchte er wie früher, ihre Gedanken in andere Bahnen zu lenken. Entspannt dabei im Bett zurücklehnen wie erhofft konnte Stuhr allerdings nicht, denn unvermittelt entfernte sich Angelika und stampfte vor dem Fenster wütend mit den Füßen auf, während sie auf das Feuer vor dem Haus wies.

»Helge, steh bitte einmal auf und schau dir die Saufbolde dort unten neben dem Hünengrab an. Erst verbrennen sie alles, was in Flammen aufgeht und ordentlich räuchert, und dann hauen sie sich anschließend noch die Birne voll. Das ist unmöglich!«

Im Bett war es ausgesprochen angenehm, und so versuchte Stuhr, sie mit Engelszungen zu besänftigen. »He, Angelika. Komm wieder runter. Was soll dir auf der Insel schon großartig passieren? Du lebst im Luxus mit einem traumhaften Blick auf die Insel Amrum und nicht im Elend der New Yorker Bronx. Wieso hast du Angst vor Halbstarken? Die wollen doch nur ihr Mütchen kühlen.«

Angelika war allerdings nicht mehr zu beruhigen. »Diese Idioten wissen doch jetzt schon nicht mehr, was sie tun. Ich habe immer Angst davor gehabt, dass ein Funken auf das Haus überspringen könnte. Wenn ich in dem Moment nicht da wäre und Hilfe rufen könnte, dann würde Laura in den Flammen umkommen. Du musst etwas unternehmen, das ist schließlich auch dein Fleisch und Blut.«

Das saß. Ein ablehnendes Kopfschütteln vermied Stuhr, denn er ahnte schon, was noch folgen würde, weil sie nicht lockerlassen konnte.

»Laura ist ein Kind der Liebe. Der Liebe zwischen uns beiden. Helge, ich habe dich immer mehr geliebt als du mich. Ich habe Laura bewusst von dir empfangen. Warum kannst du sie nicht als deine Tochter annehmen? Willst du sie nicht einmal sehen?«

Glücklicherweise kannte er Angelika aus den gemeinsamen Zeiten nur zu gut, um nicht auf solche Angebote einzugehen, die ihn in die Zwickmühle trieben. Sicherlich war es verlockend, Angelikas Tochter zu sehen, aber sinnvoller wäre es, seine Vaterschaft zunächst überprüfen zu lassen.

Stuhr quälte sich mühselig aus dem weichen Bett und schlich zum Fenster, um die Halbstarken näher in Augenschein zu nehmen. Das entfachte Feuer unweit der Straße war nicht besonders groß, und es brannte kontrolliert ab im Gegensatz zu den Bewegungen der jugendlichen Störer, die torkelnd mit Flaschen in der Hand um die lodernden Flammen tanzten und mit tiefer Stimme Lieder sangen, die natürlich hinter dem Fenster nicht zu verstehen waren. Bis auf den Lärm gab es keinen Grund zur Sorge. »Westwind, Angelika. Keine Gefahr für das Dach.«

Wieder stampfte Angelika mit dem Fuß auf den Boden. »Ich will aber meine Ruhe haben! Tu etwas.«

Stuhr wurde das Gefühl nicht los, dass Angelika schlichtweg der Mann abhandengekommen war, für den sie nun mit allen Tricks Ersatz suchte. »Ruf doch den Dorfsheriff an, Angelika. Der wird dem Spuk dann ein Ende bereiten.«

Angelika schüttelte energisch den Kopf. »Selbst Föhr ist beim Punkt ›Sparpolitik im 21. Jahrhundert‹ angekommen. Es gibt nur noch eine Zentralstation der Polizei in Wyk. Bis die Polizisten hier angekommen sind, wird der Spuk längst beendet sein. Im letzten Jahr habe ich zwei-

oder dreimal das Spektakel gemeldet, aber ich bin belehrt worden, dass Saufen auf der Insel unter Volljährigen an sich nicht verboten sei, und solange die Schifffahrt nicht behindert wird, auch das offene Feuer nicht. Im Übrigen scheint es bei den Insulanern Tradition zu sein, auf alten Kultstätten einen zu heben. Vermutlich waren die Polizisten früher selbst bei diversen Saufgelagen dabei.«

Stutzig fragte Stuhr nach. »Aber dein Haus ist doch keine Kultstätte, oder?«

Angelikas Lachen klang bitter. »Nein, natürlich nicht, aber der Architekt hat leider bei der Gründung des Hauses übersehen, dass eine Ecke ein wenig den Rand eines der heidnischen Hügelgräber nebenan überdeckt. Kennst du nicht die Sage von Tribergen?«

»Muss man die denn kennen?«

»Ich glaube, normalerweise nicht. Sie ist schnell erzählt: Unter den drei Hügelgräbern sollen der Sage nach diebische Zwerge gewohnt haben, die ein tumber Bauernsohn allesamt nach der Einnahme von Zaubertropfen mit einem magischen Schwert erschlagen hat. Mit einem der prächtigen Rappen, die er bei den Zwergen fand, siegte er bei einem Ringreiterfest des dänischen Königs und bekam einen Pferdehof geschenkt. Neuerdings scheint das Reiterfest hier alle zwei Wochen stattzufinden.«

Jetzt hatte Stuhr sie endlich verstanden. »Du meinst, die Halbstarken spielen das Ringreiterfest nach und wollen dich ärgern, weil dein Haus eines der alten Gräber kratzt?«

Angelika nickte. »Sieht ganz so aus. Kannst du nicht wenigstens einmal mit dem Knüppel vor die Tür gehen? Ich glaube, dann hat der Spuk schnell ein Ende.«

Warum nicht, dachte sich Stuhr. Wenn er die Jugendlichen vertrieben hatte, dann gab es keinen Grund mehr, sich anschließend nicht aus dem Staub zu machen. So nickte er zustimmend und machte sich auf die Suche nach seinen Klamotten, die verstreut im Zimmer lagen. Angezogen schlich er müde die Treppe hinunter und tastete sich im Dunkeln zum Kamin. Er bewaffnete sich mit einem mächtigen Knüppel.

Als er aus der Tür schritt, erfasste ihn sofort die sensorgesteuerte Beleuchtung des Hauseingangs. Er wollte kurzen Prozess machen, und so richtete er sich auf und erhob schlicht die Faust. »Kommt, Jungs, macht einen Abtanz. Es gibt hier welche, die schlafen müssen. Die Insel ist schließlich groß genug für alle.«

Trotz ihrer wilden Tanzgebärden hatten die Jugendlichen mitbekommen, dass sie offenbar störten. Obwohl sie anfänglich laut zurückpöbelten, schütteten sie schnell Sand auf das Feuer und zogen murrend ab. Als Stuhr die Tür wieder schloss, bemerkte er, dass Angelika ihm ins Erdgeschoss gefolgt war.

»Die Halbstarken sind abgezogen. Du brauchst einen Mann, Angelika.«

Sie schüttelte energisch den Kopf. »Falsch, Helge. Laura braucht einen Vater. So einfach ist das.« Angelika rückte näher und versuchte, sich wieder an ihn anzuschmiegen, aber Stuhr wehrte ihr Begehren ab. »Die Verrückten sind weg, du musst keine Angst mehr haben. Ich muss jedenfalls los. Ich habe noch einige Dinge zu erledigen.«

Angelika blickte ihn durchdringend an. »Du kommst doch wieder, Helge? Nicht nur zur Unterschrift.«

Stuhr wandte sich ab. »Ich brauche ein wenig Zeit zum

Nachdenken, Angelika. Lass mir Luft, du kennst mich doch.« Die aufkommenden Tränen in ihren Augen verrieten ihm, dass sie eine andere Antwort erhofft hatte, aber er musste unbedingt heraus aus ihrem Bann. Flüchtig küsste er sie auf die Wange und verließ eilig das Haus.

Sein alter, schäbiger Golf, der vor dem Steinwall parkte, kam ihm im Kontrast zu Angelikas durchgestyltem Domizil wie eine vertraute Heimstatt vor. Als er den Wagen aufschließen wollte, kam der ihm irgendwie flacher als sonst vor. Vermutlich lag das jedoch nur an seinen wackeligen Knien, denn der Motor startete tadellos. Allerdings konnte er sich nicht entsinnen, dass der Weg auf der Hinfahrt so uneben war, denn er musste heftig gegenlenken, obwohl die Straße vor Angelikas Haus schnurgerade verlief.

Im Rückspiegel bemerkte er, dass ihm Angelika bis zur Steinmauer nachgelaufen war und heftig winkte. Er wollte nur noch weg.

Er musste jetzt den Motor quälen, damit er überhaupt noch vorwärts kam. Stuhr vermutete, dass sich irgendetwas unter dem Fahrzeug verfangen haben musste. So hielt er wieder an, und es war ungewohnt beschwerlich, den Wagen zu verlassen. Dann bemerkte er die Bescherung: Die Halbstarken hatten ihm offensichtlich einen Reifen zerstochen. Nach der Umrundung des Fahrzeugs musste er konstatieren, dass sie ganze Arbeit geleistet hatten, denn alle vier Pneus waren platt.

Angelika hatte das vermutlich schon länger mitbekommen, denn sie kam nun aufgeregt angelaufen und wedelte mit einem Autoschlüssel vor ihm. »Lass uns tauschen, Helge. Nimm einfach meinen Wagen, und ich rufe morgen früh den Pannendienst an. Du wirst sowieso über kurz oder lang zu mir zurückkommen, nicht nur wegen der Unterschrift.«

In dieser Frage war Stuhr zwar anderer Ansicht, aber er nickte kurz, um keine neuen Diskussionen aufkommen zu lassen. Ein neuer Umarmungsversuch drohte, doch bevor er sich entscheiden konnte, erschreckte ihn die aufgewühlte Angelika. »Oh Gott, Helge. Schau nur, das Zeichen bei dir auf der Heckscheibe. Das waren die Hualewjonken.«

Er verstand sie nicht und drehte sich fragend zu seinem Auto um. »Hula was?«

Angelika wies jetzt wortlos auf ein offensichtlich mit einem Stein in die Heckscheibe eingeritztes Symbol, das einen Bruch darzustellen schien. War das ein Zufall? Es erinnerte ihn an die Tätowierung auf dem Handrücken von diesem Ohmsen von der Seebadeanstalt, aber der hatte sicherlich mit diesem Vandalismus nichts zu tun.

Natürlich war es ärgerlich, dass die Jugendlichen so respektlos mit seinem Eigentum umgegangen waren, aber der Schaden hielt sich in Grenzen, weil der alte Golf seine Blütezeit schon weit überschritten hatte. »Das passt doch, wenn die Halbstarken sich mit dem Bruch selbst zu halben Hähnen degradieren«, scherzte Stuhr.

Angelikas Miene verfinsterte sich. »Wenn es so wäre, dann hätte ich keine Angst. Aber schau nur genau hin, auf dem Bruchstrich steht ein J. Das ist das Symbol der Halbdunklen. Im Föhringer Friesisch nennen sie sich Hualewjonken. Die haben sich nach deinem Kurzauftritt an meiner Haustür genüsslich an deiner Schrottlaube ausgetobt.«

Verächtlich klang jetzt Angelikas Stimme, wie sie sich über seinen alten Golf ausließ. Es waren die unterschiedlichen Wertvorstellungen, die bereits früher immer wieder zu Diskussionen zwischen ihnen geführt hatten.

Angelika warf sich, wie befürchtet, tränenerstickt an seinen Hals. »Du hattest vorhin Unrecht, Helge. Die Bronx hat Laura und mich auf Föhr schon längst eingeholt. Ich flehe dich an: Bleibe heute Nacht bitte bei mir. Tue es für Laura, nicht für mich.«

Jetzt fiel es Stuhr nicht mehr schwer, sich für den Wagentausch zu entscheiden.

BERG UND TAL

Kommissar Hansen hatte sich nicht ohne Grund vom Kollegen Fingerloos von der Spurensicherung weggedreht, um ungestört sein Telefongespräch zu führen, was der gelangweilt mit einer gründlichen Inspektion seiner Fingernägel quittiert hatte.

Ein unerfreuliches Telefonat. Verärgert drehte sich Kommissar Hansen um und knallte wütend sein Mobiltelefon auf den hölzernen Stehtisch im Eingangsbereich der Kieler Klosterbrauerei. Es war Hansen egal, ob das Gerät die Wucht des Aufschlags überleben würde.

Während er sich nach dem irritierten Blick von Fingerloos schnell bückte, um den Akku und den dazugehörigen Schutzdeckel vom gefliesten Boden aufzusammeln, kommentierte der trocken seine Bemühungen.

»Mit Verlaub, Kollege Hansen, aber momentan kann man nicht den Eindruck gewinnen, dass Sie über ein besonders glückliches Händchen verfügen.«

Verständnislos blickte Hansen kurz Fingerloos an, bevor er sich abmühte, die aus der Form geratene Abdeckung des Akkufachs zwischen zwei filigranen Führungsschienen zurück auf das Gerät zu schieben. Seine anschließenden Versuche, dem Handy Lebenszeichen zu entlocken, blieben jedoch vergeblich. So begann Hansen, das Gerät erneut auseinanderzubauen und noch einmal zusammenzusetzen, schließlich musste er unbedingt noch mit Stuhr sprechen.

»Sie spielen auf das Handy an, Fingerloos?«, entgegnete er gereizt.

Fingerloos schüttelte leidenschaftslos den Kopf. »Nein, das meine ich nicht. Sehen Sie mich einfach als Ihren Berater. Das mit dem defekten Handy ist ein echter Glücksfall für Sie, das muss man ganz anders bewerten. Sie kennen doch die Grundsätze der Verwaltung. Wenn Sie im öffentlichen Dienst ein neues Gerät bekommen möchten, was stellen Sie dann an?«

Hansen überlegte angestrengt. Er würde sich vermutlich an seinen verhassten Büroleiter Zeise wenden müssen, der ihn mit uralten Formularen bombardieren würde, die noch mehr oder weniger kunstvoll mit der Schreibmaschine erstellt waren. Sicher war nur, dass eine Neubeschaffung endlos dauern würde. Das könnte Wochen ohne Mobiltelefon bedeuten, eigentlich undenkbar in der heutigen Zeit. Er begann aber nicht zu sinnieren, wie die Kollegen früher zurechtgekommen waren, sondern zuckte schlicht ratlos mit den Schultern.

Fingerloos setzte seinen analytischen Blick auf und begann ungerührt, ihm auf seine unnachahmliche Art die Vorteile des Beschaffungswesens in der Polizeidirektion schmackhaft zu machen. »Ganz einfach. Das alte Gerät fallen lassen und die Einzelteile zur Beschaffungsstelle bringen. Dann entfällt die schriftliche Begründung für eine Neuanschaffung, und für eine sofortige Ersatzbeschaffung zur Ausübung des Dienstes ist bei der Polizei immer Geld da. Das ist ein anderer Haushaltstopf. Experto credite.«

Mit dem Lateinischen war Hansen nicht vertraut, aber die kurze Analyse des Beschaffungswesens durch Fingerloos klang brillant. Dennoch war sich Hansen nicht sicher, ob ihm Zeise unter Hinweis auf globale Minderausgaben oder drohender Haushaltssperren die zeitnahe Erneuerung seines Mobiltelefons nicht doch versagen würde. Schließlich hatte es sein Büroleiter bis jetzt immer geschafft, ihm das Leben schwer zu machen. So kam Hansens Nachfrage aus tiefem Herzen. »Und wenn das aus irgendwelchen Gründen nicht hilft?«

Fingerloos wirkte nicht unglücklich, nochmals Rat erteilen zu können. »Wie ich eben schon sagte: Glaubt dem, der es erfahren hat. Vergil. Wenn das nicht hilft, dann klauen lassen. Muss aber unter uns bleiben, Hansen. Das ist nochmals ein anderer Topf, weil die Landesverwaltung sich selbst versichert. So kann man sich innerhalb einer Woche auf den neuesten technischen Stand bringen.«

Die Vorteile der Eigenversicherung mochten für Außenstehende auf den ersten Blick seltsam klingen, aber wenigstens in diesem Bereich gab es keine Abhängigkeit des Landes von Finanzhaien und Maklern. »Dann wollen wir hoffen, dass in unserem Armenhaus noch irgendwo ein Topf steht, aus dem mein neues Handy bezahlt werden kann.«

»Ihr Wutausbruch lag am Anruf eben, richtig? Sie haben sich maßlos darüber geärgert.«

Misstrauisch beäugte Hansen seinen Kollegen von der Spurensicherung. Gab es irgendeinen Grund, ihm zu vertrauen? Fingerloos hatte schließlich den Polizisten Kramer wegen des Überfalls auf seine Tochter heiß gemacht, und die Kokserei von Halbedel hätte viel eher von ihm herausgefunden werden müssen. Andererseits war natürlich festzustellen, dass sich von seinen eigenen Vasallen niemand hören oder sehen ließ. Selbst der Kontakt zu seinen vertrauten Kollegen in der Direktion hatte sich in den letzten Tagen verschlechtert. Was blieb ihm anderes übrig, als sich auf Fingerloos einzulassen? So bestellte er zwei neue Biere und nickte Fingerloos zu. »Ich sage jetzt einmal was. Ich vertraue Ihnen, Fingerloos. Ganz ehrlich, das war nicht immer so. Ein Vertrauensvorschuss von mir, sozusagen.«

Der Blick von Fingerloos wirkte ein wenig enttäuscht, als wenn er sich schon lange als Vertrauter gefühlt hatte.

Das Bier wurde gebracht, und Hansen prostete ihm zu. »Kollege Fingerloos, verstehen Sie mich nicht falsch. Ich muss vorsichtig sein, selbst in der Polizeidirektion haben zurzeit die Wände Ohren.«

Diese Sprache schien Fingerloos besser zu verstehen. »Schon in Ordnung, Kommissar. Uns in der Spurensicherung geht es nicht viel anders als Ihnen. Am liebsten würde uns Magnussen auflösen und die Arbeit privatisieren, um Schleswig-Holstein zu sanieren, wie er sagt. Doch wenn die Ermittlungen bei Kriminaldelikten nicht mehr in der staatlichen Gewalt liegen, dann ›finis slesvicoholsatiae‹. Prost!«

Kommissar Hansen stutzte. Vermutlich hatte er mit dem unverständlichen lateinischen Kauderwelsch das Ende Schleswig-Holsteins beschwören wollen. Nachdenklich prostete er zurück und trank das Bier in einem Zug aus, um mit den Fingern zwei neue zu ordern. Es war bedauerlich, dass die Gläser so klein waren, aber dafür kam das Bier immer frisch aus den Kellergewölben. Beim Gang zur Toilette konnte man durch Plexiglas sogar den Brauprozess mitverfolgen.

Fingerloos hatte bemerkt, dass er jetzt den Vertrauensvorschuss unter Beweis zu stellen hatte, denn er begann umgehend, seine feinfühligeren Seiten vor dem Kommissar aufzublättern. »Ich glaube, wir verstehen uns besser, als wir beide vermuten. Sie haben eben das Wort Armenhaus erwähnt. Ich habe Ihr Zucken in den Mundwinkeln bei dem Wort bemerkt. Auch mich schüttelt es, denn einerseits werden dringend notwendige Leistungen des Staates gekappt, während damit auf der anderen Seite Zahlungen für die Landesbank und andere Not leidende Wirtschaftsbranchen verteidigt werden. Jeden Tag steht das Wort Armenhaus mindestens einmal in unserer Tageszeitung. Lassen Sie mich raten. Sie hatten einen Anruf von der Kieler Rundschau, richtig?«

Hansen staunte, denn er war von dieser treffenden Analyse zutiefst überrascht. Warum konnte ihm sein Oberkommissar Stüber nicht einmal mit dieser Gedankenschärfe begegnen? Nein, der Fingerloos hatte schon Format. Zudem war er, halbwegs nüchtern betrachtet, der Einzige, der aus der Polizeidirektion noch mit ihm am Biertisch stand. Last Man Standing, sozusagen. Hansen würde mit offenen Karten spielen müssen. »Richtig, Fingerloos. Gut getroffen. Kurze Rede: Sie kennen doch diese Bester von der Rundschau, oder?«

Fingerloos hielt beim Biertrinken inne, was Hansen nicht so sehr verwunderte wie der herbe Zungenschlag, den er jetzt an den Tag legte. »Petra Bester war am Telefon? Die Karrierefrau mit der spitzen Feder, die sich bei der Kieler Rundschau hochgevögelt hat? Nach kurzem, steilem Aufstieg Chefredakteurin, und jetzt, nach dem Herzinfarkt ihres dickleibigen Protegés, in die Redaktion hineinregierende Verlegerin? Das ist nicht Ihr Ernst, oder?«

Ein wenig wunderte sich Hansen über die derbe Wortwahl seines Kollegen, aber es machte Spaß, auch Fingerloos einmal ratlos zu sehen. Genüsslich platzierte er seine Antwort. »Doch, es war Petra Bester höchstpersönlich. Diese Dame hat mich gerade eben am Telefon genagelt. Sie hat mir für morgen einen großen Aufmacher über die rechtswidrige Verfolgung der Theatertruppe ›Misch-Masch‹ durch die Kieler Kripo angekündigt. Und sie will öffentlichkeitswirksam auf eine Benefizvorstellung im Kieler Schauspielhaus hinweisen, damit Halbedel halbwegs würdig unter die Erde gebracht werden kann. Mit den Finanzen ist es bei der Theatertruppe nicht zum Besten bestellt.«

Die Antwort von Fingerloos blieb trocken. »Nun mal ruhig Blut, Kollege. Von Petra Bester genagelt zu werden, muss zunächst nicht das Schlechteste sein, was einem im Leben passieren kann. Ob Halbedel dagegen würdig unter die Erde kommt, das wird ihm vermutlich bereits zu Lebzeiten ziemlich egal gewesen sein. Der trauernden Schauspieltruppe aus Werbegründen natürlich nicht, denn sie sehen eine Chance, dadurch zu Geld zu kommen. Petra Bester will das unterstützen. Das ist interessant. Passen Sie nur gut auf, Hansen. Wer weiß schon, wohin die Bester ihre Raketenstellungen ausrichten wird? Gegen Sie vielleicht?«

Schuldzuweisungen in Kneipen und zu Hause wusste Hansen normalerweise mit einem Prosten abzuwürgen, aber diese Vermutung von Fingerloos schien ihm absurd. »Was soll ich denn gegen die Theatertruppe haben? Dort laufen doch nicht nur Weicheier im Trippelschritt herum. Das sind schließlich Künstler. Ich glaube kaum, dass die etwas mit dem Überfall auf die Kramer zu tun haben.«

Fingerloos sah das anders, denn seine Antwort schürte die von der Bester hervorgerufenen Ängste. »Ich hoffe nur, Sie haben keine Leiche im Keller, Hansen. Das Blatt hat immerhin eine Reichweite von 300.000 Lesern, vergessen Sie das bitte nicht.«

Genau deswegen war Hansen so aufgebracht, denn selbst Gerüchte und Verdächtigungen blieben im Gedächtnis der Leser hängen. »Die Leiche liegt nicht bei mir im Keller, sondern in der Gerichtsmedizin. Insofern Entwarnung, Fingerloos. Das mit dem Kokain und dem Hinweis auf andere mögliche Täter können wir allerdings nicht bringen, bevor wir nicht eine Spur zu den Drahtziehern gefunden haben, sonst tauchen die ab. So lange muss Halbedel polizeioffiziell noch als Schurke gelten.«

Die Skepsis im Blick von Fingerloos war nicht zu übersehen. Er hakte sofort nach. »Aber Sie haben doch sicherlich die Hamburger Polizei gebeten, diese Truppe ordnungsgemäß zu vernehmen, oder? Kippen Sie einfach den Dreck zu unseren Hamburger Kollegen. Die Hamburger Presse ist ein gieriger Fleischwolf, dagegen ist Petra Bester nur eine Dampfplauderin. Das Abendblatt wird sich sicher schnell auf die Geschichte stürzen.«

Hansen versuchte, sich mit einem Schluck Bier zu beruhigen. Sollte er nicht Fingerloos besser reinen Wein einschenken? Wieder nahm Hansen hastig einen Schluck. Wieso hatte sich Stuhr immer noch nicht gemeldet? Er brauchte Verbündete, und so entschied er sich, mit offenen Karten zu spielen. »Das muss jetzt wirklich unter uns bleiben, Fingerloos. Sie fragten vorhin nach meiner Leiche im Keller? Nun, wegen der Länderhoheit und der langwierigen Formalien habe ich sozusagen polizeiprivat die Ermittlungen etwas beschleunigt und lasse einen jungen Mann in Hamburg vor Ort ermitteln.«

»Polizeiprivat?« Fingerloos ließ das Wort genüsslich auf der Zunge zergehen, bevor er nachhakte. »Schließt das eine das andere nicht aus?«

Kommissar Hansen bemühte sich, dem zweifelnden Spurenermittler Paroli zu bieten. »Mensch, Fingerloos. Ich habe doch nichts anderes getan, als einen guten Bekannten zu bitten, die Lage bei dem Hamburger Künstlervölkchen zu ergründen, bevor die ungeölte Hamburger Polizeimaschinerie anläuft. Gut, das mag der nicht sonderlich geschickt angestellt haben, weil die Theatergruppe sich in der Folge bespitzelt gefühlt hat. Die verängstigten Hungerkünstler vom darstellenden Gewerbe haben daraufhin ihre Kollegen von der Schwarzen Kunst in Kiel entdeckt, und nun haben wir den Salat. Was soll denn ausgerechnet ich dabei verkehrt gemacht haben?«

»Vielleicht, dass Sie einer Privatperson einen Auftrag erteilt haben.«

Kommissar Hansen erschien es zweckmäßiger, sein Handy zum Leben zu erwecken, als auf die Einlassung von Fingerloos einzugehen oder noch mehr von dem Gespräch mit der Bester preiszugeben.

Fingerloos orderte zwei weitere Biere. »Hansen, Sie haben vorhin gesagt, dass Sie mich kaum kennen. Stimmt sicherlich, aber Sie halten auch mit der Wahrheit hinter dem Berg. Was hat die Bester denn noch gesagt?«

Hansen vertiefte sich in die Fummelei an seinem Handy und antwortete zunächst nicht.

Fingerloos nippelte am Bier, bevor er nachsetzte.

»Unter uns, Hansen. Ich denke, dass ihr Kommissare es eigentlich besser habt. Ihr könnt in aller Ruhe vor Ort mehr oder weniger tun und lassen, was ihr wollt. Rätselhafte Leichen schiebt ihr einfach zur Gerichtsmedizin ab. Wir dagegen müssen bei Wind und Wetter zwischen Unrat und Hundescheiße nach irgendwelchen Fitzelchen suchen. Die Stecknadel im Heuhaufen, die müssen wir finden. Glauben Sie mir, da ist wenig Spaß drauf. Erzählen Sie mir, warum Sie wegen der Bester so alarmiert sind.«

Hansen entschloss sich, die Hosen herunterzulassen. »Petra Bester hat mir soeben offen angedroht, einen Keil zwischen mich und Magnussen zu treiben. Wenn ich nicht mit ihr paktiere, dann würde sie mich ins Visier nehmen, hat sie gedroht. Jeden aufgedeckten Schmutz wird sie letztendlich dazu benutzen, um Magnussen hochgehen zu lassen. Sie scheint keinerlei Probleme damit zu haben, mich als Königsmörder ans Kreuz zu nageln. Das meinte ich vorhin mit dem Nageln.«

Fingerloos teilte jetzt aus. »Tja, wenn man im Triumvirat von Magnussen die einarmige Geige neben einem stocklosen Trommler spielt, dann darf man sich nicht wundern, wenn man bald in die Mitte der Zielscheibe gerät, selbst unter den Kollegen.«

Natürlich war diese Aussage von Fingerloos erschreckend, zumal er mit hochgezogenen Augenbrauen eine Antwort einforderte. Sicherlich, Hansen hatte befürchtet, dass seine neuen, unerwartet guten Beziehungen zu Polizeidirektor Magnussen schnell das Geschwätz in der Direktion beleben würden, aber diese Geschwindigkeit war schon beeindruckend. Hansen versuchte, leidenschaftslos zu wirken, als er Fingerloos antwortete. »Sie spielen darauf an, dass mich Magnussen in seinen Beraterstab berufen hat?«

Fingerloos nickte. »Ja, sicher, und diese unheilige Allianz mit unserem Büroleiter Zeise, die hat die Kollegen noch mehr verstört. Zumal Zeise gerade, dem Flurfunk nach, eine Liaison mit dem Fräulein Schönerstedt haben soll, der Vorzimmerdame von Magnussen.« Fingerloos zwinkerte ihm zu.

Dass Zeise mit der Schönerstedt seit geraumer Zeit eine heftige Liaison nachgesagt wurde, war Hansen nicht entgangen, aber es interessierte ihn herzlich wenig. So versuchte Hansen, den Klatsch abzubiegen. »Schnack, schnack, schnack.«

Fingerloos wurde noch vertraulicher. »Unterschätzen Sie mir nicht das Fräulein Schönerstedt. Sie hat eine gute Figur. Ihr Spitzname ist übrigens Owi.«

»Owi?«

»Ja, Owi. Die Schönerstedt wirkt auf den ersten Blick vielleicht ein wenig schüchtern, aber Zeise ist absolut nicht der Erste in der Direktion, den sie mit ihren Fingern in Behandlung hatte. Immer, wenn sie ihr Ziel erreicht hatte, soll sie gerufen haben: ›Oh, wie schön er steht.‹ Deswegen Owi. Owi Schönerstedt.«

Hansen war baff. Dachten denn in der Polizeidirektion alle außer ihm nur an Sex? Vorsichtig schielte er zu Fingerloos. »Sie etwa auch?«

Fingerloos hob zwar sofort abwehrend die Hände, aber so wirklich glaubwürdig war er nicht für Hansen. »Darum geht es nicht. Solche Konstellationen können im täglichen Bürokampf tückische Klippen sein, die nur schwer zu umschiffen sind. Hansen, Sie müssen aufpassen.«

Nachdenklich konzentrierte sich Hansen darauf, den Deckel des Telefons zum Einrasten in das Gehäuse zu bekommen. Es gelang, und wenig später gab sein Diensttelefon unerwartet wieder Lebenszeichen von sich.

Fingerloos setzte nach. »Sie müssen an Ihren guten Ruf denken. Oder wollen Sie in der Direktion auf dem Hügel von Magnussen und Zeise im Kugelhagel sterben?«

Der Blick von Hansen verfinsterte sich. »Wenn ich diesen Hügel nur jemals erreichen würde. Ich werde vermutlich schon in der Senke davor von der Bester niedergemeuchelt. Die Sensationslust dieser Bestie ist einfach nicht zu stoppen.«

Hansens Telefon schlug an, und endlich hatte er Stuhr am Apparat. Wieder drehte er sich von Fingerloos weg, damit der nicht jedes Wort mitbekam.

Stuhr hatte aber nichts Neues zu berichten, sondern nur, dass er irgendwie auf Föhr feststeckte.

Hansen kam rasch zur Sache. »Sag mal, Stuhr, können wir uns morgen um vier Uhr in Kiel treffen, Shell-Tankstelle am Knooper Weg? Ich kann hier schlecht am Telefon reden.«

Stuhr zeigte sich sofort einverstanden. Er schien sich in einer Gaststätte zu befinden, denn die Tresengespräche im Hintergrund waren nicht zu überhören.

Anstelle eines Abschiedsgrußes ermahnte ihn der Kommissar, nicht im Kneipenleben auf der Insel zu versacken.

Als sich der Kommissar nach dem Gespräch zu Fingerloos zurückdrehte, konnte der sein Grinsen kaum verbergen.

Hansen war irritiert. »Was gibt es denn da zu lachen, Herr Kollege?«

Fingerloos prustete jetzt los. »Na, hören Sie mal. Wir zischen hier die Bierchen, und Sie ermahnen Ihren polizeiprivaten Ermittler. Besonders professionell hat das allerdings nicht geklungen. Vielleicht sollten Sie Ihren Freunden einen Aufpasser zur Seite stellen.«

Unfreiwillig musste Hansen mitlachen, bevor er Stuhr und Oliver Heldt verteidigte. »Nein, Fingerloos, lassen Sie mal gut sein. Meine Freunde haben mir schon oft aus der Patsche geholfen. Einmal sogar gegen die Bester. Der Olli hatte sich sogar an sie herangemacht. Sie scheint privat ganz passabel zu sein.«

Jetzt sah ihn Fingerloos mit großen Augen an. »Einer von Ihren Bekannten hat sich an die Bester herangemacht? Und die Dame hat sich das gefallen lassen?«

Als Hansen leidenschaftslos nickte und mit dem Bierglas prostete, rückte Fingerloos unerwartet näher. »Pass auf, das Dienstliche muss jetzt ein wenig zur Seite rücken. Nenn mich einfach Pferdi. Ich weiß, du heißt Konrad. Hast du die Adresse und die Telefonnummer von der Bester? Vielleicht kann ich ihr den Wind aus den Segeln nehmen und dir damit helfen.«

Zunächst fühlte sich Hansen durch das Ansinnen unangenehm bedrängt. Andererseits, wenn Fingerloos heiß auf die Dame war, dann konnte es nicht schaden, einen Jeton auf dem Spielfeld zu platzieren. So nickte Hansen, denn sein Telefonspeicher funktionierte glücklicherweise wieder.

Zufrieden speicherte Fingerloos die Adressdaten von der Bester in seinem Telefon ab und klopfte ihm abschließend kumpelhaft auf die Schulter. »Eine Runde zum Abschluss noch? Heute bezahle ich, Konrad. Das ist doch selbstverständlich. Aber wenn ich es schaffe, die Bester flachzulegen und zur Räson zu bringen, dann bist du nächstes Mal dran, die Zeche zu zahlen. Dann ist verschärftes Schädelfluten angesagt.«

Schädelfluten. Diese Sprache kannte Hansen bis jetzt auch noch nicht von Fingerloos. Es war schon erstaunlich, wie die Tratscherei tiefschürfende Erkenntnisse über Kollegen zutage kommen ließ. Hansen stimmte zu. Irritiert vernahm er, wie Fingerloos nach der Bedienung mit den Fingern schnippte und mit zwei Fingern die letzte Bestellung anzeigte. Dann rieb er Daumen und Zeigefinger aneinander, um seinen Zahlungswunsch mitzuteilen. Das Bier schien bei Fingerloos seine Wirkung hinterlassen zu haben. In diesem Zustand hätte er bei einem Kaliber wie Petra Bester keine Chance.

Die heraneilende Bedienung stellte die letzten Bierchen ab. Sie handelte den Zahlungswunsch schnell von Plastikkarte auf Barzahlung herunter. Fingerloos blieb nur noch die Wahl zwischen einem Fünfer- und einem Fünfzigerschein in seiner Brieftasche. Er zögerte nicht und reichte wie selbstverständlich der Bedienung den größeren Schein, die ihn dankend in ihrem Dekolleté versenkte und sich mit einem aufgehauchten Küsschen von beiden verabschiedete.

Hansen sehnte sich in diesem Moment nur noch nach Hause und grüßte zum Abschied. Fingerloos schien ein schlimmer Finger zu sein, wenn er in Stimmung kam, denn er zog jetzt die Bedienung näher an sich heran und begann gegen ihre sporadischen Abwehrversuche, sich zunehmend an sie heranzukuscheln. Wer weiß, vielleicht hatte er tatsächlich das Format, um einer Raubkatze wie der Bester die Krallen zu ziehen.

Seine Welt war das jedoch nicht, und so drehte sich Hansen auf dem Absatz um. Dennoch, wenn ihn Fingerloos vor der Bester bewahren könnte, dann würde er sich notfalls auch weiterhin von ihm mit seinem richtigen Vornamen anreden lassen. Aber bei Stuhr oder anderen würde er das niemals zulassen.

SOUVENIRS, SOUVENIRS

Kaum hatte Stuhr Angelikas Anwesen verlassen, da trommelte er wütend auf das Lederlenkrad des großräumigen Geländefahrzeuges ein, das sie ihm im Tausch gegen seinen alten Golf großzügig überlassen hatte. Was war nur mit ihm passiert? Er wollte doch Jenny treu bleiben.

Bevor er sich weiter ärgern konnte, wurde er von exotischen Straßennamen abgelenkt, die im Display des Navigationsgeräts des Landrovers angezeigt wurden: Triibergem, Waaster Jügem, Jaardenhuug, Teewelken. Danach konnte er endlich wieder auf die Landstraße nach Wyk einbiegen, und es bereitete ihm durchaus Spaß, die offensichtlich reichlich mehr als benötigten Pferdlein unter der Motorhaube zunehmend zur Tränke zu führen. Immer häufiger erfassten jedoch die kaltblauen Scheinwerfer des Geländewagens Nebelschwaden, was ihm den Spaß für den Druck auf das Gaspedal verleidete. So zuckelte er mit dem Boliden eher verhalten über die weitgehend gerade verlaufende Landstraße, auf der nur an wenigen Stellen das Lenkrad bewegt werden musste.

Was abseits von den stierenden Scheinwerferkegeln des Geländewagens in der Finsternis verborgen blieb, wirkte wie eine andere Welt. Er konnte sich noch gut an die Schulzeit erinnern, als sein alter Lehrer in Heimatkunde von den abenteuerlichen Walfangfahrten der holländischen und englischen Grönlandfahrer berichtete, deren Schiffe vielfach von Föhringern gesteuert wurden. Das musste eine goldene Zeit für die Insulaner gewesen sein.

Vielleicht lag sogar hier am Wegesrand einer der sprechenden Friedhöfe, von denen der Lehrer seinerzeit farbige Dias an die Wand geworfen hatte, eine kleine Sensation. Auf den ungewöhnlichen Grabsteinen sollten bisweilen ganze Lebensgeschichten niedergeschrieben worden sein, wenngleich Stuhr als Schuljunge die Buchstaben nicht entziffern konnte. Er konnte sich aber gut erinnern, dass sie bisweilen von Schiffsgemälden gekrönt waren. Er nahm sich fest vor, bei seinem nächsten Besuch auf Föhr einen dieser Friedhöfe aufzusuchen.

Seine Gedanken wurden von seinem Mobiltelefon unterbrochen, das plötzlich das Wageninnere erhellte. Dem Display konnte er entnehmen, dass Jenny versuchte, ihn anzurufen. Er wollte jetzt das Gespräch aber nicht annehmen, sondern klickte sich in die Liste der verpassten Anrufe hinein, die inzwischen ellenlang geworden war.

Jenny natürlich zehnfach, Kommissar Hansen sowieso, und selbst Dreesen hatte einmal versucht, ihn zu erreichen. Alle schienen ihn heute unbedingt sprechen zu müssen. Ging es denn überhaupt noch darum, den Mörder zu finden, oder hatten sie Spaß daran, ihn bei seinem Seitensprung zu ertappen, um ihn dann am Vormast von Jennys Bark aufzuknüpfen?

Stuhr war mehr als gepestet. Er nahm sich vor, die Liste dezidiert von unten nach oben anzugehen. Erst würde er die kleinen Dinge ganz schnell lösen, und dann würde er sich den größeren Problemen widmen.

Die Wahrscheinlichkeit, auf Föhr beim Telefonieren am

Steuer erwischt zu werden, schien ihm gering zu sein. So versuchte er, Dreesen anzurufen, doch der meldete sich nicht.

Endlich näherte sich das Ortsschild von Wyk, und wenig später rollte er am geschlossenen Verwaltungsgebäude der Wyker Dampfschiffsreederei vorbei. Einem auf dem Hafengelände stehenden Display war zu entnehmen, dass die letzte Fähre bereits den Hafen verlassen hatte.

Stuhr wunderte sich, dass ihn Angelika nicht darüber informiert hatte, dass heute keine Fähre mehr zum Festland verkehren würde. Vielleicht hätte er dann doch noch bei ihr genächtigt, denn er hasste es, im Dunkeln in der Fremde nach einer Bleibe zu suchen.

Was konnte er am Fähranleger unternehmen? Er schaute sich um. Sollte er nicht gleich gegenüber in das Hotel am Strand gehen? Sicherlich wäre das eine gute Adresse, aber wollte er nach der Geschichte bei Angelika wirklich morgens mit dem Blick auf das Wattenmeer und die Halligen aufwachen? Nein, er würde Angelikas Spielchen nicht mehr mitspielen. Gleich hinter dem Hafenvorfeld bemerkte er ein weiteres Hotel, das nicht nur durch gelbweiß gestreifte Markisen über den Fenstern und Blumenkästen einladend wirkte. Er startete den Landrover wieder und parkte genau davor.

Seine richtige Wahl bestätigte sich bereits beim Eintritt in den Flur. Alte Fotografien aus den Anfängen des Inseltourismus zierten die Wände und verwiesen darauf, dass sich das Hotel seit Generationen in Familienbesitz befand. Ein kleines Schildchen informierte, dass sich die Rezeption am Tresen der Hotelgaststätte Austernfischer befand.

Vorsichtig betrat Stuhr den Gastraum. Eine elegante Dame eilte ihm entgegen. »Willkommen im Duus-Hotel, der Herr. Tut mir leid, wir sind heute Abend im Restaurant ausgebucht. Darf ich Sie für morgen notieren?«

Stuhr hob abwehrend die Hände. »Nein, danke. Ich bin auf der Suche nach einer Unterkunft. Können Sie mir helfen?«

Die Dame nickte freundlich. »Klar, das bekommen wir hin. Dann folgen Sie mir bitte zum Tresen. Sie reisen mit Begleitung?«

Stuhr wehrte ab. »Nein, einfach so. Ein schlichtes Einzelzimmer reicht mir.«

Wieder lächelte sie ihn freundlich an. »Unterschreiben Sie bitte hier, die anderen Formalitäten erledigen wir morgen früh. Möchten Sie Ihr Zimmer sehen?«

Stuhr verneinte und unterschrieb dankbar. Endlich hatte er ein Dach über dem Kopf.

»Darf ich Ihnen mit dem Gepäck behilflich sein?«

Schnell schüttelte Stuhr den Kopf. »Das liegt im Fahrzeug, aber das werde ich gerade noch selbst schaffen.«

Die Dame hinter dem Tresen lächelte augenzwinkernd zurück. »Kein Problem, Herr Stuhr. Sie wirken nicht gerade schwächlich. Dann wünsche ich Ihnen einen schönen Abend. Nach Feierabend ist das Restaurant verschlossen, dann sitzt aber eine Nachtwache im Flur.«

Stuhr nickte freundlich und wollte sich verdünnisieren. Er hatte Durst.

Die Rezeptionistin war aber noch nicht zu Ende. »Frühstück ist morgen früh ab 6 Uhr 30 hier im Hotelrestaurant Austernfischer. Darf ich Sie per Klingelruf wecken lassen?«

»Nein, danke, ich bin nicht geschäftlich hier und kann ausschlafen. Ich gehe jetzt noch einmal um den Block, ein wenig die Füße vertreten. Gute Nacht.«

»Dann passen Sie gut auf, dass Sie nicht unter die Räder kommen. Föhr kann im Sommer ein heißes Pflaster sein.« Sie zwinkerte ihm vertraulich zu.

Stuhr dankte irritiert und drehte sich um. Das belebte Hotelrestaurant wirkte einladend, aber sein Weg führte ihn schnell aus dem Gebäude, weil er von Angelikas Landrover aus ein verlockendes Werbeschild entdeckt hatte, das auf eine gemütliche Hafenkneipe hinwies. ›Glaube, Liebe, Hoffnung‹. Dort wollte er bei einem gepflegten Weizen seine Probleme zumindest teilwegspülen.

Die Gaststätte mit diesem ungewöhnlichen Namen, der an die drei christlichen Tugenden erinnerte, schien gut besucht zu sein, wie er bei einem ersten vorsichtigen Blick durch die Butzenfenster feststellen konnte.

Plötzlich wurde jedoch die Tür aufgerissen, und zwei torkelnde Männer brachen aus dem Eingang heraus und grölten ein ähnliches Kauderwelsch wie die Verrückten vor Angelikas Anwesen. Es handelte sich aber nicht um einen Föhrer Dialekt, sondern um Latein, was er dem schlichteren Teil der Inselbevölkerung so nicht zugetraut hatte.

Stuhr öffnete die sich schließende Tür sofort wieder und nahm in der gediegenen Seefahrerkneipe am Holztresen Platz, ohne sich großartig umzusehen. Unweit von ihm unterhielt sich an einem Holztisch angeregt ein Pärchen. Tief in Gedanken verweilte er bei Jenny. Ab jetzt wollte er ihr unabdingbar treu bleiben.

Ein pöbelnder Seebär links am Tresen verlangte jetzt nach Aufmerksamkeit, doch ein Gespräch wollte sich Stuhr nicht aufzwingen lassen.

Die klare Ansage des Wirtes bewahrte ihn davor. »Schwieg still, sonst kannst du fix betohlen.«

Bezahlen wollte der angetrunkene Seebär aber noch lange nicht. Er hob er die Hände und sackte friedlich auf den Barhocker zurück.

Nachdem Stuhr seinen Getränkewunsch absetzen konnte, schaute er sich im Schankraum um. Viele Trophäen aus der christlichen Seefahrt hatten in dieser Kneipe ihre letzte Heimstatt gefunden: Fischernetze, Taue, kleine Bojen, Steuerräder, präpariertes Getier und sogar bunt lackierte hölzerne Galionsfiguren, die natürlich unübersehbar weiblicher Natur waren.

Er wurde angenehm überrascht, als ein vom Wirt exakt platzierter Bierdeckel seine Aufmerksamkeit auf das Absenken eines frischen Weizenbiers lenkte. Stuhr ergriff freudig das Glas und prostete sich genüsslich zu: »Auf deinen freien Abend, Stuhr.«

Dann ließ er das ganze von Angelika ausgelöste Elend mit einem langen Zug die Kehle hinunterfließen, wobei er sich bereits mächtig auf den Gang zum Pissoir freute, um die fachgerechte Entsorgung der Utersumer Probleme an Ort und Stelle zu vollenden. Er bestellte ein zweites Bier, bevor er sich seinem Handy widmete. Er schaute sich vorsichtig um, ob er mit einem Telefonat jemanden stören könnte, aber alle Anwesenden waren in Gespräche vertieft, soweit sie im Gegensatz zu dem Seebär noch halbwegs klar denken konnten.

Olli nahm jedoch das Gespräch nicht an.

Stuhr betrachtete versonnen den verwaisten runden Bierdeckel vor sich. Es war schon bemerkenswert, dass diese kleine Kneipe offensichtlich über eigene Bierdeckel verfügte. ›Glaube – Liebe –Hoffnung‹ war auf dem oberen Teil der Rundung zu lesen. Er drehte den Bierfilz, und jetzt war ›Fides – Caritas – Spes‹ zu lesen, offensichtlich die lateinische Entsprechung des Namens der Kneipe.

Hatten das nicht die Burschen gebrummelt, auf die er beim Hereinkommen gestoßen war? Wenngleich Stuhr immerhin das kleine Latinum für sich verbuchen konnte, hatte er das vorhin nicht aus dem Gesang heraushören können.

Er inspizierte den Bierdeckel nun genauer, der im Gesamtaufbau verdächtig dem ehemaligen DDR-Signet ›Einheit KPD-SED‹ ähnelte. Lediglich der Handschlag in der Mitte wurde durch die gerundeten Buchstaben FCS ersetzt.

Stuhr steckte den Bierdeckel zur Erinnerung in die Tasche und begab sich zur Toilette. Als er zurückkehrte, bemerkte er sofort den Bierdeckel suchenden Arm des irritierten Wirts, den er jedoch erlösen konnte, indem er ihm das schaumgekrönte Weizen kurzerhand aus der Hand nahm.

Obwohl in diesem besinnlichen Moment der neben ihm von seinem Hocker wieder hochsteigende Seebär erneut Unruhe verbreitete, betrachtete Stuhr weiterhin liebevoll die Bierblume, bevor er das Glas an seine Lippen führte. Dann floss das Getränk genussvoll durch seine Kehle, und er freute sich bereits auf den nächsten Gang zum Pissoir, um endgültig mit Angelika abzuschließen.

Wieder wurde er gestört von einem Stühlerücken am Nebentisch. Vorsichtig drehte sich Stuhr nach rechts, um nach dem unerwarteten Weggang ihres Begleiters die Frau näher in Augenschein zu nehmen, die die ganze Zeit von dem Kerl verdeckt gewesen war.

Stuhr traf der Blitz, denn das Gesicht war ihm mehr als vertraut. Es war Jenny, die ihn entgeistert musterte. »Helge Stuhr. Was machst du denn hier auf Föhr? Du hast mir doch versichert, dass du an der Ostsee bist.«

Hatte er, aber das war heute Morgen. Sie hatte natürlich jeden Grund, über seine Lüge entsetzt zu sein. Aber sollte sie nicht selbst ein schlechtes Gewissen haben, mit einem anderen Mann vertraut in einer Inselkneipe auf Föhr zu sitzen? Angriff war die beste Verteidigung, und so begann er, verharmlosend dagegenzuhalten. »Bier trinken, mein Schatz. Die Meere der Welt sind nun einmal alle miteinander verbunden. Warum sollte ein Weltmann wie ich nicht von der Ostsee in diese Seefahrerkneipe verspült worden sein? Seefahrt ist Not. Steht auch draußen auf dem Werbeschild.«

Jenny amüsierte seine Antwort. Zumindest wich ihr erschrockener Blick einer freundlicheren taxierenden Beobachtung. Stuhr befand das genau für den richtigen Zeitpunkt, ihr noch eine kleine Lektion in Latein mit auf den Weg zum Klo zu erteilen. »Im Übrigen sitze ich hier im Gegensatz zu dir lediglich in Begleitung eines Weizenbieres, mein Schatz. Semper Fidelis – immer treu.«

Der Blick von Jenny hellte sich weiter auf, doch mit den Fingern wies sie auf die Toilettentür, zu der sie nun mit kleinen Tippelschritten entschwand. Nachdem sich die Tür geschlossen hatte, prostete er ihr kurz zu und bestellte sich vorsichtshalber noch ein Bier, denn er ahnte, dass die Veranstaltung hier schneller beendet sein würde, als ihm lieb war, falls er falschliegen würde.

Wenig später kehrte Jenny sichtlich erleichtert zurück und versuchte, ihn zu umarmen. Doch Stuhr fand es passender, nicht gleich auf Frieden umzuschalten. »Wenn man fragen darf: Wer war denn dein Spielgefährte, der das Weite gesucht hat?«

Jennys Blick verfinsterte sich wieder. »Das ist kein Mann, Helge, und das weißt du ganz genau. Es ist Lothar.«

Stuhr zog sich genüsslich sein Bier an die Lippen, bevor er Jennys Antwort aus den Mundwinkeln heraus abqualifizierte. »So. Lothar. Ein Frauenname also?«

Lachend tippte sie sich mit dem Finger an ihre Stirn, um ihm klarzumachen, dass er auf der falschen Fährte war. »Mensch, Helge, wo bist du nur mit deinen Gedanken? Du kennst Lothar auch vom Wasserturm, wie er uns vor der Vorstellung geherzt hat. Er ist kein Mann, er fühlt wie eine Frau. Lollo eben und nicht Lothar. Sei doch nicht so borniert. Er hatte mich eingeladen, nach der Geschichte mit Robert einmal aus Hamburg herauszukommen. Deswegen sind wir Richtung Föhr gefahren. Morgen soll es bereits wieder nach Kiel gehen, dort werden die Proben für eine Sondervorstellung im Schauspielhaus beginnen. Du hast dich nicht mehr gemeldet, und für mich war es eine gute Gelegenheit mitzufahren. Warum bist du nur so bockig?«

Damit war für Stuhr klar, dass sein mühselig eingefädelter Herrenabend endgültig besiegelt war. Taktisch wäre es vermutlich nicht unklug, jetzt vom Bier abzulassen und näher zu ihr zu rücken. »So kenne ich dich ja gar nicht, mein Schatz. Erstmal ein Küsschen, schließlich sind wir ein Paar.«

Ein wenig unwillig beugte sich Jenny vor und küsste ihn.

»Wo steht denn euer Fahrzeug?«

Jenny druckste herum. »Meinen Schauspielkollegen

geht es zurzeit nicht besonders gut. Der Bus steht in Dagebüll auf dem Parkplatz. Die Überfahrt hätte ein Vermögen gekostet. Lollo schläft deswegen am Strand, aber ich wohne gleich nebenan im Duus-Hotel.«

Na, das passte doch. Wenigstens hatte sie Lollo nicht bei sich untergebracht. Stuhr nahm sie generös in den Arm. »Ich auch, meine Dame. Dann kann ich hoffentlich davon ausgehen, dass wir heute Nacht zusammen schlafen, oder nicht?«

Unerwartet impulsiv küsste sie ihn jetzt. »Mein geliebter Kavalier, ich folge Ihnen auf der Stelle.«

Stuhr liebte Jenny vermutlich mehr als alles andere auf der Welt, aber das frisch servierte Weizen einfach so auf dem Tresen verwaisen zu lassen, das tat dennoch weh. Doch es half nichts. Schnell beglich er die Rechnung und hakte sie entschlossen ein, um sie die wenigen Meter zum Hotel zu bugsieren. Er hielt ihr einladend die Tür zum Duus-Hotel auf. Offensichtlich hielt die Dame vom Tresen heute Nachtwache, denn vom Buchlesen aufgeschreckt, musterte sie das hereinkommende Paar neugierig.

Stuhr fasste allen Mut zusammen, um mit der konsterniert wirkenden Dame eine Umverlegung von seinem Einzel- auf ein Doppelzimmer zu verhandeln. »Entschuldigen Sie, meine Frau ist unerwartet nachgekommen. Sie hat hier auch ein Einzelzimmer gebucht. Natürlich möchte ich gemeinsam mit ihr die Ruhe und Gastfreundschaft bei Ihnen genießen.«

Stuhr war sich nicht sicher, ob sein Vortrag gelungen war, doch die Dame schien trotz des irritierten Blickes ein echter Profi zu sein, jedenfalls reichte sie ihm eine neue Chipkarte über den Tresen. »Das haben wir bereits für

Sie veranlasst. Sie haben jetzt Zugang zu unserer Fürstensuite, da ist genug Platz für alle. Erscheinen Sie morgen denn zu zweit zum Frühstück?«

Die Frage fand Stuhr ungewöhnlich. Er sah Jenny kurz an und nickte.

Die Rezeptionistin setzte ihre Erläuterungen fort. »Bis zehn Uhr bleibt bei uns im Frühstücksraum alles aufgedeckt, danach servieren wir Ihnen aber auch noch Kleinigkeiten, auf Wunsch gerne auch auf das Zimmer. Wenn Sie noch eine Frage oder einen Wunsch haben, ich stehe Ihnen die ganze Nacht zur Verfügung.« Augenzwinkernd wünschte sie eine gute Nacht, bevor sie sich wieder ihrem Taschenbuch zuwendete.

Nachfragen mochte er nicht. Fürstensuite. Eine solche großzügige Seite von Jenny hatte er bisher noch nicht erlebt. Er war gespannt, wer morgen zuerst die Kreditkarte zücken müsste.

Er hakte Jenny ein, und gemächlich stiefelten sie leicht angeschickert in den zweiten Stock. Jenny wirkte ein wenig ermüdet, doch als sie den Eingang zur Gold verzierten Fürstensuite erblickte, begann sie zu strahlen. »Mon Directeur. Helge, du bist immer wieder für Überraschungen gut. Die Fürstensuite. Du bist ein toller Mann!«

So recht konnte Stuhr zwar ihr Lob nicht einordnen, aber wenn Jenny zufrieden war, dann war der größte Ärger vermutlich ausgeräumt. Er hielt den Chip an die Tür, die geschmeidig aufglitt, und bat sie mit einer eleganten Handbewegung, ihm zu folgen.

Doch bereits in der Tür schwoll ihm unerwartet eine Wolke edlen Parfums entgegen. Als er noch überlegte, wem dieser Geruch zuzuordnen sein konnte, ließ ihn ein schriller Schrei in der Bewegung erstarren, denn das war nicht Jennys Stimme.

Es musste Angelika sein. Jenny schaltete das Deckenlicht an, und im nächsten Moment verkroch sich Angelika unter die Decke des gewaltigen Bettes, das den Raum dominierte. Jennys stechender Blick von der Seite blieb ihm nicht verborgen.

»Helge, was soll dieses Flittchen in unserem Bett. Bin ich dir nicht genug? Mein Gott, da hast du dich aber gründlich in der Preisklasse vergriffen.«

Natürlich war das für Stuhr der unerwartete Supergau, aber immerhin schien Angelika bemerkt zu haben, dass sie dieses Mal überzogen hatte. Nackt sprang sie aus dem Bett und schnappte sich ihre Sachen, um sich zunächst in der Toilette zu verbarrikadieren. Wenig später rauschte sie in einem hochgeschlossenen Kleid mit dem üblichen Getöse durch das Zimmer, bevor sie sich mit einem angedeuteten Knicks standesgemäß verabschiedete. »Ich habe mir erlaubt, im Vorweg den Tribut für das Liebesnest zu entrichten. Hoffentlich poliert der Herr zwischen den Gängen gründlich sein Besteck. Die Damen scheinen ja je nach Haarfärbung zu wechseln.«

Selbstbewusst drehte sich Angelika jetzt um und trippelte erhobenen Hauptes aus der Suite. In der Tür drehte sie sich noch einmal um. »Helge Stuhr, ich kann dir nur raten, einmal tief in dein Herz hineinzuschauen. Denke daran, Blut ist dicker als Wasser.« Dann pfefferte sie die Tür ins Schloss.

Der Blick von Jenny war mehr als ungemütlich. »Mein lieber Freund. Keine Ausreden mehr. Wenn sich immer häufiger Ereignisse verketten, die anders ausgelegt werden können, muss man dann nicht Angst vor dir bekommen? Wer war dieses Flittchen?«

Stuhr war bewusst, dass er jetzt mehr als einen Schuss Wahrheit in die Beziehung einfließen lassen musste. »Das war kein Flittchen, Jenny. Mit Angelika war ich vor Jahren fest verbandelt, ungefähr so wie du mit Halbedel. Es war ebenfalls keine Spaßgeschichte, aber das ist alles lange her. Sie wollte mich damals nicht, und jetzt will ich nichts mehr von ihr. Sie scheint jedoch leider Gottes in den alten Zeiten verhaftet zu sein. Glaube mir, ich liebe nur dich.«

In diesem Moment wurde die Straße vom Aufbrüllen eines Motors belebt. Stuhr schielte aus dem Fenster, und wenig später schoss Angelika mit ihrem Landrover aus der Parklücke heraus.

Jenny beäugte ihn skeptisch. »Dann steht es für dich sozusagen eins zu eins, richtig?«

Erleichtert nickte Stuhr, obwohl er dabei ein schlechtes Gewissen hatte. Hoffentlich kam sie ihm nicht auf die Schliche. Aber Jenny hatte schon wieder ihren Weichspülerblick aufgesetzt. »Dann lass uns wenigstens gemeinsam Ruhe finden, mein Schatz.«

Na also, es war doch alles nur halb so schlimm. Er versuchte, Jenny in das Doppelbett zu drängen, doch sie wehrte sich heftig.

»Helge, du denkst doch nicht im Ernst, dass ich das Bett, in der eine Verflossene von dir gelegen hat, auch nur anrühren würde? Wir können in meinem Zimmer schlafen, das wird noch frei sein. Bezahlt ist es auch. Oder magst du es nicht eng?«

Doch, Stuhr liebte es eng, insbesondere mit Jenny. Er freute sich darauf, nach den Anstrengungen und Überraschungen des Tages mit ihr zur Ruhe zu kommen. Selbst das auf dem Tresen verwaiste Weizenbier erschien ihm jetzt wertlos gegen das Zusammensein mit Jenny. Doch wie er morgen alles der Dame am Tresen klarmachen sollte, ohne dabei rot zu werden, das überstieg bei Weitem sein derzeitiges Vorstellungsvermögen.

ARSCH AUF EIMER

Es gibt Tage, die fangen schlecht an und enden übel. Gestern war bereits ein solcher Tag gewesen, und das schien sich heute zu wiederholen. Unangenehm wach geworden war Olli durch die Sonnenstrahlen, die durch die Vorhänge schimmerten und das gesamte Schlafzimmer in ein schlafstörendes gelbes Licht getaucht hatten.

Nachdem er sein Handy eingeschaltet und zunächst auf dem Küchentisch abgelegt hatte, kündeten endlos viele Kuckuck-Rufe von eingetroffen Kurznachrichten oder Anrufversuchen. Mürrisch musste er nach dem Gang zur Dusche feststellen, dass ausgerechnet Petra Bester von der Kieler Rundschau ihn mehrfach angesimst hatte. Sicher, sie war eine elegante Frau, aber glaubte sie denn wirklich, dass er ein Fingerchen für sie krümmen würde, nur weil er einmal etwas mit ihr gehabt hatte? Dazu Anrufversuche von Hansen und natürlich von Patrick Immel.

Mist. Vielleicht hätte sich Olli gestern besser doch noch in die Erika-Stuben begeben sollen, dann wäre der Spuk vielleicht heute schon ausgestanden gewesen. Den ganzen Morgen grübelte er darüber nach, ob Immel nicht nach seinem Fernbleiben Nachforschungen über ihn angestellt haben würde. Wenn dabei herauskommen würde, dass er Halbedel überhaupt nicht gekannt hatte, dann drohte für seine edlen Körperteile der Ganges.

Nein, Olli musste aus der Schusslinie verschwinden. Schließlich kam ihm die rettende Idee. Er würde sich für ein paar Tage einfach in irgendeinem Hotel in St. Georg einnisten. Jetzt konnte es nur noch darum gehen, am helllichten Tag unbemerkt dorthin zu gelangen. Er bestellte sich ein Taxi.

Ängstlich blickte er sich im Treppenhaus um, bevor er – getarnt mit seinem ältesten Kapuzenpullover – leise seine Wohnungstür verschloss. Das letzte Mal hatte er das immer noch leicht verschwitzte Teil beim letzten Schanzenfest getragen, bei dem er fast unter die Räder gekommen wäre. Dieses Mal war jedoch alles viel schlimmer, denn vor Immel musste man Angst haben.

Das Treppenhaus war glücklicherweise frei, und so stürmte er in Zickzacklinien wie ein Soldat auf der Flucht in der Angst vor einem Hinterhalt zur Haustür. Als er heraustrat, musste er zunächst kurzzeitig vor der Helligkeit des Tages die Augen verschließen. Verdammt, warum konnte es an solchen Tagen wie heute nicht einfach regnen?

Vergeblich fischte er in der Hosentasche nach seiner Sonnenbrille. Seine Rettung war das tiefe Herunterziehen der Kapuze, und vorsichtig öffnete er wieder seine Augenlider. Vor der Tür stand zwar der ersehnte Mercedes, aber es war nicht der Taxifahrer, der ihn entspannt vom Fahrersitz durch die geöffnete Beifahrertür begrüßte, sondern Patrick Immel. »Moin, Olli. Wohin des Weges? Auf dem Weg zum Rot-Kreuz-Laden?«

Diese Bemerkung von Pimmel spielte natürlich auf sein schäbiges Outfit an. Wieso wusste Immel, wo er wohnte? Olli stand jetzt mit dem Rücken an der Wand, einen Fluchtweg sah er nicht. Vermutlich war es am vernünftigsten, sich eine faule Ausrede auszudenken.

»Moin, Patrick. Tut mir echt leid wegen gestern Abend, aber es ging mir nach dem Telefonat schlagartig grottenschlecht. Ich musste die ganze Nacht durchreihern, und dann wieder Flitzkacke. Das habe ich oft, weißt du doch auch von Lollo. Ich wollte mich gerade auf den Weg zu den Erika-Stuben machen.«

Das freundliche Nicken von Patrick Immel kam unerwartet. Er wirkte ein wenig nervös, weil er ständig seine dunkle Sonnenbrille in den Händen rotieren ließ. Seine Stimme war jedoch in Samt und Seide gehüllt. »Komm, Olli. Steig einfach zu mir ein und lass uns über alles Weitere verhandeln. Oder verabscheust du etwa die Marke mit dem Stern? Hinter mir drängelt bereits der Nächste.«

Die ruhige Ansprache bestärkte Olli, sich besser neben Immel auf den Beifahrersitz zu begeben. Aus den Augenwinkeln heraus registrierte Olli beim Hinsetzen sein bestelltes Taxi, das von Immels Mercedes geblockt wurde. Der dunkelhäutige Fahrer fuchtelte aufgeregt mit den Armen.

Ärgerlicherweise zerstörte der wütende Zuruf des radebrechenden Taxifahrers hinter ihm die friedliche Situation. »Taxi zu St. Georg! Du nicht Herr Heldt?«

Glücklicherweise ging Immel darauf nicht weiter ein, sondern begann weltmännisch mit einem herzlichen Händeschütteln den Beginn einer großen Freundschaft einzuleiten. »St. Georg? Das Taxi wird ja kaum von dir bestellt sein, oder? Er wird schon noch seinen Fahrgast finden, glaube mir. Und richtig, in meiner weisen Voraussicht habe ich geahnt, dass du den Weg zu mir finden wolltest. Deswegen stehe ich vor deiner Tür.«

Seine Überraschung konnte Olli nicht verbergen. »Du weißt, dass ich hier wohne, Patrick?«

Immel antwortete lächelnd. »Sicherlich. Das ist doch

nichts Verbotenes, dein Name steht schließlich an der Tür.«

Olli nickte. Immel rückte jetzt ein wenig näher. »Ach so, noch eins. Nicht Patrick, den Namen mag ich nicht besonders. Sag einfach Pimmel zu mir. Machen alle Freunde von mir so.«

Olli nickte zwar, aber ihn überkam ein mulmiges Gefühl. Freunde.

Unerwartet drehte sich Pimmel jetzt um und reckte drohend die Faust. In vulgärstem Tonfall zählte er den Taxifahrer aus. »Nuttenkutscher. Halt deine Fresse und mach eine Fliege, sonst setzt es langen Hafer. Pronto.«

Das mit dem langen Hafer kannte Olli als Spruch von seinem Großvater, damit war Verprügeln angesagt. Natürlich vermutlich nicht mehr mit Haferbüscheln wie früher, sondern in diesem Fall mit härteren Bandagen.

Als sich Pimmel wieder zu ihm drehte, war es bewundernswert, mit welcher angenehmen Stimmlage er das Gespräch fortsetzte. »Ich vertraue dir, Olli. Natürlich wirst du verstehen, dass ich dich beobachten lassen musste. Aber meine Leute haben mir bestätigt, dass du gestern Abend keine Fisimatenten gemacht hast, sondern dich nur eingebunkert hast. Das machen bei jüngeren Leuten ansonsten nur Kranke und Sterbende.«

So genau wusste Olli nicht, wohin er aufgrund dieser unerwarteten Seligsprechung hinsehen sollte. Vorsichtig fragte er nach. »Du hast gewusst, wo ich wohne?«

Pimmels Antwort war entwaffnend. »Nein, eine von den Hühnern, die ich im Mondragon abgefischt habe. Sie hat einmal mit dir geschlafen, aber du sollst ziemlich geschwächelt haben. Kann mir nicht passieren. Ich kenne da ein Mittel.«

Olli hatte sich mit den eigenen Waffen geschlagen. Olli blieb nichts übrig, als Pimmels festem Blick standzuhalten, solange der sich nicht hinter seiner Sonnenbrille versteckte.

Der Taxifahrer hinter ihm hatte das mit dem langen Hafer nicht verstanden. Als Protest gegen den wütenden Zuruf von Pimmel ließ er jetzt die Hupe seines Fahrzeugs ohne Unterbrechung erschallen.

Das kümmerte Pimmel jedoch herzlich wenig, der lässig seinen Mercedes in Bewegung setzte. »Ich weiß natürlich nicht den wahren Grund, warum du gestern Abend nicht mehr den Weg zu mir in die Erika-Stuben gefunden hast. Aber jetzt geht es um wichtigere Dinge.«

Wichtigere Dinge. Was sollte er für ihn tun?

Pimmel blieb friedfertig. »Olli, wir unternehmen jetzt unsere kleine Spritztour, die habe ich dir ja bereits gestern angekündigt. Wenn du wirklich in das Geschäft bei mir einsteigen willst, dann musst du einmal einen ganzen Zug mitmachen, vom Anfang bis zum Ende. Das Mittel heißt Kokain. Friesenschnee. Ganz ungefährlich ist der Zug nicht, und wenn etwas schiefgeht, dann kann das ganz schnell vier bis fünf Jahre Knast für dich bedeuten. Einverstanden?«

Olli wurde mulmig zumute. Fünf Jahre Knast? Auf der anderen Seite musste er seinen Hintern retten.

Pimmel schien das zu bemerken, denn er setzte nach. »Pass auf, wir spielen jetzt ein kleines Spielchen, denn noch sind wir in Hamburg. Wenn du neben mir sitzen bleibst, dann geht die Reise ab an die Nordsee und ich zeige dir, wie man im Handumdrehen zu Knete kommt.«

Olli nickte. Ihm wurde klar, dass es zum Abspringen zu spät war.

Pimmel spürte wohl seine Zweifel. »Nicht, dass du mich

falsch verstehst, Olli. Du hast die freie Wahl. Selbstverständlich kannst du an der nächsten Ampel unbehelligt wieder aussteigen. Dann sind wir allerdings geschiedene Leute. In dem Fall wäre es besser für dich, aus Hamburg zu verschwinden. Es liegt also ganz bei dir.«

Komfortabel war seine Situation nicht, doch Pimmel schien auf einen Helfer wie ihn angewiesen zu sein. Bei der roten Ampel an der nächsten Kreuzung juckte es ihn, aus dem Wagen zu springen und sein Heil in der Flucht zu suchen. Letztendlich verharrte er jedoch im Mercedes.

Pimmel nahm das befriedigt zur Kenntnis und wechselte auf die Fahrspur, die auf die Autobahn führte. Dann setzte er entschlossen seine verspiegelte Sonnenbrille auf und gab Gas.

NEBELKERZEN

Aufgebracht war Kommissar Hansen schon, aber das war nicht der einzige Grund, warum er sich weit vor der vereinbarten Zeit an der Shell-Station am Knooper Weg eingefunden hatte. Es war der Anruf von Polizeidirektor Magnussen, der ihn auf die Palme gebracht hatte. Hansen äffte ihn verächtlich nach. »Bekommen Sie das bitte nicht in den falschen Hals, Hauptkommissar Hansen, aber ich habe die dienstliche Verpflichtung, Sie vor sich selbst zu schützen. Damit wir uns richtig verstehen: Dies ist kein Ratschlag, sondern eine Anordnung. Bla, bla, bla.«

Der Tankwart musterte ihn irritiert, hatte den letzten Satz vermutlich gehört.

Hansen winkte ab. »Alles in Ordnung, keine Sorge. Ich hätte gerne einen Kaffee, getankt habe ich nicht.«

Während der Tankwart begann, den Kaffeeautomaten in Gang zu setzen, ließ der Kommissar das Telefongespräch mit dem aufgebrachten Polizeidirektor noch einmal Revue passieren.

»Hansen, glauben Sie mir, Sie verrennen sich in diesem Fall. Ich benötige Ihre Kraft ganz woanders.«

Ja, sicher benötigte Magnussen seine Kraft ganz woanders, nämlich für seine Partei bei der neuen Personalpolitik in der Polizeidirektion. Doch seine Mitarbeit konnte sich der Direktor in den Wind schreiben, denn die Hinweise von Fingerloos hatten ihn mehr als nachdenklich gestimmt.

Um ihn zu ärgern, hatte Hansen den Polizeidirektor mit der Bester aufgezogen. Doch Magnussen hatte ihm daraufhin eine harsche Abfuhr erteilt. »Bester, Bester, Bester. Wenn ich diesen Namen nur höre, dann geht mir schon der Hut hoch. Die nehmen Sie mal nicht so ernst. Mir ist nicht bekannt, dass die Dame irgendwann eine polizeitaktische Ausbildung genossen hätte, denn dann würde sie nicht einen solchen Stuss verbreiten. Was ist denn schon großartig passiert? Ein drogensüchtiger Schauspieler ist vom Dach gestürzt. Na und? Schlucken die nicht alle beim Theater irgendetwas? Gut, eine Studentin ist zusammengeschlagen worden. Aber wer weiß, vielleicht hat das Luder auch provoziert. Man weiß doch, wie die jungen Dinger heutzutage sind. Kommissar Hansen, vertrauen Sie mir. Ein toter Vierbeiner allein rechtfertigt den ganzen Aufwand nicht, den Sie da treiben.«

Diese unqualifizierte, gewaltverniedlichende Einschätzung ließ Hansen fast ausrasten. Schließlich lebten sie in einem Rechtsstaat. Doch was konnte er schon gegen diesen Blödmann ausrichten?

Magnussens Stimme wurde bissig. »Hören Sie mir gut zu, Hansen. Ich bin erst frisch ins Amt gesetzt, und die neue Regierung kann sich zu diesem frühen Zeitpunkt keine Hängepartien leisten. Für die Bester werden wir ein paar Nebelkerzen werfen, damit sie ihre Windmaschine anstellen kann. Sie lassen jetzt mit großem Tamtam die Wohnungen von Vater und Tochter Kramer durchsuchen. Irgendetwas werden Sie schon finden, buddeln Sie nur lange genug in den privaten Dingen herum. Jeder Mensch hat schließlich mehr oder weniger Dreck am Stecken, und dann haben wir vor der Öffentlichkeit unsere Pflicht und Schuldigkeit getan. Ich will den Fall unbedingt vom Tisch gekommen. Haben Sie mich verstanden?«

Laut und deutlich. Hansen wollte sich aus dem Telefonat herausziehen, doch sein Direktor war noch längst nicht fertig mit seiner Standpauke.

»Schluss mit lustig, Hansen. Ab nächster Woche habe ich neue Aufgaben für Sie. Kommen Sie Montagmorgen zu mir, Ort und Zeit dürften Ihnen ja noch von letzter Woche bekannt sein.«

Der nächste Spaßtermin. Doch es sollte noch schlimmer kommen.

»Ach so, Oberkommissar Stüber werde ich übrigens demnächst von Ihnen abziehen. Nicht, dass Sie sich darüber wundern. Das ist ein interessanter Mann mit guten Beziehungen in die Kieler Hotellerie hinein. Sie scheinen sich ja leider für meine Partei zu schade zu sein.«

Mitten im Abschiedsgruß wurde die Verbindung unterbrochen. Es war Magnussen, der aufgelegt hatte. Nichts gegen Stüber, aber ob dessen Beziehung zu der Witwe Eilenstein Magnussens Partei zu Durchbrüchen in der Wählerquote verhelfen konnte, das erschien Hansen mehr als zweifelhaft.

Hansen wurde vom Tankwart aufgeschreckt, der ihm jetzt den Kaffeebecher entgegenhielt. Hansen nahm ihn dankend entgegen und verzog sich zu einem kleinen Stehtisch in der Ecke des Verkaufsraumes, von dem aus er das Tankstellengelände und die Kreuzung am Knooper Weg gut einsehen konnte. Vorsichtig führte er das Heißgetränk an seine Lippen.

Diese stark frequentierte Tankstelle war ein wundersamer Ort an einem Nabel der Welt, an dem quirliges, noch nicht gänzlich von Zeitautomaten erfasstes studentisches Leben von dem stumpfen, hastigen Dienstleistungsstreben biederer Geschäftsleute gedämpft wurde, die vermutlich auf der Jagd zur nächsten Provision waren. Abgerundet wurde das Bild durch zur Kasse hastende Banker in dunklen Anzügen, die in krassem Kontrast zu den bierholenden Schluckspechten standen.

Zur Verärgerung von Hansen wurde seine Sicht jedoch unvermittelt durch einen verschmutzten, schäbigen Kleinbus versperrt. Soweit er es einschätzen konnte, musste es sich um einen alten Ford Transit handeln. Die verdreckten Scheiben ließen keine Durchsicht zu, nicht nur wegen der dahinter zugezogenen Vorhänge. Es war zu vermuten, dass die Grundfarbe des betagten Transits weiß sein konnte, doch die dicke Staubschicht auf dem Lack ließ keine weiteren Schlüsse zu.

Der Tankdeckel schien sich für die örtlichen Gegebenheiten offensichtlich auf der falschen Seite zu befinden, weil der Fahrer sich abmühte, auf dem engen und von vielen Fahrzeugen verstellten Gelände zu wenden. Irgendwann hatte er es hinbekommen, und gleich darauf schälte sich eine langhaarige, schmächtige Person vom Fahrersitz, um den Tankrüssel von der Zapfsäule in den Tank zu bugsieren. Der Tankstopp geriet ausgesprochen kurz, und wenig später stürmte der langhaarige Fahrer zielstrebig zur Kasse. Oder war es eine Frau?

Der Zahlbetrag war einstellig, aber der folgende Zahlvorgang verlief selbst für diesen umtriebigen Ort ungewöhnlich geräuschvoll, weil Hunderte von Münzen auf den Zahlteller prasselten. Da hatte offensichtlich jemand seine letzten Kröten zusammengeklaubt.

Der Kommissar nutzte die Zeit des langwierigen Nachzählens durch den Tankwart, um den Kleinbus durch das Schaufenster genauer unter die Lupe zu nehmen. Auffällig war der mit einem Finger in den Dreck gezogene Kreis mit den Buchstaben FCS. Vermutlich eine Hommage an einen Fussballclub Soundso.

Der Langhaarige verzog sich nach dem Bezahlen wieder zum Transit. Hansen war sich immer noch nicht sicher, wie echt dessen Haarpracht war, als dieser wieder seinen Platz auf der Fahrerseite einnahm. Dann schien der Langhaarige Probleme mit der Kupplung zu haben, denn er begann, das Gaspedal des alten Transits zu malträtieren. In der Folge schoss sein Fahrzeug wie eine Rakete schlingernd vom Tankstellengelände weg und trotz der roten Ampel direkt über die Kreuzung den Knooper Weg hoch. Die Rückseite des Busses war weniger verschmutzt, und die jetzt selbst aus der Entfernung erkennbaren Buchstaben ließen Hansen das Blut in den Adern gefrieren: ›MischMasch‹.

Das war das Fahrzeug der Hamburger Theatertruppe. Der Kommissar eilte zur Tür, um dem Bus hinterherzurennen, aber sein Schwung wurde jäh von einer Hand gestoppt, die seinen Arm fest umklammerte.

»Warum in die Ferne schweifen, Hansen? Das Gute liegt so nah. Die werden uns schon nicht weglaufen, die suchen lediglich nebenan am Schauspielhaus einen Parkplatz. Gibst du einen Kaffee aus?«

Es war die Stimme von Stuhr. Hansen versuchte zunächst vergeblich, sich dem Griff Stuhrs zu entwinden. »Nur wenn du mich sofort loslässt. Stuhr, so geht das nicht! Du verhinderst polizeiliche Ermittlungen.«

Das schien Stuhr wenig zu jucken, aber er ließ wenigstens den Arm los.

Verärgert grantelte Hansen Stuhr an. »Wo kommst du eigentlich her?«

Der Daumen von Stuhr wies hinter seinen Rücken in die Richtung, in die der Kleinbus entschwunden war. »Aus dem ollen Transit natürlich. Oder denkst du, dass ich vom Himmel gefallen bin?«

Das Grinsen von Stuhr überging der Kommissar. »Du bist wirklich mit diesem schäbigen Bus gekommen?«, fragte Hansen ungläubig nach.

Stuhr zog mit unbewegter Miene einen Bierdeckel aus der Tasche. »Right, Sir. Direkt von der Insel Föhr. Hier ist der Beweis, ein Bierdeckel der Wyker Hafenkneipe ›Glaube, Liebe, Hoffnung‹. Wo steht mein Kaffee, bitte?«

Der Bierdeckel wies in der Mitte die gleichen Kürzel FCS auf wie die Schmiererei, die Hansen vorhin beim Betrachten des Busses bemerkt hatte. Am oberen Außenrand war die Langform ›Fides – Caritas – Spes‹ zu lesen, und darunter die deutsche Übersetzung: ›Glaube – Liebe –Hoffnung‹.

Während der Kommissar an der Kasse einen zweiten Becher Kaffee für Stuhr besorgte, überlegte er, ob diese Übereinstimmung von FCS mit dem Bierdeckel ein Zufall war oder ob das für die Aufklärung des Falles noch von Bedeutung sein könnte. Er konnte sich aber keinen Reim darauf machen, und so wendete er sich wieder mit den auf der Hand liegenden Fragen an Stuhr. »Warum bist du denn nicht mit deinem Golf gefahren?«

Das Gesicht von Stuhr wies jetzt schmerzhafte Züge auf. »Schrottreif. Nicht so lustig. Jugendliche haben randaliert und die Reifen zerstochen. Neue Reifen werden vermutlich mehr kosten, als die gesamte Kutsche wert ist. Aber das ist eine lange Geschichte.«

Ja, diesen Schmerz kannte Hansen auch, wenn ein treuer Begleiter das Zeitliche gesegnet hatte. Er lenkte deshalb das Gespräch in eine andere Richtung. »Hast du inzwischen irgendetwas von Olli Heldt gehört? Der ist wie vom Erdboden verschwunden. Soll ich meine Hamburger Kollegen nicht bitten, ihn dort aufzuspüren? Könnte sein, dass vielleicht Gefahr im Verzuge ist. Ich mache mir ernsthaft Sorgen um ihn.«

Stuhr nahm zunächst vorsichtig einen Schluck von dem heißen Kaffee, bevor er gedehnt antwortete. »Um Olli musst du dir nun wirklich keine Sorgen machen, Hansen. Der bleibt schon obenauf.«

Hansen blieb beunruhigt. Stuhr schien Olli für einen Überlebenskünstler zu halten, der zur richtigen Zeit wissen würde, welche Karte er zu spielen und welche Spielpartner er zu meiden hatte. Allerdings konnte Stuhr nicht wissen, dass Hansen ihn inzwischen auf Pimmel angesetzt hatte, der vermutlich tief im Drogensumpf steckte. Doch Hansen beschloss, nichts weiter von Ollis Auftrag zu erwähnen und besser das Thema zu wechseln. »Hast du inzwischen irgendetwas von Jenny gehört?«

Stuhr schüttelte den Kopf. »Nicht mehr als sonst. Ich weiß nur, dass sie bei der Benefizaufführung im Kieler Schauspielhaus dabei sein wird. Die Proben beginnen morgen. Du kannst dir ja ausmalen, wie begeistert ich bin.« Doch Stuhrs Miene hellte sich nicht auf.

Hansen nahm einen Schluck aus dem Kaffeebecher, bevor er antwortete. »Ja, davon habe ich auch gehört. Übrigens, Petra Bester von der Kieler Rundschau hat es mir gesteckt.«

Wieder verzog Stuhr seine Miene.

»Nun zieh doch nicht so eine Schnute, Stuhr. Das

kann einem ja den ganzen Tag verhageln. Denk lieber an Jenny, die tut dir gut. Vielleicht ist sie bereits im Schauspielhaus.«

Stuhr nippte lustlos an seinem Kaffee. »Vermutlich sogar, schließlich hat sie neben mir im Theaterbus gesessen. Dieser Lollo, bei dem Olli am Schnüffeln war, der hat uns beide im Transit von Dagebüll mitgenommen. Irgendwie mussten wir ja nach Kiel zurückkommen.«

Was Stuhr jetzt so eben einmal von sich gab, das war mehr als erstaunlich. Hansen schilderte im Gegenzug, wie dieser langhaarige Fahrer des Busses mit prasselndem Kleingeld die Tankrechnung bezahlt hatte, was seine Vermutung nochmals stützte, dass die Theatergruppe aus dem letzten Loch pfiff.

Stuhr konnte die Vermutung des Kommissars bestätigen. »Klar, die sind auf die Einnahmen der Sondervorstellung im Schauspielhaus mehr als angewiesen. Aber das war oft schon so, hat mir Jenny versichert. Allein von der Schauspielerei kann man schlecht leben. Seit einiger Zeit sollen sie allerdings einen unbekannten Kieler Finanzier im Hintergrund gehabt haben, der ihr Überleben garantierte. Doch nach der Inszenierung von Halbedel auf dem Wasserturm soll der sich schlagartig zurückgezogen haben. Den Namen weiß sie aber nicht.«

Fehlendes Geld war immer ein Motiv für Straftaten, kombinierte Hansen und begann, für sein Ansinnen zu werben. »Während du dich auf Föhr mit Jenny amüsiert hast, habe ich einen Plan geschmiedet, Stuhr. Wir können alle dabei nur gewinnen.«

Skeptisch blickte Stuhr zurück. »Wir?«

Hansen nickte. »Ja, klar, Stuhr. Wenn Mitglieder der

Schauspielgruppe ›MischMasch‹ während ihrer Auftritte Straftaten begehen, dann müssen wir sie unter Beobachtung halten, denn irgendwann werden sie sich schon verraten.«

Nachdenklich nickte Stuhr. »Ich verstehe. Du willst das Schauspielhaus von Polizisten abriegeln lassen?«

Kommissar Hansen war kurz vor dem Verzweifeln. Wieso stellte sich Stuhr nur so dumm an? »Falsch, Stuhr. Wenn ich Polizisten vor alle Türen des Schauspielhauses postiere, dann wird keiner von der Theatertruppe etwas Ungesetzliches tun. Ich will aber keine Straftat verhindern, sondern eine auflösen. Durch meinen Auftritt am Wasserturm bin ich bei denen allerdings bekannt wie ein bunter Hund. Beobachten kann die Truppe nur jemand, der als unverdächtig gilt.«

Stuhr stimmte ihm sofort zu. »Richtig, und da ich Halbedel auf das Dach gefolgt bin, scheide ich selbstverständlich ebenfalls von vornherein aus.«

Hansen ärgerte sich, weil Stuhr ihn nicht verstehen wollte. Eindringlich versuchte der Kommissar, Stuhr auf seine Aufgabe einzustimmen. »Falsch. Du giltst als völlig unverdächtig. Schließlich bist du kein Kriminaler, und deine Partnerin ist ein Mitglied von der Theatergruppe. Ihr beide könntet die Schauspieler gut im Auge behalten. Jenny im Publikumsbereich, und du hinter der Bühne.«

Skeptisch blickte Stuhr zurück. »Jenny soll dabei mitmachen? Ich weiß nicht. Die hat ihren eigenen Willen.«

Hansen bemühte sich, ihm den Auftrag schmackhaft zu machen. »Jenny könnte morgen während der gesamten Probe bei ihren Spielfreunden unauffällig im Zuschauerraum verweilen. Meinst du nicht, dass sie Spaß daran hätte?«

Die Gegenfrage von Stuhr war entwaffnend. »Meinst du nicht, dass sie das sowieso tun würde? Sie soll Lollos Rolle übernehmen. Davon ganz abgesehen. Wie soll ich denn hinter die Bühne kommen?«

Hansen ging nur auf die zweite Frage ein, denn das hatte er inzwischen polizeilich eingefädelt. »Das ist ein Kinderspiel. Du fragst einfach am Bühneneingang nach dem Inspizienten Jerzy Linsky. Er wird dich einweisen.«

Das Gesicht von Stuhr verriet, dass er unschlüssig war. Aber Hansen war sich sicher, dass er bereits Blut geleckt hatte. Darauf wies zumindest seine Nachfrage hin. »Ist wenigstens Oberkommissar Stüber im Schauspielhaus vor Ort im Einsatz?«

Kommissar Hansen antwortete ausweichend. »Das ist eine lange Geschichte, die nicht in einem Satz beantwortet werden kann. Gib dir einen Ruck, Stuhr.«

Endlich erfolgte die ersehnte Antwort. »Ich kann es ja einmal versuchen. Aber versprechen kann ich nichts. Doch jetzt muss ich Jenny heimholen. Sie werden ihre Requisiten inzwischen abgeladen haben. Prost Kaffee.«

Der Kommissar prostete erleichtert zurück.

In aller Seelenruhe schlürfte Stuhr seinen Kaffee noch aus, um dann den leeren Pappbecher achtlos in den Mülleimer zu befördern. Danach zog er seinen Kragen hoch und trottete los in Richtung Schauspielhaus.

Seine Körperhaltung ließ allerdings nicht darauf schließen, dass er morgen mit einem Erfolg rechnete.

Hansen schon, denn es war vermutlich seine letzte Chance.

FRISIA CANTAT

»Idioten. Weg da!« Pimmels Fluchen und die quietschenden Bremsen ließen schlagartig Ollis Augen aufreißen. Trotz des unangenehm schnürenden Drucks der Sicherheitsgurte, die seinen Kopf vor dem Aufschlag auf das Armaturenbrett bewahrten, konnte er im Licht der Scheinwerfer flüchtig mehrere dunkel gekleidete tänzelnde Gestalten ausmachen, die Pimmel offensichtlich zur Notbremsung gezwungen hatten. Als der Wagen endlich stand, war der Spuk auch schon beendet. Pimmel schlug wütend mit der Faust auf das Lenkrad.

Angespannt drückte Olli seinen Rücken in die Ledersitze. Die ganze Fahrt von Hamburg nach Föhr hatte sich ausgesprochen spracharm gestaltet. Immer wieder war er unruhig auf den weichen Ledersitzen des Mercedes hin und her gerutscht. Während der Überfahrt mit der Fähre nach Föhr hatten beide angespannt im Sitz verharrt. Nun wurde es vermutlich ernst, denn Pimmel wies am Rande des Lichtkegels der Scheinwerfer mit dem Finger auf ein kleines, verstecktes Hinweisschild am Straßenrand hin.

»Wir sind in Borgsum. Hier geht es zur Lembecksburg. Gleich sind wir da.« Mit kräftigem Druck auf das Gaspedal beschleunigte Pimmel den Mercedes wieder und bog mit heftigem Schwung von der Landstraße in einen kleinen Weg hinein, der vor dem Eingang zu einem gewaltigem Grashügel endete. Pimmel stoppte jetzt, aber er ließ die Scheinwerfer an.

Olli verstand das nicht. »Wo ist denn hier eine Burg?«

Pimmel grinste, bevor er die Zündung schloss und

bereitwillig Auskunft gab. »Die Lembecksburg? Die ist längst weg. Vielleicht hat es die auch nie gegeben. Man vermutet, dass es sich bei dem Graswall um die Reste einer Ringburg aus der Wikingerzeit handelt. Palisaden und so. Weiß ich allerdings auch nicht so genau.«

Ollis Wissensdurst war aber noch nicht befriedigt. »Und was treibt uns dann an diesen Ort?«

Erstaunt sah ihn Pimmel an, bevor eine Erklärung folgte. »Der Friesenschnee. Kokain. Und natürlich die Verrückten von eben. Hier auf der Insel gibt es eine uralte Tradition, dass sich konfirmierte junge Männer abends zu Saufgelagen treffen, vermutlich, um nicht die Abende mit den Eltern und Großeltern im Wohnzimmer verbringen zu müssen. Wegen der Tageszeit haben sie sich Hualewjonken genannt, Halbdunkle oder Halbschatten, je nach Übersetzung. Sie sind als Traditionsgruppe bei den Insulanern beliebt, weil die sich an ihre eigene stürmische Jugend erinnert fühlen. Sie genießen auf Föhr deshalb eine ziemliche Narrenfreiheit, egal ob sie sich zum Grillen an der Bushaltestelle oder zum Absinthsaufen an alten Kultstätten treffen.«

Das verstand Olli nicht. »Und was hat das mit unserer Reise zu tun?«

Lächelnd klärte ihn Pimmel auf. »Was lag näher als die Idee, für meine Zwecke einen Utersumer Ableger der Hualewjonken zu erfinden und für kleines Geld aufzupäppeln. Eine bessere Tarnung für meine Geschäfte auf der Insel Föhr kann es doch überhaupt nicht geben, oder?«

Über diese Offenheit von Pimmel war Olli erstaunt. »Sind denn diese Halbdunklen keine Rabauken? Und wie konnte Robert als Künstler mit denen klarkommen?«

Sorgenvoll nickte Pimmel. »Das Problem hast du richtig erkannt, Olli. Dennoch, Robert hat seinen Job gut erledigt. Nach dem Geschäft hat er jedoch gerne Proben seines schauspielerischen Könnens wie auf dem Wasserturm abgelegt. Vermutlich wollte er ihnen zeigen, dass er etwas Besseres war. Er war aber nicht nur auf meine Knete scharf, sondern ging den Jüngeren teilweise auch an die Wäsche, wenn sie abgefüllt waren. Das hat öfter Streit verursacht, auch mit mir. Aber du bist ja zum Glück nicht schwul.«

Olli schwieg dazu, denn vermutlich spielte Pimmel noch einmal auf seinen missratenen Auftritt am letzten Sonntag bei Lollo an.

Doch Pimmel blieb ihm gegenüber weiterhin friedlich gestimmt. »Meine Utersumer Hualewjonken, das ist eine verschworene Truppe. Sie lenken Unbeteiligte ab und halten mir den Rücken frei, während ich meine Geschäfte durchziehen kann. Auf die lasse ich nichts kommen.«

Pimmel nickte zur Selbstbestätigung, wenngleich er mehrfach tief durchatmete. Er wirkte angespannt, aber er rückte auch eine Erklärung dafür heraus. »Ich muss allerdings kurz mit ihnen alleine sprechen, auch um die Eintrittskarte für dich zu lösen. Das wird kein Problem werden, denn gestern haben sie absolute Scheiße gebaut. Sie haben sinnlos Reifen abgestochen. Wenn das große Folgen nach sich zieht, dann ist das schlecht für das Image meiner Truppe auf der Insel und damit auch für das Geschäft. Deswegen muss ich sie einmal kurz falten. Das macht man nicht vor Fremden.«

Energisch riss Pimmel die Autotür auf. Er wirke ziemlich geladen. Dann entschwand er mit kraftvollen Schritten durch eine Lücke in den Erdwall, der früher die Lembecksburg beherbergt haben sollte.

Die Ansprache innerhalb des Burgwalls geriet mehr als deutlich, denn Sprachfetzen von Pimmel drangen immer wieder bis in das Fahrzeuginnere des Mercedes.

Wenig später kehrte Pimmel zurück und holte ihn vom Fahrzeug ab. Gemeinsam durchschritten sie einträchtig den Wall und betraten die Senke. Im Inneren des Rundes hatte sich eine Gruppe verwegener junger Leute versammelt, die zerknirscht mit gesenktem Kopf um ein kleines Lagerfeuer herum der weiteren Dinge harrten. Wie Pimmel auf die Idee kommen konnte, dass diese Garde hohler Insulaner glaubwürdig als Traditionsverein durchgehen könnte, das war Olli bereits auf dem ersten Blick unbegreiflich.

Pimmel war der Chef im Ring, und das demonstrierte er damit, dass er Olli kurz und knackig vorstellte. »Das ist Olli, ein echter Kumpel von mir von der Schanze, ein uraltes Kneipenfossil. Er wird euch zukünftig alle Pakete mit dem Friesenschnee abnehmen und die Knete übergeben, also behandelt ihn gut. Schüttelt ihm artig die Hand und beschnüffelt ihn schon einmal. Er ist einer von uns. Ich hole inzwischen die Knete aus dem Auto, bevor die Stimmung noch ganz den Bach runtergeht.«

Immerhin gab es wegen der Geldankündigung von Pimmel ein kurz aufkeimendes Gejohle bei den Halbwilden. Kaum war Pimmel hinter den Wall entschwunden, da wagte sich bereits ein ungepflegter Langhaariger nach vorn.

»Moin, Olli. Ich bin der Präsi, der Chef vom Ganzen. Kommt nicht oft vor, dass uns Pimmel neue Leute vorstellt. Der Letzte, den er angeschleppt hatte, musste unlängst ins Gras beißen. Robert Halbedel.«

Olli fühlte sich nicht nur vom Mundgeruch bedrängt. Da er nicht wusste, was der neugierige Präsident hören wollte, zuckte er vorsichtshalber mit den Schultern. Der Präsi begann nun, ihn ausgiebig zu mustern. Dabei tat er seine Meinung unmissverständlich kund.

»Das mit Robert Halbedel ist doch kein echter Verlust für die Menschheit, oder? Ein eitler, gieriger Torfstecher, mehr nicht.« Der Präsident spuckte vor sich in das Gras, und seine Mannschaft tat es ihm nach. Jedenfalls hier schien das Meinungsbild geschlossen zu sein. Olli ließ die nachfolgenden abtastenden Blicke des Langhaarigen über sich ergehen.

Offenbar hatte er jedoch diese Prüfung bestanden, denn der Präsi bohrte nach. »Hat Halbedel dich wenigstens in Ruhe gelassen?«

Was sollte Olli schon antworten? Er kannte Halbedel nicht. So verzog er nur vage seinen Mundwinkel. »Warum sollte ich ihn denn ranlassen?«

Das schmierige Grinsen des Präsidenten offenbarte nun eine veritable Zahnlücke in seinem ungepflegten, von Karies angefressenen Gebiss. Zur Begrüßung reichte er ihm jetzt freundlich die Hand, bevor er sich umdrehte und einen noch etwas ungepflegteren Kameraden in der hintersten Reihe anraunzte. »Doc, es gibt etwas zu tun. Komm doch mal nach vorne mit deinem Besteck.«

Wenngleich diese Ansage den üblen Schwall aus dem Mund des Präsi glücklicherweise kurzfristig in eine andere Richtung lenkte, so war die Tatsache nicht zu verdrängen, dass sich ein hünenhafter Kahlkopf mit einer furchterregenden Narbe auf der linken Wange an seinen Kumpanen vorbei nach vorne drängelte, um seinem Chef ein Stilett und eine Tätowiernadel hinzuhalten. »Hier, Präsi. Ganz frisch mit Siedlerbowle desinfiziert.«

Olli gefror das Blut in den Adern, und das war nicht nur durch die Angst vor einer Blutvergiftung begründet. Wollten sie ihm etwa eine Tätowierung aufzwingen? Panisch drehte er sich um. Pimmel war jedoch weit und breit nicht zu sehen.

Als Olli sich zu den Hualewjonken zurückdrehte, erschrak er, weil der Präsi inzwischen das Messer in die Hand genommen hatte und an der scharfen Spitze mit der Zunge leckte. In der verharrenden Bewegung konnte er bei ihm auf dem Handrücken eine kleine Tätowierung entdecken, die der Tätowierung von diesem Hans-Harald aus dem Tanzcafé Mondragon glich. War der ein Komplize von Pimmel? Hatte es ihn hier genauso unerwartet und unverdient erwischt?

Weitere Gedanken konnte Olli aber nicht mehr verschwenden, denn der Präsident ritzte nun seine Handoberfläche mit dem Messer ein. »Wir beginnen zunächst mit unserer Blutsbrüderschaft. Die wird anschließend mit dem Tattoo der Hualewjonken auf dem Handrücken besiegelt. Wird Zeit, dass du ein schönes Muster auf deine Tapete bekommst. Dann bist du einer von uns.«

Ohne weitere Nachfrage ergriff er Ollis Hand und schickte sich an, dessen Haut ebenfalls einzuritzen. Gerade, als sich das Messer auf Ollis Handrücken senken wollte, mischte sich Pimmel schreiend vom Eingang des Ringwalls in das Ritual ein.

»Was soll das denn, ihr Deppen? Seid ihr denn verrückt geworden? Olli ist Hamburger, das habe ich euch doch vorhin gesagt. Er ist ein Kumpel von der Schanze. Lasst ihn in Ruhe. Müsst ihr denn jeden Mist wiederholen?«

Der Präsi schien seinerseits gepestet zu sein, denn er bellte Pimmel an. »Selber Depp. Woher sollen wir denn wissen, dass die Schanze in Hamburg liegt?« Daraufhin wandte sich der Präsi verhältnismäßig entspannt zu Olli und gab enttäuscht Entwarnung. »Tut mir leid, Olli, aber das mit dem Tätowieren geht wirklich nicht, nicht einmal mit unserem kleinen Tattoo auf deiner Hand. Traditionsvereine haben eben ihre Prinzipien. Man muss wenigstens mit einem halben Bein Föhrer sein, um zu den Hualewjonken gehören zu können.«

Erleichtert nickte Olli, aber verstehen tat er es nicht. »Mit einem halben Bein?«, fragte er vorsichtig nach.

Pimmel übernahm jetzt die Antwort, während der Präsi bedauernd dem grobschlächtigen Kahlkopf seine Utensilien zurückreichte. »Mit einem halben Bein Föhrer bedeutet, dass du auf der Insel lebst, aber nicht hier geboren bist.«

Olli nickte verständig. Er war heilfroh, dass ihn diese Regularie vor der Zwangstätowierung behütet hatte.

Pimmel lenkte die Aufmerksamkeit wieder auf das Geschäftliche. »Jetzt ist aber Schluss mit dem Kinderkram, Präsi. Hast du die neue Lieferung für mich mitgebracht?«

Der Präsi bleckte jetzt stolz seine verfaulten Zähne wie ein wiehernder Ackergaul. »Hast du denn auch die Knete für uns mit?«

Vorsichtig ließ Pimmel seinen Blick über den nächtlichen Rundwall schweifen, um sich zu vergewissern, dass sie nicht von Fremden beobachtet wurden. Dann zog er ein dickes Bündel Scheine aus der Tasche und hielt es dem Präsi vor die Nase. »Selbstverständlich. Herr Spahrbier von der Postbank ist wieder einmal zu Besuch. Heute ausnahmsweise höchstpersönlich. Wer wird mir denn den Blick auf den Schnee gewähren?«

Der Präsi warf Doc einen kurzen Blick zu, der daraufhin in Windeseile aus dem Ringwall hastete. Wenig später kehrte er zurück und händigte Pimmel vier kleine Pakete aus, die in Plastikfolie versiegelt waren. »Friesenschnee, allerbeste Ware.«

Der Dank von Pimmel an den Doc fiel bescheiden aus, wogegen das Lächeln vom Präsi jetzt zufrieden wirkte. »Hat alles bestens geklappt, Pimmel. Prompte Lieferung, wie immer bei uns. Nun her mit der Knete.«

Pimmel untersuchte jedoch zunächst skeptisch die Ware, indem er sich vom Doc das mit dem Blut des Präsis verschmierte Messer griff und eines der Päckchen anschnitt. Ein kurzes Abschmecken überzeugte ihn schnell von der Güte des Stoffes. Unverzüglich übergab er daraufhin dem Präsi sein Geldbündel, nicht jedoch ohne einen warnenden Seitenhieb mit erhobenem Zeigefinger. »Beste Qualität, Präsi. Hut ab. Ihr liefert zuverlässig. Ich bin schon sehr zufrieden mit euch, bis auf diesen kleinen Kollateralschaden gestern Abend. Solche Vorfälle entlang unserer Route dürfen nicht wieder vorkommen.«

Der Präsi sackte zunächst das Geld ein, bevor er begann, seine Horde in Schutz zu nehmen. »Mach halblang, Pimmel, und nimm vor allem deinen Stinkefinger wieder herunter. Schließlich sind wir keine Damenhäkelgruppe. Wo gehobelt wird, da fallen eben manchmal auch Späne. Wir können nicht auf jedes Einzelschicksal Rücksicht nehmen.«

Pimmel legte nach. »He, Präsi, das müsst ihr aber. Unser Geschäft geht nun einmal vor. Mal einen Reifen stechen, mein Gott, das geht noch als Jugendsünde ab. Aber ausgerechnet an dieser sensiblen Stelle? Dann rückt die Polizei an, und unsere Schmuggelroute ist im Eimer. Soll ich denn durch euch Versager dazu getrieben werden, mit den Amrumer Strandräubern Geschäfte zu tätigen?«

Jetzt knickte der Präsi ein. Natürlich musste es die Höchststrafe für ihn bedeuten, die Geschäfte Leuten von der verhassten Nachbarinsel zu überlassen. Doch der Präsi schien noch mehr Dreck am Stecken zu haben. Pimmel roch das förmlich, denn er bohrte nach. »Euer Reifenstich war doch hoffentlich keine Föhrer Tieferlegung, oder?«

Der Präsi brauste nun auf. »Scheiße reden ist erlaubt, auf die Fresse bekommen aber auch. Du hättest einmal diesen Lackaffen sehen sollen, wie der sich aufgeblasen hat, nur weil wir auf Tribergen einen Kleinen gezwitschert haben. Dabei hätte der Neureiche seine Hütte damals woanders hinstellen können, nur nicht auf unser Hünengrab.«

Es war zu merken, dass es Pimmel Nervenkraft kostete, mit dem Präsi zu diskutieren. »Präsi, soweit ich weiß, hat die Alte in diesem Haus doch ihren Kerl längst unter die Erde geschickt.«

Der Präsi begann zu wimmern. »Mag sein. Doch dieses Mal kam irgendein kräftiger Knallkopf mit einem dicken Knüppel vor die Haustür gerannt. Du hast selbst gesagt, dass wir nicht zuschlagen sollen, also haben wir das Feld geräumt. Aber dieser Vollpfosten sollte einen kleinen Denkzettel verpasst bekommen. Wir haben sein Auto sofort gefunden, Kieler Kennzeichen. Das Reifenstechen ging schnell, aber die Rostlaube war schon so alt, dass praktisch kein Schaden entstanden war. Das Ritzen unseres Logos auf der alten Heckscheibe gestaltete sich auch nicht besonders einfach, und da kam Doc auf die Idee, den Tank mit Sand aufzufüllen. Flach sollte er liegen, Tradition ist eben Tradition.«

Doc drängte sich nun nach vorne. »He, Pimmel, das war hartes Brot. Eine richtige Schweinearbeit, genug Sand durch den engen Einlass in den Tank zu würgen. Meine Hände stinken heute noch nach dem Scheißbenzin. Aber am Ende lag der Wagen schön tief, oder?«

Die Hualewjonken stimmten murmelnd zu. Pimmel war fassungslos, aber er fing sich schnell wieder und nickte ernst dem Präsidenten zu. »Präsi, meißelt euch ins Hirn, dass ihr auf Föhr die Kirche im Dorf lassen müsst. Utersum ist eben nicht St. Pauli. Neben unseren Geschäften können wir uns keine Auffälligkeiten mehr leisten, ansonsten fliegt unsere Tarnung auf und es ist Schicht im Schacht. Das war hoffentlich ein kleiner letzter Ausrutscher von euch, und jetzt Schwamm drüber.«

Diese Ansage belohnte der Präsi mit einem eindrucksvollen Ausblick in die Welt seiner nicht vorhandenen Zahnpflegekultur. »Das ist endlich wieder einmal ein Wort des Vertrauens, Pimmel. Wir wollen uns doch schließlich vertragen und in die Zukunft sehen. Lass uns das Geschäft wie immer mit einer Kaltschale Siedlerbowle begießen. Meine Jungs machen das mit dem Tieferlegen nicht wieder. Ehrenwort.«

Ungefragt zogen die Hualewjonken ihre Blechbecher hervor, die an die Hosengürtel gekettet waren. Doc schleppte nun einen rostigen Benzinkanister heran und begann, daraus mit zitternder Hand eine durchsichtige Flüssigkeit in die Becher zu gießen.

Der Präsi hob als Erster seinen Becher, aber immerhin wartete er ab, bis der letzte von seinen Kapeiken etwas Trinkbares im Becher hatte. »Utersum Hualewjonken: Nich' lang schnacken, Kopp in Nacken. Sünjhait. Hau' wech die Scheiße.«

Seine Horde brummelte gerade noch ein knappes ›Sünjhait‹ zurück, bevor sie die Becher an die Bärte führten. Olli prostete ihnen zwar auch zu, aber er tastete sich zunächst nur mit der Nase an das Getränk heran, das nicht nur kräftig nach Alkohol roch, sondern auch ungenießbar wirkte. Während sich die saufenden Hualewjonken in der Folge bemühten, mit fortschreitender Stimmung ein Lied anzustimmen, fragte Olli vorsichtig bei Pimmel nach.

»Siedlerbowle, was ist das denn?«

Pimmel antwortete erstaunlich entspannt. Er hatte nicht nur seine Ziele durchgesetzt, sondern das Zeug zeigte auch schon Wirkung. »Siedlerbowle? Die setzt sich im Wesentlichen aus drei Ingredienzien zusammen, die exakt im gleichen Mischungsverhältnis zusammengebracht werden müssen: Erstens zwei Teile Weißwein, zweitens ein Teil Korn, und besonders wichtig drittens: Sonst nix.«

»Sonst nix?« Im Gegensatz zur aufgedrehten Hamburger Barszene schien man hier weniger verwöhnt zu sein.

Doch Pimmel relativierte noch einmal seine Aussage. »Kann aber auch neun Teile Korn und ein Teil Brause sein. Je nachdem, was eben gerade verfügbar ist. Heißt woanders Angler Muck.«

Olli dankte nickend für diese kurze Einführung in nordfriesisches Brauchtum. »Sind wir denn für heute fertig auf Föhr?«

Pimmel nickte zufrieden. »Das schon, aber die letzte Fähre ist weg. Wir trinken jetzt anstandshalber noch einen kleinen Schluck mit den Jungs, und dann geht es ab nach Wyk. Wir werden im Strandhotel übernachten, da können wir uns noch einen Kleinen braten. Morgen muss ich aber fit sein. Kennst du dich in Kiel aus?«

Natürlich kannte sich Olli in der Landeshauptstadt aus. Oft hatte er dort für Stuhr und Hansen ermittelt. Vielleicht ergab Pimmels Wunsch jetzt die Gelegenheit, ihn in Kiel ans Messer zu liefern. »Kiel? Ja, so ein bisschen kenne ich mich dort schon aus. Ich bin oft mit St. Pauli in Kiel gewesen, und anschließend haben wir so manchen Zug gemacht.«

Der zufriedene Blick von Pimmel verwandelte sich jetzt in ein strahlendes Lächeln. »Du bist auch Pauli-Fan? Ich hätte dich glatt für einen HSV-er gehalten. Prost.«

Olli prostete jetzt nicht nur zurück, sondern nahm vorsichtig einen kleinen Schluck vom Gesöff. Der Geschmack erinnerte ihn an Autobenzin. Vermutlich hatten sie den Kanister nicht gesäubert. Mit der Reinlichkeit schien es bei dem Doc nicht allzu weit her zu sein.

Das störte Pimmel jedoch wenig. Seine Stimme klang schon ein wenig schleppend, als er ihm ungefragt den Grund der Fahrt nach Kiel näher vermittelte. »Ich habe ein ganz anderes Problem. Ich muss unbedingt noch einen Text lernen, denn ich habe anstrengende Tage vor mir. Es ist zwar nur eine kleine Rolle, aber meine Theatergruppe spielt übermorgen im Kieler Schauspielhaus. Morgen Nachmittag ist bereits erste Probe. Zudem geht eines der Pakete von hier direkt nach Kiel. Du siehst, das Geschäft boomt.«

Olli begann zu ahnen, dass Pimmel die Reisen der Theatertruppe ›MischMasch‹ dazu nutzte, um unauffällig Rauschgift zu verteilen. Er stimmte zu. »Kein Problem. Dann geht es morgen eben nach Kiel. Ich bin flexibel.«

Der schaurige Gesang der Hualewjonken begann sich mit dem zunehmenden Genuss der Siedlerbowle zu formieren. »Diar maad ik wees …«

Pimmel kannte das Lied, denn er fiel mit in den Refrain ein und sah sich genötigt, für Olli zu übersetzen. »Je, so as det üüb feer, Olli. So ist das auf Föhr.«

Pimmel demonstrierte damit, den örtlichen Singsang zu verstehen. Doch seine Hualewjonken-Truppe ließ nicht nach. Offensichtlich in der Tradition der echten Föhrer Traditionsvereine bemühten sie sich, mit einer Art Sprechgesang in musikalischen Einklang zu kommen. »Min eilun feer skal lewe, triisis huuch. Huuch-huuch-huuch.«

Triisis Huuch musste dreimal hoch bedeuten, denn bei diesem Wort erhoben die finsteren Gestalten dreimal feierlich ihre Becher mit der Siedlerbowle, soweit das die Kettenlänge zuließ.

Die Barden stimmten ein neues Lied an. »Lasteg san wi,

tasteg san wi, san – bi´n hinger – feks jong dringer.« Auch dazu lieferte Pimmel prompt die Übersetzung. »Lustig sind wir, durstig sind wir, sind – beim Henker – tüchtige Jungs.«

Wiederum hatte Pimmel den Inhalt der Darbietung verstanden und bedankte sich bei seinen finsteren Helfershelfern.

Olli rückte daraufhin näher an ihn heran. »Wie kannst du nur diesen Berserkern trauen?«

Pimmel lachte kurz auf. Dann hielt er die Hand so vor den Mund, dass seine Worte nur noch an Ollis Ohr dringen konnten. »Keine Angst. Ich habe mir diese Bengel schon gut erzogen. Die bekommen ausschließlich Knete gegen Lieferung, so liegt das gesamte Risiko bei ihnen. Was ich ihnen an Friesenschnee abnehme, ist alles längst vorbestellt, das passt zusammen wie Arsch auf Eimer. Im Schnitt liefern sie alle zehn Tage, aber das hängt eigentlich mehr davon ab, wann die entsprechenden Schiffe in der Tiefrinne an Sylt und Amrum vorbeilaufen. Da jeden Tag Ebbe und Flut wechseln, bekomme ich die Ware ständig zu anderen Zeiten, die ich kaum beeinflussen kann. Die Hualewjonken machen dann einen Heidenaufstand, der von den Kurieren ablenkt.«

»Kuriere?« Olli verstand das nicht.

»Ja. Einer von ihnen flitzt immer in dunkler Kleidung über das Wattenmeer zum Priel oder nach Amrum, um die Ware entgegenzunehmen, während die Kumpane Heidentänze vollführen.«

Olli verstand. Das Problem bestand lediglich darin, dass er jetzt Teil dieser Nahrungskette geworden war.

Doch Pimmel war noch nicht am Ende, wenngleich seine Augen immer glasiger wurden. »Für dich fällt bei jeder Lieferung eine Ami-Rolle ab. Das ist doch gutes Geld für einen kleinen Ausflug.«

Erstaunt sah ihn Olli an. »Eine Ami-Rolle?«

Pimmel blickte ungläubig zurück. »Du kennst das wirklich nicht?«

Als Olli den Kopf schüttelte, schob Pimmel die Erklärung nach. »Das sind 20 dicht gerollte 50-Euro-Scheine, und eine kostenfreie Druckbetankung durch den Präsi ist auch garantiert, wenn man darauf steht.«

Das ergab Anlass für die Gegenfrage von Olli. »Aber du säufst doch nicht mit denen, oder? Es fließt viel Geld. Diese Burschen würden doch jede Milchfrau mit weniger Geld erschlagen.«

Pimmel musterte ihn ernst. »Genau das war mein anderes Problem mit Robert. Er hat ihnen meine Kohle überreicht, und danach hat er sich mit ihnen volllaufen lassen. Das geht nicht, Olli. Das Geschäft geht vor. Ich haue in der Regel immer gleich ab, aber heute habe ich dich ja als Aufpasser dabei. Im Prinzip sind die Jungs auch nicht schlecht, nur ein wenig ungehobelt.«

Olli nickte verständig. Hatte er bereits das Vertrauen von Pimmel gewonnen?

Doc rückte näher und schenkte Pimmels Becher noch einmal voll.

»Halw dun is rutschmeeten Geld.«

Diesen plattdeutschen Spruch erkannte Olli sofort. Halb betrunken ist herausgeworfenes Geld.

Pimmel hatte das auch verstanden, denn er hielt grinsend den Becher hin, damit Doc nachschenken konnte. Als der sich endlich rülpsend getrollt hatte, näherte sich Olli wieder Pimmel, um mehr über diesen Doc zu erfahren.

»Ganz unter uns. Hat Doc überhaupt eine ärztliche Ausbildung? Der wirkt doch völlig tumb.«

Pimmel lachte sich über diese Nachfrage halb schimmelig. »Nein, Docs Spitzname stammt aus seiner Zeit in den Hamburger Docks, in denen er früher als Nietenbobby malocht hat. Seine Narbe auf der Wange stammt von einem Bolzenschussgerät, das er im Brausebrand falsch herum gehalten hat. Allgemeines Lebensrisiko.«

Diese Erklärung beruhigte Olli. »Und warum treibt er hier sein Unwesen?«

»Die Einführung von Schweißautomaten hat ihn mangels Alternativen irgendwann wieder auf die Insel zurückgespült. Jetzt liegt er als ausgewachsener Sprössling seinen Eltern auf der Tasche und kann jeden einzelnen Cent gut gebrauchen.«

Vorsichtig bohrte Olli nach. »Lohnen sich denn für die Hualewjonken die Geschäfte mit dir?«

Pimmel antwortete erstaunlich offen. »Die guten Jungs vom Präsi bekommen nach jeder Tour eine Geldstange in die Hand gedrückt, die Kuriere zwei.«

Olli fragte neugierig nach. »Eine Geldstange?«

Pimmel amüsierte die Nachfrage. »Ja, eine Geldrolle mit Zwei-Euro-Stücken, also ein Hunderter. Die Hualewjonken lieben es, Geldrollen in den Hosentaschen zu tragen. Durch die ganze Sauferei scheinen die ansonsten nicht mehr allzu viel Hartes in den Hosen zu spüren.«

Neugierig fragte Olli weiter. »Und was steckt sich der Präsi ein?«

Pimmel plauderte weiter aus dem Nähkästlein. »Der Präsi verdient etwa zwei Riesen bei jedem Deal, und ein bisschen von dem Friesenschnee steckt er sich ein. Das ist besser für mich, als wenn er das Zeug strecken würde. Die bloßen Mitläufer dürfen immerhin frei Siedlerbowle saufen. So ist doch für jeden von ihnen durch uns gesorgt.«

»Uns?«, fragte Olli erstaunt nach.

Pimmel nahm einen letzten tiefen Zug aus dem Becher. »Ja uns. Natürlich habe ich dich checken lassen. Du wirst morgen in Kiel den Schnee verteilen. Dann hast du den gesamten Deal begleitet und steckst ganz tief mit in der Suppe. Warum sollte ich dir denn nicht vertrauen?«

Olli zuckte mit den Schultern. »Weil ich bisher noch nicht das Gefühl hatte, dass du mir wirklich traust.«

Pimmel ging kurz in sich, bevor er mit ernstem Blick antwortete. »Meinst du denn ernsthaft, dass Robert Halbedel eine Idealbesetzung für mich war? Er war aber intelligent, und ich musste meine Zeit nicht nur mit Halbidioten totschlagen. Meine Leute haben rasch herausgefunden, dass du mit ihm nicht verwandt warst. Netter Versuch, um an mich heranzukommen. Aber das ist mir scheißegal. In diesem Gewerbe haben alle irgendwie Dreck am Stecken. Du brauchst anscheinend dringend Kohle und ich einen verlässlichen Partner, mit dem ich mich auch einmal intellektuell austauschen kann. Das ist eine gute Grundlage für lohnende Geschäfte.« Pimmel reichte ihm die Hand. »Schlag ein, Olli. Wir sind schließlich Verbündete.«

PROBE

Den Bühneneingang zum Schauspielhaus kannte Stuhr noch von Studentenzeiten her, in denen er sich als Statist ein wenig Geld verdient hatte. So wusste er, dass er der Frau hinter dem Kontrollfenster nur gedankenverloren zunicken musste, um hinter die Bühne zu gelangen, denn das Gesicht jedes einzelnen Statisten würde sie sich schlecht merken können.

Am Ende des kurzen Flurs ging es links durch die Tür zum Foyer, das wusste er noch genau. Richtig, und als er rechts um die Ecke ging, prangte an der massiven Feuerschutztür immer noch das Schild ›Bühne‹. Leise öffnete er sie, und tatsächlich befand er sich jetzt in einem leeren dunklen Raum seitlich vor der Bühne, in dem lediglich eine Art Mischpult aufgestellt war. Darüber beugte sich ein weißhaariger Mann und flüsterte ab und zu Kommandos ins Mikro. Das musste Jerzy Linsky sein.

Stuhr drehte sich um. Früher war hier alles mit Kulissen vollgestellt und unübersichtlich. Doch offensichtlich hatte man inzwischen einen Anbau hinter die Bühne gesetzt, um bessere Platzverhältnisse zu schaffen. Erst jetzt bemerkte Stuhr, dass vor den schwarz getünchten Wänden Männer in dunkler Kleidung mit Funksprechgeräten standen. Hatte Hansen doch noch das Spezialeinsatzkommando herbeigeordert?

Schnell wurde ihm jedoch klar, dass es lediglich die Techniker sein konnten, die auf die Anweisungen des Inspizienten warteten.

Wenngleich das Ambiente Stuhr ein wenig an die Polizeitechnik im Nachkriegs-Deutschland erinnerte, so schien hier jeder genau zu wissen, was seine Funktion war. Stuhr nickte den Anwesenden freundlich zu, die ihn schon lange bemerkt haben mussten.

Dann bemühte er sich, die Aufmerksamkeit des Inspizienten zu erregen, was nicht einfach war, denn der giftete wie ein Zampano abwechselnd mit den Technikern vom Ton und vom Licht herum. Vermutlich ließen die ihn ihrerseits genüsslich abblitzen, und zwar eiskalt.

Da es sich nur um eine Probe handelte, umrundete er einfach den Inspizientenplatz und versuchte, sich mit einem festen Blick in das Auge von Jerzy Linsky bemerkbar zu machen. Doch der schob ihn mit einer fahrigen Handbewegung zur Seite. »Keinen Aufruhr jetzt. Eine schwierige Licht- und Tonprobe. Helge Stuhr der Name, richtig?«

Nickend räumte Stuhr die Stellung, denn Linsky schien informiert zu sein. Dann setzte der endlich seinen Kopfhörer ab und wendete sich ihm zu. Augenzwinkernd gab er ihm die Hand. »Ich bin Jerzy. Die Männer mit den Funkgeräten sind meine technischen Leiter. Sie wissen nicht, wer du bist. Erwarte keine Hilfe von ihnen. Das ist dein Risiko.«

Stuhr nickte.

Nun wurde Jerzy geschäftig. »Tut mir leid, aber ich muss jetzt noch eine letzte Lichtprobe durchführen. Gehe einfach hinüber zu Marek auf die andere Seite der Bühne, der kann dir einiges zeigen. Aber bitte nicht direkt über die Bühne watscheln, sondern hintenrum. Marek wird dich irgendwann zu mir zurückschicken, und dann überlasse ich dir das Feld. Einverstanden?«

Stuhr stimmte zu. Jetzt zog ihn Jerzy nahe zu sich, und wenig später flüsterte er ihm unvermutete Wahrheiten in das Ohr. »Pass auf, Deutscher. Hier regiert die Missgunst. Traue keinem außer Marek. Du hast mich verstanden?«

Natürlich hatte Stuhr die Botschaft verstanden, dass der offensichtlich aus Polen stammende Inspizient ausschließlich seinem Landsmann traute. Unverzüglich machte sich Stuhr auf den Weg zum in Betonbauweise runderneuerten Hinterbühnenbereich. Ein gewaltiges verschlossenes Tor deutete darauf hin, dass über diesen Weg offensichtlich auch größeres Gerät zur Hinterbühne transportiert werden konnte.

Als Stuhr endlich durch unzählige abgestellte Kulissen die Bühne umrundet hatte, gelangte er in einen größeren abgedunkelten Raum. Offensichtlich reihten sich hier die Schauspieler auf, bevor sie von dieser Seite auftraten. Doch zurzeit war niemand zu entdecken. Vorsichtig lugte Stuhr auf die Bühne, aber außer dem nervös tanzenden Kegel eines Scheinwerferlichtes, der auf bestimmte Positionen ausgerichtet und danach einprogrammiert wurde, war niemand zu entdecken.

Umso mehr erschreckte ihn, dass er völlig unerwartet von hinten gepackt wurde. »Hände hoch, Polizei!« Stuhr riss sofort die Arme hoch, doch wenig später schälte sich grinsend ein Bühnenarbeiter aus dem Vorhang. »Hi, ich bin der Marek. Grüß dich. Ich weiß Bescheid, Jerzy hat mir von dir erzählt. Du weißt doch, am Theater wird immer ein wenig übertrieben. Das musst du noch lernen.«

Erleichtert ergriff Stuhr die breite Hand, die die seine sofort heftig schüttelte. Augenzwinkernd lockerte Marek den Griff. »Ich wusste gar nicht, dass die Polizei in Deutschland Zivilisten ermitteln lässt.«

Stuhr stellte sich seinerseits kurz vor. »Ermitteln ist übertrieben. Ich ziehe sozusagen Erkundigungen ein, nicht mehr.«

Den Bühnenarbeiter interessierte das wenig. »Der Job hier ist eigentlich ganz einfach. Bei den Proben notiere ich mir, was ich während der Vorstellung zu erledigen habe. Den Rest flüstert mir Jerzy in den Ohrhörer. Ansonsten musst du nur aufpassen, dass du im abgedunkelten Bereich bleibst, damit du nicht vom Publikum gesehen wirst.«

Das konnte ja nicht weiter schlimm werden, sagte sich Stuhr.

Marek wies plötzlich auf die andere Seite der Bühne. »Der Jerzy verlangt nach dir. Jetzt kannst du ruhig direkt über die Bühne gehen, wir machen Pause.«

Vorsichtig lugte Stuhr in den Zuschauerraum, in dem sich die Komödianten der Theatertruppe ›MischMasch‹ in loser Form über die Sitze gelümmelt hatten. Jenny war nicht dabei. Stuhr entschied sich, doch lieber hinter der Bühne zurück zu Jerzy zu gehen.

Als er sich dem Inspizienten näherte, drückte der auf dem Pult verschiedene Knöpfe. »Es sieht auf den ersten Blick schwierig aus, aber die Bedienung ist einfach. Mit dieser Taste rufe ich die Beleuchtung auf, und gleich daneben liegt der Schalter für den Ton. Die Kollegen von der Beleuchtung und vom Ton speichern alles digital und fahren es morgen während der Vorstellung ab. In der darunterliegenden Reihe kannst du mit den Schiebern die Vorhänge einzeln fahren. Im Übrigen ist auf meinem Inspizientenpult alles beschriftet. Früher in Polen habe ich die Beschriftungen stets entfernen müssen, damit mir niemand den Arbeitsplatz streitig machen konnte.«

Unvermittelt erhob sich Jerzy. »Wir haben jetzt Pause, da kannst du schon einmal ein bisschen mit den Knöpfen spielen. In 30 Minuten geht es dann weiter.«

Kaum hatte Jerzy das letzte Wort ausgesprochen, da eilte er mit hastigen Schritten auf die Stahltür des Bühnenausgangs zu. Stuhr setzte sich notgedrungen auf den angewärmten Hocker. Die Pultknöpfe interessierten ihn herzlich wenig, doch von diesem im Dunkeln stehenden Platz aus konnte man wunderbar die gesamte Bühne mitsamt dem vorderen Teil des Zuschauerraums überblicken, ohne selbst gesehen zu werden.

Die Schauspieler waren offenbar uneins, welche Szene als Nächstes gespielt werden sollte. Dann stellte sich Lollo auf einen der wackligen Klappstühle und begann ungefragt, Halbedels Hamlet-Monolog vorzutragen. An der Vokalakrobatik musste er noch feilen, aber immerhin war er textsicher.

Unerwartet drehten sich nun die Köpfe der Schauspieler zum Einlass um, denn jetzt schritten Jenny und ein hünenhafter Kerl den Gang zum Orchestergraben hinunter wie Madame de Pompadour nebst königlichem Freier.

Stuhr fluchte leise vor sich hin. Warum konnte Jenny sich nicht einfach auf ihre vier Buchstaben setzen und Stuhr helfen, die Theatertruppe unter Beobachtung zu halten? Musste sie ihn immer wieder provozieren?

Jenny und ihr Galan passierten ihre Schauspielkollegen, doch als sie die Bühne erklimmen wollten, sprang Stuhr hektisch von seinem Inspizientenplatz auf und versperrte ihnen am Bühnenrand den Weg. »Nein, nein. So geht das nicht. Als Nächstes ist Lollo mit seinem Hamlet-Monolog an der Reihe.«

Jenny quittierte das mit einem erstaunten Blick.

Lollo dagegen sprang entzückt von seinem Klappstuhl und drängte sich an Jenny und ihrem Begleiter vorbei auf die Bühne, nicht ohne Stuhr ein Küsschen auf die Wange zu hauchen. »Danke, mein Retter. Darf ich anfangen?«

Der Lichtkegel stand fest ausgerichtet, und Jerzy würde noch länger wegbleiben. Warum also nicht?

Retter, Held. Was war er nicht alles!

Stuhr nickte kurz und eilte zum Pult zurück. Von dort aus gab er Lollo ein kleines Handzeichen, und sofort sprang der in Pose. Das fliegende lange Haar seiner Perücke verlieh ihm bei schnellen Wendungen bisweilen derwischartige Züge, doch dankenswerterweise kam er nicht ganz so selbstverliebt wie Halbedel daher.

Am Ende seiner Darbietung mussten ihm seine Kollegen Applaus zollen, in den hinein der Hüne neben Jenny rief: »Ich habe immer schon gesagt, dass Lollo der weitaus bessere Schauspieler ist. Robert hat Lollo immer nur ausgebremst.«

Lollo nickte mit ernstem Gesicht. »Vielen Dank, dein Lob tut gut, Patrick. Richtig, der Robert war nicht immer nur gut zu mir. Was ist, wollt ihr jetzt weiterproben?«

Wenig später standen beide vor ihm. Jenny hauchte Stuhr einen flüchtigen Kuss auf die Wange, bevor sie ihren Mitspieler vorstellte. »Helge, das ist Patrick Immel. Ein vertrauter Schauspieler-Kollege von mir. Und das ist übrigens mein Mann, Patrick. Darf ich vorstellen? Helge Stuhr.«

Den Gruß von Pimmel quittierte Stuhr mit einem kurz angebundenen ›Hallo‹. Ohne Aufforderung nahm Pimmel Jenny an die Hand und strebte über die Seitentreppe zur Mitte der Bühne, um mit der Probe zu beginnen.

Stuhr eilte hinterher und baute sich vor ihnen auf.

»So wie in der Provinz geht es nicht zu im Kieler Schauspielhaus, hier geht alles streng nach Plan. Wir müssen erst noch Licht und Ton ausrichten, bevor ihr anfangen könnt. Die Technik macht gerade Pause. Also bitte noch einmal in den Zuschauerraum zurück und auf mein Zeichen warten.«

Jenny näherte sich ihm und flüsterte: »Was ist denn nur los mit dir, Helge? Du hast wieder diesen seltsam verbissenen Blick drauf.«

Endlich konnte Stuhr seinem Herzen Luft machen. »Ich dachte, du wolltest mir bei der Observation helfen? Warum musst du bei dieser Chaostruppe wieder mitspielen?«

Jenny musterte ihn erstaunt. »Aber Helge, was ist nur in dich gefahren? Lollo darf Robert Halbedels Rolle spielen. Also musste ich für seine kleine Frauenrolle kurz vor Schluss einspringen, oder siehst du etwa noch ein anderes weibliches Wesen in diesem Raum?«

Natürlich nicht, aber es ging Stuhr auch darum, recht zu behalten.

»Jenny, jeder andere von deinen Kollegen hätte für die Schlussszene mit einer Perücke einspringen können.«

Jenny beendete schroff die Diskussion. »Helge, das ist hier ein Krimi und keine Komödie.«

Dann wendete sie sich wieder Immel zu, der inzwischen ungeachtet des starren Lichtkegels begonnen hatte, seine Schritte in der Mitte der Bühne des Schauspielhauses einzuüben und wortgewaltig seinen Text durch das leere Schauspielhaus zu schmettern.

»Dieses Biest. Wo kann sie sich nur versteckt haben? Irgendwo muss sie sich hier herumtreiben. Wenn ich sie erwische, dann werde ich ihr schon die richtigen Flötentöne beibringen.«

Jetzt schlich sich Jenny von hinten an den suchenden Immel heran, um ihn hinterrücks mit einer kleinen Pistole abzumurksen.

Im letzten Moment erspürte das Immel, und mitten im Ringen um den Besitz der Waffe löste sich ein Schuss. Sonderlich originell war das nicht, aber der Knall ließ gleich darauf die Türen des Schauspielhauses aufspringen. Offensichtlich waren die Techniker bei ihrer Pause im Foyer von dem Schussgeräusch aufgeschreckt worden, und jetzt hasteten sie in den Theaterraum, um nach dem Rechten zu sehen.

Linsky erstürmte als Erster die Bühne und baute sich vor Immel auf. »Mein Herr. Das Abfeuern einer Waffe in einem öffentlichen Gebäude ist feuerpolizeilich streng verboten.«

Die Ermahnung beeindruckte diesen Immel nicht sonderlich, denn er pöbelte sofort den Inspizienten an. »Du kleiner Drecksfinger. Muss ich dir erst mit Gewalt gute Umgangsformen beibringen? Einen Patrick Immel behandelt man nicht wie einen kleinen, dummen Jungen. Ich kann auch anders.«

Immel zielte jetzt mit der Pistole auf Linsky, der sofort versuchte, ihm die Spielzeugwaffe zu entreißen. Obwohl sich Immel mit Händen und Füßen wehrte, schaffte es Linsky mit letzter Kraft, die Waffe zu ergattern. Verärgert knickte er die Plastikimitation.

Jetzt holte Immel drohend mit der Faust aus, doch Linsky duckte sich schnell.

Vielleicht wollte Immel überhaupt nicht zuschlagen, das war schwer einzuschätzen. Jedenfalls drängte sich in diesem Moment Lollo zwischen die Streitenden und versuchte, den Konflikt verbal zu lösen. »Herr Inspizient, haben Sie bitte Verständnis für meinen Kollegen. Wir spielen meist in kleinen Lokalitäten, dort gibt es keine Licht- und Tontechnik. Deswegen führen wir stets alle Requisiten mit, um die entsprechenden Geräusche zu erzeugen. Und du, Patrick, entschuldige dich bitte.«

Dieser Immel zeigte jedoch keinerlei Reue, sondern blickte kampfeslustig. Jetzt drängten sich Jerzys Kollegen ebenfalls zwischen die Streithähne, und den entstehenden Tumult nutzte Jerzy geschickt, um außer Reichweite seines kräftigen Gegenübers zu gelangen und zum Inspizientenplatz zu fliehen. Zu Stuhrs Erstaunen erhob Jerzy jedoch keinen Anspruch auf sein Pult, sondern verschanzte sich lediglich hinter Stuhrs Rücken.

Auf der Bühne ließ sich Immel nur schwer beruhigen, und erst Jenny gelang es, ihn zur Räson zu bringen. Dennoch blitzten immer wieder feindliche Blicke von Immel zu Jerzy auf. Dicke Freunde würden sie in diesem Leben nicht mehr werden.

Jerzy begab sich jetzt vollends auf den Rückzug. »Ich weiß überhaupt nicht, was ich hier noch soll. Das ist schließlich eine Benefizvorstellung, dafür bin ich nicht zuständig. Du wirst das schon schaffen, Stuhr. Sag Marek, ich bin zum Arzt. Ich brauche dringend Medizin.«

Jerzy machte eine Trinkbewegung, und damit wurde Stuhr klar, um welche Form von Beruhigungsmittel es sich handelte. Dann war er weg.

Stuhr verspürte wenig Lust, die ganze Last alleine zu schultern, die morgen bei ausverkauftem Haus als Inspizient auf ihn drücken würde. Das konnte Kommissar Hansen nicht von ihm verlangen.

Ein Finger tippte ihm vorsichtig von hinten auf die rechte Schulter. Es war Marek, der dieses Mal behutsamer vorgegangen war. »Ich helfe dir. Gemeinsam schaffen wir das, glaube mir. Es ist doch für einen guten Zweck. Wir müssen den Schauspielern helfen. Das mit dem toten Kollegen ist doch schon schlimm genug.«

Im nächsten Moment wurde Stuhrs linke Schulter völlig unerwartet zärtlich gestreichelt. Es war Jenny, die ihn umschlang und anschließend tief in die Augen blickte.

»Wenn du das für uns durchziehst, Helge, dann wirst du die heutige Nacht nicht vergessen. Das verspreche ich dir.« Sie drückte sich an ihn und hauchte ihm einen vielversprechenden zärtlichen Kuss auf die Lippen.

Aus den Augenwinkeln konnte Stuhr gerade noch bemerken, wie Marek aufgrund ihrer Ansage der Schweiß auf die Stirn schoss.

Stuhr nahm Jenny fest in die Arme und hielt sie an sich gedrückt. Es war ihm in diesem schönen Moment egal, was die anderen dachten. Sein Herz pochte.

Oder war es das schlechte Gewissen?

INS GESICHT

Warum hatte sich Olli nur auf diesen Deal mit Pimmel eingelassen? Gestern Abend im Wyker Strandhotel hatte sich Pimmel glücklicherweise bald ins Bett verabschiedet. Er schien diese Theatersache wirklich ernst zu nehmen.

Für heute Nachmittag hatte ihn Pimmel zum ›Galileo‹ beordert, einem großflächigen Restaurant im inzwischen auch in Kiel angesagten Industrielook. Der große entkernte Innenraum, ein saniertes Altgebäude einer ehemaligen Telefonfabrik, war fast leer, weil das sonnenverwöhnte Publikum auf der Westterrasse die letzten Strahlen der untergehenden Sonne genießen wollte.

Das Ambiente an sich war nicht schlecht, und in diesem noblen Schuppen schien zumindest die Gefahr gering zu sein, auf die Hamburger Schauspieltruppe zu stoßen, die sich vermutlich in den vielen bunten Szenekneipen in der Nähe des Schauspielhauses herumtreiben würde.

Olli ließ sich auf einem Barhocker an einem der hohen Tische nieder und drehte sich zu der im Schatten liegenden Ostterrasse um, die von dem monumentalen alten Kieler Wasserturm beherrscht wurde. Die Dachneigung, auf der Halbedel vor seinem Tod lustgewandelt war, war nicht unerheblich. Es war kaum vorstellbar, dass Halbedel bei klarem Verstand dort oben herumspaziert wäre.

Während Olli freudlos an seinem Cocktail nippte, bemerkte er, wie ein aufgewühlter Pimmel energisch auf die Eingangstür des alten Industriebaus zuschritt. Dann flog die Tür auch schon auf, und wenig später saß ihm Pimmel mit stechendem Blick gegenüber.

»Das hättest du eben im Schauspielhaus mal erleben sollen, Olli. Irgendein durchgeknallter Kalfaktor hat es gewagt, mir ohne Ankündigung meine Pistolenattrappe wegzunehmen. Stell dir vor, der hätte versucht, mir meine richtige Knarre wegzunehmen, dann wäre ich mir nicht sicher, ob ich nicht abgedrückt hätte. Bumm!«

Olli nickte zustimmend, wenngleich er sich lieber nicht vorstellen mochte, wie das vermutlich ausgegangen wäre.

Das schien Pimmel bemerkt zu haben, der mit markigem Gesichtsausdruck grinsend den imaginären Pulverdampf vom Zeigefinger wegpustete. »Schwamm drüber. Jetzt geht es nur noch ums Geschäft. Hier ist der Zettel mit den Lieferadressen, und hier ist ein kleiner Stadtplan. Alle Kunden sollten eigentlich Bescheid wissen, sie erwarten dich. Sie werden dir alle zwei Riesen geben. Wenn du fertig bist, dann kommst du einfach hierher wieder zurück.«

Olli nickte zustimmend. »Wo ist der Friesenschnee?«

Mit einer leichten Kopfbewegung bedeutete Pimmel, ihm zur Herrentoilette zu folgen. Dort wurde er ernst. »Dieses Mal darf nichts dazwischenkommen. Verpiss' dich notfalls und komm erst hierher zurück, wenn du sicher sein kannst, dass dir niemand mehr folgt. Wenn ich kein gutes Gefühl habe, dann kenne ich dich einfach nicht. Gewalt nur als letztes Mittel. Capito?«

Olli bemühte sich, möglichst cool zu wirken, was ihm nicht leichtfiel, denn schließlich war er jetzt ein Drogenkurier. »Capito exzellente.«

Pimmel zog wortlos aus beiden Jackentaschen eine Handvoll kleiner Päckchen. »Hier, immer 50 Gramm. Reine Ware, kaum gestreckt.«

Olli stopfte die Päckchen in seine Taschen und blickte Pimmel noch einmal kurz in die Augen. Dann kehrte er auf dem Absatz um und verließ die Örtlichkeit mit drahtigem Schritt. Er nahm direkt den Ausgang zur schattigen Ostterrasse, hinter dem ihm der alte Wasserturm gegenüberstand, dessen Backsteinwerk von den letzten Sonnenstrahlen in ein sanftes rötliches Licht getaucht wurde.

Olli überquerte den Westring und bewegte sich auf der anderen Seite des Restaurants an einer fast schlossartigen, von hohen Kastanien umsäumten Gebäudeanlage entlang. Als Olli in die Rankestraße einbog, entlarvte sich der dreiteilige Bau mit den beige verputzten Fassaden und einer orangeroten Dachlandschaft durch den Schulhof schnell als Bildungsstätte.

Die kleine, kastanienumsäumte Rankestraße bildete einen unerwartet angenehmen Kontrast zu dem vom mehrspurigen Straßenverkehr malträtierten Westring. Auf der anderen Straßenseite der Schule standen zahlreiche ältere backsteinerne Villen, und am letzten dieser Häuser war vor einer scharfen Rechtskurve ein blaues Schild befestigt: ›Ravensberg‹. Olli blickte nach links. Richtig, an dieser Ecke mündete ein kleiner Sandweg in die Straße, der, von einer Buschreihe umsäumt, zum Wasserturm führte. Dort musste die Studentin mitsamt ihrem Hund niedergeknüppelt worden und Halbedel vom Turm getaumelt sein. Olli schauderte es, obwohl Pimmels Auftrag auch nicht gerade versprach, eine Lustreise zu werden.

Irgendwie musste er sich absichern. Sollte er nicht schnurstracks mit der Adressenliste zu Stuhr rennen? Schließlich wohnte der nur einige Steinwürfe entfernt auf der anderen Seite des Wasserturms. Mit Stuhr hatte er sich richtig angefreundet. Ihm vertraute er. Olli drehte sich vorsichtig um, ob er verfolgt wurde. Es sah zwar nicht so aus, aber ausschließen konnte er es auch nicht.

Nein, bei Stuhr zu klingeln, das war zu gefährlich. Am besten sollte er sich mit der Liste zu Kommissar Hansen in Sicherheit begeben, aber er wusste nicht, wo er den auffinden könnte. Wo ist ein Kommissar denn üblicherweise zu Hause? Auf einer Polizeiwache sicherlich nicht. Den Kommissar Hansen kannte Olli eigentlich nur aus Kneipen und Krankenhäusern. Bei ihm hatte er stets das ungute Gefühl, für ihn die Kohlen aus dem Feuer holen zu müssen.

Entschlossen strebte Olli dem Sandweg zum Wasserturm zu und kramte auf der ersten Parkbank den Lieferschein von Pimmel heraus, um ihn mit dem Handy zu fotografieren. Dann steckte er das Papier weg und übermittelte das Foto an Stuhr, weil Olli nicht sicher war, ob Hansens Dienstgerät Fotos empfangen konnte. Er hoffte inständig, dass das als Rückversicherung reichen würde.

Dann löschte er das Foto, damit Pimmel nicht bei seiner Rückkehr und einer eventuellen Filzung auf dumme Gedanken kommen könnte. Erleichtert schaltete Olli sein Handy aus und zog den Stadtplan hervor, um sich zu orientieren. Richtig, er befand sich am Ravensberg. Vom Vereinsheim der Tennisanlage schallte ihm zur Bestätigung jetzt Jubel herüber. Offensichtlich wurde dort ein Sportereignis gefeiert. Stuhr hatte bereits öfter von diesem Vereinsheim geschwärmt.

Olli setzte seinen Weg fort. Bremerstr. 23, Zimmer 408, das war die erste Anschrift auf Pimmels Adressenliste. Es handelte sich vermutlich um ein Studentenwohnheim. ›PAX‹ entzifferte er die riesigen Buchstaben auf dem renovierten Vordergebäude, die in der künstlerischen Gestaltung an die Anzeige einer der ersten Digitaluhren erinnerten. Das war doch einmal eine bemerkenswerte Botschaft der Studierenden. Frieden.

Seinen Irrtum bemerkte Olli erst, als er sich dem Eingang näherte und ein schlicht gehaltenes blechernes Hinweisschild des Studentenwerks Kiel musterte. Professor-Anschütz-Haus, benannt nach einem Förderer der Kieler Studenten. Es schien sich bei den riesigen Buchstaben lediglich um die unpathetische Abkürzung PAH zu handeln. Also nichts mit Frieden, sondern ein Kürzel von dem unbestritten kriegerisch klingenden Nachnamen des ehemaligen Ordinarius.

Vorsichtig trat Olli näher. Im grün-beige gehaltenen Foyer wiesen große Schilder eindeutig auf die beiden Trakte hin: Herrenhaus links und Damenhaus rechts.

Dem im gleichen Farbstil gehaltenen imposanten Briefkastenkomplex konnte er rasch entnehmen, dass sich Zimmer 408 im Herrentrakt befinden musste. Obwohl es ihn mehr in den Damentrakt lockte, betrat Olli den Fahrstuhl linkerhand. Das war ja wie in einem Kloster.

Dann stoppte der Lift, und Olli begab sich vorsichtig auf den Flur. Was würde ihn erwarten? Ein auf Knien rutschender bettelnder, mittelloser Drogensüchtiger? Ein Schuss aus dem Revolver? Er würde sehen.

Nach kurzer Zeit klopfte er an die Tür 408, die sich einen kleinen Spalt öffnete. Nachdem der für ihn unsichtbare Zimmerbewohner sich offenbar vergewissert hatte, dass der Flur sauber war, wurden von einer dunkelhäutigen Hand vorsichtig vier grüne Scheine durch den Schlitz geschoben. Olli nahm das Geld an sich. Die ihm entgegengestreckte Hand öffnete sich jetzt, um die ersehnte Lieferung entgegenzunehmen. Olli händigte das kleine Päckchen aus. Kaum hatte er seine Finger aus dem Türschlitz zurückgezogen, da wurde der Spalt mit massivem Einsatz wieder geschlossen.

Den folgenden Laufschritten entnahm Olli, dass der Bewohner offensichtlich in wilder Eile das Päckchen zu verstecken versuchte. Wo konnte man in einer Studentenbude heiße Ware verstecken? In der Blumentopferde, im Klokasten, oder gar am Zwirn unterhalb des Fenstersims? Olli hatte sich darüber noch nie Gedanken gemacht. Nachdenklich ging er zurück zum Fahrstuhl. Letztendlich spielten Drogenhändler alle wegen ihrer Geldgier oder Sucht mit ihrer Zukunft.

Andererseits war es für ihn trotz der schmutzigen Ware eine saubere Arbeit, die ihm Pimmel übertragen hatte. Nicht einmal das Gesicht des Dunkelhäutigen hatte er zu Gesicht bekommen. 2.000 Euro für Pimmel in fünf Minuten. 50.000 in zwei Stunden. Da konnte man schon verstehen, wenn Schwachmaten wie Halbedel daran mitverdienen wollten.

Diese Prozedur setzte sich an allen anderen Orten auf der Liste fort, egal ob es sich um schlichte Mietwohnungen handelte, Halbhäuser oder gar imposante ehrwürdige Gebäude aus der Gründerzeit mit nachträglich angebauten gläsernen Fahrstühlen. An welcher Tür er auch klingelte, immer ging es schnell, und immer blieb es anonym.

Nur am Ende der Liste musste er vor dem Tor einer

mächtigen Villa in der Bismarckallee kapitulieren, weil niemand auf sein Läuten reagierte. Einen Namen gab es nicht, nur ein Kürzel. HO, sollte das mit dem Namen Ohmsen auf dem Laufzettel übereinstimmen?

Die Kamera, die ihn von einem der Torpfosten observierte, irritierte ihn. Wer konnte das nur sein, der hier residierte?

Olli entschied sich zum geordneten Rückzug. Schließlich hatte er schon 24 kleine Päckchen ausgeliefert, und die Euronen in seiner Brusttasche juckten inzwischen mächtig. Auf dem Rückweg wirkten die gelblich erleuchteten runden Fenster auf der Dachhaube des alten Wasserturms gegen den inzwischen sternklaren westlichen Nachthimmel wie ein Blick, der von Dämonen stammen könnte. Olli mied wiederum den kleinen Wanderweg um den Turm und wählte wie vorher die Rankestraße, um zum ›Galileo‹ zurückzukehren. Er atmete zweimal tief durch, bevor er in das Restaurant eintrat.

Pimmel saß wie zwei Stunden vorher noch aufrecht am Tisch. Als er Olli erblickte, bedeutete er mit einer kurzen Handbewegung zwei Damen, die sich inzwischen zu ihm gesellt hatten, sich zu entfernen. Ungewollt wischte er dabei die zahlreichen Gläser vom Tisch.

Je näher Olli auf ihn zuschritt, umso sicherer wurde die Gewissheit, dass Pimmel in der Zwischenzeit ordentlich einen getankt haben musste. Trotz seiner Trunkenheit schien Pimmel jedoch mitbekommen zu haben, dass das Geklirre der zerschellenden Gläser erheblichen Unmut unter den Gästen erregte.

»Klo«, zischte er Olli zu und schwankte auch schon dorthin.

Olli grinste den herannahenden Kellner notgedrungen frech an und folgte Pimmel. Auf der Toilette ging es dann schnell zur Sache. Olli überreichte ihm die fast vollständig abgearbeitete Liste, das Geld und das übriggebliebene Päckchen.

Pimmel zählte nicht einmal nach, sondern entnahm dem Geldpacken vier 500er-Scheine und händigte sie ihm aus. »Hier, der Fürstenlohn für dich. Kannst dafür einen ausgeben.«

Kaum hatte Olli das Geld in der Hemdtasche verstaut, da steckte der Kellner bereits neugierig seine Nase durch die Tür. »Ah, hier tafeln die Herren jetzt. Ich muss leider abkassieren. 62,50 Euro. Kreditkarten akzeptieren wir nicht.«

Da hatte der Kellner in Pimmel den Richtigen gefunden, der sich ungerührt zu einer der Toilettenkabinen begab und sich im Stehen über dem Klobecken erleichterte. Der harte Strahl traf nicht immer nur die Porzellanschüssel, und ob er seine eigene Hand unabsichtlich traf, darüber war sich Olli unschlüssig. Dann griff Pimmel mit seiner urintriefenden Hand in die Jacke und fummelte einen 500er-Schein heraus. Damit wischte er zunächst grob die Klobrille ab und hielt sie dann dem fassungslosen Kellner entgegen. »Stimmt so, Kleiner. Abtanz jetzt!«

Mit spitzen Fingern ergriff der Kellner die durchnässte, nach Urin stinkende Banknote und verließ fluchtartig die Örtlichkeit.

Pimmel grinste breit und wusch sich anschließend gründlich die Finger. Dabei erläuterte er, über das Handbecken gebeugt, seine symbolische Handlung näher. »Diese Reinigung wäre nicht zwingend erforderlich wegen der Pinkelei, sondern wegen diesem öligen Schmiertypen.«

Danach wendete er sich wieder Olli zu. »Gut gemacht, Olli. Du siehst, es lohnt sich für uns beide. Das letzte Paket übernehme ich selbst. Jetzt hau ab. Ich werde dich anrufen, wenn ich deine Dienste wieder benötige. Tschüss.« Mit diesen Worten verließ Pimmel den Raum.

Olli wartete eine Zeit lang ab, bevor er vorsichtig die Tür zum Gastraum öffnete. Pimmel war inzwischen an seinen Tisch zurückgekehrt und hatte wieder mit den beiden Flittchen Kontakt aufgenommen. Ungläubig nahm Olli zur Kenntnis, dass der Kellner bereits wieder beflissen mit neuen Getränken heranrauschte.

Beim Vorbeigehen wurde Olli von Pimmel unerwartet freudig bedacht. »He, Olli, schau doch mal unser reizendes Damenblasorchester an.«

Die beiden neben Pimmel stehenden blondierten Grazien wirkten ebenfalls reichlich angeschickert, denn sie verzogen kichernd ihre grell geschminkten Lippen. Mit unbewegter Miene tischte der Kellner jetzt die neuen Getränke auf, als wenn es das Normalste auf der Welt wäre.

Pimmel ergriff sein Cocktailglas und hielt es Olli als Angebot zum Einstieg in die fröhliche Runde entgegen. »Champagner für die Damen, und für dich das Hartgetränk!«, sang Pimmel dazu.

Doch Olli verabschiedete sich freundlich und strebte dem Ausgang zu.

Es war nicht zu überhören, wie Pimmel jetzt anzüglich den Damen zuprostete. »Dann müssen wir uns eben alleine bei Prosecco und Stößchen vergnügen. Auf eine gute und enge Zusammenarbeit.«

Das schrille Gelächter der beiden Grazien ließ darauf

schließen, dass seine Ansage bei ihnen höchste Verzückung erzeugt hatte.

Tja, mit Pimmel wurde es anscheinend nie langweilig.

Olli entfloh dem Restaurant.

VOLLE KANTE

Schweißgebadet sauste Stuhr mit seinem Rennrad am Ende des Tages an der Kante der Hindenburgufer-Promenade entlang, die sich vom alten Olympiahafen vor dem Institut der Weltwirtschaft bis hin zum Marinestützpunkt in der Wik zog. Früher war er hier stundenlang gejoggt, aber seitdem er mit Jenny zusammen war, erlaubte er sich nur noch in der Woche ausgiebig Sport, wenn sie nicht zusammen waren. Auf dem Rennrad konnte er immerhin noch in einer knappen halben Stunde den Reiz seiner Laufstrecke erspüren, die immer neue Blicke auf die Kieler Förde ermöglichte und auf dem Rückweg durch die Forstbaumschule führte, eine alte Parkanlage mit einem traditionsreichen Erholungslokal.

Er liebte es, wenn seine Gedanken beim Sport mit dem austretenden Schweiß freier wurden. Den ganzen Tag hatte er darüber gegrübelt, ob er nicht Jenny die Angelegenheit mit Angelika in aller Ausführlichkeit beichten sollte. Auf der Höhe des Kieler Yacht-Clubs wechselte er fast automatisch vom immer holpriger werdenden Fußgängerbereich auf die glatt asphaltierte Straße und trat kräftig in die Pedale.

Wie immer hupte der eine oder andere Autofahrer, um ihn darauf aufmerksam zu machen, dass er sich auf dem falschen Fahrweg befand. Das wusste Stuhr natürlich, aber sich auf dem Radweg bei hoher Geschwindigkeit auf die Nase legen wollte er auch nicht. Wegen der zunehmenden Dunkelheit hatte er sich aus Sicherheitsgründen wie bei jeder abendlichen Radtour nicht nur ein Rücklicht an den Sattel geklemmt, sondern sich neben dem Halogenscheinwerfer auch ein Stirnlicht an den Helm geklettet, um besser gesehen zu werden.

Unerwartet heftete sich jetzt ein Fahrzeug an seine Fersen, und das ihn dicht verfolgende penetrante Motorengeräusch wurde von einem nervenden Hupen begleitet. Stuhr drehte sich wütend um und reckte seinem Verfolger mehrfach den erhobenen Mittelfinger entgegen. Daraufhin begann der Fahrer nicht nur mit der Lichthupe zu spielen, sondern holte seitwärts auf, um ihn anschließend vorsichtig mit dem Kotflügel gegen den Bordstein zu zwängen.

Stuhr erhöhte sein Fahrtempo. Aber die Bedrängnis wurde immer größer, denn nun scherte das Fahrzeug auf die Gegenfahrbahn aus, um anschließend zurückzupendeln und ihn von der Fahrbahn zu drängen. War dieser Rowdy denn von allen guten Geistern verlassen?

Zum Glück konnte Stuhr reaktionsschnell über einen abgesenkten Bordstein zurück auf die Uferpromenade flüchten, doch die kurzen, harten Stöße von den uneben verlegten Betonplatten schmerzten im Gesäß. Doch der Autofahrer ließ nicht locker und verfolgte ihn jetzt auf der Promenade.

Da sich jedoch Fußgänger näherten, musste der Fahrer notgedrungen abbremsen. Stuhr nutzte das, indem er wieder auf die Uferstraße wechselte und in die kleine Straße zur Forstbaumschule hin abbog. Mit letzter Kraft radelte er zur Grünanlage neben dem Eingangstor des Wehrbereichskommandos Küste. Obwohl ein Warnschild auf Militärisches Sperrgebiet verwies und Schusswaffengebrauch androhte, warf er kurzerhand sein Rad über die kleine Begrenzungsmauer. Dann sprang er wagemutig hinterher und versteckte sich hinter einem kleinen Gebüsch. Erschossen oder von hinten überfahren zu werden, das machte keinen großen Unterschied.

Aber es sollte viel schlimmer kommen, denn es dauerte nicht lange, bis die Lichtkegel eines Fahrzeugs auf die kleine Straße einschwenkten. Ein kleiner Handscheinwerfer leuchtete aus dem Fahrzeug heraus die Umgebung ab. Stuhr lugte immer wieder vorsichtig hinter dem Gebüsch hervor und staunte, als das Fahrzeug genau an der Mauer vor seinem Gebüsch stoppte.

Eine drahtige Figur entsprang dem Wagen und bewegte sich genau auf ihn zu. Stuhr duckte sich. In der hier herrschenden Dunkelheit konnte er eigentlich selbst aus einem Meter nicht erkannt werden.

Dennoch senkte sich unerbittlich eine Whiskyfahne aus nächster Nähe auf ihn nieder.

»Herr Stuhr, warum laufen Sie denn vor mir davon?«

Wie ein ertappter Hase vor dem Bau nahm Stuhr ungläubig das Erscheinen von Rechtsanwalt Trutz zur Kenntnis, der seine Rede fortsetzte. »Ich muss Sie dringend wegen Frau Rieder sprechen. Was ist das nur für ein Glücksfall, dass ich Sie auf dem Fahrrad erkannt habe.«

Stuhr fluchte. Wenn das Glück sein sollte, was wäre dann Pech bei diesem Herrn? Es konnte doch nicht sein, dass Angelikas Rechtsverdreher Hatz auf ihn machte?

Es wurde Zeit, dem Anwalt einmal deutlich die Meinung zu geigen. »Herr Trutz, gehört Menschenjagd neuerdings zu den Aufgaben einer ordnungsgemäßen Rechtsvertretung?«

Der Rechtsanwalt wehrte ab. »Nein, keineswegs. Ich wollte Sie nur zu Ihrem eigenen Vorteil stoppen. Zudem sind Sie Sportler, und ein kleines Bad in der Förde muss für Sie doch eine willkommene Abwechslung von der stumpfsinnigen Strampelei sein. Können Sie keinen Spaß vertragen, Herr Stuhr?«

Grimmig schüttelte Stuhr den Kopf. »Das war kein Spaß mehr, Dr. Trutz. Wie haben Sie mich überhaupt in der Dunkelheit ausfindig machen können?«

Anstelle einer Antwort tippte Trutz einfach kurz an seine kleine LED-Stirnlampe.

Natürlich ärgerte sich Stuhr über seine Dämlichkeit schwarz, nicht daran gedacht zu haben, das Stirnlicht auszuschalten. Doch er wollte sich von Dr. Trutz nicht wie ein unmündiges Kind behandelt wissen. »Warum können Sie mich nicht wie jeder andere normale Mensch in meiner Wohnung aufsuchen?«

Trutz reichte ihm jetzt die Hand, damit er aufstehen konnte. »Aber Herr Stuhr, genau von dort komme ich. Ihre reizende Bekannte hat mir die Tür geöffnet. Ich habe ihr kurz mein Anliegen geschildert, und daraufhin hat sie mir Ihren Trainingsweg beschrieben.«

›Das Anliegen geschildert‹. In Stuhr schrillten alle Alarmglocken. »Sie haben mit Frau Muschelfang über die Föhrer Angelegenheit gesprochen?«

Trutz antwortete erstaunlich offen. »Ja, sicherlich. Die Dame zeigte sich sogar ausgesprochen interessiert an allen Hintergründen. Wenn Sie nur einmal wie Frau Muschelfang über Ihren Schatten springen könnten, dann hätten wir beide einen Vorteil davon. Aber Sie steigen ja nicht einmal für mich von Ihrem Rad herunter.«

Stuhr machte jetzt seinem Namen alle Ehre. »Ich muss nicht gut davon haben. Im Gegensatz zu Ihnen muss ich schon jetzt nicht mehr arbeiten, Dr. Trutz.«

Der Whiskyfahne folgte die Replik. »Ich arbeite eigentlich gerne. Man muss schließlich Vorsorge treffen für das Alter.«

Bei seinem Whiskykonsum würde Trutz sicherlich nicht alt werden. Stuhr war stinksauer auf ihn, dennoch musste er vorsichtig nachbohren, um die aktuelle Seelenlage von Jenny zu erkunden. »Sagen Sie, Dr. Trutz, was hat Frau Muschelfang denn genau gesagt?«

Trutz gab bereitwillig Auskunft. »Dass sie Sie auf der Insel Föhr unerwartet getroffen hat, in einer Kneipe in Wyk auf Föhr. Das mit Frau Dr. Rieder hatte sie bis dahin nicht gewusst.«

Das brachte Stuhr auf die Palme. »Das geht Frau Muschelfang auch nichts an, Dr. Trutz. Das ist ausschließlich meine Angelegenheit. Das sollten Sie als Advokat eigentlich wissen, Trutz.«

»Dr. Trutz, bitte. Soviel Zeit muss sein. Rechtsanwalt bin ich, das ist richtig. Aber ich bin nicht Ihr Rechtsbeistand, Herr Stuhr, sondern der von Frau Dr. Rieder. Ich vertrete ausschließlich ihre Interessen. In diesem Fall hätten wir beide allerdings einen gewaltigen Vorteil davon. Das hat selbst Ihre Lebensgefährtin Frau Muschelfang sofort erkannt.«

Ungläubig fragte Stuhr nach. »Frau Muschelfang findet den Erpressungsversuch von Frau Rieder gut? Das können Sie mir nicht ernsthaft verkaufen.«

Nun geriet Dr. Trutz doch ins Stocken. »Nun ja, das mit der Anerkenntnis der Tochter schien sie schon ein wenig mitzunehmen und kam vermutlich unerwartet. Sprechen Sie sich denn nie miteinander aus?«

Stuhr war stinksauer. Was ging das diesen Idioten an, der plötzlich wieder auf seinen Titel bestand?

Trutz hatte anscheinend bei Jenny tatsächlich reinen Tisch gemacht. Kannte seine Geldgier keine Gnade? Wie würde Jenny reagieren, wenn er nach Hause käme?

Der Rechtsanwalt bemerkte Stuhrs Sorgenfalten auf der Stirn und besserte nach. »Frau Muschelfang schien zu gefallen, dass Sie dadurch die Tür zu echtem Reichtum aufstoßen könnten, zumal meine Klientin außer der Anerkenntnis der Vaterschaft keinerlei weitere Bedingungen an Sie gestellt hat. Ich kann Ihnen versichern, Herr Stuhr, dass es sich bei dem Vermögen meiner Mandantin nicht nur um den Runghof und ein paar Wertpapiere handelt. Mein im Erfolgsfall vereinbartes Honorar von fünf Prozent betrüge abzüglich Steuern eine viertel Million Euro. Sie können sich ausrechnen, welcher Schatz bei Frau Dr. Rieder zu heben ist. Nicht nur materiell.«

In diesem Moment wurde Stuhr schlagartig die Hatz auf ihn klar. Angelika schoss nicht nur mit Giftpfeilen, sondern mit Atomraketen auf ihn. Sie wollte die Anerkennung der Vaterschaft ihrer Tochter mit aller Gewalt erzwingen. 2,5 Millionen Euro für zwei geschriebene Wörter von ihm, das hatte selbst Jenny verblendet.

Jeder einzelne Buchstabe seiner Unterschrift würde Trutz nach Steuern 25.000 Euro in die Tasche zaubern. Klar, dafür musste man schon manchmal jemanden von der Platte schieben oder unsanft in die Förde befördern.

Doch käuflich war Stuhr noch nie gewesen. Im Dienst sowieso nicht, und im Privatleben hatte er immer alles beendet, bevor es ihm zu eng oder zu teuer wurde. Stuhr setzte ein Gesicht auf, das er früher immer in Verhandlungen getragen hatte. Er offenbarte keinerlei Gemütsregung mehr.

Trutz bemerkte das und wurde daraufhin förmlich. »Herr Stuhr, ich muss jetzt zu meinem eigentlichen Auftrag kommen, denn ich habe heute noch einen Anschlusstermin. Frau Dr. Rieder räumt Ihnen großzügigerweise eine letzte Frist bis morgen 24 Uhr ein. Wenn Sie bis dahin unterschreiben, sind Sie ein gemachter Mann. Wenn nicht, dann wird sie übermorgen Kindesunterhaltsklage einreichen. Alles, was dann folgt, geht zu Lasten Ihrer Pension.«

Stuhr entschied sich, darauf schlicht nichts zu sagen und trotzig zu blicken. So einfach würde ihn dieser Winkeladvokat nicht zu fassen bekommen.

Trutz schien einzusehen, dass hier nichts mehr zu bewegen war. Er blickte kurz auf die Uhr, hob noch einmal kurz grüßend die Hand und begab sich zurück zu seinem Fahrzeug. Mit aufheulendem Motor jagte er davon.

Stuhrs Mobiltelefon vibrierte. Er konnte sich lebhaft vorstellen, wer das sein konnte. Nein, er würde Jennys Anruf jetzt nicht annehmen. Wie paralysiert blickte er den kleiner werdenden Rücklichtern der Limousine von Trutz hinterher.

Es war zum Kotzen. Kaum hatte er die Sache mit Jenny halbwegs wieder auf die Reihe bekommen, da hatte dieser habgierige Geier alles wieder zerstört. Es war kein schöner Gedanke, sich auf das Wiedersehen mit Jenny zu freuen. Nachdenklich hob Stuhr vorsichtig sein Rennrad über die Mauer zurück auf die Straße. Er stieg aber nicht auf den Sattel, sondern schob den Drahtesel am Lenker in Richtung Forstbaumschule.

Wieder vibrierte es in seiner Hosentasche, dieses Mal allerdings in einem anderen Rhythmus. Es musste sich um eine Textnachricht handeln. Hatte ihm Jenny die Freundschaft auf diesem Wege schriftlich aufgekündigt oder ihm bereits ein Foto von seiner brennenden Wohnung gesendet?

Stuhr beschloss, das Vibrieren einfach zu ignorieren. In dieser Situation galt es, standhaft zu bleiben und optimistisch nach vorne zu blicken, wenngleich seine Gedanken ähnlich finster waren wie die dunklen Schatten der Bäume und Sträucher, welche die Parklaternen auf die Rasenfläche warfen.

Frostbaumschule hatten sie früher immer aus Spaß zu dieser alten, gepflegten Parkanlage gesagt, wenn sich bei Ostwindlagen die kalte Fördeluft abends auf das Gartenlokal senkte.

Endlich schälte sich aus dem Dunkel seiner Gedanken der einladend bunte Biergarten der Forsti heraus, von dem Gelächter drang. Offensichtlich wurde hier kräftig gebechert. Kurz entschlossen kettete Stuhr sein Rennrad am Geländer der Gastwirtschaft an und betrat den Biergarten. Auf einer kleinen Bühne am Rande begann eine Band, Oldies zu spielen. Wenigstens einmal wollte er seine Sorgen vergessen. Anscheinend arbeiteten alle gegen ihn.

Heute Abend würde er sich in der Forstbaumschule die Kante geben.

VOLLZUG

Die ganze Nacht hatte sich Kommissar Hansen unruhig hin und her gewälzt. Selbst jetzt im Büro fühlte er sich immer noch wie gerädert. Warum hatte sich Stuhr gestern Abend nicht mehr gemeldet? Wo trieb sich Olli nur herum? Dazu kam eben der Anruf von seinem verhassten Büroleiter Zeise.

»Moin, KoHa, kleiner Weckruf. Der Chef hat wieder einmal Sehnsucht nach Ihnen. Große Lagebesprechung in seinem Amtszimmer. Sofort, hat er gesagt. Also besser hopp, hopp.« Seitdem Zeise Oberwasser beim Chef gewonnen hatte, war er kaum noch zu genießen.

Bedient legte Hansen den Hörer auf. Keine Sekunde hatte er mit dem Hintern auf seinem Stuhl gesessen, und schon musste er zum Vorsingen zum Chef. Das liebte er überhaupt nicht.

Sein Büroleiter schien es dagegen zu genießen, den Überbringer schlechter Botschaften zu spielen.

Die Nummer von Fingerloos tauchte jetzt auf dem Display des Telefons auf, aber Hansen hatte nicht den Nerv abzunehmen. Laut fluchend schlug er mit der Faust auf seinen Schreibtisch, bevor er aufstand und sich auf den Weg zu seinem Chef machte. Mürrisch grüßte er die Kollegen, die auf ein Käffchen der Kantine entgegenstrebten.

Auf der Chefetage erkannte er schon von Weitem die donnernde Stimme des Polizeidirektors. »Verdammt, lauert denn hier unter jedem Vorgang eine Zeitbombe? Fräulein Schönerstedt, wo bleibt Hansen?«

Magnussen schien sich bereits warmgeschossen zu haben, und so durchschritt Hansen mit steinerner Miene die Tür und grüßte Magnussens Sekretärin, die ihn, ihm freundlich zunickend, mit spitzem Zeigefinger ins Chefbüro weiterleitete. Genervt legte er den Rest des Weges zurück. »Hauptkommissar Hansen meldet sich zur Stelle. Stets zu Diensten.«

Der Polizeidirektor musterte ihn von oben bis unten. »Ah, Hansen. Da sind Sie ja endlich. Immerhin haben Sie es in diesem Tollhaus vor meiner Zeit bis zum Hauptkommissar geschafft. Gibt es neue Erkenntnisse bei Ihnen im Fall Halbedel/Kramer?«

Hansen musste zerknirscht verneinen, denn neue belegbare Fakten gab es nicht.

»Kommissar Hansen, die kann es auch nicht geben, weil Sie viel zu oft Dienst nach Vorschrift schieben. Wenn man einen schwierigen Fall übertragen bekommen hat, dann muss abends das Lämpchen im Büro ein wenig länger brennen. Das kann ich bei Ihnen leider nicht feststellen.«

Das stank dem Kommissar, verhöhnen lassen musste er sich nicht. »Wie meinen Sie das? Wollen Sie mir unterstellen, dass ich nicht genug arbeite?«

Magnussen winkte ab. »Lassen Sie nur, Hansen. Sie werden sicherlich alle geleisteten Stunden akribisch aufgelistet haben, wenngleich Ihre Arbeit von beispielloser Erfolglosigkeit gekrönt ist. Ich habe Ihre gesammelten Werke durchgelesen. Die Aktenlage ist viel zu dünn. Sicher, dieser Immel ist eine verdächtige Figur, aber was haben wir gegen ihn in der Hand? Nichts, außer Ihren von Rechtschreibfehlern strotzenden Vermerke.«

Trotzig antwortete Kommissar Hansen: »Ich habe meinen Dienst nicht angetreten, um gegen den Rechtschreibduden anzustinken. Zudem kann ich nicht mehr herausbekommen, als es die Ermittlungslage hergibt. Ich bin mir jedoch nach wie vor sicher, dass ich alle Hintergründe aufdecken kann. Aber ich benötige noch ein wenig Zeit.«

»Zeit, Zeit, Zeit. In welchem Jahrhundert leben Sie denn? Zeit ist das, was wir inzwischen am wenigsten haben. Diese Petra Bester hat einen großen Aufmacher in der Kieler Rundschau angekündigt. Sie wird im Fahrwasser der politischen Opposition operieren, da bin ich mir sicher. Es nützt nichts, Hansen. Sie müssen endlich mehr Kohlen auf die glimmende Glut legen.«

Wieder zog Magnussen den Fall auf die politische Schiene, weg von der Sachebene. Wie sollte Hansen dagegen ankommen? »Chef, ich tue bereits, was ich kann. Mehr geht wirklich nicht.«

Die Miene von Magnussen nahm enttäuschte Züge an. »Genau das habe ich befürchtet, Hansen. Aber unter uns, keiner der Mitarbeiter in der Direktion erreicht auch nur annähernd die Schlagzahl der freien Wirtschaft. Man muss sich mit dem Apparat eben so zufriedengeben, wie er ist. Meine Kritik trifft Sie also nicht allein. Von einer Kuh kann man nicht mehr als Milch verlangen, vor allem nicht, wenn sie beamtet ist.«

Diese Anspielung war entehrend, aber Hansen hatte in zahlreichen Polizeitaktik-Seminaren gelernt, dass man seinen Gegnern persönliche Enttäuschungen nie zeigen sollte. So bemühte er sich, das Gespräch auf eine humorvolle Ebene zu ziehen. »Man kann einer Kuh ja auch besseres Futter zuteilen und sie friedlich im Grünen weiden lassen. In der Regel soll das bessere Erträge erbringen als die Käfighaltung von Hühnern.«

Magnussen amüsierte sich über diese Einlassung. »Hätte ich Ihnen nicht zugetraut, Hansen, diese hintersinnige Einschätzung. Ich merke, auf dieser Ebene verstehen wir uns. Sie mögen vielleicht einer unserer Besten sein, aber Sie müssen es mir irgendwann auch einmal beweisen. Gerade bei Ihnen vermisse ich den besonderen Einsatz, Hansen. Die letzte schmerzende Blutgrätsche, um das Recht durchzusetzen. Schade eigentlich.«

Kommissar Hansen entschied sich, das besser nicht zu kommentieren. Er hegte nur den Wunsch, diesen Raum möglichst sofort zu verlassen, um wieder mit normalen Menschen sprechen zu können.

Magnussen wurde förmlich. »Nur 24 Stunden, die kann ich Ihnen noch geben, Hansen. Eine letzte Galgenfrist sozusagen. Dann bin ich jedoch gezwungen, den Fall in andere Hände zu legen.«

Hansen nickte ergeben. »Sonst noch etwas?«

Magnussen drehte sich um und entfernte sich zum Fenster, um interessiert dem Treiben auf dem Hof der Direktion zuzusehen. »Ja. Ich sage es ganz offen: Wenn Sie es bis dahin schaffen, Hansen, dann will ich nichts gesagt haben. Ansonsten müssen wir uns einmal noch gründlicher unterhalten. Sie wissen, was ich meine?«

Hansen wusste das genau, aber bisher hatte er niemals erlebt, dass Vorgesetzte an seiner Leistung zweifelten. Dieses Gefühl der Wertlosigkeit hinterließ einen faden Geschmack bei ihm. Wortlos und aufrecht verließ er den Raum.

Erst auf dem Flur begann er, wieder tief durchzuatmen. Im Treppenhaus hörte er schon von Weitem den Klingelton des Telefons in seinem Büro. Er beschleunigte seinen Gang, und tatsächlich konnte er den Anruf noch abfischen. Es war Fingerloos, der sich ungewöhnlich interessiert nach seinem Befinden erkundigte. »Moin, Konrad. Wie kalt war denn der Einlauf bei unserem Chef? Oder bist du eben gerade etwa geadelt worden?« Einen anschließenden Lacher konnte sich Fingerloos nicht verkneifen.

Hansen erschauerte zunächst bei der Anrede mit seinem Vornamen. Dann grübelte er darüber, woher Fingerloos von dem Gespräch von Magnussen mit ihm erfahren hatte.

In der Antwort bemühte sich Hansen, Fingerloos nicht mit Pferdi anzusprechen. »Nun, vergnügungssteuerpflichtig war es gerade nicht. Positiv gesagt: Magnussen hat mir vorgeworfen, nicht genug in unserem Fall unternommen zu haben. Den Rest kannst du dir vermutlich denken.«

Am anderen Ende des Telefons schien sich Fingerloos königlich zu amüsieren. Es dauerte einige Zeit, bis er seine Sprache wiedergefunden hatte. »Mach dir keine Sorgen, Konrad. Bei unserem Beamteneid haben wir lediglich geschworen, treu dem Staat zu dienen. Von Arbeit war dort nicht die Rede gewesen.«

Hansen musste ungewollt lachen. »Stimmt schon, aber lustig ist es nicht, wenn dein Chef dir so etwas vorhält. Unter uns, Zeise hat geplaudert. Richtig?«

Fingerloos ließ sich eine Weile Zeit, bevor er genüsslich sein Geheimnis preisgab. »IM Zeise? Nein, der hat nicht geplaudert, er hat lediglich kopiert.«

Auf die Antwort konnte sich Hansen keinen Reim machen. IM, so wurden doch die informellen Mitarbeiter bei der Stasi genannt. Wie kam Fingerloos nur darauf?

Fingerloos legte nach. »Unser IM Zeise hat so eine

Art Stundenplan angefertigt, wer von Magnussen wann zusammengeschissen werden soll. Mit System sozusagen. Ich war übrigens bereits gestern am späten Nachmittag an der Reihe. Das Übliche: zu lasche Dienstauffassung, unrasiert im Dienst, zu legere Kleidung, zu akribische Ermittlungsarbeit. Ich hatte mir das zunächst sogar zu Herzen genommen. Dann musste ich jedoch noch einmal in euren Kopierraum gehen, und siehe da, auf dem Kopierglas lag eine tabellarische Übersicht, wer alles wann zusammengefaltet werden sollte.«

Hansen mochte das nicht glauben.

»Und wie kommst du ausgerechnet auf Zeise?«

Jetzt drang lautes Lachen von Fingerloos durch den Hörer. »Weil das Laufzeichen von unserem IM ganz oben auf dem Plan gleich neben dem Titel ›Disziplininitiative‹ prangte. Offensichtlich hatte sich Zeise eine Tageskopie auf dem Kopierer gezogen und vergessen, das Original einzusammeln.«

Als Tageskopie wurden in der Direktion überflüssige Kopien bezeichnet. Hansen fand das unglaublich. »Okay. Ich vermute, du hältst das Original schon länger in den Händen. Warum hast du mich denn nicht vorher gewarnt?«

Jetzt wurde Fingerloos leicht ungehalten. »Mensch, Konrad, ich habe bereits den ganzen Morgen vergeblich versucht, dich zu erreichen.«

Richtig, Kommissar Hansen hatte den Anruf von Fingerloos nicht angenommen. Er bemühte sich, ihn zu beschwichtigen. »Schon gut. Das erklärt natürlich auch, warum mich Zeise zum Gespräch beordert hat. Welche Kollegen sind denn noch betroffen?«

»Alle. Außer IM Zeise.«

Ungläubig fragte Hansen nach. »Alle? Auch Stüber?«

Das bestätigte Fingerloos umgehend. »Ja. Ich habe Zeises Plan eingescannt und dir per E-Mail zugesendet. Du kannst dich selbst davon überzeugen.«

Sofort öffnete Hansen sein Postfach, und tatsächlich, hinter dem Namen Stüber stand ›faul, abgelenkt, hoher Krankenstand‹. Natürlich kannte Hansen die schwachen Seiten seines Oberkommissars nur zu gut, aber das so direkt in eine Abstraftabelle einzufügen, das ging überhaupt nicht.

»IM Zeise!«, rutschte es jetzt auch Hansen heraus.

Fingerloos legte jedoch nach. »Es gibt übrigens noch ein kleines Vögelchen, das wieder zu singen begonnen hat. Du solltest es einmal besuchen, Konrad.«

Angestrengt überlegte Hansen, welche anderen Kollegen noch als informelle Mitarbeiter Polizeidirektor Magnussen zuarbeiten konnten. Ihm fiel aber niemand ein.

Zum Glück löste Fingerloos das Rätsel schnell auf. »Kerstin Kramer ist anscheinend wieder vernehmungsfähig. Ich habe heute früh noch Gewebeproben von ihrer Bekleidung entnehmen wollen, aber sie hielt sich nicht in ihrem Krankenzimmer auf, sondern soll sich im Rollstuhl auf dem Weg zu einer Untersuchung befunden haben. Auf Nachfrage beschied mich die resolute Stationsschwester, dass es der jungen Dame schon seit geraumer Zeit besser gehe, natürlich den Umständen entsprechend. Vielleicht hast du ja mehr Glück als ich und triffst sie an.«

Wieder schlug Hansen wütend mit der Faust auf den Tisch, aber diesmal tat es richtig weh, weil er ungewollt seinen silbernen Magnetkaktus mit den Büroklammern getroffen hatte. Alle spielten sie gegen ihn: Magnussen,

Zeise, und jetzt auch noch die resolute Stationsschwester, die nicht in der Lage war, ihm die inzwischen eingetretene Vernehmungsfähigkeit von der Kramer zu vermelden.

Von Stuhr und Olli existierten zudem nach wie vor keine Spuren. Er verabschiedete sich und schmiss verärgert den Hörer auf das Basisgerät zurück. Dann schnappte er sich seinen Mantel.

Die Kramer, die würde er sich jetzt auf der Stelle vornehmen.

Und der resoluten Stationsschwester, der würde er am liebsten ein für alle Mal den Marsch blasen.

KEIN MEER

Auf der spiegelnden Oberfläche des dampfenden Kaffees tanzten die quadratischen Oberlichter des Krankenzimmers. In den letzten Tagen hatte Kerstin Kramer diese nur verzerrt wahrgenommen, jetzt waren sie für Kerstin gut erkennbar. Lag es an den Medikamenten, dass sie ihre Umgebung wieder klar sehen konnte? Sie erschrak. Bewegte sich jetzt nicht die Tür?

Die Frau, die jetzt fast lautlos hereinschlich, hatte Kerstin noch nie gesehen. Sie war dunkelhaarig, schlank und bewegte sich elegant in ihrem sportlichen Hosenanzug. Sie hielt ihren Zeigefinger vor den Mund und setzte sich ungefragt zu ihr ans Bett.

»Hallo, Frau Kramer. Ihnen geht es besser, ist mir gesagt worden. Ich bin Petra Bester von der Kieler Rundschau. Ich möchte Ihnen gerne helfen.«

Die Kieler Rundschau las Kerstin nicht besonders gerne, aber Hilfe konnte sie vielleicht gebrauchen. So nickte sie kurz mit dem Kopf zur Begrüßung, auch wenn es weh tat.

Die Frau von der Zeitung grüßte zurück. »Ich habe einen Tipp bekommen, dass Sie mit einem bestimmten Hamburger Schauspieler befreundet waren, um es vorsichtig auszudrücken. Die Polizei wird Sie deswegen gewaltig unter Beschuss nehmen, sobald sie davon erfährt. Vertrauen Sie mir, ich kann Sie davor schützen.«

Trotz des schmerzenden Körpers fuhr Kerstin erschrocken hoch.

»Geht es Ihnen gut, Frau Kramer?«, fragte die besorgte Stimme von Petra Bester nach.

Kerstin nickte knapp, doch sie verschloss resignierend die Augen. Es musste herausgekommen sein. Konnte die Pressedame ihr tatsächlich dazu verhelfen, heil aus der Geschichte herauszukommen? Sie würde hören.

Die besorgte Stimme fragte nach. »Das Sprechen strengt Sie aber an, richtig?«

Das war richtig, aber es waren auch die Schmerzen darüber, was sie von der Krankenschwester in den letzten Stunden zu hören bekommen hatte. Roberts letztes Schauspiel auf dem Dach, der Sturz vom Turm. Es war das Stadtgespräch schlechthin.

Die Stimme unterbreitete zögerlich einen Vorschlag. »Frau Kramer, ich würde Ihnen gerne häppchenweise eine kleine Geschichte erzählen. Wenn sie nicht stimmt, dann unterbrechen Sie mich einfach. Wenn Sie mögen, dürfen Sie mich mit meinem Vornamen ansprechen. Einfach Petra, okay?«

»Gerne. Kerstin, wenn Sie mögen.«

»Gut, Kerstin. Wenn Sie nicht mehr zuhören wollen, dann gehe ich einfach wieder und bin nie hier gewesen. Einverstanden?«

Kerstin Kramer war gespannt.

»Nun, nachdem Ihre Freundin Claudi aus Ihrer Wohngemeinschaft ausgezogen war, sind Sie in ein tiefes Loch gefallen. Sie haben sich einsam gefühlt und begannen, Ihr Studium zu vernachlässigen. Sie haben sich viel in Kneipen herumgetrieben, und immer wieder haben Sie irgendjemanden mit nach Hause genommen. Sie wollten nicht alleine sein.«

Kerstin schwieg. Das waren ihre dunklen Jahre gewesen. Schon als junges Mädchen hatte sie ihr kleines Schwesterlein verloren, und irgendwann war auch die Mutter weg. Mit ihrem Vater war nur schwer auszukommen, der war manchmal wie ein Holzklotz. Es stimmte, sie wollte nicht mehr alleine sein. Ja, es war eine richtig wilde Zeit gewesen. Kerstin widersprach nicht, und so fuhr Petra Bester fort.

»Irgendwann lernten Sie nach den vielen Jungs einen richtigen Mann kennen, allerdings einen Künstler, aus Hamburg. Er war auch schon ein wenig älter, aber er hatte eine Aura, der Sie sich nicht entziehen konnten. Immer wenn er in Kiel war, nächtigte er bei Ihnen. Sie wollten zwar mehr von ihm, aber für ihn hatte die Kunst Vorrang. Er ließ sich nicht von Ihnen einfangen, Kerstin. Sein Name war Robert Halbedel.«

Kerstin Kramer stöhnte auf, aber eigentlich war sie erleichtert, dass der Name jetzt endlich gefallen war. All die Tage im Krankenbett war sie unruhig gewesen, denn es konnte nur eine Frage der Zeit sein, bis die Kripo sie seinetwegen verhören würde. Immer wieder hatte sie Strategien durchgespielt, was sie antworten sollte. Immer wieder verwarf sie ihre Überlegungen, denn die Tatsache, dass sie mit Robert im Bett gelegen hatte, würde früher oder später doch herauskommen. Dann würden vermutlich auch andere Dinge aufgedeckt werden.

Vielleicht hatte ihr Vater inzwischen ja auch geplaudert, schließlich hatte er sie beide nach einer wilden Nacht einmal in der Koje erwischt.

Kerstin öffnete die Augen und blickte irritiert. Petra ging behutsam auf ihre aufgewühlte Stimmung ein. »Beruhigen Sie sich, Kerstin. Ich kenne das auch. Kein Meer ist so tief wie die Liebe, und Sie haben sich ganz tief hineinfallen lassen.«

Kerstin schluchzte auf. Dann öffnete sie die Augen und

taxierte vorsichtig ihr Gegenüber. Petra Bester konnte keine schlichte Redakteurin sein, denn sie behielt entgegen der Sensationsgier der sonstigen Presse völlig die Ruhe. Sie musste etwas Besseres sein.

»Petra, bin ich nicht schon viel zu tief gefallen? Schauen Sie sich doch meinen geschundenen Körper an. Es ist furchtbar.«

Ihr Gegenüber setzte das Gespräch behutsam fort. »Sicherlich sind Sie tief gefallen, Kerstin. Es ist ein Wunder, dass Sie nicht untergegangen sind. Ich meine dabei nicht die schlimmen Verletzungen, die man sehen kann. Ich denke an die Dinge, die von Ihnen bisher nicht ausgesprochen worden sind und die jetzt an Ihnen nagen. Sie haben bei mir die Möglichkeit, sich von diesen Dämonen zu befreien und sich vor dem Untergang zu bewahren. Ich kann Ihnen helfen, sich am eigenen Schopf aus dem Sumpf zu ziehen.«

Diese Journalistin wusste wohl schon alles. Kerstin schloss die Augen vor Scham. »Sie wollen mir wirklich helfen, Petra?«

Petra Bester wiederholte ihr Angebot nicht, und Kerstin wurde klar, dass sie jetzt in Vorleistung gehen musste. Vermutlich konnte ihr nur noch die Flucht nach vorne helfen, um sich einigermaßen mit Anstand aus der Affäre zu ziehen.

Kerstin öffnete wieder die Augen und suchte bewusst den Blick der Journalistin. »Sie meinen die Sache mit den Drogen, richtig?«

»Richtig, Kerstin. Soweit wir in Erfahrung bringen konnten, ist bei Halbedel posthum massiver Kokainkonsum festgestellt worden. Die Wahrscheinlichkeit ist groß, dass er das auch bei Ihnen durchgezogen hat. Vielleicht sogar mit Ihnen, wer weiß?«

Auch wenn es weh tat, so schüttelte Kerstin den Kopf. »Nein, ich habe das Zeug nie angefasst, auch wenn Robert es mir mehrfach andrehen wollte. Diese kleinen, teuflischen Briefchen. Sagen Sie, gilt die Kronzeugenregelung eigentlich auch nach dem Tod eines Täters?«

Petra Bester stand auf und wurde geschäftig. »Das weiß ich nicht, aber diese Frage kann Ihnen gleich der gerissenste Anwalt der Stadt beantworten. Dr. Trutz wartet vor der Tür. Mein Angebot: Wenn Sie mir Ihre Geschichte vollständig erzählen, dann wird mein Verlag den Rechtsbeistand für Sie übernehmen. Darf ich Dr. Trutz hereinbitten?«

Kerstin nickte. Das nahm Petra zum Anlass, die Tür zu öffnen. Wenig später federte ein elegant gekleideter Mann mit einem schwarzen Aktenkoffer zur Tür hinein. »Gestatten, Dr. Trutz. ›Tief im Schmutz, hilft Dr. Trutz‹. Meine Devise. Hier ist mein Kärtchen. Bitte tätigen Sie keine Aussagen ohne mich bei der Polizei. Anruf genügt, Tag und Nacht.«

Erleichterung machte sich bei Kerstin breit, wenngleich der Rechtsanwalt trotz der Entfernung nach ihrem Geschmack aus dem Mund ein wenig zu sehr nach Kaugummi roch. Trank er?

Doch es war ein gutes Gefühl, nicht mehr allein vor den Schicksalsbergen stehen zu müssen. Vorsichtig wendete sie sich wieder Petra zu. »Sind Sie mit Ihrer Geschichte denn schon zu Ende?«

Petra Bester blieb ehrlich. »Ja, denn das Ende kennen wir nicht. Das kennt nicht einmal die Polizei. Selbst die genauen Tatumstände am Wasserturm konnten bisher nicht aufgeklärt werden. Ich habe inzwischen einen sehr guten Informanten tief im Polizeiapparat, der mich auf dem Laufenden hält. Sie sehen, ich erfahre sowieso alles. Es ist nur eine Frage der Zeit. Wenn Sie mir dabei helfen, die Zeit zu verkürzen, dann werden wir Ihnen helfen. Es liegt also nicht an uns, sondern an Ihnen. Schießen Sie los, Kerstin.« Petra Bester zauberte ein Diktiergerät aus ihrem Hosenanzug und stellte es an.

Ein wenig enttäuscht war Kerstin schon, dass Petra sie jetzt in die Enge getrieben hatte, doch stockend begann sie, ihre Geschichte zu erzählen. Hatte sie eine andere Wahl? »Ja, sicher, ich habe von Robert Halbedels Drogensucht schnell gewusst. Wenn er vor dem Sex das Zeug nahm, führte er sich auf wie ein Tier und wurde oft grob. Ich bekam jedoch bald mit, dass er die Kieler Besuche neben dem Sex mit mir hauptsächlich dazu nutzte, Drogen zu verteilen.«

Behutsam fragte Petra nach. »Sie haben das mitbekommen? Und mitgemacht?«

Diese Fragen hatte sich Kerstin schon oft gestellt. Sie wollte Petra Bester gegenüber bei der Wahrheit bleiben. Sie vertraute ihr.

»Es war ein fester Kundenstamm, den er bediente. Er war immer knapp mit seiner Zeit gewesen, und so habe ich ihm zwei- oder dreimal sogar geholfen, die Päckchen unter die Leute zu bringen. Dann blieb mehr Zeit für die Koje. Ich habe mich damals sehr alleine gefühlt, Sie müssen das verstehen.«

Petra hakte ein: »Können Sie sich noch an die Adressen erinnern?«

Genau das konnte Kerstin nicht. Das musste von den Schlägen mit dem Knüppel herrühren. Bis gestern hatte sie nicht einmal eine Erinnerung, wo sie wohnte. Doch ein Ort fiel ihr jetzt plötzlich ein. »Nur schwammig, aber an ein Zimmer 408 im Studentenheim an der Bremerstraße kann ich mich noch erinnern. Ich musste mich damals nämlich dazu in den Männertrakt wagen. Den Namen weiß ich aber nicht mehr.«

Ungläubig blickte Petra Bester sie jetzt an. »Hatten Sie denn keine Skrupel, Kerstin?«

Skrupel? Nein, die hatte sie zunächst nicht gehabt, blind vor Liebe, wie sie war. Erst als sie bemerkte, dass Robert sie ausschließlich benutzte, um seinen Trieb zu befriedigen und unauffällig Stoff abzusetzen, da wurde sie zunehmend wortkarg und schließlich ablehnend.

»Nein. Ich war verliebt. Zunächst jedenfalls. Irgendwann bekam ich jedoch mit, dass es in Hamburg noch mindestens eine andere Frau gab, mit der er es trieb. Ich hielt Robert kurz. In der Folge kam er immer seltener zu mir, und nach einer hässlichen Auseinandersetzung mit ihm, in die auch mein Vater verwickelt war, habe ich neue Schlösser in meine Wohnungstür setzen lassen. Dann habe ich den kleinen Jock aus dem Tierheim zu mir geholt.«

Bei dem Gedanken an den kleinen Jock schossen Kerstin sofort die Tränen in die Augen, doch nach kurzer Zeit konnte sie ihre Geschichte zu Ende erzählen. »Langsam bin ich wieder zu mir gekommen, und das Leben bereitete mir wieder Freude. Und ausgerechnet dann muss mir das am Wasserturm passieren.«

Die Nachfrage der Journalistin war sehr leise. »Dort hat Sie Robert Halbedel niedergestreckt, richtig?«

Wieder musste Kerstin weinen. Dennoch erzählte sie tapfer weiter. »Nein, ganz anders. Beim Gassigehen war Jock plötzlich weg. Dann hörte ich dieses furchtbare Geräusch, als er erschlagen wurde. Ich konnte das zunächst nicht einordnen, doch schließlich fand ich ihn. Als ich sein blutendes Fell berührte, hörte ich plötzlich Roberts genervte Stimme.

›Was soll das denn? Wir wollen hier Geschäfte machen und keine Tiere quälen. Schmeiß das Mistvieh in das Gebüsch, bevor es jemand entdeckt.‹

Ich hoffte, dass Robert und der andere, die ich beide nicht ausmachen konnte, abhauen würden, aber ich ahnte schon irgendwie, dass sie mich bei Jock entdecken würden. Dann traf mich bereits der erste Schlag. Irgendwann hörte ich Robert entsetzt schreien. ›Nein, du Idiot. Das ist Kerstin. Lass sie in Ruhe und hau endlich ab. Wir sind fertig miteinander.‹«

Aufgeregt fragte Petra Bester nach. »Ist der Name des anderen Mannes gefallen?«

Kerstin Kramer ging tief in sich. »Mag sein, aber außer an die Gesprächsfetzen kann ich mich nur noch an die Dämmerphasen im Krankenhaus erinnern.«

Der Blick von Petra Bester war skeptisch. »Nicht geträumt, Kerstin? Ganz bestimmt? Halbedel war definitiv nicht der Täter?«

Kerstin drehte sich weg und beendete weinend ihre Erzählung. »Nein, es war leider kein Traum. Ich kenne Robert. Er war eigentlich ein sanfter Typ, ein richtiger Frauenversteher. Nur mit Koks wurde er grob. Vielleicht ist er abgehauen, weil er Angst hatte, als Täter verdächtigt zu werden. Ich weiß, dass er bisweilen Ärger mit der Polizei hatte. Sein Komplize war es, der mich fast zum Krüppel geschlagen hat. Ich frage mich nur, warum Robert mir nicht geholfen hat.«

Petra Bester wusste es besser. »Robert Halbedel war weder Gutmensch noch Frauenversteher. Er war mehrfach einschlägig vorbestraft. Er musste mit seiner sofortigen Verhaftung rechnen. Deswegen wird er seine Flucht angetreten haben.«

Die Redakteurin begann, Kerstins Haar zu streicheln. »Weinen Sie ruhig, Kerstin. Sie haben viel durchgemacht in der letzten Zeit. Wir stehen Ihnen bei. Es wird alles gut, glauben Sie mir.«

Jetzt mischte sich Dr. Trutz in das Gespräch ein. »Richtig, die Kieler Rundschau möchte Ihnen beistehen. Wenn Sie uns helfen können und Sie der Kieler Rundschau die exklusiven Vermarktungsrechte zusprechen, dann können Sie auf der Stelle einen vorgefertigten Vertrag unterschreiben. 5.000 Euro auf dem Bankkonto sind doch ein schönes Sümmchen, das einen besser gesunden lassen kann, nicht wahr? Pikante Enthüllungen werden selbstverständlich gesondert dotiert.«

Dr. Trutz zog ein beschriftetes Blatt aus seinem Aktenkoffer und reichte ihr einen Kugelschreiber.

Kerstin beruhigte sich wieder, aber ihre krakelige Unterschrift zeigte, dass sie noch lange nicht im Vollbesitz ihrer Kräfte sein würde. Es war gut, eine finanzielle Reserve in der Hinterhand zu haben. Vielleicht könnte sie damit auch ihrem Vater helfen.

Die Redakteurin schien Gedanken lesen zu können. »Ihren Vater werden wir ebenfalls unterstützen. Er hat uns den Hinweis gegeben, wo wir Sie finden können.«

Jetzt bäumte sich Kerstin auf. »Er wollte es für mich tun …«

Die Redakteurin unterbrach sie. »Ich weiß. Die Angelegenheit habe ich bereits geregelt. Die Polizeidirektion wird die Ermittlungen gegen Ihren Vater vermutlich einstellen. Alles wird gut.«

Es klopfte an der Tür. Erschrocken blickten sich Dr. Trutz und die Redakteurin an. Petra Bester fand als Erste die Worte wieder. »Keine Silbe, Kerstin. Wir müssen gehen. Bei Problemen rufen Sie bitte sofort Dr. Trutz an. Wenn es Ihnen nicht gut geht, dann wählen Sie gerne auch meine Nummer.«

Beim Überreichen des Kärtchens strich ihr Petra Bester noch einmal über das Haar. Kerstin empfand das als angenehm. Endlich kümmerte sich wieder jemand um sie. Dankbar nickte Kerstin ihr zum Abschied zu. Dann verließ Petra selbstbewusst das Krankenzimmer durch die sich von außen öffnende Tür.

Die eintretende Stationsschwester blickte ihr entgeistert hinterher.

Dr. Trutz nickte nur kurz, bevor er sich ebenfalls auf den Weg machte. »Habe die Ehre.«

Kopfschüttelnd schaute die Schwester den beiden hinterher, bevor sie sich energisch zu Kerstin wandte.

»Frau Kramer, so geht das aber nicht. Hier ist doch kein Hühnerstall. Sie benötigen immer noch sehr viel Ruhe. Lassen Sie los, was Sie bedrückt. Wir tragen doch alle unsere Päcklein auf dem Rücken.«

Kerstin schwanden die Kräfte. Dennoch war es ihr wichtig nachzufragen. »Was ist denn Ihr Päcklein, Schwester?«

Unerwartet setzte sich die Stationsschwester hin und hielt sich die Hände vor das Gesicht. Ob sie weinte, war nicht zu erahnen. Aber sie sprach nichts aus.

Sicher, auch sie trug ein unsichtbares Päcklein auf dem Rücken. Kerstin wollte sie trösten, aber sie konnte sich nicht einmal mehr an ihren Namen erinnern.

Die Müdigkeit begann, sie zu übermannen. Nicht mehr einzuordnen war für sie die kalte und unerbittliche Nachfrage der Stationsschwester.

»Was wollten die beiden Besucher denn eigentlich von Ihnen?«

Das hätte ihr Kerstin Kramer zwar mitteilen können, aber sie wollte nicht mehr. Sie hatte längst die Augen geschlossen und begann gerade, mit einer kleinen Traumreise durch Venedig ihren malträtierten Körper von den weltlichen Dingen zu lösen und zu entspannen.

Kein Meer ist so tief wie die Liebe, hatte die Bester gesagt. Das hatte ihr sehr gefallen. Vielleicht war wenigstens Petra Bester glücklich.

Sie mochte diese Frau. Doch Kerstin Kramer war sich nicht sicher, ob sie von Petra eine ehrliche Antwort erhalten hätte.

OHNE ENDE

Kopfschüttelnd stierte Jenny Muschelfang auf die Backsteinfassade des vom Morgenlicht erleuchteten Wasserturms.

Noch vor wenigen Tagen hatte sie sich gemeinsam mit Helge auf die bevorstehende Theatervorstellung gefreut, doch nun schien plötzlich alles gemeinsame Glück endgültig zerbrochen zu sein. Es war schon erstaunlich, wie flüchtig die Liebe sein konnte.

Sofort hatte Jenny das Doppelbett geräumt, als Helge, voll wie eine Haubitze, frühmorgens wankend nach Hause geschlichen kam. Sie war ins Wohnzimmer auf die Couch geflüchtet, aber dort konnte sie keinen rechten Schlaf mehr finden, denn immer wieder schreckte sie wegen der Vorkommnisse der letzten Woche hoch.

Warum hatte Helge sie bei der Vorstellung im Wasserturm nicht vor der Demütigung bewahrt, die Schusswaffen vor dem Publikum einsammeln zu müssen? Warum musste er auf den Turm steigen, um Robert Halbedel mit in den Tod zu treiben? Warum versuchte Stuhr mit aller Gewalt, den mysteriösen Fall zu klären, anstatt mit ihr die gemeinsame Zeit zu genießen? Wieso verheimlichte er ihr seinen Aufenthalt auf Föhr? Stimmte die Behauptung von dem gelackten Rechtsanwalt, dass er wegen einer angeblichen unehelichen Tochter dort eine ehemalige Geliebte getroffen hatte?

Fragen über Fragen, die ihr Helge noch beantworten musste, bevor sie zum letzten Mal seine Wohnungstür hinter sich zuziehen würde. Zudem hatte diese Angelika vor ihnen quicklebendig im Bett der Fürstensuite gelegen. In ihren Augen war es lediglich eine fade und unscheinbare Frau, aber Männer ticken in dieser Beziehung ja völlig anders. Das hatte sie leider immer wieder mit Robert und Patrick erlebt und selbst bei Lollo feststellen müssen.

Drei lange Stunden quälte sie sich bereits im Wohnzimmer herum, und ihre Finger trommelten immer wieder unruhig auf dem vor ihr stehenden gepackten Koffer. Sicherlich würde es einige Zeit benötigen, bis ihr tief versumpfter Helge wieder fest auf beiden Beinen stehen konnte. Sollte sie tatsächlich noch so lange in dieser Wohnung verharren, die seit Helges Heimkehr nicht mehr die ihre war? Sie war sich nicht sicher.

Für eine normale Frau wie sie war Helges Wesensverwandlung vom Kavalier zum egoistischen Lügner und Starrkopf kaum nachvollziehbar. Sie fühlte sich wie ein ausrangiertes Spielzeug. Aber das kannte sie schon von früher. Als attraktive Blondine war sie eigentlich lebenslang mehr oder weniger auf der Flucht vor geltungssüchtigen Männern. Der Ablauf war fast immer der gleiche. Erst schmückten sich die Männer mit ihr, und dann musste schnell neues Spielzeug her. Aber diese Spielchen machte sie schon lange nicht mehr mit.

Das Knacken im Flur ließ Jenny erschrecken, aber es handelte sich nur um Helge, der mit unkoordinierten Bewegungen im Halbschlaf die Toilette aufsuchte.

Zufrieden stellte sie lediglich die Tatsache, dass er trotz geistiger Abwesenheit wenigstens im Sitzen pinkelte. Allerdings war es erstaunlich, welche Mengen von Flüssigkeit er in das Becken bugsierte. Dann schaffte er es sogar noch, den Spülhebel zu betätigen, bevor er das Bad wieder verließ. Das laute, dumpfe Geräusch ließ vermuten, dass er wieder der Länge nach ins Bett gefallen sein musste.

Natürlich, manchmal zweifelte sie daran, ob auch sie alles richtig gemacht hatte. Die eine oder andere kleine Notlüge hatte sie Helge schon auftischen müssen, als er mehr und mehr wegen Robert und Patrick nachbohrte. Aber das hatte sie ausschließlich getan, damit Helge sich nicht verunsichert fühlte.

Und natürlich kannte sie das kleine Flittchen, das es unter dem Wasserturm erwischt hatte. Kerstin Kramer, den Namen würde sie nie vergessen. Schließlich hatte Robert ungefragt nicht nur von den wilden Nächten mit ihr berichtet, sondern auch von der Kokserei bei ihr. Selbst von dem Zusammenstoß mit ihrem Vater.

Doch Jenny kannte Helge nur zu genau. Er hätte ihr mit Sicherheit diesen kleinen Kommissar auf den Hals gejagt, und am Ende des Tages hätte sie als elegante Dame vermutlich den ganzen Dreck abbekommen, der aufgewirbelt worden wäre. Nein, es war schon richtig, Helge nicht jedes Detail preiszugeben.

Zudem hatte sie mit Lollo nur ganz zu Beginn ihrer Freundschaft einmal geschmust, als sie noch mehr männliche Anteile in ihm vermutete. Da sie die aber bei ihm nicht einfordern konnte, wendete sie sich kurzfristig Patrick zu. Sie musste zunächst lachen über die Kurzform seines Namens, aber Pimmel wurde er nicht zu unrecht genannt. Es war nur schade, dass in diesem Körperteil bei ihm auch noch Gehirn und Gefühl eingepfercht waren.

Schon nach wenigen Tagen war mit Patrick Schluss, und so erwies sich am Ende zunächst Robert als die solideste Lösung. Abends spielten sie Theater, nachts zogen sie um die Häuser und morgens schliefen sie lange aus. Lollo hatte in der wüsten Zeit viele Fotos gemacht.

Erst spät bekam sie mit, dass Robert und Patrick bisweilen mit Rauschgift handelten. Selbst Lollo machte manchmal mit, obwohl er bereits mit Falschgeld erwischt worden war. Daraufhin hatte sie sich von der Theatergruppe abgesetzt und ihre Schauspielambitionen beerdigt.

Aber in der letzten Zeit hatte Lollo immer wieder bei ihr angeklopft und nachgefragt, ob sie nicht bei der Truppe aushelfen könnte. Da man in der Erinnerung immer zunächst an die schönen Stunden denkt, hatte sie vorschnell eingewilligt. Nun kam alles wieder hoch.

Offenbar auch bei Helge, wie sie jetzt Würgegeräuschen entnehmen konnte. Doch das störte sie nicht mehr. Mit Helge war sie durch. Sie blickte zur Uhr: 9:30. Sie würde sich zum Schauspielhaus fahren lassen und ihre Sachen dort zunächst abstellen, denn bis zum Beginn der nächsten Probe war noch reichlich Zeit. Sie würde ein wenig auf der Holtenauer Straße flanieren und sich in ein Café setzen. Entschlossen zückte sie ihr Mobiltelefon und rief ein Taxi. Wegen des Koffers bat sie darum, in der Wohnung abgeholt zu werden.

Bald darauf schellte es Sturm, und sie begab sich in den Flur. Nachdem sie den Haustüröffner betätigt hatte, hörte sie das Heraufhasten des Taxifahrers, der wenig später laut an der Tür klopfte. Jenny wunderte sich über diese Eifrigkeit, bis sie die Wohnungstür öffnete.

Was war das? Ein völlig aufgelöster, atemloser Olli Heldt stand vor ihr. »Stuhr zu Hause?«

Ohne eine Antwort abzuwarten, huschte Olli an ihr vorbei und begann, die Wohnung nach Helge abzusuchen. Jenny deutete dezent mit dem Zeigefinger zum Klo. Als

Olli die Tür aufriss, hörte sie die Würgegeräusche lauter, als ihr lieb war.

Olli hatte offensichtlich Probleme, den miserablen Zustand seines Trinkkumpans richtig einzuschätzen, denn er bombardierte Stuhr mit seltsamen Fragen. »Hast du das Foto mit den Lieferadressen an Hansen weitergeleitet? Habt ihr schon welche verhaftet? Wo finde ich Hansen? Kommst du gleich mit?«

Helges Antwort beschränkte sich jedoch auf Würgegeräusche. Jenny zog es nun endgültig fort. Sollten die beiden doch ihre Kinderspielchen weiter betreiben. So rief sie zum Abschied von der Wohnungstür nur kurz in den Flur: »Ein tolles Team, die beiden Herren. Leben Sie wohl.«

Dann warf sie die Tür ins Schloss und begann, ihren Koffer Treppe für Treppe hinunterzubefördern, was mühselig war. Zufrieden vernahm sie erneut ein Klingeln in Helges Wohnung, das musste ihr Taxifahrer sein. Unerwartet klappte die Wohnungstür von Helge wieder auf und jemand stürzte ihr hinterher. Jenny war gespannt, ob sich Olli oder Helge auf den Weg gemacht hatten, ihr zu helfen.

Es war nur Olli, doch der unternahm keinerlei Anstalten, ihr behilflich zu sein, sondern drückte sich relativ unsanft an ihr vorbei.

Wütend zerrte Jenny weiter ihren Koffer die Treppen hinunter. Erst kurz vor der Haustür vernahm sie endlich die ungelenken Schritte von Helge. Wollte er sie etwa wieder einfangen?

Nein, das wollte sie nicht mehr. Es war vorbei mit ihm. So rasch sie konnte, öffnete Jenny die Haustür.

Das nutzte Helge aus, um ebenfalls wortlos an ihr vorbeizuhasten und Olli zu folgen, der bereits vorher ihren

Taxifahrer an der Haustür eingehakt haben musste, um ihn zurück zu seinem Taxi zu bugsieren.

Die beiden wollten doch hoffentlich nicht ihr Taxi kapern? Jenny schrie jetzt unter Aufbietung aller Kräfte: »Taxi für mich, Niebuhrstraße 24?«

Der Taxifahrer vernahm das und versuchte, sich aus Ollis Arm zu winden. »Ja!«, schrie er zurück. »Bestellung auf den Namen Stuhr. Sie sind Frau Stuhr?«

»Bin ich«, rief Jenny händewinkend zurück.

»Nein, das stimmt nicht!«, brüllte jetzt der vor ihr laufende Helge dem Taxifahrer zu. »Das ist Frau Muschelfang, mein Name ist Stuhr. Ich bin Ihr Kunde.«

Fassungslos blieb Jenny stehen. Was war nur geschehen, dass diese beiden Deppen ihr das Taxi abjagten?

Helge hatte inzwischen seinen Ausweis aus der Jacke gezogen und hielt ihn schwer atmend zur Legitimation dem Taxifahrer entgegen. Dennoch blickte der Droschker noch einmal hilfesuchend zu ihr zurück. Vielleicht hätte er einfach nur lieber sie befördert, oder Helges übler Magengeruch setzte ihm unangenehm zu.

So unternahm sie einen letzten Versuch, das Taxi zu ergattern, indem sie sich auf die Zehenspitzen stellte und den Taxifahrer lauthals zum Ungehorsam ermunterte. »Huhu, hier bin ich!«

Helge unterband kurzerhand jeden weiteren Gesichtskontakt des Taxifahrers mit ihr, indem er ihn nun genau wie Olli seinerseits einhakte, um dessen Marschrichtung zu seinem Dienstfahrzeug zu lenken. Olli unterstützte das Unterfangen professionell, indem er dem Taxifahrer einen größeren Geldschein vor die Nase hielt. Der Bann schien gebrochen, denn nun setzten die drei die letzten Meter zum Taxi in hoher Geschwindigkeit fort. Der Motor heulte auf, und gleich darauf raste das Fahrzeug mit quietschenden Reifen an ihr vorbei.

Während der Fahrer sich voll auf die Straße konzentrierte, ließ es sich dieser Olli auf dem Beifahrersitz des Fahrzeugs nicht nehmen, sie militärisch knapp zu grüßen, als wenn er einen lebenswichtigen Auftrag zu erfüllen hätte.

Ihr hinten sitzender Helge dagegen wendete sich zur anderen Seite ab. Nicht einmal einen letzten Gruß hatte er ihr mehr entboten. Das tat weh.

Als das Fahrzeug entschwunden war, verabschiedete sich Jenny Muschelfang auf ihre eigene leise Art und Weise endgültig und unwiderruflich von Helge. Es war zunächst nur ein Flüstern von ihr. »Farewell, Stuhr.« Dann zog sie ihr Handy hervor und löschte mit gepressten Lippen seine Nummer im Speicher.

Es tat weh.

HEIMSCHUSS

Immer wieder nahm Dreesen ungläubig die Kopie des Briefes aus Stuhrs Personalakte in die Hand und studierte das folgenschwere Dokument. So etwas hatte er noch nicht gesehen.

Eigentlich war Stuhr früher kein schlechter Vorgesetzter gewesen. Natürlich hatte er anfangs wie alle anderen Kollegen aus dem höheren Dienst Flausen im Kopf gehabt und gedacht, dass alle nach seiner Pfeife tanzen würden. Diesen Zahn hatte ihm Dreesen gezogen. Schließlich gehört er als Oberamtsrat der obersten Kaste des gehobenen Dienstes an, und da lässt man sich nicht so schnell die Butter vom Brot nehmen.

Er musste Stuhr nur zwei-, dreimal auflaufen lassen, indem er sich aus dienstlichen Gründen weigerte, Finanzmittel abfließen zu lassen. Das erzeugte Stress in der Staatskanzlei. Machtlos durfte Stuhr mit ansehen, wie Dreesen mit dem Haushälter lautlos alles genauso regelte, wie er es von Anfang an wollte.

Im Kollegenkreis gab es durchaus härtere Fälle. Wenn bei denen die dienstlichen Mittel versagten, dann gab es als erstes Rezept den Dienst nach Vorschrift. Man musste zwar die Zeit im Büro absitzen, aber man tat nichts mehr für seinen Vorgesetzten.

Zeigte dieses Mittel keine Wirkung, dann folgte der für Vorgesetzte kaum einsehbare Zeitausgleich.

Natürlich war es hart, die Stunden dafür anzusparen. Man musste früh einstempeln, und da sich bis 9 Uhr in der Staatskanzlei wenig regte, gab es keine Kaffeerunden, in denen man die Zeit totschlagen konnte. Mühsam musste man sich mit Sudoku und Kreuzworträtseln die Zeit bis zum Frühstück vertreiben.

Wenn um fünf die Kollegen gingen, dann konnte einem abends die Zeit ebenfalls recht lang werden. Nicht immer gelang es, sich in knackige dienstnahe Aufgaben wie den Lohnsteuerjahresausgleich oder die Beihilfeabrechnung zu vertiefen. Dafür konnte man aber die Stunden geballt einsetzen, um fortzubleiben, wenn der Vorgesetzte einen dringend benötigte.

Im äußersten Notfall half nur noch die Krankschreibung auf Knopfdruck. Man musste dazu einen Arzt in petto haben, der einen zuverlässig krankschrieb. Wenn der Chef einen brauchte, war man nicht da. Basta. Ganz legal.

Das brachte jeden Vorgesetzten zur Verzweiflung, der sich nun alleine mit dem Haushälter auseinandersetzen musste. Wenn diese beiden sich ohne einen Mittler wie ihn zusammensetzten, dann herrschte nämlich meist ein babylonisches Sprachwirrwarr.

Inhaltliche Sacharbeit und Haushaltsvollzug, das war der Zusammenprall fremder Kulturen. Man bewegte sich in anderen Welten. Dreesen verstand von beiden nichts, aber er konnte wenigstens übersetzen.

Das hatte Stuhr schnell begriffen, und so hing zu jedem dienstlichen und privaten Anlass eine dekorative Tüte mit einer Flasche edlen Weins an Dreesens Türgriff.

Sie hatten sich im Großen und Ganzen gut verstanden. Umso mehr tat Dreesen weh, was er jetzt lesen musste. Schließlich überwand er sich und wählte Stuhrs Nummer.

Es dauerte eine Weile, bis der sich meldete. Wie immer schien er mit seinen Gedanken woanders zu sein. »Jenny, bist du es? Ich rufe gleich zurück. Ich bin hier noch …«

Dreesen unterbrach ihn barsch, denn er hatte wenig Lust, irgendwelche Dinge über Jeanette Muschelfang anzuhören, und meldete sich offiziell. »Staatskanzlei. Oberamtsrat Dreesen am Diensttelefon. Grüß dich, Stuhr. Ich habe eine wichtige Mitteilung für dich.«

Es blieb eine Zeit lang still am anderen Ende der Leitung, bis sich Stuhr wieder meldete.

»Tut mir leid, Dreesen, aber ich bin gerade bei der Kripo und noch ein wenig durcheinander. So, jetzt bin ich im Freien. Was gibt es denn?«

»Was es gibt? Sag mal, Stuhr, spinnst du? Erst überschüttest du mich mit Aufträgen, und dann fragst du, warum ich dich anrufe?« Dreesen war verärgert.

Schlagartig wurde Stuhr freundlich. »So habe ich das nicht gemeint. Ich bin nur ein wenig verwirrt. Ich habe eine lange Nacht gehabt gestern, Forstbaumschule.«

Dafür konnte Dreesen Verständnis aufbringen. »Na, hoffentlich hat dir Jenny dafür ordentlich das Nudelholz über den Scheitel gezogen.« Dreesen überging Stuhrs Antwort und kam sofort zur Sache, denn er war noch mit der Kollegin Schlenderhahn auf ein Eis in der Kantine verabredet. Kleines Schleckermäulchen, hatte sie ihm nach seiner Einladung schelmisch zugerufen. Wenn das keine Perspektiven aufzeigte?

Aber zunächst musste er das Elend mit Stuhr hinter sich bringen. »Ich habe hier einen Brief vorliegen, der Aufschluss über den Hintergrund deiner Dienstunfähigkeit bringen könnte.«

So recht konnte Stuhr die Sache nicht glauben, denn er machte sich lustig über die Landesverwaltung.

»Ein Papier also. So, so. Die Mühlen der Verwaltung mahlen langsam, aber sie mahlen. Ich höre.«

Dreesen konnte nicht umhin, seinen ehemaligen Chef zu belehren. »Ich weiß nicht, was in dich gefahren ist. Du weißt doch am besten, dass wir mit unseren Pappgittermappen ein wunderbar funktionierendes Kommunikationssystem haben. Wenn etwas eilbedürftig ist, dann kann man die roten Mappen wählen, bei denen man sogar noch das kleine Fähnchen ›Heute‹ herausklappen kann. Der Verwaltungsvollzug ist damit bei uns bestens gewährleistet.«

Ungläubig antwortete Stuhr. »Das ist doch nicht dein Ernst, Dreesen?«

Es war aber Dreesens voller Ernst. Er konnte nicht umhin, Stuhr abermals zu belehren. »Du kannst dir vermutlich überhaupt nicht vorstellen, was hier abgeht. Im nächsten Jahr soll ein neues zentrales Personalverwaltungssystem kommen. Hunderte von Arbeitsgruppen sind gegründet worden, damit bei der Einführung ja nichts übersehen wird. Vermutlich soll das neue System die Leute auf Knopfdruck selbst einstellen. Dabei ist das blanker Unsinn, wenn man versucht, historisch gewachsene Arbeitsabläufe und liebgewonnene Gewohnheiten mitsamt interner Absprachen in ein neues, gefühlloses, papierloses System zu übertragen. Das wird niemals funktionieren.«

»Na ja, ihr alten Verwaltungshengste werdet schon genug verschriftlicht haben, um das Projekt abzueseln«, spottete Stuhr.

»Richtig, das haben wir. Aber dieses Mal wird es

schwieriger, denn das neue Personalverwaltungssystem soll gleichzeitig in Schleswig-Holstein und Hamburg eingeführt werden. Für Bewerber wird es da bestimmt einen Auswahlknopf geben: Fischkopf oder Hanseat.«

Stuhr lachte lauthals los.

Doch Dreesen war noch lange nicht am Ende. »Spaß beiseite. Ich prophezeie dir: Sie werden das Projekt mit dem Blick auf beide Länder politisch durchdrücken. Natürlich wird das alles so nicht funktionieren. Um das Projekt zum Erfolg zu bringen, werden sie zum Schluss wieder zum King-Kong-Prinzip übergehen.«

Stuhr schwieg. Mit diesem Begriff schien er nichts verbinden zu können.

Also blieb Dreesen nur übrig, seine sprachliche Eigenschöpfung erklärend zu übermitteln. »Das King-Kong-Prinzip ist selbsterklärend. Nach langwierigen Auswahlverfahren wird man sich wie immer für das größte und komplizierteste Programm entscheiden. Das ist wie bei einer Affensuche. Eigentlich wird nur ein kleiner, beweglicher Affe benötigt, aber eingekauft wird vorsichtshalber King-Kong.

Man wird schnell feststellen, dass der viel zu groß ist und nicht in den vorgesehenen Affenkäfig passt. Dann gehen fieberhafte Überlegungen los. Wie bekommt man das Monster in den kleinen Käfig? Nun, King-Kong muss ein wenig amputiert werden, und der Käfig wird vergrößert und verstärkt. Wenige Jahre und ein paar Millionen Euro später passt der vor sich hinvegetierende King-Kong in den neuen Käfig, und alle sind zufrieden. Das Projekt wurde, wie alle erwartet haben, erfolgreich beendet. Genauso wird es mit dem neuen Personalverwaltungssystem laufen, glaube mir.«

»Das mag ja alles sein, Dreesen. Dennoch, hast du nicht schon einmal etwas von der elektronischen Akte gehört? Eine einzige Eingabe auf der Tastatur, und sofort springt dir auf dem Bildschirm der gewünschte Vorgang entgegen.«

Die Antwort entsetzte Dreesen, denn Stuhr schien immer noch nichts begriffen zu haben. »Mensch, Stuhr, wovon träumst du nachts? Denkst du denn, ich bin von vorgestern? Ich schwöre dir, eine Eingabe am Bildschirm, und nichts hättest du gefunden. Wenn dieser mir vorliegende brisante Vorgang elektronisch gespeichert worden wäre, dann wäre er mit Sicherheit längst gelöscht worden.«

Stuhr versuchte sich zu verteidigen. »Das mag ja sein, Dreesen, aber Papierakten kann man genauso durch den Reißwolf jagen.«

»Richtig, Stuhr. Doch was bei der elektronischen Akte auf Knopfdruck geht, das verursacht bei unseren Aktenbergen erheblichen händischen Aufwand. Offensichtlich war jemand zu bequem gewesen, vor dem Regierungswechsel die Papierakten in der Hängeregistratur zu durchforsten und sie von faulem Schriftgut zu säubern. Nur deswegen halte ich jetzt ein Ergebnis deiner Anfrage in meinen Händen. Willst du es nicht hören?«

Dreesen hatte Stuhrs Besserwisserei wieder einmal bezwungen, denn nur vorsichtig fragte der nach.

»Doch, natürlich. Ein brisanter Vorgang, sagtest du? Dienstunfähigkeit ist doch eher ein schlichter Verwaltungsakt, oder nicht?«

»Normalerweise schon. Wenn ein Beamter auf Grund körperlichen Gebrechens oder wegen der Schwäche der körperlichen und geistigen Kräfte nicht mehr in der Lage ist, seine dienstlichen Pflichten gegenüber seinem Dienstherrn zu erfüllen, dann wird die Dienstunfähigkeit durch ein amtsärztliches Gutachten festgestellt. Da stehen die üblichen Dinge drin. In der Regel Depressionen, Burnout-Syndrom, Angstzustände, der übliche Psychokram eben. Das hat auch bei dir dringestanden, habe ich alles nachgelesen.«

Stuhr fragte erstaunt nach. »Du bist an meinen Bescheid von damals herangekommen? Einfach so?«

Schnell stellte Dreesen die Verhältnisse klar. »Na ja, genau genommen nicht ich, sondern die verehrte Kollegin Schlenderhahn. Aber der Bescheid selbst sagt nichts aus. Doch dank ihrer Hilfe halte ich jetzt den Brief in den Händen, der vermutlich vor fünf Jahren zur Feststellung deiner Dienstunfähigkeit geführt hat.«

Jetzt erst ging Stuhr die Dimension des Dreesen vorliegenden Schriftstückes auf, denn er war verstummt. Dreesen nutzte die Stille. »Ich trage den Brief jetzt einmal vor. ›Sehr geehrter Herr Kollege Staatssekretär. Heute wende ich mich vertraulich an Sie. Wie Sie sicherlich erfahren haben, sind die Verhandlungen zwischen dem Bund und Ihrem Bundesland wegen des neuen Strukturplanungsabkommens ins Stocken geraten. Das ist umso bedauerlicher, da ich aus alter Verbundenheit zu Schleswig-Holstein bereits Bundesmittel in Höhe von 20 Mio. Euro im Haushalt habe für Sie binden lassen. Schwierigkeiten ergeben sich insbesondere in der Person des Ministerialrates Stuhr, der sich aus prinzipiellen Überlegungen gegen die Vereinbarung sperrt, die wir bei Ihrem letzten Besuch in Bonn gemeinsam in Erwägung gezogen haben und den beiderseitigen Interessen entsprochen hätte. Ich appelliere an Ihre Fairness und bitte Sie, Herrn Stuhr von seinem Verhandlungsmandat zu entbinden, um Ihre Interessen und meinen Mittelabfluss nicht zu gefährden.‹ Unterschrift, Ende. Na, Stuhr, ist das nicht eine Sensation?«

Dreesen wusste nur zu gut, dass das wie eine mittelschwere Bombe einschlagen musste, doch Stuhr wirkte gefasst.

»Nein, so geht das bei Verhandlungen zwischen Bund und Ländern leider oft hinter den Kulissen zu. Du verhandelst und einigst dich, und dann taucht vier Wochen später ein in Bonn verfasstes Protokoll auf, das dir dein eigener Chef um die Ohren knallt. Das muss man bei diesem Ränkespiel schon aushalten können.«

Dreesen konnte sich in der Tat besinnen, dass Stuhr früher oft darüber geklagt hatte. Aber das Gejammer über seine Strapazen bei den Bahnfahrten in veralteten IC-Waggons der zweiten Klasse mit Umsteigen in Hamburg und der anschließenden Rumpelfahrt über die sogenannte Rollbahn in den Ruhrpott überwogen in der Erinnerung an Stuhr am meisten. Dabei beneideten alle anderen in der Staatskanzlei Stuhr um seine schönen Dienstreisen. Jammern auf hohem Niveau, so schallte es von den Damen im Schreibdienst zurück.

Stuhr schien von Dreesens Gedanken glücklicherweise nichts zu ahnen, sondern fragte vorsichtig nach: »Gibt es denn irgendwelche Farbenspiele auf dem Papier?«

Sicher gab es die. »Klar, Stuhr. Der Chef der Kieler Staatskanzlei hat mit roter Tinte den seinerzeit zuständigen Abteilungsleiter um einen Verfahrensvorschlag gebeten, der mit brauner Tinte den Vorgang an die Personalabteilung weitergeleitet hatte. Der zuständige Referatsleiter hat schließlich mit blauer Tinte deinen Henkersspruch auf das Papier geschrieben: ›Am einfachsten wäre DU.‹ So ist das hier zu lesen.«

Stuhrs Stimme klang jetzt aufgeregt. »DU, das ist das Kürzel für Dienstunfähigkeit. Steht dort irgendwo eine Antwort von höherer Stelle?«

Die hatte Dreesen schon längst gefunden, wenngleich sie nur unauffällig und kaum leserlich rechts unten zu finden war.

»›Einverstanden‹«, steht dort in brauner Schrift. Der Abteilungsleiter hat also zugestimmt.«

Stuhr fragte aufgeregt nach. »Wer ist das denn gewesen? Kannst du die Unterschrift erkennen?«

Nein, das Kürzel kannte Dreesen nicht. »Ich glaube, ›Rei‹. Weiß nicht, das kann man schlecht entziffern.«

Stuhr tobte. »Das muss Reimann gewesen sein, dieses Kameradenschwein. Erst schickt er mich in den Ruhestand, und dann spannt er mir noch Birgit aus. Wenn der mir noch einmal über den Weg läuft, dann soll er mich kennenlernen!«

Es wurde wieder einmal Zeit, den Hitzkopf Stuhr zu beruhigen. »Aufwachen, Stuhr. Sei schlicht froh, dass der jetzt Birgit an den Hacken hat. Es war für dich doch nie einfach mit der. Du bist doch mit Jenny allerbestens versorgt, oder etwa nicht?«

Diese Frage überging Stuhr erstaunlicherweise. »Steht sonst noch etwas auf deiner Kopie?«

Dreesen runzelte die Stirn. Konnte Stuhr Gedanken lesen? »Ja, es gibt einen persönlichen Nachsatz. Das ist schon mehr als ungewöhnlich auf einem dienstlichen

Schriftstück. Hier unten, da steht noch: ›P.S.: Sie denken doch noch an meinen Wunsch, ein Grundstück mit Meerblick auf Föhr erstehen zu können? Ihr SR‹.«

»SR?« Stuhr grübelte.

»Du kannst dir deine Mühen sparen, Stuhr. Der Name steht unter der Unterschrift in Druckbuchstaben. Es handelt sich um einen gewissen Dr. Stephan Rieder.«

Stuhr tobte am anderen Ende. »Dieses Miststück. Sie hat mich einfach entsorgen lassen.«

Dreesen korrigierte ihn. »Also erst einmal handelt es sich um einen Mann, und zweitens müsstest du diesem Dr. Rieder heute noch die Füße küssen, dass er dir den goldenen Heimschuss verpasst hat.«

Stuhr hielt jedoch verbittert entgegen. »Das werde ich mit Sicherheit nicht tun, denn die Füße von diesem Rieder verweilen mitsamt dem Rest seines Kadavers seit geraumer Zeit zwei Meter unter den Geranien. Aber wenigstens weiß ich nun, woran ich bin.«

Dreesen konnte den letzten Satz von Stuhr nicht einordnen. Er wirkte verwirrt. Vorsichtig fragte er nach. »Stuhr, komm doch einfach irgendwann auf ein Käffchen in meinem Büro vorbei. Ich kann dir das Dokument vorlegen, und wir können in Ruhe noch einmal über alles sprechen.«

»Nein, Dreesen, das geht gerade jetzt nicht. Ich muss zurück nach Föhr, auf der Stelle. Ich muss reinen Tisch machen, mit der Vergangenheit aufräumen.«

Die hastige Antwort von seinem ehemaligen Vorgesetzten stimmte Dreesen nachdenklich. Er selbst verspürte keinerlei Lust, in seinem eigenen Sumpf herumzusuhlen. Was sollte das Herumwühlen in der Vergangenheit bewirken?

Es war nicht zu verstehen, dass Stuhr offensichtlich immer noch seiner Dienstzeit nachtrauerte. Er musste ihn auf andere Gedanken bringen. »Mensch, Stuhr, warum kannst du nicht froh darüber werden, hier weg zu sein. Was vorbei ist, musst du fahren lassen. Komm wieder auf die Füße.«

Doch am anderen Ende der Leitung blieb es still. Vorsichtig fragte Dreesen nach. »Stuhr, hörst du mir überhaupt noch zu?«

Stuhr hatte jedoch bereits das Telefonat beendet. Ungläubig schüttelte Dreesen den Kopf.

Stuhr musste wirklich eine harte Nacht hinter sich gehabt haben.

WAIDMÄNNER

Kommissar Hansen war wieder einmal mit leeren Händen in die Polizeidirektion zurückgekehrt. Sein Besuch im Krankenhaus war völlig anders verlaufen, als er sich das vorgestellt hatte. Diese Furie von Stationsschwester konnte vermutlich nicht anders, als Leute gewaltsam aus ihrem Krankenrevier zu ekeln. Aber dass sich auch noch der behandelnde Oberarzt auf ihre Seite stellen musste, das war mehr als unglücklich, denn nun waren Hansen durch die erneut ausgesprochene Vernehmungsunfähigkeit die Hände gebunden.

Zudem hatte ihm dieser aufgeblasene Weißkittel darüber hinaus angedroht, höchstpersönlich beim Polizeidirektor vorstellig zu werden. Das liebte Kommissar Hansen ganz besonders. Immer wieder traf er bei seiner kriminalistischen Tätigkeit auf sogenannte Bessergestellte, die ihn mit irgendwelchen Drohungen aus den unterschiedlichsten Gründen von seinen Ermittlungen abhalten wollten.

Im Laufe der Zeit war er diesen Zeitgenossen gegenüber zunehmend misstrauischer geworden, weil oft dabei eigene Interessen die größte Rolle spielten.

Völlig unerwartet wurde er von seinem verhassten Büroleiter aus den Gedanken gerissen. »Waidmannsheil, KoHa. Anscheinend haben Sie wieder einmal kein Schussglück in der Uniklinik heute gehabt, oder? Chefchen dort und Chefchen hier sollen bereits ein munteres Gespräch über Ihren fehlgeschlagenen Auftritt im Krankenhaus geführt haben. Herzliches Beileid, kann ich nur beipflichten.«

Hansen war nicht in der Stimmung, großartig mit

Zeise zu diskutieren. Er entschloss sich, das Gespräch besoldungsgemäß von oben nach unten herunterzutreten. »Danke sehr für Ihr Mitgefühl, Kollege Zeise. Folgt da noch der übliche Aktenschwall, oder war das lediglich eine private Einlassung von Ihnen?«

Jetzt drängte sich Zeise wie ein befreundeter Spion dicht an ihn heran. »KoHa, verstehen Sie denn keinerlei Spaß mehr? Sie müssen doch gemerkt haben, dass ich Ihnen immer schon zugetan war. Woher rühren denn nur Ihre Zweifel?«

Das Treten schien geholfen zu haben, denn Zeise suchte nun den Schulterschluss. »KoHa, ich bin ehrlich zu Ihnen. Ich selbst war leider bei dem Telefonat nicht zugegen, das habe ich nur dienstprivat von Fräulein Schönerstedt erfahren. Sie wissen doch, die freundliche Vorzimmerkraft von Magnussen. Sie ist mir zugetan.«

Das hatte Kommissar Hansen am letzten Bierabend mit Fingerloos mitbekommen. Er musste an den Spruch von Fingerloos denken. ›Wenn linker und rechter Bettpfosten zusammenarbeiten, Hansen, dann hast du keine Chance mehr, wenn du die Spielchen nicht mitspielst und dich taktisch nicht richtig verhältst.‹

Recht hatte Fingerloos, denn schließlich war zu vermuten, dass Zeise durch den linken Bettpfosten von allem Kenntnis hatte, was bei Magnussen über den Schreibtisch lief. Solche Quellen durfte man nicht versiegen lassen, und so nickte Hansen seinem Büroleiter freundlich zu.

Das nahm Zeise zum Anlass, vertraulich zu werden. »Unter uns. Fräulein Schönerstedt hat mir versichert, dass es für Sie langsam Zeit für einen Blattschuss wird. Wenn Sie Ihr Wild nicht kurzzeitig auf die Strecke bringen, dann soll es in Windeseile wieder hoch zum Chef gehen. Dieses Mal für Sie allerdings in die Folterkammer, das hat mir Fräulein Schönerstedt mit verängstigtem Blick gesteckt. Ich musste sie trösten.«

Das nachfolgende breite Grinsen von Zeise kam nicht ganz unerwartet, und die in den Mundwinkeln prangenden Goldzähne strahlten einen seltsam verborgenen Glanz aus.

Für Hansen war es nichts Neues, doch erstaunlich war es schon, dass ausgerechnet Zeise ihm das steckte. Diplomatisch verabschiedete er sich mit einem knappen Schulterklopfen von seinem Büroleiter. »Waidmannsdank, und einen freundlichen Gruß für die Warnung an das verehrte Fräulein Schönerstedt.«

Hansen wählte den Nebeneingang in die Direktion, und während er die Treppen hochhastete, versuchte er zu vermeiden, sich die Liaison der beiden näher vorzustellen. Er war froh, endlich wieder auf seinem vertrauten Sessel im Büro Platz nehmen zu können, bis ihm drei Rückrufgesuche von Magnussen aus den letzten zehn Minuten auf seinem Telefondisplay die Suppe versalzten.

Hansen nahm sich eine kurze Verschnaufpause, bevor er notgedrungen die Rückruffunktion drückte. Keine Sekunde später hatte Magnussen abgenommen, er musste auf seinen Anruf geradezu gelauert haben.

»Hauptkommissar Hansen, schön, noch einmal Ihre Stimme zu hören. Sie waren bei der Kramer zum Verhör, wie ich vernommen habe. Ich hoffe doch, dass Sie nach unserer kleinen Unterhaltung heute Morgen bei der jungen Dame alle Register der Verhörkunst gezogen haben.«

Hansen konnte sich nicht verkneifen, am Hörer Fratzen zu schneiden, anstelle von dem erfolglosen Besuch im Krankenhaus zu berichten. So ging der freundliche Teil des Gesprächs rasch in ein Wortgefecht mit Magnussen über. Der Polizeidirektor behielt die Überhand.

»Nun gut, Chief-Superinspector Hansen. Schade, dass Sie das vertrauliche Gespräch mit mir nicht mehr suchen. Meinerseits kann ich Ihnen versichern, dass wenigstens meine Informanten mir noch vertrauen. Warum verprellen Sie mit Ihrer Besserwisserei immer wieder ausgerechnet die Menschen, auf deren Hilfe wir angewiesen sind?«

Hansen wurde deutlich, dass er beim Polizeidirektor diplomatischer agieren musste, um dieses Spielchen zu überleben. »Sie spielen bestimmt auf diesen überkandidelten Oberarzt an, der unerwartet seine Hand schützend über Kerstin Kramer gelegt hat. Gegen die von ihm neu attestierte Vernehmungsunfähigkeit komme ich mit keinem polizeilichen Mittel an, das wissen Sie doch besser als ich.«

Erstaunlicherweise blieb Magnussen gelassen. Zu gelassen für Hansens Geschmack, und die Retourkutsche folgte sofort. »Nun, dieser Oberarzt, den Sie zitieren, der hat immerhin Dienstaufsichtsbeschwerde gegen Sie eingelegt. Zu Recht übrigens, meiner Ansicht nach, denn er trägt Verantwortung für seine Patienten. Es tut mir aufrichtig leid, aber wenn Sie nicht endlich so agieren, wie ich es mir wünsche, dann kann ich Sie nicht mehr schützen, Hansen. Ich muss Sie dann endgültig aus dem operativen Geschäft herausnehmen.«

Damit hatte Hansen nach dem Disput mit dem Oberarzt bereits gerechnet. Aber das würde noch nicht das Ende der Fahnenstange sein, so wie er Magnussen einschätzte. Fieberhaft überlegte Hansen, worauf Magnussen eigentlich hinauswollte. Den eigentlichen Trumpf schien er noch nicht gezogen zu haben. So gab sich Hansen zunächst cool.

»Nun, Chef, wenn es denn so sein soll, dann wird an meinem Arbeitsplatz vermutlich zu keiner Zeit ein Lämpchen mehr leuchten, dann ziehe ich mich eben zurück.«

Es blieb eine Zeit lang still am anderen Ende der Leitung. Vermutlich hatte Magnussen mit dieser Reaktion nicht gerechnet. Die Folgerungen, die Magnussen daraus zog, taten Hansen weh.

»So, so. Fahnenflucht also. Haben Sie nicht irgendwann einmal einen Eid auf unser Bundesland geschworen?«

Kommissar Hansen ärgerte sich über diese Einlassung. So rutschte ihm eine Antwort raus, die er normalerweise so nie geäußert hätte. »Ja, das habe ich, aber nicht auf Arschlöcher wie diesen Oberarzt und andere, sondern auf unseren demokratischen Staat.«

»Arschlöcher wie diesen Oberarzt und mich, richtig?«

Ja, genauso war es, aber wenn er das zugab, dann gab es für ihn kein Überleben in der Dienststelle mehr. Hansen überlegte krampfhaft, wie er Magnussens Replik begegnen könnte.

Wer nur könnte Magnussens erstes Feindbild darstellen? An dieser Stelle galt es einzuhaken. Vor dieser Pressetante schien er am meisten Angst zu haben. Folglich musste Hansen gegen Petra Bester schießen, um dienstlich zu überleben.

»Nein, Herr Magnussen. Ich meinte Arschlöcher wie diesen Oberarzt und die Bester von der Kieler Rundschau. Die graben uns das Wasser ab, damit wir nicht mehr ordentlich ermitteln können.«

Magnussen wurde zugänglicher. »Verehrter Hauptkommissar Hansen. Sie mögen recht haben, aber ich würde nicht so schlecht über unsere Frau Bester sprechen, denn auf die Hilfe dieser Dame sind wir angewiesen. Das möchte ich ungern am Telefon erörtern. Kommen Sie bitte kurz hoch zu mir, wir sollten das gemeinsam taktisch angehen.«

Dieses Mal war Hansen dankbar für die kurze Unterbrechung. Während er die Stufen zur Direktionsetage erklomm, grübelte er darüber, wieso Magnussen nicht mehr gegen die Bester schießen wollte. Er rauschte durch das Vorzimmer, an dem aufgeschreckten Fräulein Schönerstedt vorbei, direkt in das Direktionszimmer, in dem ihm Magnussen nicht unfreundlich einen Platz am kleinen Besprechungstisch zuwies. Dann setzte sich sein Chef dazu. Suchte er wieder seine Nähe?

»Ich weiß, Hauptkommissar Hansen, Sie wollen immer nur das Beste für uns. Aber manchmal muss man auch mit politischem Kalkül vorgehen. Deswegen habe ich mit Frau Bester einen Deal eingefädelt.«

Ungläubig blickte Hansen seinen Chef an. »Einen Deal mit der Bester? Bei der müssen Sie nach jedem Handschlag ihre Finger abzählen.«

Magnussen lachte tatsächlich kurz. Dann kam er zur Sache. »Nein, das musste ich nicht. Der Deal war fair. Der Kollege Kramer wird rehabilitiert, und Sie berichten ihr schonungslos alles, was Sie bisher in Erfahrung bringen konnten. Frau Bester hat uns dafür die Adresse eines Dealernestes in Kiel übergeben.«

Hansen pfiff durch die Zähne. »Mein Gott, wie haben Sie das denn mit der hinbekommen? Die geht doch so gut wie nie in Vorleistung.«

Magnussen erhob scheinbar erschrocken die Arme. »Um Himmels willen, nennen Sie es meinetwegen Waffenstillstand. Überrascht es Sie denn wirklich?«

Hansen verneinte, denn natürlich war ihm klar, dass offenbar ein Kuhhandel zwischen den beiden getätigt worden war. Er ahnte natürlich, dass vermutlich er selbst die Kuh sein könnte, die zum Schlachthof getrieben werden würde. Der Vorteil für die Kieler Kripo blieb ihm allerdings verborgen. So fragte er vorsichtig nach. »Vermutlich hat die Dame bisher weitaus mehr in Erfahrung bringen können als wir, oder?«

Magnussens Stimme wurde wieder knorriger. »Richtig, Hansen. Doch Frau Bester benötigt dringend eine höhere Auflage und unsere Polizeidirektion unbedingt ein positiveres Image. Sie werden jetzt mit dem Kollegen Stüber das Dealernest ausheben, und Frau Bester wird Sie dabei exklusiv mit ihrem Fotografen begleiten. Ein Fotoshooting sozusagen. Anschließend ist mir eine Woche Hofberichterstattung zugesagt worden. Es liegt jetzt alles in Ihrer Hand, Hansen.«

Da war er wieder, der Schwarze Peter, den Hansen so hasste.

In diesem Moment klopfte es an der Tür. Es war die Vorzimmerkraft, das Fräulein Schönerstedt. »Entschuldigen Sie die Störung. Kommissar Hansen, an der Pforte stehen zwei aufgelöste Herren, die Sie dringend sprechen wollen. Sie behaupten, den Fall vom Wasserturm gelöst zu haben.«

Das mussten Olli und Stuhr sein. In letzter Sekunde schien tatsächlich noch die rettende Botschaft zu kommen. Wie elektrisiert sprang Hansen hoch und wollte sich grüßend verdrücken. Doch Magnussen drückte ihn noch einmal kurz auf den Sitz hinunter. »Hansen, egal ob Ihre Privatmaschinerie nun anläuft oder nicht. Vergessen Sie nicht, Petra Bester genießt unsere absolute Priorität. Sie haben mich verstanden?«

DAS HERZ EINES BOXERS

Patrick Immel hatte trotz der harten Nacht wie immer nach Proben oder Vorstellungen außerhalb von Hamburg gemeinsam mit der Theatertruppe gefrühstückt. Ziemlich entspannt hatten sie unweit vom Schauspielhaus im Café del Sol die Sonnenstrahlen genossen. Die einzige, die schlechte Stimmung verbreitete, war Jenny. Seitdem sie ihren Kieler Freund hatte, schien sie sowieso unentwegt dessen Luxusprobleme zu wälzen. Ein frühpensionierter Beamter, also bitte.

Pimmel zog sein Handy und versuchte, Jenny abzulichten. Schließlich waren sie früher einmal zusammen gewesen, als sie sich vom Geldadel abgewendet und dem Künstlervolk zugewendet hatte. »Guck doch mal freundlich zu mir.«

Jenny antwortete unwirsch. »Ich kann nicht überall hin gucken.« Dann wendete sie sich unwillig ab, bevor er den Auslöser drücken konnte. Dann eben nicht, du dumme Pute, sagte sich Pimmel.

Doch nun ging es Schlag auf Schlag. Eine grüne Minna nach der anderen bewegte sich durch das Straßenbild, und auf einmal stiegen dicht vor seiner Nase acht vermummte Gestalten aus einem Fahrzeug, um gegenüber in das Gebäude einzudringen.

Er kannte das Haus, denn dort wohnte Alfie, ein alter Kunde von ihm. Als ihn die Polizei in Handschellen herausführte, nahm Pimmel Jenny kurzerhand in den Arm, damit ihn Alfie nicht entdeckte. Wenig später war der Zauber vorbei, und er konnte sich wieder von Jenny lösen.

Die musste eine rabenschwarze Nacht hinter sich haben, denn sie tobte und kratzte nun wie eine Furie. »Lass deine schmutzigen Pfoten von mir, Patrick. Du weißt genau, dass ich in festen Händen bin.«

Pimmel griente, weil ihm das am Arsch vorbeiging. Hauptsache, Alfie hatte ihn beim Herausführen nicht erkannt.

Es wurde Zeit, sich zu verziehen. »Ich bin denn weg.« Die wegwischende Handbewegung von Lollo übersah er einfach und machte sich auf den Weg zu seinem Mercedes. Doch kaum war er um die Ecke gebogen, da konnte er aus der Ferne schon entdecken, dass sein Auto von Polizeifahrzeugen eingekeilt worden war. Sie schienen ihm auf der Spur zu sein.

Nun war der Ernstfall eingetreten. Sein Herz pochte wie wild, oder waren das nur die Nachfolgen der wilden Nacht mit den beiden Weibsen und den Linien, die sie gezogen hatten? Kopflos überquerte Pimmel die Straße und rettete sich zunächst in die Tankstelle.

Nachdem er sich einen Becher Kaffee besorgt hatte, zwang er sich zur Ruhe. So war es immer bei ihm. Je wilder es draußen wurde, umso mehr Ruhe kehrte bei ihm ein. War er verpfiffen worden? Von Lollo? Nein, der steckte selbst mit drin. Olli? Das war kaum zu glauben, der hatte schließlich alle Päckchen brav abgeliefert und selbst die Kontrolladresse beliefern wollen. An Kommissar Zufall wollte Pimmel aber auch nicht so recht glauben. Tatsache war, dass er auf der Stelle aus Kiel verschwinden musste.

Der alte Ford Transit! Irgendwo auf dem Hof des Schauspielhauses musste er abgestellt sein. Der Theaterbus war unverdächtig. Und einen Schlüssel dafür besaß er auch. Achtlos ließ er den Kaffeebecher stehen und schlenderte so unauffällig wie möglich zur Spielstätte. Das Fahrzeug stand auf dem Parkplatz direkt neben der Einfahrt. Bequemer konnte er das Gefährt für seine Zwecke kaum nutzen.

Er schloss den Wagen auf und bestieg den Fahrersitz, und immerhin schon beim dritten Versuch sprang der alte Zossen an. Er wusste, wenn die erst einmal lief, dann hielt sie auch nicht mehr an.

Natürlich kam ihm zupass, dass die Scheiben extrem verdreckt waren. So fühlte er sich ziemlich sicher, als er über Nebenstraßen die Kieler Innenstadt verließ. Auf kleinen Landstraßen erreichte er die Kanalfähre bei Landwehr. Während der kurzen Überfahrt blieb er im Fahrerhaus sitzen, und je weiter er ungehindert Richtung Nordseeküste vordrang, desto optimistischer wurde er.

Schließlich hatte er mit dem Präsi der Hualewjonken für den Fall der Fälle einen Notplan ausgeheckt, der unabhängig vom Wohlergehen aller anderen sicherstellte, dass wenigstens sie beide elegant abtauchen konnten. Natürlich war das nicht die feine englische Art den anderen Mitspielern gegenüber, aber das Herz eines Boxers muss schon echte Vorsorge für den Fall treffen, dass man in die Ecke getrieben wird.

Irgendwann passierte er endlich das Ortseingangsschild von Dagebüll und reihte den Bus wenig später in die Schlange der wartenden Fahrzeuge ein. Er blieb am Steuer sitzen, aber er rutschte ein wenig den Sitz herunter, um nicht gesehen zu werden. Die Überfahrt auf der Autofähre verlief ereignislos wie immer, wenngleich ihm das Kurven des Schiffes um die Untiefen im Wattenmeer noch mehr als sonst auf den Sack ging.

Als er mit dem alten Transit die Fähre verlassen hatte, da überkam ihn endlich wieder das Gefühl, obsiegen zu können. Er parkte weit abseits von Wyk auf einem kleinen Rastplatz und legte sich auf die Hinterbank, um die Zeit bis zur Dämmerung zu überbrücken. Die hinter ihm hoch gestapelten Requisiten vor den Hecktüren boten ausreichend Schatten vor der warmen Nachmittagssonne.

Entspannt begann Pimmel, seinen Plan zu überdenken. Einen zweiten Pass hatte ihm Lollo längst auf einem Hinterhof der Reeperbahn in Hamburg besorgt. Er würde den Präsi auf das Wattenmeer zwischen Föhr und Amrum locken, um die neue Ware scheinbar gemeinsam mit ihm entgegenzunehmen. Spätestens, wenn das kleine Überbringerboot in den Priel einlaufen würde, dann musste er sich des Präsi entledigen. Am besten, wenn er ihm vorher eine Linie zum Schniefen anbieten würde. Dann einen kräftigen Schlag auf seine Rübe, ab in den Priel mit ihm und danach schnell aufs Boot.

Die Besatzung würde ihn auf die Nordsee zum Carrier bringen, denn sie würden an weiteren Geschäften interessiert sein. Von dem angesteuerten Hafen würde er schon irgendeinen Flieger zu einem der großen europäischen Flugdrehkreuze bekommen.

Unerwartet hart wurde sein Traum durch ein Klopfen an der Seitenscheibe unterbrochen. Er war erstaunt, wie dunkel es bereits geworden war, und das war nicht nur auf den Schmutz der Landstraße auf den Scheiben zurückzuführen. Der Strahl einer starken Taschenlampe wanderte suchend vom Fahrer- zum Beifahrersitz. Geräuschlos glitt Pimmel zum Fußraum der Hinterbank des Transits nieder. Das war kein besonders sauberer und schöner Ort, nicht zuletzt, weil hier Robert immer gefrustet auf den Boden gespuckt hatte, wenn Jenny nicht mit im Bus saß. Freiwillig hätte Pimmel niemals diesen Platz eingenommen. Jetzt ging es nicht anders.

Pimmel konnte eine fremde Stimme ausmachen. »Die Motorhaube von der Klapperkiste ist kalt. Der Fahrer streunt hier sicherlich irgendwo herum. Offensichtlich ein Künstler. Verpass ihm einen Denkzettel, und dann lass uns zurück zur Wache fahren.«

Doch sein Kollege wollte sich damit nicht zufriedengeben.

Leise fluchend zerrte Pimmel vorsichtig Halbedels Hamlet-Kostüm unter der Bank hervor und deckte sich damit zu. Der Schweiß stieg ihm auf die Stirn. Wenn die Bullen ihn mit der ganzen Kohle von zwei Sendungen und dem restlichen Stoff erwischen würden, den er noch bei sich trug, dann würde er sicherlich einige Heiligabende bei Wasser und Brot hinter Gittern verbringen. Sie würden ihn seine besten Jahre kosten.

Der Strahl der Taschenlampe leuchtete jetzt immer gründlicher alle Ecken und Ritzen des Busses ab. Ein nervtötendes Kratzgeräusch fuhr ihm unter die Haut, als einer der beiden Bullen versuchte, eine Scheibe sauberzuwischen, um besser in den Transit hineinleuchten zu können. Es wurde brenzlig. Das Herz von Pimmel pochte inzwischen so laut, dass er Angst hatte, dass es die Polizisten hören könnten.

Sollte er den beiden Beamten nicht einfach 10.000 Euro anbieten? Vielleicht würden die dafür ihre Prinzipien über den Haufen werfen. Polizisten sollen ja arme Sänger sein.

Plötzlich begann einer der beiden, lauthals zu fluchen und wütend gegen den Hinterreifen zu treten. »Scheiße. Ich habe mir an der Dreckskiste die Pfoten eingesaut. Hast du Reinigungstücher im Handschuhfach?«

Der Kollege brummelte etwas Unverständliches zurück, und dann entfernten sich die Schritte.

Wenig später hörte er das Aufheulen eines Motors, und dann war der ganze Spuk schlagartig verflogen. Pimmel wartete noch fünf Minuten, bevor er sich von Halbedels Fummel befreite und vorsichtig auf den Sitz zurückrutschte.

Er befand sich offensichtlich wieder allein auf weiter Flur. Mühselig kletterte er zurück auf den Fahrersitz und öffnete die Tür. Die Kälte, die ihm jetzt entgegenschlug, empfand er als angenehm. Tief atmete er durch. Wenn die Bullen wirklich auf dem Weg zurück zur Wache waren, dann musste der Weg zur Lembecksburg frei sein.

Er startete den Motor und setzte vorsichtig zurück. Dann wendete er den Bus, und erst, als er wieder auf der Landstraße war, wagte er es, die Beleuchtung einzuschalten. Ihn überkam ein großes Gefühl der Erleichterung, obwohl immer häufiger Nebelschwaden gespensterartig vor den Scheinwerfern auftauchten. Die letzte Klippe war offensichtlich umschifft. Der aufkommende Nebel würde zudem dafür sorgen, dass er die Sache mit dem Präsi einfacher über die Bühne bringen konnte.

Endlich erfassten die Scheinwerfer das Ortsschild von Borgsum. Er fuhr dieses Mal aber nicht zum Borigwoi zur Lembecksburg ein, sondern bog vorher in den Malnstich ab, der zur imposanten Borgsumer Mühle führte.

Den Transit stellte Pimmel unauffällig hinter dem gegenüberliegenden Restaurant ›Letj Lembecks‹ ab. Er stieg aus und studierte in einem kleinen Schaukasten die Speisekarte, die ihn zunächst darüber belehrte, dass diese Gaststätte übersetzt ›kleines Lembecks‹ bedeutete.

Aus den Augenwinkeln heraus stellte Pimmel zu seiner Zufriedenheit fest, dass offensichtlich niemand Verdacht geschöpft hatte. Wie ein gelangweilter Tourist begab er sich anschließend auf einen Spaziergang durch die von Landwirtschaft geprägte Ortschaft zur Lembecksburg.

Bevor er dieses Mal den Ringwall durchschritt, zog er zunächst den kleinen silbernen Flachmann heraus, den er für richtige Notfälle immer bei sich trug. Das letzte Mal musste er ihn benutzen, als der FC St. Pauli wieder einmal eine Heimklatsche bezogen hatte. Genau wusste er nicht mehr, was er sich zuletzt eingefüllt hatte, aber anschließend durchzog ein wohlig warmer Schauer seinen Körper. Es kam endlich wieder Leben in die Bude. Am besten wäre es, sich genau wie die Hualewjonken vollzudröhnen. Er griff in die Jacke zu einem der kleinen Päckchen. Sicher, er würde ein wenig von seiner Kontrolle verlieren, aber warum sollte er sich die nächsten Stunden nicht ein wenig erträglicher gestalten? Er biss kurz entschlossen das kleine Briefchen auf und zog zwei Streifen über den Handrücken, denen er hastig mit der Nase hinterherschnüffelte.

Jetzt war alles gut. Erhobenen Hauptes durchschritt er den Ringwall. Endlich befand er sich wieder im Ring. Zunächst zwar nur inmitten des Ringwalls der alten Festung, aber er hatte immerhin wieder zurück in den Kampf gefunden.

Mit seiner linken Führhand wehrte er imaginär lässig die auf ihn einschlagenden Dämonen ab, während er mit seiner Rechten gnadenlos einige Gerade austeilte. Ja, er war der angeschlagene Boxer, der nie aufgibt, sondern selbst in ausweglosesten Situationen mit dem ›lucky punch‹ im letzten Moment noch alles geradebiegen kann.

Siegesmutig blickte Pimmel sich um. Bei seinem letzten Besuch wirkte dieser bedeutsame Ort trotz der einbrechenden Dunkelheit noch wie ein unsterbliches Idyll, dem selbst die Jahrhunderte nicht die Form nehmen konnten. Jetzt in der Finsternis wirkte dieser historische Platz ein wenig unheimlich, zumal der leichte Westwind zunehmend Nebelschwaden über die wogenden Gräser hauchte. Wie ein echter Champion erhob Pimmel beide Fäuste und grölte das alte Boxerlied von Max Schmeling gegen den abendlichen Wind. »Das Herz eines Boxers kennt nur eine Sorge, im Ring der Erste zu sein.«

Ein Echo erfolgte nicht, und Pimmel kam es merkwürdig vor, dass sich nichts auf seinen Gesang hin regte. Wollte ihn der Präsi hier nicht treffen? Sicher, das eine oder andere Geräusch war zu vernehmen. Kaninchen und Hasen durchzogen sicherlich das Gras, und die Maulwürfe würden sowieso unter der Grasnabe am Buddeln sein.

Dann strömte Pimmel ein Geruch entgegen, den er von dem Gelage mit den Hualewjonken kannte: Siedlerbowle. Bevor er sich Gedanken machen konnte, wieso heimische Tiere diesen Geruch verströmten, traf ihn ein schmerzhafter Stich in den Rücken, den er in seiner euphorischen Stimmung nicht einordnen konnte. Erst als er vom Schwindel flach von der Erde aufgesogen wurde, bemerkte er den Präsi, der sich breitbeinig über ihn stellte.

»Die Lembecksburg wird dein letzter Ring sein, mein Freundchen.«

Nur schwammig konnte Pimmel das Stilett erkennen, das von seinem Blut rot gefärbt sein musste. Triumphierend hob es der Präsi in die Lüfte, und während Pimmel noch hoffte, dass es nicht ein zweites Mal auf ihn einstach, hörte er, wie die Hualewjonken jetzt lärmend vom Ringwall auf ihn zuströmten.

Nur mühsam schaffte es Pimmel, die Augen noch offen zu halten. Er bemerkte den hasserfüllten Blick vom Präsi, der für die herandrängenden Vasallen offensichtlich ein Fanal setzen wollte. Pimmel konnte aber nichts mehr erkennen, weil ihm schlagartig die mit Metallkappen verzierte Schuhspitze des Präsidenten ins Gesicht krachte.

Pimmel wunderte sich. Was war nur in den Präsi gefahren? Oder träumte er alles nur? Es tat nicht einmal weh. Ging das Leben so zu Ende? Oder würde er morgen früh ganz normal wieder aufwachen?

Wie schon so oft.

DÉJÀ-VU

Die Fahrt ohne eigenen fahrbaren Untersatz nach Föhr mit Zug, Fähre und Taxi war nicht nur beschwerlich, sie dauerte gefühlt auch endlos lange. Noch schwerer fiel es Stuhr, wieder auf den vergoldeten Klingelknopf von Angelikas Anwesen zu drücken. Schließlich war er nicht der Bettelmann, er verlangte nur nach Aufklärung.

Es dauerte nicht lange, bis sich vorsichtig die Tür öffnete. Es war Angelika, die ihm, in ein leichtes Outfit gekleidet, öffnete. Offensichtlich hatte sie gerade ein Sonnenbad genommen.

»Ah, der Rosenkavalier. Dieses Mal noch ohne Rosen, aber das wird der Herr vielleicht beim nächsten Mal nachbessern können. Komm herein.«

Wieder konnte er sich den körperlichen Reizen von Angelika kaum entziehen. Irgendetwas musste sie an sich haben, dem er nicht widerstehen konnte.

Angelika führte ihn dieses Mal auf die Terrasse. Im Gegensatz zur schwitzigen Luft in den öffentlichen Verkehrsmitteln war es hier wegen des leichten Seewindes angenehm kühl. Doch dieses Mal hatte er sich vorgenommen, standhaft zu bleiben und eine saubere Grenze zu ziehen, selbst wenn er Jenny niemals wiedersehen würde.

»Das war nicht fair, Angelika, was du im Duus-Hotel veranstaltet hast. Du konntest nicht ausschließen, dass ich in Begleitung angereist war.«

Angelika musterte ihn interessiert. »Wieso das denn? Ich wusste sogar, dass du nicht allein warst.«

Stuhr war verblüfft. »Woher das denn?«

Die Antwort von Angelika klang leidenschaftslos. »Ein einziges Telefonat. Man kennt und schätzt sich schließlich auf der Insel.«

Das schockte Stuhr. Angelika hatte ihren nächtlichen Auftritt offenbar nur inszeniert, um Jenny zu verprellen. »Kannst du denn nicht lockerlassen, Angelika? Ich hatte dir doch gesagt, dass ich nicht ganz ungebunden bin.«

Einsichtig klang Angelikas Antwort nicht. »Mag sein, Helge, aber du hast schließlich auch Verpflichtungen, nicht nur mir gegenüber.«

Stuhr wurde ernst. »Verpflichtungen? Selbst wenn, deswegen kannst du mich doch nicht vor meiner Partnerin und dem Hotelpersonal bloßstellen. Wir führen doch schließlich keinen Krieg gegeneinander, Angelika!«

Energisch schoss sie jetzt hoch. »Mein lieber Helge, im Krieg und in der Liebe sind alle Mittel erlaubt.«

Stuhr blickte skeptisch. »Liebe?«

Jetzt ging Angelika an das Eingemachte. »Richtig, nach dieser lieblosen Nummer bei mir und dem Auftritt im Duus-Hotel mit deinem blonden Flittchen würde ich es nicht mehr Liebe nennen, was zwischen uns ist. Und das nach all den schönen Jahren.«

Entrüstet ging Stuhr zum Gegenangriff über. »Denkst du denn, dass es für mich einfach ist, nach all den Jahren des Zusammenseins und der von dir vollzogenen abrupten Trennung so einfach zur Tagesordnung überzugehen?«

»Das habe ich nie von dir verlangt, Helge. Ich hatte dich

lediglich gebeten, Sorge für mein Mädchen mitzutragen. Gegen eine fürstliche Entlohnung übrigens.«

»Aber das hat doch nichts mit Liebe zu tun, oder?«

»Sei nicht so pessimistisch, Helge. Es mag sein, dass unsere Liebe zurzeit etwas erloschen ist. Aber unsere Tochter ist ein Kind der Liebe. Im Übrigen wird über mich auf der Insel getratscht. Dich kennt hier niemand.«

Jetzt fing Angelika wieder damit an. Missgestimmt bügelte Stuhr ihr Ansinnen kurzerhand ab. »Du suchst doch nur einen neuen Vater für das Kind.«

Es blieb eine Zeit lang still auf der Terrasse. Den ersehnten Cognac bot Angelika ihm nicht an, also ließ Stuhr seinen Blick gelangweilt über das Wattenmeer schweifen. Das Wasser ebbte ab, und immer größere Wattflächen taten sich vor Angelikas Grundstück auf. Die Wasserrinne zwischen Amrum und Föhr wurde immer schmaler. Als er letztes Mal bei ihr im Wohnzimmer gesessen hatte, war nur noch ein Rinnsal übrig geblieben, das als letzte Instanz eine Landpartie zwischen den beiden Inseln unterband. Bis dahin würde es aber noch einige Zeit benötigen.

Angelika schien, auf ihrer Liege vor sich hinbrütend, nichts von dem Naturschauspiel mitzubekommen. Kurz aufstöhnend, befreite sie sich von ihrem Oberteil, bevor sie sich wieder seufzend auf die Liege niederließ. Einen begehrenswerten Körper hatte sie, wenn da nur nicht ihre finsteren Gedankenspiele gewesen wären.

Ein Kollege in Bonn hatte ihm seinerzeit unter dem Siegel der Verschwiegenheit ihren Spitznamen verraten: ›Die schwarze Mamba‹. Ein anderer Kollege hatte ihm unter höchster Geheimhaltung einen anderen Kenntnisstand verraten: »Monster.«

So friedlich, wie sie vor ihm lag, schien in diesem Moment der Stille nichts davon zuzutreffen.

Das war genau der richtige Zeitpunkt für einen kleinen Überfall. Stuhr begann zu sticheln.

»Es gibt da einen speziellen Brief von einem gewissen Herrn Rieder aus Bonn. Müsstest du eigentlich kennen, oder?«

Angelikas Antwort klang mehr als gelangweilt. »In Bonn gibt es mehr als 30 Rieder. Welchen meinst du denn von denen?«

Natürlich wusste Angelika genau, dass er ihren ehemaligen Beschäler meinte. Doch Stuhr blieb ruhig.

»Nun, ich meinte eigentlich Dr. Stephan Rieder. Den müsstest du noch gut in Erinnerung haben.«

Die Ruhe, die Angelika behielt, war schon erstaunlich. »Ach, den meinst du. Den habe ich erst mühsam zum Rieder machen und erziehen müssen. Dennoch, mir hat er nie geschrieben. Immer nur Anrufe von seiner Sekretärin.«

Die Art und Weise, wie Angelika seine Vergangenheit so gleichgültig auf ihrer Liege kommentierte, bestärkte ihn in der Ansicht, seine Gegnerin nicht zu unterschätzen. Stuhr kam vorsichtig zur Sache.

»Ja, es gibt einen Brief von deinem Ehepartner an unseren damaligen Chef der Staatskanzlei. Ein freundlicher Brief. Eigentlich ging es nur um den Erwerb eines schön gelegenen Grundstückes an der Westküste von Föhr. Es wird sich doch nicht um dieses Gelände handeln, oder?«

Gelassen nahm Angelika den Schlagabtausch auf.

»Nein. Wie kommst du denn darauf? Allein ich bin im Grundbuch eingetragen. Stephan hat mit diesem Anwesen nie etwas am Hut gehabt. Der soff lieber in der Bonner Altstadt.«

»Das mag rechtlich so sein, aber in diesem Brief ging es noch um ein zweites Anliegen von ihm: mich in die Dienstunfähigkeit zu treiben.«

Auf der Liege regte sich zunächst nichts. Erst nach geraumer Zeit erfolgte eine abgeklärte Antwort.

»Was ist denn schlecht daran, befreit vom Joch des Dienstes, hier an der Nordsee die Seele baumeln zu lassen und sich gemeinsam mit mir auf das Wesentliche zu konzentrieren? Sei deinem Stephan Rieder doch schlicht dankbar.«

»Das kann ich nicht. Wer scheidet schon gerne unfreiwillig aus dem Job? Im Übrigen war es ›dein‹ Stephan.«

Angelika fuhr jetzt unerwartet von der Liege hoch, und nicht nur die gepressten Lippen ihres Mundes, sondern auch die harten Spitzen ihrer Brüste verrieten ihm, dass sie äußerst angespannt war.

»Nein, es gab nie ›meinen‹ Stephan. Das hat er oft bitter beklagt. Er hat mir damals gegeben, was ich brauchte: einen Familienvorstand und soziale Sicherheit.«

Ungewollt prustete Stuhr los. »Von wegen soziale Sicherheit. Als Bundesbeamtin lebst du doch wie in Abrahams Schoß. Selbst wenn es so wäre, wer außer dir kann diesen Mann denn sonst veranlasst haben, mich aus dem Weg zu räumen?«

Jetzt stand Angelika endgültig auf. Sie näherte sich ihm lächelnd und stellte sich barbusig vor ihm auf. »Vielleicht war ich es wirklich? Kannst du dir nicht vorstellen, dass ich die verbleibende Zeit meines Lebens lieber mit einem verträumten Chaoten wie dir als mit einem eiskalten Machtmenschen verbringen wollte, den selbst in seinem politischen Wirken nur die Entwicklung der Aktienkurse und die Anzahl der Whiskyflaschen in seiner Bar interessierten? Ja, vielleicht war ich es wirklich, Helge, die dich aus deinem Beruf geschossen hat. Für mich. Und ich will dich immer noch.«

Diese Ehrlichkeit überwältigte Stuhr. Er erhob sich und öffnete seinerseits die Arme, doch Angelika drehte kurz vor ihm um und ließ sich kraftlos wieder auf die Liege fallen. Sie begann zu weinen. »Meine Tochter liebe ich aber genauso über alles, und du bist ihr Vater.«

Stuhr rückte zu Angelika auf die Liege, um sie zu trösten.

Sie wehrte sich zunächst, doch irgendwann begann sie, sich wie ein kleines Kind behaglich in seinen Arm einzukuscheln. »Helge, mehr als ich braucht doch unser kleines Mädchen auch nicht von dir. Das Gefühl von Geborgenheit, Wärme und Nähe. Ist das denn zu viel von dir verlangt für meine großzügige Offerte?«

Obwohl Angelika nicht locker ließ, konnte Stuhr nicht aufhören, sie weiter beruhigend zu streicheln. Der kleine Teufel in seinem Gehirn fragte zwar an, warum er nicht mit dieser attraktiven und vermögenden Frau Frieden finden konnte, während das Engelchen wiederum die Vorzüge von Jenny Muschelfang anpries.

Stuhr entschied sich, Teufelchen und Engelchen zunächst gegenseitig untereinander ihren Kampf ausfechten zu lassen, bevor er sich ins Scharmützel hineinbegeben würde. Also ließ er sich zu Angelika auf die

Liege herabsinken und kuschelte sich in alter Vertrautheit an sie heran. An ihren tiefen Atemzügen bemerkte er, wie sehr Angelika seine Nähe genoss. Er liebte den Geruch ihrer Haut.

Friedlich schlief er, eng an sie geschmiegt, ein.

H_2O

Nicht jeder Mensch in Kiel hatte wie Hans-Harald Ohmsen das Privileg, im Düsternbrooker Gehölz in bester Hanglage wohnen zu können. Mit viel Disziplin hatte er es in kurzer Zeit geschafft, es zu einer Villa mit Seeblick zu bringen. Darauf war er stolz.

Doch diese Wohnlage brachte auch erhebliche Nachteile mit sich, wovon einfache Menschen nichts ahnen konnten. Denn bereits der abendliche Weg zur nächsten Tanke, um schnell noch etwas Edles zu trinken oder zu rauchen einzukaufen, das war in diesem Kieler Villenviertel fußläufig nicht möglich. Zum Glück konnte er es sich leisten, in der Bar des benachbarten Hotels Maritim aufzuschlagen oder sich treppabwärts in die Seebar zu begeben.

Morgens dagegen war er hart zu sich selbst. Mit der gleichen Disziplin, mit der er seine Villa realisiert hatte, begab er sich jeden Morgen auf eine Frühstücksrunde durch den Wald, um bei dem Bäcker in der Yorckstraße frische Brötchen und eine Bild-Zeitung zu erstehen. Es war für Ohmsen wichtig zu wissen, wie das Volk tickte.

Natürlich joggte Ohmsen nicht. Er war ein kultivierter Mensch, und so trat er seinen morgendlichen Gang in legerer modischer Kleidung an. Jedes Mal fühlte sich Ohmsen wohl, wenn er seinen Rundgang beendet hatte, wenngleich er meistens hinterher die Dusche aufsuchen musste. Auch heute Morgen bog Ohmsen wieder zufrieden schwitzend auf die Zielgerade in der Bismarckallee ein, doch anders als sonst war diese abgelegene Straße von vielen blausilbernen Polizeifahrzeugen bevölkert, deren Motorhauben auf seine Villa gerichtet waren.

Ohmsen bemühte sich, seinen geraden Schritt unauffällig in eine elegante Kurve abzuändern, die ihn direkt zum Eingang des Hotels Maritim führen sollte. Er würde hier frühstücken. Kaum hatte er die Hoteltüren durchschritten, da rief seine Haushälterin an. Sie bestätigte ihm, dass in seiner Villa gerade jede Zuckerdose umgedreht wurde.

Nun, finden würden sie natürlich nichts, dachte Ohmsen, aber vorsichtshalber sollte er besser von der Bildfläche verschwinden. Er musste zunächst seine Verbündeten sprechen. Lollo ging nicht ans Telefon, der schlief vermutlich noch. Aber auch Pimmels Telefon war dauerhaft abgeschaltet, was Ohmsen verwunderte, denn in seinem Gewerbe musste man ständig erreichbar sein. Nachdenklich machte sich Ohmsen an das üppige Frühstücksbuffet des Hotels. Er liebte Spiegelei mit gebratenem Speck, aber er legte sich nur wenig davon auf den Teller. So recht wollte sich der Appetit nicht einstellen.

Im Gegensatz zu den vielen Geschäftsleuten, die sich hinter den großen überregionalen Tageszeitungen versteckten, vertiefte er sich in die Lektüre seines Boulevard-Blattes. Man muss dem Volk aufs Maul schauen. Nach einer Ewigkeit klingelte endlich sein Handy. Es war Lollo. Ohmsen stand auf und eilte auf die Hotelterrasse. Lollos Stimme klang aufgeregt.

»Mensch, du glaubst nicht, was hier los ist. Der reinste Weltuntergang. Überall Bullen. Kannst du mich nicht hier herausholen?« Wie sollte Ohmsen das bewerkstelligen? An seine eigenen Autos kam er nicht heran, und die Taxifahrer hatten vielleicht schon seine Beschreibung vorliegen. Andererseits musste Lollo nicht wissen, dass sein

Domizil gerade gefilzt wurde. Er würde nur in Panik geraten, schließlich war Ohmsen selbst in höchster Aufregung. Nein, es galt, irgendwie Ruhe zu bewahren. Vielleicht könnten sie mit dem Theaterbus unverdächtig zum Altonaer Schanzenviertel gelangen, um abzutauchen, bis sich die Wogen ein wenig geglättet hatten. »Wo steckst du denn, Lollo?«

»Im Café del Sol, gleich um die Ecke vom Schauspielhaus. Eben haben sie auf der anderen Seite einen von deinen Kunden hoppgenommen, und Unmengen von Streifenwagen flitzen hier durch die Gegend. Der Tank vom Transit ist so gut wie leer, und ich habe keine Kohle mehr. Was soll ich tun?«

Das waren besorgniserregende Neuigkeiten. Dass Lollo kein Geld mehr hatte, war keine Neuigkeit, sondern ein chronischer Dauerzustand, der auch mit pekuniärem Nachschub nicht zu heilen war.

»Lollo, ist Pimmel bei dir?«

»Nein, der hat sich vor zehn Minuten auf die Socken gemacht. Er hatte sich mit Jenny gekabbelt. Ich weiß nicht, wo er hin ist.«

Ohmsen konnte einen Fluch nicht unterdrücken. »Verdammt. Pass auf, Lollo, wir machen das anders. Du holst den Transit, und dann kommst du beim Hotel Maritim vorgefahren. Du kennst den Kasten, wir sind nach eurem letzten Gastspiel in Kiel dort an der Bar versackt. Dann tanken wir den Zossen auf und machen uns nach Hamburg aus dem Staub. Beeile dich.«

Lollo stimmte eilfertig zu. Ohmsen legte dem Kellner seine Kreditkarte hin. Erleichtert quittierte er den Beleg und machte sich auf den Weg ins Foyer. In wenigen Minuten würde er abgeholt werden.

Sein Handy klingelte erneut. Dieses Mal klang Lollos Stimme verwundert.

»Er ist weg. Spurlos verschwunden. Ich kann mir das nicht erklären.«

Ohmsen versuchte, ihn zu beruhigen. »Mach dir wegen Pimmel keine Sorgen, der kommt schon heil durch. Wann bist du bei mir?«

»Nicht wegen Pimmel. Der Theaterbus ist weg. Pimmel muss ihn sich geschnappt haben, sonst hatte niemand Schlüssel für den Transit.«

Das waren schlechte Nachrichten. Was war nur in Pimmel gefahren? Dass der alte Transit, zu dem nur Lollo und Pimmel Schlüssel besaßen, nicht mehr an seinem Abstellplatz stand, versetzte Ohmsen endgültig in höchste Alarmbereitschaft. Lollos ungespielte Entrüstung verschaffte ihm die Gewissheit, dass sich Pimmel mit diesem Fahrzeug abgesetzt haben musste.

Ein Verdacht keimte auf: War Pimmel auf dem Weg zum Präsi, um dort bei den Halbwilden abzukassieren und anschließend mit seinem Geld irgendwo unterzutauchen?

Er musste Pimmel irgendwie abfangen. Zunächst galt es jedoch, Lollo zu beruhigen.

»Lollo, wir treffen uns in einer halben Stunde auf der Tankstelle bei euch am Schauspielhaus. Ich regele alles, und dann machen wir uns aus dem Staub.«

Beruhigt war Lollo nicht als Ohmsen auflegte, aber immerhin versprach er, dorthin zu kommen. Nachdem Ohmsen das Maritim verlassen hatte, bemühte er sich, möglichst dicht entlang der Büsche das Hotelgelände zu verlassen. Er überquerte schnell die Lindenallee, um über die ihm vertrauten Wege durch das Düsternbrooker Gehölz und das angrenzende Wohngebiet möglichst unerkannt zur Tanke zu gelangen.

Je mehr er sich der Holtenauer Straße näherte, umso mulmiger wurde ihm. Vielleicht wurde er schon bundesweit gesucht? Einmal drückte er sich in einen Eingang, aber der vermutete Polizist war lediglich ein Rentner mit Kapitänsmütze. Da es sich jedoch um den Eingang zu einer Bank handelte, ging er kurzerhand zum Geldautomaten, um sich mittels der Kreditkarte ausreichend mit Bargeld zu versorgen. Dann begab er sich wieder auf die Straße.

Schließlich gelangte er unbehelligt in den Verkaufsraum der Tankstelle, und Lollo stürzte erleichtert auf ihn zu. Ohmsen wehrte seinen Ansturm jedoch ab und orderte zunächst beim Tankwart zwei Becher Kaffee.

Während der Tankwart mit ungelenken Händen an der Kaffeemaschine herumhantierte, stellte Ohmsen seine Anfrage. »Ich suche ein gebrauchtes Fahrzeug, darf nicht zu teuer sein. Haben Sie vielleicht etwas auf Lager?«

Während der Tankwart die Kaffeebecher vor ihm aufstellte, zuckte er mit den Schultern. »Kann sein. Wenn in der Werkstatt nichts zu tun ist, dann flickt der Geselle immer alte Blechhaufen zusammen. Ich würde ihn einmal ansprechen.«

Ohmsen zahlte und gesellte sich zu Lollo zurück. »Nun schieß mal los. Was ist denn passiert?«

Aufgeregt schilderte Lollo die Ereignisse der letzten Tage und Stunden. Tatsächlich führte die Polizei Razzien bei seinen Kunden durch. Ohmsen berichtete seinerseits von seinem Verdacht gegen Pimmel. Lollo wirkte ziemlich schockiert. Dann überreichte ihm Lollo den Schlüssel von dem alten Transit. »Wenn du Pimmel zu fassen bekommst, wirst du den da möglicherweise brauchen.«

Nachdem Ohmsen seinen Kaffee geleert hatte, ließ er Lollo stehen und begab sich zur Werkstatt, in der ein hagerer Bursche in einem Blaumann an einem Reifen hantierte.

»Moin, Chef. Ich suche einen fahrbaren Untersatz. Irgendetwas auf Lager?«

Anstelle einer Antwort wurde er zunächst von oben bis unten gemustert. »Sportwagen habe ich nicht anzubieten, aber wenn es nur von A nach B gehen soll, dann hätte ich vielleicht etwas Passendes. Kommen Sie mal mit.«

Ohmsen folgte dem Gesellen zu einem kleinen Nebenraum, in dem ein Motorroller auf seinem Ständer aufgebockt stand. »Die Vespa ist ein Liebhaberstück. Optisch ein wenig verhurt, aber technisch 1a. Die Mühle kostet nur sechs Scheine. Barzahlung, ohne Quittung selbstverständlich. Und mein Chef darf natürlich keinen Wind davon bekommen.«

»Papiere?«

Der Geselle ging an seinen Spind und fingerte aus dem oberen Fach ein Nummernschild und einen Fahrzeugbrief hervor, der jetzt mit den öligen Fingerabdrücken des Gesellen verziert war. »Die kosten vier Scheine extra. Sie sind schließlich echt.«

Ein stolzer Preis für die alte Mähre, doch was blieb Ohmsen übrig, als in die Tasche zu greifen und 1.000 Euro von seinem Geldbündel abzuzählen. Der Geselle kniete sich nieder, um das Nummernschild anzubringen, und anschließend wechselte der Fahrzeugschein den Besitzer. Dann wies der Geselle auf zwei Uralthelme ohne Kinnschutz. »Ohne die würde ich nicht auf die Kiste steigen.«

Ohmsen war genervt. »Wieviel?«

Der Geselle hob Zeige- und Mittelfinger, und nachdem er die zweihundert Euro eingestrichen hatte, wies er ihn kurz in die Funktionen der Vespa ein. Anschließend bremste Ohmsen mit quietschenden Reifen vor dem Eingang der Tanke.

Lollo bemerkte ihn jedoch nicht, weil er gerade versuchte, einen jüngeren Kunden mit blondem Haarschopf anzusprechen, der mit hohem Tempo aus der Tankstelle spurtete. »Bleib doch, Olli. Trink einen Kaffee mit uns. Was ist denn mit dir?«

Es war in der Tat der Olli aus dem Tanzcafé, der richtig Fersengeld gab. Da stimmte etwas nicht. Hatte Olli sie bei der Polizei verpfiffen? Oder machte er jetzt gemeinsame Sache mit Pimmel? Was hatte er zu verbergen?

Ohmsen überlegte kurz, ob er ihn mit dem Roller stellen sollte. Aber eine Verfolgungsjagd auf dem belebten Knooper Weg war ausgeschlossen. Nein, er würde diesen Olli heute laufen lassen müssen.

Wenn er an Pimmel und sein Geld herankommen wollte, dann musste er sich jetzt auf der Stelle auf den Weg zum Präsi machen. »Wir machen eine Biege, Lollo.«

Lollo zog nicht die glücklichste Miene, als er auf den Soziussitz steigen musste.

Natürlich gab es schönere Arten, transportiert zu werden, doch für Ohmsen war es auch nicht angenehm, Lollos Geschlecht am Po zu spüren. Zudem hatte Lollo die unangenehme Eigenart, sich nicht mit in die Kurven zu legen, sondern sich aufrecht dagegenzustemmen.

Mehrfach kamen sie dadurch ins Schlingern, und in Rendsburg hatte Ohmsen endgültig die Nase voll. Er steuerte das Gefährt zum Bahnhof und drückte dort dem verdutzten Lollo einen Hunderter für die Fahrt mit der Bahn nach Hamburg in die Hand. Dann ließ er ihn zurück und jagte weiter nach Dagebüll. Ohmsen hatte gehofft, spätestens auf der Fähre den Theaterbus zu erspähen, aber Pimmel musste es eine Abfahrt eher geschafft haben.

Auf der Insel knatterte Ohmsen direkt zur Lembecksburg. Er stoppte den Roller hinter dem verdreckten Theaterbus, der vor dem Ringwall abgestellt war. Zufrieden bockte er den Roller auf. Sein Instinkt hatte ihn wieder einmal nicht im Stich gelassen. Nachdem er das Fahrzeug einmal vorsichtig umrundet hatte, öffnete er die Fahrertür und bestieg den verwaisten Bus.

In diesem Moment torkelte ein Hualewjonke aus dem Ringwall. »Wie lange muss ich denn noch auf dich warten? Ich liege völlig auf dem Trockenen. Du bist doch Ohmsen, der Oberboss, richtig? Spitzname H_2O, sagt der Präsi. Ich bin der Doc.«

Hans-Harald Ohmsen ärgerte sich, weil er bereits zu seiner Schulzeit mit diesem Namenskürzel aufgezogen worden war. Doch Verärgerung half jetzt nicht weiter, er musste in Erfahrung bringen, wo er Pimmel einfangen konnte. Sollte er seinen Triumph haben.

Der Doc wurde ernst. »Der Präsi will dich unbedingt sprechen, wir halten gerade Thing in Tribergen.«

Alles innerliche Fluchen nützte nichts. Wie oft hatte er Pimmel ausrichten lassen, dass die Halbwilden nicht bei Tribergen feiern sollten. Zum einen fühlten sich dort die Anwohner schnell belästigt, und zum anderen führte dicht an diesem Platz die Drogenroute entlang. Doch diese nachgemachten Hualewjonken nahmen die Kultstätte für sich als natürlichen Besitz in Anspruch. Aber es nutzte nichts, er musste jetzt gute Miene zum bösen Spiel machen. »Pimmel ist doch auch da, oder?«

Doc überlegte angestrengt einen kurzen Moment, bevor er grinsend antwortete. »Ja, Pimmel wird dann auch dort sein.«

Doc bestieg ohne Ansage ein wenig ungelenk den alten Transit auf der Beifahrerseite, und als sich Ohmsen zu ihm ins Fahrerhaus gesellte, um den Bus zu starten, da musste er erst einmal sein Fenster hinunterkurbeln, um Luft zum Atmen zu bekommen. Schnell startete er den Theaterbus und wendete, doch erst der Fahrtwind auf der Landstraße nach Utersum nahm ein wenig von dieser hohen Konzentration von Alkohol, Urin und übelriechendem Körperschweiß, die von dem neben ihm hockenden Körper herüberströmte.

Trotz der fast unerträglichen Situation mit Doc war Ohmsen froh, Pimmel dicht auf der Fährte zu sein. Er freute sich schon darauf, ihm auf die Pelle zu rücken.

SPÄTER BESUCH

Ein unheimliches Getöse ließ Stuhr hochfahren. Noch immer lag Angelika dicht an ihn gekuschelt, doch inzwischen war es auf der Sonnenterrasse dunkel geworden, und die Luft hatte sich merklich abgekühlt.

Sein Hochschrecken weckte auch Angelika. Jetzt wurde das Getöse auch noch von wüstem Getrommel unterlegt. Ängstlich blickte ihn Angelika an.

»Ich kenne die Geräusche, das sind wieder die Hualewjonken. Helge, ich habe Angst. Wir werden uns am besten im Haus verbarrikadieren.«

Skeptisch beäugte Stuhr das Reetdach. Was nützte es, sich einzuschließen, wenn einer dieser angetrunkenen Hornochsen eine brennende Fackel auf das trockene Reet warf? Sie saßen offenbar bereits auf dem Pulverfass. Dennoch schien die Flucht ins Haus zurück zunächst die beste Lösung zu sein, denn die rhythmischen Gesänge mit dem begleitenden Trommeln von Hölzern der Halbdunklen schwollen immer lauter über den Dachfirst.

Während Angelika verzweifelt nach ihrem Handy suchte, um die Polizeistation in Wyk zu erreichen, blickte sich Stuhr suchend um, um einen passenden Knüppel aus dem gestapelten Kaminholz zu ziehen. So rasch würden sie ihn nicht bekommen.

Ein letztes Mal versuchte er noch, über die Terrasse einen Blick auf das Wattenmeer zu werfen, doch die Dunkelheit und zunehmende Nebelschwaden verhinderten dies. Der Herbst nahte.

Stuhr hatte keine Zeit mehr, sich darüber Gedanken zu machen. Sorgsam verschloss er die Terrassentür.

Dadurch verebbte wenigstens für kurze Zeit der tosende Lärm. Beunruhigt löschte er alle Lichter im Erdgeschoss. »Angelika, sollten wir nicht besser mit deiner Tochter in die Kellerräume flüchten?«

Wie eine Unschuld vom Lande tauchte kurz darauf Angelika wieder auf. Sie war jetzt vollständig nackt. Das wenige Licht, das jetzt noch durch die Fenster drang, ließ ihren grazilen Körper wie eine bronzene Statue erscheinen. So hatte er sie seinerzeit kennengelernt. Lieben gelernt. Und war letztendlich wegen ihrer Unehrlichkeit verzweifelt an ihr. Spielte sie nur mit ihm?

Angelika umschlang ihn und flüsterte ihm die beruhigende Nachricht ins Ohr. »Die Polizeistation in Wyk ist benachrichtigt. Keine halbe Stunde, bis sie hier sind, haben die mir versichert. Die Zeit bis dahin können wir doch gemeinsam sinnvoll im Bett verbringen. Oder hast du etwa unaufschiebbare Verpflichtungen?«

Sicherlich würde es einige Zeit dauern, bis Hilfe zu erwarten war, aber eigentlich hatte er nicht vor, wieder mit Angelika im Bett zu landen. In diesem Moment klopfte es trotz der grölenden Horde auf der Straßenseite des Hauses unerwartet laut an der Terrassentür. Hatten die Hualewjonken das Haus umstellt?

Angelika schüttelte verärgert den Kopf und schnappte sich ein Handtuch, während Stuhr sich vorsichtig durch das Dunkel auf die Terrassentür zu bewegte. Vergeblich bemühte er sich, auf der stockdunklen Terrasse Personen ausfindig zu machen.

Plötzlich blendete ihn ein durch das Schutzglas aufblitzendes Licht. Offensichtlich war er entdeckt worden, denn eine laute Stimme fuhr ihn an. »Polizei, bitte öffnen Sie sofort die Tür.«

Angelika schlich von hinten dicht an ihn heran und schmiegte sich ängstlich an ihn. »Die Polizei kann doch noch nicht hier sein, oder?«

Fest umfasste Stuhr seinen Knüppel und öffnete misstrauisch die Tür einen Spalt. Im nächsten Moment wurde eine Polizeimarke durchgeschoben

Jetzt öffnete Stuhr die Tür, und sofort wurden sie von einem kräftigen Lichtstrahl angeleuchtet.

Der Lichtkegel sank auf den Boden, und aus dem Dunkel trat jetzt ausgerechnet Olli auf ihn zu. »Mensch, Stuhr, was treibst du denn hier?«

Angelika flüsterte Stuhr leise ins Ohr: »Ist das etwa ein Bekannter von dir?«

Stuhr lachte laut los. »Ein Bekannter? Das ist Olli, mein Kumpel aus Hamburg. Was machst du denn hier nachts auf dieser Terrasse?«

Olli blickte ihn verdattert an. »Das könnte man dich genauso fragen, Stuhr.«

Angelika zischelte ihm zu: »Warum hast du denn deinen Kumpel zu mir eingeladen? Was soll das?«

Stuhr konnte gerade noch ein ›Habe ich nicht‹ zurückzischeln, als Olli beiseite geschoben wurde und sich die Situation vollends aufklärte.

»Guten Abend. Gestatten, Kommissar Hansen, Kripo Kiel. Neben mir mein Kollege Oberkommissar Stüber. Wir sind aufgrund eines Hinweises von Herrn Heldt einem Tatverdächtigen gefolgt. Es gibt allen Grund zur Annahme, dass in den nächsten Minuten der Auftritt der Horde Halbstarker auf dem Nachbargrundstück eskalieren wird, um einen Drogenhandel zu vertuschen. Das Spezialeinsatzkommando ist bereits gerufen, aber es kann noch einige Zeit dauern, bis die Kollegen vor Ort sind. Sie wohnen vermutlich nicht alleine hier, richtig?«

Der genervte Blick, den der Kommissar jetzt auf ihn richtete, stimmte Stuhr giftig. Ständig drang Hansen in seine Privatsphäre ein und erwischte ihn in den heikelsten Situationen. Was ging es ihn an, wo und mit wem er seine Freizeit verbrachte? Jetzt fehlte als Nächstes nur noch, dass Angelika dem Kommissar die Geschichte seiner möglichen Vaterschaft auf die Nase binden würde.

Doch Angelika blieb hinter Stuhrs Rücken erstaunlich kühl. »Doch, Herr Kommissar. Ich wohne weitgehend alleine hier. Wieso fragen Sie danach?«

Überrascht blickte Stuhr Angelika an. »Und was ist mit deiner Tochter?«

Angelika blickte genervt zur Decke, und Kommissar Hansen überging seine Frage einfach. »Wir müssen in Ihr Dachgeschoss, um das Nachbargelände besser im Blick behalten zu können. Bitte zeigen Sie uns den Weg nach oben, Frau Rieder. Wir wollen Sie beschützen, so gut es geht.«

Angelika löste sich nur zögerlich von Stuhr und verschwand kurz im Dunkel. Wenig später erschien sie in einem hochgeschlossenen Kleid und führte die kleine Gruppe zur Treppe.

Stüber postierte sich davor, um das Untergeschoss zu sichern.

Stuhr stapfte den anderen zum Schlafzimmer ins Dachgeschoss hinterher. Wieder bemerkte er Angelikas betörendes Parfum, das ihn schon vor wenigen Tagen in ihr Bett gelockt hatte.

Stuhr versuchte, ein wenig näher an Hansen zu gelangen, um ihm die verzwackte Situation zu erklären. Doch der bügelte sein Ansinnen unwirsch ab, weil er damit beschäftigt war, durch das Giebelfenster trotz des dichter werdenden Nebels die Situation auf Tribergen zu erfassen.

Dafür war Angelika wieder ganz eng hinter ihn gerückt, und während ihn der Kommissar nicht mehr beachtete, begann sie, ihn am Rückgrat zu streicheln. Sie wusste genau, dass das seine schwache Stelle war. Es schien sie zu erregen, ihm in diesem Moment der drohenden Gefahr den Schweiß auf die Stirn zu treiben.

Das fand Stuhr ziemlich unpassend, und so zischelte er sie ungnädig an: »Lass das bitte, Angelika. Du solltest lieber deine Tochter zu uns ins Zimmer holen, sonst geschieht ihr noch etwas.«

Doch Angelika ließ nicht locker. Während sie ihn weiter streichelte, flüsterte sie ihm ins Ohr, dass ihm eiskalte Schauer über den Rücken liefen. »Von welcher Tochter sprichst du eigentlich, Stuhr? Unsere lebt bei ihren Großeltern in Kiel und besucht die 5. Klasse einer Privatschule, sie ist bestens untergebracht.«

Stuhr blieb sprachlos, bis Angelika konkreter wurde. »Verstehst du mich denn nicht? Ich will dich. Da muss unsere Tochter nicht stören. Du sollst bei mir wohnen und mit mir leben. Ich will dich verwöhnen.«

Es war eine schräge Situation. Während Hansen und Olli angestrengt aus dem Fenster lugten, um die Hualewjonken zu beobachten, wanderten Angelikas Hände unterhalb seiner Gürtellinie. Er wollte es eigentlich nicht, aber er ließ Angelika gewähren, die ihm weiter betörend ins Ohr säuselte.

»Mein lieber Helge. Wenn der Spuk vorbei ist, könnten wir nachher noch einmal unsere Bettkünste verfeinern, oder gefällt dir das nicht?«

Doch, es gefiel ihm. Stuhr konnte keinen klaren Gedanken mehr fassen, er war nicht mehr Fisch noch Fleisch. Mit Angelika war immer alles schön gewesen, doch einen siebten Aufguss mit ihr wollte er sich ersparen. Irgendwie musste er sich aus dieser unwürdigen Situation befreien.

In diesem Moment loderte das Feuer der Hualewjonken auf, und Hansen und Olli wendeten sich schnell vom Fenster ab, um nicht entdeckt zu werden. Obwohl Angelika blitzschnell ihre Hände von ihm fortzog, konnte den beiden kaum entgangen sein, was sich abgespielt hatte.

Glücklicherweise polterte jetzt Oberkommissar Stüber unerwartet die Treppe hoch und erstattete Meldung. »Chef, die Kollegen von der Wyker Polizeiwache haben die Straßen nach Utersum blockiert. Die Hualewjonken befinden sich jetzt in der Falle. Das Spezialeinsatzkommando wird in wenigen Minuten mit Hubschraubern aus der Luft das Spektakel beenden.«

Stuhr war heilfroh, dass Hansen abgelenkt war. Mehr Spott wollte er nicht ertragen. Aber so konnte es mit Angelika auch nicht mehr weitergehen. So schwer es ihm auch fallen würde, er musste eine Entscheidung treffen. Olli schlich sich wieder zum Fenster und berichtete von dort wie ein aufgeregter Sportreporter. »Schauen Sie nur selbst, Kommissar Hansen. Neben dem Präsi steht dieser Typ aus dem Tanzcafé Mondragon, der mir den Kontakt zu Pimmel verschafft hat. Hans-Harald Sowieso. Weiß nicht mehr, wie der heißt. Jetzt haut er ab mit einem von diesen Bekloppten.«

Die kurze Stille wurde durch Hansens Einsatzbefehl ins Handy unterbrochen. »Es geht los. Alles wie abgesprochen: So gewaltfrei wie möglich vorgehen, nur kein Blutbad auf der Ferieninsel.«

Bald überdröhnte das Rotorengeräusch mehrerer Hubschrauber das Gejohle vor dem Haus. Stuhr nahm es zum Anlass, sich endgültig von Angelika zu lösen und sich ebenfalls zum Schlafzimmerfenster zu begeben.

Drei mächtige Hubschrauber, die aus dem Nichts zu kommen schienen, schwebten mit ohrenbetäubendem Lärm über der feiernden Bande, und schwarz vermummte Gestalten seilten sich in Windeseile auf die erschrockene Meute ab.

Stuhr zeigte sich siegesgewiss. Was er vor wenigen Tagen mit seinem Knüppel nur andeuten konnte, das vollendete jetzt das Spezialeinsatzkommando. Fast wäre es für ihn zur Götterdämmerung geraten, wenn nicht noch drei Fackeln dieser falschen Bande gegen Angelikas Strohdach geflogen wären.

Während Hansen die Feuerwehr anrief, begann Angelika loszuschreien. »Los, Helge! Tu endlich was! Mach dich nützlich und lösche den Brand! Oder willst du das nicht?«

Stuhr hob unschuldig die Hände. »Ich? Wie denn? Warum bist du so aufgedreht?«

»Weil mein Zuhause abfackelt, du Idiot. Immer wenn ich dich in meinem Leben gebraucht habe, warst du nicht da.«

Nun fiel es Stuhr nicht mehr schwer, die Flucht anzutreten. »Nun, Berater hast du dir zeitlebens für Geld gekauft. Denk nur an deinen Rechtsanwalt Trutz.«

Prompt folgte der Spott von Angelika. »Hast du Schlaumeier denn nicht bemerkt, dass ich diesen versoffenen Idioten Trutz nur mit Verlockungen vorgeschickt habe, um deine Stimmungslage zu erkunden? Rechtsanwalt, dass ich nicht lache. Zunächst hatte er Schwierigkeiten, mir die Rechtslage zu erläutern. Als er mich anschließend in die Rückenlage nehmen wollte, habe ich ihn geohrfeigt. Er ist daraufhin immerhin von fünf auf zwei Prozent heruntergekrochen. Das warst du mir wert, diese Vermittlungsprovision lockerzumachen. Aber ich wollte 100 Prozent von dir. Und jetzt lässt du mich hier schmählich im Stich. Pfui!«

Das war wieder einmal starker Tobak von Angelika. Die schönen Jahre der Liebe, die man gemeinsam verlebt hatte, die vergaß man nicht einfach in der Wechselstube.

Während Stuhr skeptisch zu den ersten züngelnden Flammen an der Zimmerdecke schielte, zog ihn Oberkommissar Stüber als Letzten zur Treppe. »Raus hier! Oder wollen Sie einer Hexenverbrennung beiwohnen?«

Während sie die Treppenstufen hinunterstolperten, um sich ins Freie zu retten, grübelte Stuhr darüber nach, wen Oberkommissar Stüber außer Angelika mit der Hexe gemeint haben könnte.

DEMOKRATIE WAGEN

An die Alkoholfahne vom Doc hatte sich Ohmsen inzwischen gewöhnt.

Kurz vor Utersum schreckte der stinkende Kotzbrocken aus seinem Brausebrand hoch und wies begeistert auf einen flackernden Lichterschein am Horizont. »Meine Jungs.«

Als Ohmsen sich dem lodernden Lagerfeuer der Hualewjonken näherte, war er über die Mächtigkeit der gewaltigen Feuerzungen erschrocken, die nach dem dunklen Nachthimmel gierten und nach den danebenliegenden Reetdachhäusern leckten. In diesem Moment wünschte sich Ohmsen inständig, diese wilden Gesellen niemals kennengelernt zu haben.

Er stoppte den alten Transit abseits von den Hünengräbern mit Hinweis auf die Feuergefahr. Als er ausstieg, war das laute Gegröle der Bande nicht mehr zu überhören. Glücklicherweise scherte sich keiner der feiernden Hualewjonken um die Ankunft seines Fahrzeugs, und so konnte ihm der Doc ungestört von der Feierlust seiner Kumpane den Weg zum Präsi bahnen.

Hans-Harald Ohmsen war zunächst unklar, was an dieser sensiblen Stelle gefeiert wurde, denn eines der üblichen Saufgelage schien es ihm nicht zu sein. Sie mussten schon fette Beute gemacht haben.

Als ihn der Präsi bemerkte, winkte er ihn sofort zu sich, damit vor seinen Jüngern klar wurde, wer hier wem etwas mitzuteilen hatte.

Notgedrungen musste Ohmsen auch dieses Spielchen mitmachen. Auch wenn es für ihn nicht lustig werden würde, letztendlich war für ihn das Gespräch mit dem Präsi lediglich die letzte Etappe vor seinem Ziel.

Der Präsi hielt, auf einem Klappstuhl sitzend, Hof auf dem höchsten Hünengrab. Er musste gejagt oder geangelt haben, denn unter seinen Fingernägeln klebte noch Blut.

So begrüßte ihn Hans-Harald Ohmsen standesgemäß. »Grüß dich, Präsi. Riecht verdächtig nach Jagdglück hier. Glückwunsch.«

Obwohl es der Campingstuhl kaum hergab, streckte sich der Präsident entspannt zurück. »Ah, sieh an, hoher Besuch aus der Landeshauptstadt Kiel. Habe die Ehre.«

Was blieb Ohmsen anderes übrig, als gute Miene zum bösen Spiel zu machen. Er bot ihm die Hand zum Gruß an, die der Präsi sofort nutzte, um ihn dicht an sich heranzuziehen.

»Ah, der große Meister H_2O höchstpersönlich muss sich eigenhändig vor Ort die Finger schmutzig machen. Ungewöhnliches Geschäftsgebaren für einen Überflieger wie dich, oder nicht?«

Ohmsen lächelte gequält zurück, weil es dem Präsi keineswegs anstand, die Verballhornung seines Vor- und Nachnamens in den Mund zu nehmen. Sein verhasster Chemielehrer hatte ihn damit immer aufgezogen, wenn ihm seine Leistungen nicht ausreichten. ›Zu dünn die Suppe, H_2O. Nur von Wasser kann man nicht leben‹, folgte dann immer zur Freude seiner Mitschüler die Hänselei. Wenn er nur ein wenig besser in Chemie gewesen wäre, hätte er seinen Lehrer sicherlich irgendwann vergiftet.

Doch immerhin gaben ihm die Hänseleien Anlass, die Schmalspurgleise seiner Eltern zu verlassen und in größere

Geschäfte zu investieren. Natürlich mussten die Renditen stimmen, das war zunächst ein großes Problem gewesen.

Doch nachdem er die kurze Haft wegen seines Schneeballsystems mit Spekulationen an der Tokioter Börse abgesessen hatte, konnte er sich im Drogengeschäft erfolgreich etablieren. Immer mehr Geld floss in seine Taschen. In den letzten beiden Jahren trug die Theatertruppe ›MischMasch‹ erfolgreich zu seiner Tarnung bei der Verteilung des Zeugs bei. Friesenschnee, so nannte Pimmel das immer. Lediglich Pimmels Idee, diese abgetörnten Föhrer Dorfpunks zu einer Traditionstruppe zu ernennen, um sie zur besseren Tarnung bei der Beschaffung des Zeugs zu nutzen, die schien nicht aufzugehen. Doch dafür würde er Pimmel schon noch zur Verantwortung ziehen.

Zunächst galt es jedoch, den Präsi friedlich zu halten. »Tja, so kann das Leben spielen. Manchmal muss der Meister eben selbst ran, wenn die Gesellen die Arbeit nicht fachgerecht erledigen können.«

Der Präsi nickte ihm zu, doch warum er dabei auf seine Fingernägel schielte, das erschloss sich ihm nicht.

Der Rädelsführer der Hualewjonken wälzte vermutlich ganz andere Probleme und nickte gnädig zurück. »Ja, das kenne ich auch. Schau dir nur meine Truppe hier auf Tribergen an. Eine verschworene und wilde Bande. Sie sind heiß, und sie würden alles für Föhr geben. Ich als ihr Boss dagegen fühle mich eher als Unternehmer, der aufpasst, dass alles glatt abläuft. So musste ich in der letzten Zeit die Strukturen innerhalb der Gang ein wenig umstellen, damit mir die Jungs nicht von der Stange rutschen. Wir wollen gemeinsam ein wenig Demokratie wagen.«

Ohmsen war geplättet. Demokratie und der Präsi, das schloss sich aus. Er konnte nur vorsichtig nachfragen. »Du hast die Macht aus deinen Händen gegeben?«

Der Präsi ruderte jedoch sofort zurück. »Nein, es geht bei mir nicht viel anders als bei dir. Du musstest ja auch deine Arbeit notgedrungen auf breitere Füße stellen. Erst Pimmel, danach Halbedel, und jetzt dieser kleine blonde Hase, der selbst bei Lollo durchgefallen ist. Bist du dir sicher, dass du alles noch fest im Griff hast?«

Natürlich hatte Ohmsen zurzeit nichts mehr richtig im Griff außer zuvor das Lenkrad des klapprigen Transit, der abseits der Hünengräber abgestellt war. Dem Präsi schien nicht entgangen zu sein, dass er ein wenig neben der Spur lag. Aufmunternd klopfte er ihm deshalb auf die Schulter. »Mensch, H_2O, ich habe alles genau wie du gemacht. Wir haben hier sozusagen einen Rat gebildet, dem Doc und ich angehören. Ein bisschen so wie früher bei Perry Rhodan. Im Rat werden alle grundlegenden Dinge beschlossen, die ich vorschlage.«

Ohmsen blieb skeptisch. »Und wenn Doc anderer Ansicht ist als du?«

»H_2O, also wenn du denkst, dass wir beide im Rat ehrlose Lumpen sind, dann hast du ein völlig schiefes Bild gewonnen. Warum soll nicht einmal jemand im Rat eine andere Meinung vertreten?«

»Weil du nicht mehr das alleinige Sagen hast. Du weißt doch am besten, wie schnell es gehen kann, wenn du dich nicht mehr durchsetzen kannst.«

Der Präsi beäugte ihn misstrauisch. »Wie kommst du denn auf die Idee, dass ich mich nicht mehr durchsetzen kann? Wenn Doc eine andere Meinung hat, bekommt er einfach kein Geld mehr von mir. Der ist dann ganz schnell wieder meiner Meinung.«

Das konnte Ohmsen sich lebhaft vorstellen. Er nickte zustimmend, um keine schlechte Stimmung aufkommen zu lassen. Misstrauisch beäugte er das immer kräftiger werdende Feuer und nutzte es, um das Thema zu wechseln. »Ihr lasst die Funken aber ganz schön hoch fliegen.«

Der Präsi blickte jetzt mit einem dämonischen Gesichtsausdruck zurück. »Die müssen auch hoch fliegen, um zu zeigen, dass wir Hualewjonken fest zu den Traditionen unserer Insel stehen. Wenn nur ein einziger Funke davon das Strohdach der Villa gegenüber erwischen würde, dann wäre in Utersum niemand böse darüber. Die Hausbesitzerin hat ihren Protztempel nämlich genau auf die Ecke eines unserer Hünengräber gesetzt. Wenn der Besitzer ein Kerl wäre, dann hätten wir ihm längst die Klöten abgeschnitten. Aber die Besitzerin soll eine verhuschte Rheinländerin sein. Kann nicht schaden, wenn sie sich vor Angst ein wenig in die Windeln scheißt.«

Überraschend stand jetzt der Präsi auf, um weiter Öl in das Feuer zu gießen. Er feuerte seine Leute rhythmisch an. »Lauter, lauter. Härter, härter!«

Ein wildes Gejohle verriet, dass seine Leute diese Ansage verstanden hatten und auch liebten. Neben Gegröle und Gesang wurde jetzt alles betrommelt, was Lärm erzeugen konnte.

»Was wird denn hier gefeiert, wenn man fragen darf?«

Der Präsi grinste breit. »Darfst du. Wir sind dabei, das

Fell von jemandem zu versaufen, der uns über den Tisch ziehen wollte.«

Wenn der Präsi so um den heißen Brei herumredete, dann bedeutete das nichts Gutes. Hans-Harald Ohmsen blickte sich vorsichtig im Kreis der Feiernden um, bevor er gegenüber dem Präsidenten zur Sache kam.

»Der Doc bedeutete mir, dass ich Pimmel hier finden würde. Doch wo ist er? Unter uns, ich habe mindestens zwei Rechnungen mit ihm offen.«

Der Präsi tat desinteressiert. »So, du siehst Pimmel also nicht. Die Rückseite vom Mond kannst du auch nicht sehen, aber es gibt sie. Sei versichert, Pimmel weilt friedlich nicht weit von uns.«

Ohmsen begann ungeduldig zu werden. »Versteh mich nicht falsch, Präsi, aber ich muss Pimmel zur Rechenschaft ziehen. Es geht um viel Geld von mir, mit dem er auf der Reise ist. Alte und neue Kohle, das ist kein Pappenstiel. Das ist doch auch wichtig für euch, schließlich verdient ihr daran.«

Der Präsident stierte auf seine gammeligen Fingernägel, als wenn er zum ersten Mal Unebenheiten daran entdecken würde. »Ich kann dich verstehen, H_2O. Auch wir sind in gewisser Weise von Pimmel enttäuscht.«

Es fiel Ohmsen schwer, sich darüber klar zu werden, worin seine Enttäuschung gelegen haben könnte. Ohmsen musste in die Offensive gehen. »Nun, Präsi, ich bin mir ziemlich sicher, dass Pimmel mich gelinkt hat. Uns gelinkt hat.«

Unangenehm nahe rückte der Präsi jetzt an Ohmsen heran. »Nun, H_2O, ich spreche ganz offen mit dir. Ich bin mir absolut sicher, dass Pimmel dich angeschissen hat.

Zumindest zwei der 500er-Scheine von der letzten Lieferung waren gefälscht. Ich habe es zum Glück noch in letzter Sekunde bemerkt, als ich damit zahlen wollte.«

Falschgeld. Damit hatte Ohmsen nicht gerechnet. Er ließ sich seinen Ärger nicht anmerken. Da konnte nur Lollo seine Finger mit im Spiel haben. Der hatte ständig etwas mit gefälschten Geldscheinen auf seinen Farbkopierern laufen. Plakate für die Theatergruppe wollte er eigentlich damit vervielfältigen, dafür hatte er sich das Gerät auf Ohmsens Kosten an Land gezogen. Er würde Pimmel dafür gnadenlos zur Verantwortung ziehen. »Wo finde ich Pimmel denn nun?«

Der Präsi begann, mit einem unsauberen Stilett die Fingernägel zu säubern. »Verstehe mich nicht verkehrt, H_2O, aber in gewisser Weise sind wir Dienstleister. Wir haben unsere Aufgabe erfüllt, und dein Mann hat uns mit Falschgeld angeschissen. Jetzt erwartest du wieder eine Dienstleistung von uns, und ich weiß nicht einmal, ob du auch nur einen einzigen echten Geldschein in der Tasche hast. Warum sollte ich in Vorleistung gehen?«

Ohmsen saß in der Klemme. Wohl oder übel musste er jetzt blütenreines Bargeld auf den Tisch des Hauses legen. Vorsichtig zog er einen 500er aus der Tasche.

»Hier, Präsi. Ein Friedensangebot zur Güte. Wo steckt Pimmel nun?«

Der Präsident drehte sich weg und ging auf Doc zu. Sie tuschelten kurz, und in der Folge rückte ihm Doc unangenehm auf die Pelle.

»Unser Rat hat getagt, H_2O. Du musst noch einige Scheine drauflegen. Zwei Fünfhunderter als Ersatz für das Falschgeld, zwei Fünfhunderter als Strafanerkenntnis für deinen Mitarbeiter, und wenn du Pimmel wirklich wiedersehen willst, kostet es dich noch zwei Scheine mehr.«

Ohmsen nestelte zunächst als Gegenangebot einen zweiten 500er-Schein aus der Tasche. »1000. Ich will Pimmel sehen, den Rest können wir später klären.«

Jetzt mischte sich der Präsi wieder in das Gespräch.

»H_2O, wir kennen uns nun doch schon so lange. Ich möchte nicht, dass du den Doc missverstehst. Er überbringt dir schließlich den Beschluss des Rates. Ich glaube, du hast nicht verstanden, dass du nur das Gesamtpaket erstehen kannst. Oder willst du es zerstückelt?«

Die Art und Weise, wie er in die Zange genommen wurde, gefiel Ohmsen nicht. »Und wenn ich nicht zahle?«

Der Präsi bleckte jetzt seine faulen Zähne. »Du weißt, H_2O, ich hatte keine Zeit, zur Schule zu gehen und Arzt zu werden. Deshalb muss ich mein Geld jetzt auf meine Art verdienen. Ich bestimme deshalb den Preis und nicht du. Ansonsten muss ich meinen feiernden Brüdern verkünden, dass wir von dir mit Falschgeld übers Ohr gehauen worden sind. Das werden sie nicht lustig finden. Also, wenn du dich weiterhin bester Gesundheit erfreuen möchtest, kann ich dir nur empfehlen, den Beschluss unseres Rates zu befolgen.«

Zähneknirschend nestelte Ohmsen vier weitere 500er-Scheine aus der Tasche und hielt sie dem Präsi entgegen. Der schien sich aber selbst nicht die Hände schmutzig machen zu wollen, sondern sprach seinen Ratskollegen an.

»Na, Doc, begreifst du jetzt, weswegen Demokratie wichtig für uns ist? Lang zu.«

Während Doc gierig das Geld einsammelte, nickte er verständig. Dann händigte er dem Präsi die Banknoten aus, der sich anschließend wie eine Primadonna von Ohmsen wegdrehte und die frisch geernteten Banknoten seinem jubelnden Fußvolk entgegenhielt.

Ratlos fragte Ohmsen den Doc: »Und wer zeigt mir jetzt den Weg zu Pimmel?«

Doc zuckte nur kurz mit den Schultern. »So weit geht bei uns im Rat die Demokratie nun auch nicht, dass wir jede Einzelheit bis ins Allerletzte durchsprechen. Ich werde beim Präsi einmal nachhaken.«

Wenig später kehrte Doc mit ernster Miene und neuen Anweisungen zurück. »Er sagt, du solltest hinten mal die Hecktüren von eurem alten Ford Transit öffnen. Könnte sein, dass der Lümmel sich dort versteckt hält.«

Die Art und Weise, wie Doc die Sätze formulierte, verhießen nichts Gutes. Ein Vergnügen würde es für Pimmel sicherlich nicht gewesen sein, wenn die Bande ihn dort eingepfercht hätte.

Doc ließ ihm vornehm den Vortritt auf dem Weg durch die feiernde Menge zurück zum Transit und zeigte lediglich auf die Hintertüren des Theaterbusses.

Natürlich war es nicht schön, den schmutzigen Griff an der Hintertür des alten Transits zu drehen, um die Doppeltüren zu öffnen. Warum Lollo den Bus nicht besser in Schuss hielt, war ihm unerklärlich. Plötzlich schlug ein blutiger Arm schlaff zwischen den sich öffnenden Türen herunter. Dann drückte der zerstochene Körper von Pimmel die Hecktüren vollends auf und fiel wie ein nasser Sack auf den Boden. Die Barbaren hatten ihre unbändige Wut an ihm ausgelassen.

Die Anspannung ließ Ohmsen das Blut pochend in den Schädel schießen. Glücklicherweise standen Doc und er ein wenig abseits von der grölenden Bande. Ohmsen sammelte unmerklich seine Kraft, um mit einem ordentlichen Hieb zunächst den Doc auf den Boden zu strecken.

Es gab kein Zurück mehr, Ohmsen musste seinen Weg gehen. Er fingerte das Hamlet-Schwert von Halbedel aus dem Kofferraum des Transits und stach damit mehrfach auf den am Boden liegenden Doc ein. Dann blickte er sich vorsichtig um. Bemerkt worden war seine Tat glücklicherweise nicht, aber wenn der Doc nicht bald zurückkehrte, würde der Präsi sicherlich bald nach dem Rechten sehen.

Wo sollte Ohmsen auf Föhr abtauchen? Würde er sich überhaupt an den Feiernden unbemerkt vorbeischleichen können? Nein, auf der Insel würden sie ihn früher oder später erwischen. Leise verschloss er die Flügeltüren und schlich zur Fahrertür.

Er musste durch Wattenmeer und Priel nach Amrum – in Sicherheit. Die Amrumer Strandräuber würden sicher gerne ins Geschäft einsteigen. Sie würden die Föhrer Hualewjonken schon gebührend empfangen. Doch zunächst galt es, die alte Mähre in Gang zu bekommen, um sich einen kleinen Vorsprung zu verschaffen.

Leise öffnete er die Tür und zog sich zum Fahrersitz hoch. Dann tastete er nach dem Zündschloss, doch der Schlüssel steckte nicht mehr. Wütend schlug Ohmsen auf das Lenkrad. Trotz der ausgeschalteten Zündung meldete sich die Hupe.

Sofort bemerkte er, dass zwei, drei Gestalten am Feuer aufsprangen und sich auf den Weg zum Bus begaben, um nach dem Rechten zu sehen. Vor Wut trommelte Ohmsen mit den Fäusten kurz auf das Armaturenbrett, bevor er vom Sitz heruntergleitt und seitwärts ins Dunkel der Nacht schlich.

Nun galt es, klaren Verstand zu bewahren. Am Rand der Straße gewann er zügig Abstand vom Bus.

Die Gestalten waren inzwischen am Theaterbus angekommen. Ihr Gegröle schallte durch die Nacht. »Doc! Komm endlich aus der Rostlaube und mach Party mit uns. Der Präsi hat eine kleine Sonderzahlung angekündigt.«

Bald erhob sich ein wildes Geschrei. Sie mussten Doc gefunden haben. Ohmsen rannte los. Seine Sneaker verschafften ihm schnell einen Vorteil, und nach wenigen Minuten erreichte er den kleinen Strand und das Wattenmeer.

Er blieb kurz stehen, um zu horchen. Seine Verfolger waren ihm auf der Spur. Ohmsen versuchte, sich zu beruhigen und stapfte weiter im dichter werdenden Nebel durch die salzige Suppe. Gut, irgendwo dort draußen trennte noch ein flacher Priel Amrum von Föhr. Aber das würde er schon hinbekommen, nur noch ein kurzer strammer Marsch.

Ohmsen hielt den Atem an. Aufbrausendes Motorengeräusch, unterlegt von wildem Hupen, erübrigte weitere Gedankengänge. Seine Verfolger hatten den Theaterbus zum Laufen bekommen.

Zum Glück wurde der Nebel immer dichter, und er rannte, so schnell er konnte, über das Watt.

Endlich vernahm er das ersehnte Fließgeräusch. Vorsichtig tastete er sich vor, bis er einen Fuß ins Wasser tauchte.

Das musste der Priel sein, der Föhr von Amrum trennte. Keine fünfzig Meter mehr, und er wäre auf der rettenden

Seite. Energisch schritt er in den sich vertiefenden Strom. Schnell reichte das Wasser bis zur Hüfte, doch es würde bald wieder flacher werden. Die Scheinwerfer des Theaterbusses erfassten ihn kurz zwischen den Nebelschwaden. Ohmsen ließ sich treiben, um in die nächste Nebelschwade einzutauchen und damit dem Licht zu entkommen.

Das gelang. Jetzt galt es, sich gegen den immer reißender werdenden Strom zu behaupten. Er versuchte, quer zur Strömung zu schwimmen.

Immerhin schaffte es Ohmsen, seine Sneaker abzustreifen. Doch jetzt riss ihn die Strömung einfach mit. Immer wieder bemühte er sich mit der ihm eigenen Disziplin, gegen den Strom anzuschwimmen.

Irgendwann versagten seine Kräfte. Wieder musste er an die Worte seines Chemielehrers denken. »Thema wieder mal verfehlt. Zu dünn die Suppe, H_2O. Nur von Wasser kann man nicht leben.«

Vielleicht sollte Wasser tatsächlich nicht Ohmsens Element sein. Dennoch, irgendwo würde ihn die Flut in dieser Salzsuppe schon wieder an Land spülen. Es musste ja nicht unbedingt Amrum sein.

Diesen Kampf würde er jedenfalls noch gewinnen.

INSELFRÜHSTÜCK

Das Klingeln seines Handys ließ Kommissar Hansen hochschrecken. Sein Rücken schmerzte von der harten Pritsche in der Gefängniszelle der Polizei-Zentralstation von Wyk auf Föhr, auf der er wenigstens für einige Stunden Schlaf gefunden hatte.

Am Telefon war sein Hamburger Kollege, der aufgrund des von der Kieler Polizeidirektion mitgeteilten dringenden Tatverdachtes noch in der Nacht diesen Lollo vernommen hatte. Der war zuerst nicht geständig, doch als bei der Durchsuchung seiner Wohnung größere Mengen Falschgeld gefunden wurden, begann er sofort auszupacken.

Kommissar Hansen bedankte sich bei seinem Kollegen. Seine eigenen Anstrengungen am gestrigen Abend waren eher unrühmlich verlaufen, denn die kurze Vernehmung des Rädelsführers der selbsternannten Utersumer Hualewjonken, der sich Präsi nennen ließ, war ergebnislos geblieben. Sicher, wegen Kokainhandels würde er für längere Zeit hinter Gittern verschwinden, aber wenn er die Strafe abgesessen hatte, würde er andernorts weitermachen. Die Brandstiftung bei Frau Dr. Rieder würde ihm wegen der undurchsichtigen Situation beim Eintreffen des Spezialeinsatzkommandos schwer nachzuweisen sein.

Seine Komplizen standen unter dem dringenden Verdacht, den Mord an Patrick Immel verübt zu haben. Sie sträubten sich jedoch mit Händen und Füßen, andere Verdächtige zu benennen. In den Verhören wurde immer deutlicher, dass sie ihren Präsidenten schützen wollten, um den Ehrenkodex der Bande zu wahren.

Hansen hatte wenig Lust verspürt, mit diesen Halbwilden seine Zeit zu verplempern, und sie kurzerhand nach Kiel in die Polizeidirektion überführen lassen. Sollte sich Magnussen mit ihnen herumärgern.

Nachdenklich legte Hansen sein Telefon beiseite und sah sich in der fensterlosen, tristen Zelle in der Polizei-Zentralstation von Wyk auf Föhr um. Nein, hier wollte er nicht länger bleiben. Er rappelte sich auf und wankte schlaftrunken durch den Zellengang bis zum Tresen der Polizeistation. Eine freundliche gleichaltrige Kollegin nahm ihn in Empfang. »Ah, hoher Besuch aus Kiel. Polizeidirektor Hansen, richtig?«

Hansen versuchte vergeblich, auf seinen niederen Rang als Hauptkommissar zu verweisen. Das gelang ihm aber nicht, denn sie schob sofort das Serviceangebot der Polizeistation nach. »Moin. Ich hoffe, wohl geruht zu haben. Die Übernachtung war selbstverständlich Diensthilfe, natürlich kostenfrei. Jetzt ein leckeres Frühstücksbuffet mit Fisch, Krabben, Schinken und Eiern? Kaffee und Orangensaft satt, vielleicht ein Gläschen Sekt auf den Erfolg?«

Dankbar nickte Hansen. So viel Freundlichkeit war ihm bisher noch in keiner Polizeiwache zuteil geworden.

Die Kollegin behielt ihre Freundlichkeit bei. »Dann bitte 200 Meter an der Hafenkante entlang ins Duus-Hotel. Steht alles für Sie dort bereit. Natürlich auf eigene Kosten. Auf Wiedersehen.«

Dieses Mal blieb Hansen nur ein unsicheres Lächeln, und so trabte er kurz dankend davon. Duus-Hotel, wollten dort nicht Olli und Stuhr übernachten?

Er betrat den Eingang des Hotels und folgte dem Kaffeeduft, der ihn in den Frühstücksraum der Hotelgaststätte führte. Dort wurde er von einer freundlichen Bedienung am Tresen begrüßt, die an der Kaffeemaschine hantierte. »Willkommen in Wyk auf Föhr. Es kommen nicht viele Gäste mit der ersten Fähre, die Betten sind leider noch nicht gemacht. Sie müssen sich ein wenig gedulden, wir waren heute Nacht ausgebucht. Ihren Namen bitte?«

Nun, die Bedienung musste anscheinend zunächst auf den richtigen Topf gesetzt werden. »Mein Name ist Kommissar Hansen von der Kieler Kripo, einen schönen Guten Tag. Können Sie bitte einmal nachsehen? Ich suche einen Herrn Stuhr aus Kiel.«

Entgeistert blickte die Frau auf seine gezückte Dienstmarke. »Das brauche ich nicht. Ich habe vom ersten Augenblick an geahnt, dass mit dem etwas nicht stimmen kann. Herr Stuhr ist die schillerndste Person, die uns im Hotel jemals unter die Augen gekommen ist. Erst bucht er vorgestern ein Einzelzimmer, dann bezahlt eine Frau für die gleiche Nacht die Fürstensuite, später stößt er mit einer anderen dazu, die bei uns ein Einzelzimmer gebucht hat. Anschließend hat es oben mächtig gerumpelt, bis eine der Damen flüchtet, und spätnachts wurden auch noch die Zimmer gewechselt. Gestern taucht dieser Herr Stuhr mit einem 20 Jahre jüngeren Bekannten auf und teilt sich mit ihm ein Doppelzimmer. Mein Gott, die Geschmäcker sind verschieden, aber das ist uns im Gastgewerbe auf der Insel bisher noch nicht untergekommen.«

Die Bedienung hatte nicht ganz unrecht. Es war auch für ihn gestern schon eine seltsame Situation auf der Terrasse von der Frau Dr. Rieder gewesen, als Olli vorgeprescht war und Stuhr mehr oder weniger beim Fremdgehen erwischt hatte, während hinter dem Reetdachhaus bereits die ersten Funken sprühten. Sicherlich übertrieb die Bedienung ein wenig, aber es stimmte schon, immer wieder hatte Hansen Stuhr in verfänglichen Situationen erwischt. Der Kommissar war nur unschlüssig, ob das reiner Zufall war oder ob Stuhr nicht verstand, gefährlichen Konstellationen auszuweichen, denn diese Frau Dr. Rieder schien ihm nicht ganz ohne.

Sicherlich wäre es besser, sich gegenüber der Bedienung nicht als Freund von Stuhr zu erkennen zu geben. »Unter uns, ich muss Herrn Stuhr vernehmen. Es gibt einen gewissen Verdacht, aber das dürfen Sie nicht weitererzählen. Sagen Sie mir bitte die Zimmernummer?«

Die Bedienung wurde freundlich. »Das können Sie einfacher haben. Herr Stuhr sitzt mit seinem jungen Burschen bereits beim Frühstück und stärkt sich. Sie sehen beide allerdings ziemlich mitgenommen aus. Sie müssen eine harte Nacht hinter sich haben. Gehen Sie nur hinein. Meinetwegen können Sie beide gleich einsammeln. Stellen Sie sich vor, dass alle Männer so wären. Nicht auszudenken!«

Hansen nickte. »Mal sehen, was sich machen lässt. Eine Bitte hätte ich jedoch. Könnten Sie mir einen Kaffee bringen lassen?«

Jetzt strahlte die Bedienung. »Sie können sich selbstverständlich am Buffet bedienen, wie Sie mögen. Hauptsache, Sie entfernen diesen ungebetenen Gast.«

Der Kommissar nickte kurz und durchschritt suchend den Frühstücksraum, bevor er die beiden in der hintersten Ecke entdeckte. Stuhr sah wirklich fix und fertig aus, während Olli vergnügt seinen Teller leer putzte. Stuhr blickte skeptisch zum Kommissar hoch. »Moin, Hansen. Gut geschlafen?«

Schlecht geschlafen hatte er, aber das musste Stuhr nicht wissen. »Klar habe ich das, und wenn ich meine besten Mitarbeiter wiedersehe, dann keimt sofort unbändige Freude in mir auf. Du warst ja weniger hilfreich, Stuhr.«

Ungläubig fragte Stuhr bei Hansen nach. »Olli ist dein Mitarbeiter?«

Hansen verneinte. »Du weißt genau, was ich meine. Immerhin war er einer der beiden Schlüssel zum Knacken des Falles, während du wieder einmal in fremden Betten herumgelottert hast. Die Dame hinter dem Tresen hat ein wenig aus dem Nähkästlein geplaudert.«

Stuhr war das sichtlich peinlich, während sich Olli königlich amüsierte. Es dauerte ein wenig, bis Stuhr seine Worte wieder fand. »Ja, wenn man die Konstellationen nicht kennt, muss das von außen betrachtet ziemlich schräge gewirkt haben.«

»Noch mehr, wenn man die Konstellationen kennt, Stuhr.« Hansen ließ ihn ein wenig zappeln, indem er zunächst die Thermoskanne aufdrehte und dampfenden frischen Kaffee in seinen Becher goss.

Stuhr bohrte ungeduldig nach. »Und wer war der zweite Schlüssel?«

Das ließ sich der Kommissar nicht nehmen. »Die Hamburger Kripo hat die Wohnung von diesem Lollo durchsucht. Dabei wurde Falschgeld gefunden, und nach der Höchststrafandrohung hat er sofort gesungen.«

Gespannt spitzten Olli und Stuhr die Ohren, als Hansen fortfuhr.

»Lollo war sehr vertraut mit Patrick Immel, Sie haben offenbar über alles gesprochen, außer über Frau Muschelfang.«

Bevor Stuhr im Erdboden versinken konnte, setzte Hansen seine Rede fort. »Der Überfall auf die Kramer war nicht geplant. Im Gegenteil. Die meisten Geschäfte in Hamburg wurden in den Erika-Stuben getätigt, die Ohmsen und Immel gemeinsam betrieben. Immel war an dem Abend in Kiel jedoch verhindert, und deswegen musste Ohmsen für ihn einspringen. Halbedel sollte ihm das Geld übergeben, das er in Hamburg für die letzte Fuhre eingesammelt hatte. Ohmsen hatte neuen Stoff für Halbedel dabei, den Immel bereits von Föhr nach Hamburg geschafft hatte.

Da sich Halbedel gerade mit der Schauspieltruppe in Kiel aufhielt, traf sich Ohmsen mit ihm vor der Vorstellung auf dem Rundweg um den Wasserturm. Doch Halbedel war an diesem Abend ein wenig von der Rolle, weil er gerade gekokst hatte. Dann kam plötzlich aus dem Nichts der kleine Hund angeschossen. Halbedel hatte panische Angst vor Hunden und trat ihm mit dem Fuß brutal in die Schnauze, um ihn von sich fernzuhalten.

Das passte Ohmsen überhaupt nicht, denn er wusste genau, dass sich jeder Hundehalter sofort auf die Suche nach seinem vermissten Liebling begeben würde. So schnappte er sich einen Knüppel und wartete ab. Wenig später beugte sich erwartungsgemäß die Halterin über ihren Hund. Ohmsen schlich sich leise heran und schlug mehrfach kräftig zu. Dabei erkannte Halbedel trotz der Finsternis die niedergeknüppelte Kramer. Er ist Ohmsen deswegen sofort an die Gurgel gesprungen, aber der knüppelte weiter.

Ohmsen hatte allerdings nicht damit gerechnet, auf einen schlanken Frauenkörper einzuschlagen, und war später selbst über die Schwere der Verletzungen erschrocken.

Zur Tarnung wollte Ohmsen Kramers Körper auf das unwirtliche abgezäunte Gelände des Wasserturms zerren, doch Halbedel wehrte das ab, weil nichts auf das Schauspiel im Wasserturm hinweisen sollte. Ohmsen beschloss daraufhin, ihren Körper zu entkleiden, um ein Sexualverbrechen vorzutäuschen und von der Theatertruppe und Halbedel abzulenken. Dann hat er die Flucht angetreten.«

Gespannt fragte Stuhr nach: »Warum?«

»Halbedel muss trotz des Rausches bewusst geworden sein, dass die Polizei ihm wegen der Bekanntschaft mit der Kramer schnell auf die Schliche kommen würde. Er war aber nicht mehr klar genug im Kopf, um zu flüchten.«

Stuhr wirke unzufrieden. »Schade, dass man nicht wissen kann, was in diesem Moment in Halbedel vorgegangen ist.«

Hansen bestätigte das. »Richtig, mit letzter Gewissheit können wir es nicht belegen, aber unsere Psychologen haben versucht, Halbedels Situation zu analysieren. Vermutlich sah er bei seinem Vorstrafenregister nur noch einen Ausweg: aus dieser Welt zu scheiden. Als Halbedel bei der Vorstellung im Wasserturm die Pistolen eingesammelt hatte, hätte er bereits kurzen Prozess machen können. Doch ohne großen Abgang verlässt ein Schauspieler nicht die Bühne. Deswegen hat er mit seiner Geiselnahme des Publikums den massiven Einsatz von Polizeikräften um den Turm herum veranlasst. Als sich genug Menschen um den Turm versammelt hatten, ist er hochgestiegen und hat auf dem Dach den Hamlet gegeben, bevor er abgeschmiert ist. Der Schuss des Polizisten Kramer scheint ihn eher irritiert zu haben.«

Stuhr fasste nach. »Und Hans-Harald Ohmsen hatte nun das Problem, dass Pimmel keinen Drogenverteiler mehr hatte, richtig? Wie kam der denn ausgerechnet auf Olli?«

»Nun, nach dem Tod von Halbedel hatten sich die Dinge für Ohmsen zwar zunächst günstiger entwickelt, als zu erwarten war. Wir waren schließlich anfänglich auf Halbedels Theatertruppe fixiert. Ohmsen hatte sich gewundert, dass sich Immel für die Auslieferungen des Stoffs ausgerechnet Olli geschnappt hatte, der ihm im Café Mondragon die Telefonnummer für Immel in die Hand gedrückt hatte. Aber Olli war auch Hamburger, und letztendlich hatte Immel kaum eine andere Wahl. Nach dem nicht ganz unerwarteten, aber doch zur Unzeit kommenden Herzinfarkt von diesem Nöffi im Café Mondragon wollte er zunächst den Wirt aus den Erika-Stuben für seine Zwecke einspannen, den alle Bombenleger nannten. Das ging aber nicht. Um die Konzession für den Betrieb des Tanzcafés nicht zu gefährden, musste Bombenleger dort einspringen, weil er als einziger von Pimmels Freunden nicht einschlägig vorbestraft war. So war Immel notgedrungen auf Olli gekommen. Zuerst war Ohmsen noch misstrauisch. Deswegen hatte er sich bei Pimmel ausbedungen, als Letzter auf der Auslieferungsliste zu stehen, damit er die Zuverlässigkeit des neuen Lieferanten einschätzen konnte. Über die Türkamera seiner Villa in der Bismarckallee hatte Ohmsen dann mitverfolgt, wie Olli bei ihm ergebnislos an der Haustür klingelte.«

Plötzlich flog die Tür zur Rezeption auf und die Hotelangestellte kam triumphierend mit Frau Dr. Rieder hereinmarschiert.

Schnell stand Hansen auf und nahm seinen Hut. Er verabschiedete sich mit leiser Stimme von Olli und Stuhr, denen das Frühstück im Munde stecken geblieben war. »Heute Nachmittag in Kiel noch einen kleinen Absacker? Tschüss.«

Dann grüßte er die beiden Damen und flüchtete vor dem großen Donnerwetter aus dem Frühstücksraum.

FRIESENSCHNEE

Dieses Mal hatte Dr. Trutz ihn in die Seebar gebeten, für 16 Uhr. Aber da Stuhr Termine grundsätzlich nur selbst setzte, hatte er sich bereits mittags in das Seebad begeben, um bei einem Buch im Sonnenlicht zu entspannen und nach den turbulenten Ereignissen in Utersum ein wenig nachzudenken. Entkleiden mochte er sich nicht, dafür war die Luft in den letzten Tagen zu sehr abgekühlt, und auch das Wasser war deutlich kälter geworden.

Nur wenige verwegene Badenixen tummelten sich im Schwimmbereich.

Dennoch war es angenehm, in der Abdeckung der Windschutzwand die Lektüre zu genießen. Das Ende des Buches war ein wenig abstrus und brutal, aber das war wohl gerade modern. Stuhr entschloss sich, ein letztes Mal zum Abschluss der Saison in der Förde zu baden.

Das kurze Bad kostete reichlich Überwindung. Schnell entstieg er wieder dem Wasser und rubbelte sich gegen das Frösteln kräftig ab. Die kühle Luft strich unangenehm um seinen Körper. So zog er sich rasch an und eilte der warmen Dusche in der Umkleidekabine entgegen.

Nach dieser wohltuenden Aktion entschied er sich, die verbleibende Zeit in der windgeschützten Seebar zu verbringen, die dieses Mal angenehm leer war. Ein Barkeeper war weit und breit nicht zu sehen, und so begann er, die dicke Samstagsausgabe der Kieler Rundschau zu studieren.

›Friesenschnee‹ titelte der riesige Aufmacher.

Das wäre auch kein schlechter Buchtitel, dachte Stuhr.

Deutlich kleiner war darunter der erste Hinweis auf Ohmsen zu lesen: ›Kieler Drogenbaron auf der Flucht‹. Stuhr begann, den Leitartikel zu lesen. Das meiste wusste er jedoch bereits von Olli und Hansen. Für Hansen waren die Veröffentlichungen vermutlich nicht schlecht, denn beim Ausheben eines Dealernestes in dem Studentenheim hatte die Bester ganze Fotoserien mit ihm schießen lassen. Irgendwie tat Stuhr der überrumpelte dunkelhäutige Student auf den Fotos fast ein wenig leid bei dem gewaltigen Polizeiaufgebot, wenngleich natürlich mit Drogenhandel nicht zu spaßen war.

Magnussen kam bei der Bester als unfähiger Chef schlecht weg, das würde seiner Karriere sicherlich nicht förderlich sein. Auch das würde Hansen erfreuen.

Etliche Verdächtigungen und Andeutungen folgten in der Rundschau, aber auch ein Bild von den festgenommenen falschen Hualewjonken mit dem Präsi, der ein Siegeszeichen in die Kamera reckte. Auf Seite zwei folgte ein kleineres umrahmtes Bild, das er interessiert studierte. Das war also Hans-Harald Ohmsen, der Oberschurke, seit gestern Abend unauffindbar in der Nordsee verschollen.

War das nicht sein Sitznachbar von letzter Woche, der neben ihm an gleicher Stätte genüsslich Cocktails geschlürft hatte? Unwillkürlich blickte Stuhr auf die Villen oberhalb des bewaldeten Hanges zum Hindenburgufer.

Endlich tauchte der Barkeeper auf, bei dem Stuhr einen Kaffee orderte, um sich von innen zu erwärmen. Für einen Grog war es noch zu früh, auch von der Jahreszeit her.

Stuhr vertiefte sich wieder in die Zeitung. Aber klar, das war Ohmsen. Beteiligungen in Hamburg und auf der ganzen Welt hatte er gehalten. Als Dienstleister war er mit Kokain im Geschäft. Ein schlimmer Finger also.

Das hatte man ihm nicht angemerkt, wenngleich dieser Ohmsen irgendwie aus dem Gleichgewicht geraten wirkte. Zu früh die vielen Cocktails, und dann auch noch diese irritierende Tätowierung auf dem Handrücken. Das passte nicht zu einem gut aussehenden Mann, der auf sein Renommee bedacht war.

Wollte das Blatt den verdächtigen Personen gerecht werden oder schlicht die Leser zur Auflagensteigerung unterhalten? Ihm taten die sinnlos gefällten finnischen Wälder leid, auf denen jetzt Petra Bester wieder einmal Unmengen von Druckerschwärze aus der Rotationspresse verschwendet hatte.

Genervt schmiss Stuhr die Zeitung auf die weiß gepolsterten Sitze.

Im nächsten Moment hob Dr. Trutz die Zeitung behutsam wieder auf. Während er die Blätter sortierte, konnte er sich einen Tadel nicht verkneifen. »Wie unsanft gehen Sie denn mit meinem Klienten um, Herr Stuhr? Herrn Ohmsen werde ich posthum noch zum Heiligen erklären lassen. Ich habe alle erforderlichen Vollmachten von ihm in der Hand, um ihn reinwaschen zu können. Danach werde ich am Hindenburgufer eine Bronzebüste von Hans-Harald Ohmsen errichten lassen, ähnlich der von Graf Luckner. Frau Dr. Rieder ist übrigens ebenfalls mehr als enttäuscht.«

Stuhr hielt dagegen. »Von wem denn?«

Trutz sah ihn erstaunt an. »Na, von Ihnen natürlich.«

Stuhr war erbost. »Arschloch!«

Der Rechtsanwalt entgegnete gelassen: »Angenehm,

Dr. Trutz.« Dann setzte er noch einen drauf. »Arschloch, das hat Frau Dr. Rieder ebenfalls über Sie geäußert. Sie hat ihre großzügige Offerte inzwischen übrigens zurückgezogen.«

Das freute Stuhr. »Schön, dann steht Ihnen wenigstens keine Provision mehr von Frau Dr. Rieder zu.«

Erstaunt musterte ihn Trutz. »Wieso denn das nicht? Ich habe doch als Einziger meinen Job erledigt. Selbstverständlich werde ich meinen Anteil einstreichen. Sie haben doch den Fehler gemacht, nicht zu unterschreiben. Meine Dienstleistung war stets gegeben. Dennoch, ich lade Sie gerne ein. Kleine Gegenleistung, sozusagen.«

Trutz bestellte sich einen doppelten Whisky und zeigte auf den leeren Kaffeebecher. Doch Stuhr winkte ab.

»Lieber ein Bierchen jetzt. Ich zahle übrigens selbst.«

Trutz drängte sich ihm nun auf. »Warum denn selbst zahlen, wenn das andere für Sie mit Freude erledigen?«

Stuhr hielt ihn sich vom Leib. »Weil ich heute Abend gerne noch in meinen Spiegel schauen möchte.« Das stimmte natürlich schon seit mehr als 20 Jahren nicht mehr. In den Spiegel schaute er nur beim Rasieren, oder wenn Jenny mit im Bad war.

Trutz nahm seinen Whisky in Empfang und schaffte es, ihn ohne mit der Wimper zu zucken in den Hals zu kippen. Er bestellte gleich einen nach, bevor er sich wieder Stuhr zuwendete.

»Herr Stuhr, große Freunde werden wir in unserem Leben vermutlich nicht mehr werden. Darum geht es auch nicht. Ich komme daher zur Sache. Frau Dr. Rieder hat sich letztendlich entschlossen, keine Vaterschaftsklage gegen Sie zu erheben. Meine Mandantin will, dass Sie mit der

Qual leben sollen, dass mit großer Wahrscheinlichkeit ein Kind von Ihnen auf der Welt lebt, zu dem Sie sich nicht bekennen. Sie hat beschlossen, es zu Ihrem Problem zu machen, Herr Stuhr.«

Stuhr winkte ab. »So ein Schwachsinn. Dr. Trutz, gibt es denn ein einziges amtliches Zeugnis für die Existenz der Tochter von Frau Dr. Rieder?«

Skeptisch betrachtete ihn jetzt der Advokat. »Sehen Sie? Genau das ist das Problem von Frau Dr. Rieder. Ihnen fehlt das Vertrauen zu ihr. Sie benutzen sie lediglich für Ihre Zwecke, hat sie mir anvertraut. Verstehen kann ich meine Mandantin schon.«

Dieser Genickschlag saß. Sicherlich, Angelika und er, in der Beziehung war immer alles gut. Selbst gestern Abend noch auf Föhr, was er natürlich längst wieder bereute.

Der Barkeeper stellte nun einen zweiten doppelten Whisky auf den Tresen, und Trutz stürzte ihn mit der gleichen Gnadenlosigkeit in sich hinein. »Nicht schlecht, das Zeug. Noch Fragen?«

»Dr. Trutz, haben Sie im Haus jemals ein einziges Spielzeug gesehen? Eine Puppe, eine Kinderzeichnung oder gar ein Foto von dem Mädchen? Da ist doch etwas faul.«

Dr. Trutz bestellte sich noch einen dritten Doppelten, bevor er mit erstaunlich klarer Zunge antwortete. »Das Kind soll dort hinten auf der Privatschule Düsternbrook zur Schule gehen. Wohnen soll sie angeblich bei den Eltern vom verstorbenen Dr. Rieder. Aber ganz unter uns, genau das war mein Problem in der Angelegenheit. Ich hatte nichts Schriftliches in der Hand gegen Sie. Dennoch, hätten Sie gleich unterschrieben, dann hätte ich mir viel Zirkus mit Ihnen ersparen können.«

Trutz unterbrach, denn ihm wurde der nächste Drink serviert. Mit dem Zirkus schien er die Verfolgungsjagd am Hindenburgufer zu meinen. Na ja, so konnte man die Dinge auch sehen.

Prostend fuhr Trutz fort. »Meine Provision bekomme ich so oder so. Kommende Woche werde ich einen Grundstückskauf für Frau Dr. Rieder tätigen. Verhungern werde ich bestimmt nicht.«

Einen Grundstückskauf? Stuhr bohrte nach. »Frau Dr. Rieder wird sich verändern?«

»Das ist doch verständlich. Zu viele Dinge erinnern sie an ihren verstorbenen Gatten auf Föhr. Sie will einen Neuanfang starten. In Norddorf, Sie wissen? Auf Amrum.«

Stuhr war platt. Dr. Trutz näherte sich unangenehm. »Wenn Sie mich fragen würden: Ihre Begleiterin vom Wasserturm, diese Jenny Muschelfang. Das ist eine Zehn von Zehn. Warum haben Sie sich denn nicht besser an diese Frau gehalten? Glauben Sie mir, Herr Stuhr, da würde sich jeder richtige Mann die Finger nach lecken.« Mit diesen Worten schmiss Trutz zum Abschied einen Hunderter auf den Bartresen und trollte sich grußlos von dannen.

Stuhr stimmten diese letzten Worte nachdenklich. Warum war er nur wieder mit dieser berechnenden Angelika ins Bett gestiegen, wenn er Jenny liebte? Er fühlte sich schäbig. Er bemühte sich, nicht daran zu denken, wie es Angelika ergangen sein mochte nach dem umtriebigen Einsatz der Feuerwehr. Vermutlich würde sie beim Aufräumen bis zu den Fersen im Löschwasser stehen.

Seine Aufmerksamkeit wurde glücklicherweise von einem frisch gezapften Bier abgelenkt, bevor er wieder auf den Steg zum Hindenburgufer blickte. Trutz war entschwunden.

Warum konnte jetzt nicht Jenny auf ihn zustürmen und in die Arme nehmen, so wie er es liebte? Er überlegte kurz, ihr eine SMS zu schreiben. Doch sie würde sicher nicht mehr kommen, nach allem, was vorgefallen war.

Als er wieder aufblickte, erkannte er die beiden Gestalten sofort, die sich näherten. Es waren Kommissar Hansen und Olli. Kurz darauf standen sie neben ihm.

»Hast du Dr. Trutz noch gesehen?«, fragte der Kommissar.

Stuhr nickte kurz, bevor er die beiden begrüßte. »Nur gesehen wäre ja nicht so schlimm.«

Die beiden mussten lachen. Hansen stellte sich neben ihn an den Tresen, um den Eingangsbereich gut im Auge behalten zu können. Olli zog einen der verwaisten Barhocker zu sich heran und setzte sich mit Blick auf den Badebereich. Das Treiben dort schien ihn mehr zu interessieren.

Hansen orderte zwei Biere. »Die haben wir uns verdient.«

Das konnte Stuhr bestätigen. »Scheint ja so zu sein, ich habe gerade alles nachgelesen. Die Bester scheint dir ja aus der Hand zu fressen.«

Der Kommissar schien den Moment des Triumphes zu genießen. »Ja, momentan laufen die Dinge ausgesprochen gut. Den Ohmsen haben übrigens Wattläufer heute Mittag tot aufgefunden. Er ist ertrunken. Seine Leiche wird in die Gerichtsmedizin nach Kiel geflogen. Na ja, den Rest kennst du ja aus der Zeitung und von deinem Freund.«

Er verwies lächelnd auf Olli, der das aber nicht richtig mitbekam, weil ihn die flanierenden Schönheiten auf dem Badesteg fesselten.

»Nicht ganz. Habt ihr denn herausbekommen, was diese Tätowierung auf der Hand von Ohmsen bedeutet?«

»Ja, das war das Zeichen für die Hualewjonken. Das J auf dem Bruchstrich steht für Jonken, und die zwei darunter für halb. Es ist Ohmsen übrigens versehentlich auftätowiert worden. Olli ist diesem Ritual nur ganz knapp entronnen, richtig?«

Anstatt davon zu berichten, rutschte Olli vorsichtig vom Barhocker, um sich zur Herrentoilette zu verdrücken.

Hansen zeigte zur Erklärung auf den Steg. »Schau einmal, wer da kommt.«

Es war Petra Bester, die jetzt, eingehakt bei Fingerloos, die Seebar betrat. Sie ließ Stuhr links liegen und grüßte den Kommissar. »Gute Nachrichten, die Herren. Die junge Frau Kramer kann wieder laufen. Unser Verlag unterstützt sie nach Kräften. Sie sehen, Geld ist nicht alles im Leben. Herrn Fingerloos muss ich Ihnen vermutlich nicht vorstellen, oder?«

Hansen schüttelte den Kopf und begrüßte seinen Kollegen mit knapper Geste. Der schüttelte ihm kräftig die Hand. »Grüß dich, Konrad. Glückwunsch für die Auflösung des Falls.«

Stuhr fiel die Kinnlade herunter. Was war denn mit Fingerloos gelaufen, dass sich Hansen mit seinem Vornamen anreden ließ? Das durfte doch nur seine Frau. Doch der Kommissar tat so, als wäre es das Normalste von der Welt.

Die Bester genoss die Nähe von Fingerloos. Sie wartete die folgende kurze Fachsimpelei zwischen Fingerloos und Hansen ab, bevor sie sich in das Gespräch einmischte. »Wo steckt denn eigentlich der kleine Feigling?«

Natürlich ahnte Stuhr sofort, dass die Nachfrage Olli galt. Was blieb Stuhr übrig, als sich hinter seinem Glas zu verschanzen und die Antwort Kommissar Hansen zu überlassen. »Wenn Sie auf Herrn Heldt anspielen, der hat sich bei der Aufklärung als ausgesprochen hilfreich erwiesen. Eben gerade hat er noch hier gesessen.«

Die Bester schien zufrieden zu sein, ihren ehemaligen Liebhaber weggebissen zu haben. Stuhr ahnte, dass auch er noch sein Fett abbekommen würde, und prompt rollte Besters Angriffswelle gegen ihn an.

»Na, verehrter Herr Stuhr? Keine Frau in der Nähe, wieder einmal Beziehungsprobleme?« Das ging sie nichts an, also schwieg Stuhr.

Aber Petra Bester konnte das Sticheln nicht lassen. »Die Aufführung gestern war ja ein Riesenerfolg, nicht nur für Frau Muschelfang. Die Kritik in der Rundschau werden Sie vermutlich gelesen haben.«

Stuhr nickte, wenngleich er nur die ersten beiden Seiten mit Hansens gelöstem Fall studiert hatte. Die Bester hatte die Aufführung sicherlich in ihrem Käseblatt hochgejubelt.

Aber sie ließ nicht locker. »Dabei waren die Rahmenbedingungen für die Schauspieler ausgesprochen schlecht, weil Sie als Inspizient gekniffen haben, mein lieber Herr Stuhr. Zum Glück hat dieser polnische Bühnenarbeiter ausgeholfen und genau wie diese tolle Schauspieltruppe einen super Job erledigt.«

Stuhrs Antwort fiel knapp aus. »Ich hatte vermutlich meine Gründe.«

Jetzt stach sie zu. »Wechseljahre oder Menstruation, Herr Stuhr?«

Dankenswerterweise tat sich jetzt Fingerloos hervor, um die Situation zu entkrampfen. »Bitte keine Sticheleien an diesem schönen Tag, Petra.«

Die Bester tat erstaunt. »Wieso Sticheleien? Alle Tage bekommt man schließlich kein Angebot vom Fernsehen. Jenny Muschelfang wird als Hauptdarstellerin einer Vorabendserie über das bunte Leben einer gemischten Komödiantentruppe brillieren. Zwölf Folgen sind zunächst geplant. Die Lindenstraße für Kunstinteressierte. Mein Zeitungsverlag wird, nebenbei gesagt, der Kommunikationspartner sein. Die Kerstin Kramer wird übrigens exklusiv für uns die Serie verfolgen und kommentieren, dann können Sie jede Woche bei uns die bunten Splitter über Frau Muschelfang mitlesen. Das ist ja auch einfacher, als miteinander zu reden.«

Dieses Biest, fluchte Stuhr innerlich. Wollte sie einen Keil in seinen Freundeskreis treiben?

Hansen versuchte, die Situation nüchtern zu betrachten. »Das ist doch ein guter Tag für alle. Die Aufführung war ein großer Erfolg, die Kieler Rundschau hat ihre Schlagzeilen, und der Fall ist geklärt. Kiel kann wieder ruhig schlafen. Richtig, Pferdi?«

Wieder zuckte Stuhr zusammen. Jetzt sprach der Kommissar auch noch Fingerloos mit seinem Spitznamen an.

Doch bevor Fingerloos das Zepter des Handelns übernehmen konnte, setzte Petra Bester zum Todesstoß an. »Ja, wir müssen nur sehen, dass Frau Muschelfang mit ihrer Gutgläubigkeit nicht wieder über den Tisch gezogen wird wie von Ihnen, Herr Stuhr. Aber ich habe ihr für die Vertragsverhandlungen unseren Hausanwalt vermittelt. Dr. Trutz ist Ihnen ja nicht ganz unbekannt. ›Tief im Schmutz, hilft Dr. Trutz‹. Wäre vielleicht auch etwas für Sie.« Mit einem Lächeln ließ sie den gerade erzeugten Donner genüsslich verrauchen.

Das war der Super-GAU. Dieser Schmierlappen Trutz würde sicherlich genüsslich alle Einzelheiten seiner Affäre mit Angelika ausplaudern. Vielleicht würde er sogar versuchen, die Finger an Jenny zu legen. Stuhr war unfähig vor Wut, der Bester eine passende Antwort entgegenzuschmettern.

Jetzt entkrampfte Fingerloos unerwartet erneut die Situation. »Aus gegebenem Anlass würde ich gerne den Herren ein Bierchen spendieren. Für dich natürlich Champagner, mein Schatz.«

Der verliebte Blick der Frau in Richtung ihres neuen Galans war nicht zu ertragen.

»Für mich bitte das Hartgetränk«, reklamierte Stuhr.

Die Runde musste über diese Einlassung lachen, während Fingerloos bereits die Bestellung aufgab. Schnell wurden die Getränke auf den Bartresen geschoben, doch als Fingerloos sich zum Bezahlen anschickte, warf sich Hansen unerwartet dazwischen.

»Nein, selbstverständlich lade ich alle ein. Lassen Sie uns unseren großen Erfolg gemeinsam gebührlich feiern. Ich werde für alles aufkommen.«

Fingerloos zwinkerte jetzt dem Kommissar zu, was Stuhr überhaupt nicht einschätzen konnte. Es sah so aus, als ob die beiden eine geheime Verabredung getroffen hätten. In diesem Moment bemerkte Stuhr aus den Augenwinkeln, dass sich Olli von der Toilette geschlichen hatte und vorsichtig in Boxershorts ins kalte Fördewasser glitt, um auf diesem ungemütlichen Weg zum rettenden Hindenburgufer zu gelangen. Mein Gott, dachte sich Stuhr, der musste ja unglaublichen Schiss vor der Bester haben.

Runde um Runde ging jetzt über den Tresen, und die Stimmung wurde immer ausgelassener, doch immer wieder richtete sich Stuhrs Blick auf den Steg zum Hindenburgufer. Warum konnte ihm jetzt nicht Jenny entgegenkommen? Sollte er sie nicht doch anrufen?

Irgendwann verabschiedete sich Petra Bester von ihm mit einem angedeuteten Wangenkuss, bevor sie sich bei Fingerloos einhakte. Schwankend verließen sie die Seebar über den Steg, und wenig später wackelte Kommissar Hansen sichtlich angeschlagen hinterher.

Stuhr blickte nachdenklich hinauf zu Ohmsens Villa mit dem Seeblick. Wenn Jenny und er dort gemeinsam leben könnten, dann würde ihn nichts hier herunter ziehen.

Es war ruhig geworden in der Seebar, und das Personal begann dezent aufzuklaren.

Stuhr fühlte sich wie ein einsamer Wolf, der auf der Strecke geblieben war. Sollte er hier ausharren, bis die Segel endgültig gestrichen würden?

Schwerfällig erhob sich Stuhr und verließ nachdenklich die Badeanstalt. Fingerloos und Bester waren gemeinsam gegangen, Hansen hatte sich schwankend auf den Weg zu seiner Frau gemacht, Olli würde sich mit hoher Wahrscheinlichkeit bald wieder im Hamburger Nachtleben herumtreiben, und Trutz war sicherlich längst auf dem Weg zu Jenny Muschelfang.

Stuhr wollte nicht an Ohmsens verlassener Villa vorbeigehen, und so schlug er den Weg zum Dampferanleger Bellevue ein. Immer mehr schälte sich jetzt die prachtvolle alte Villa aus den Bäumen heraus, die die Privatschule Düsternbrook beherbergte. Stuhr überquerte das Hindenburgufer und blieb vor dem Schulhof stehen.

Von den Erzählungen seiner Schülerliebe wusste er, dass die 5. Klasse im obersten Stockwerk unter dem Dach lag. Im Laufe des Schullebens stieg man hier nicht auf, sondern sank etagenweise immer tiefer. Gedankenverloren blickte Stuhr zu den obersten Fenstern der Villa. Dort musste Angelikas Tochter die Woche über die Schulbank drücken.

Hatte Angelika die Wahrheit gesagt? Laura war der Name der Tochter, er fiel ihm wieder ein. Sollte er wirklich ihr leiblicher Vater sein? Was würde das Mädchen dazu sagen?

Gut, mit Angelika könnte er sich vielleicht arrangieren, aber würde Jenny jemals eine Tochter von ihm akzeptieren? Sie wäre davon bestimmt nicht besonders erbaut, aber die Frage stellte sich nun ja auch nicht mehr.

Nachdenklich drehte er sich von der Villa weg und machte sich zurück auf den Weg durch das Düsternbrooker Gehölz. Vermutlich war das auch Ohmsens letzter Gang in Kiel vor seiner Flucht nach Föhr gewesen.

Ertrinken soll nicht so schlimm sein, sagte man. Stuhr haderte dagegen mit seinem Schicksal, alles Elend der Welt am lebendigen Leibe verspüren zu müssen.

Irgendwann hatte er jedoch das Gehölz durchquert und sich über den Sternwartenweg auf die Esmarchstraße begeben, an deren Ende ihn wie ein alter Bekannter der vertraute Kieler Wasserturm begrüßte.

Dort hatte mit Jenny alles begonnen, und danach wurde

sein ganzes Leben auf den Kopf gestellt. Jenny. Sie war der Anfang und das Ende für ihn. Warum konnte sie nicht als Engel über dem Turm aufsteigen und ihn mit warmen Händen empfangen?

Dieses Mal schien Stuhr wirklich alles vermasselt zu haben.

ENDE

Weitere Krimis finden Sie auf den folgenden Seiten und im Internet: www.gmeiner-verlag.de

KURT GEISLER

Bädersterben

332 Seiten, Paperback.
ISBN 978-3-8392-1094-9.

TÖDLICHE HOCHSAISON Eigentlich wollte sich Frühpensionär Helge Stuhr aus Kiel nur eine Woche in St. Peter-Ording an der Nordsee erholen. Doch gleich bei seinem ersten Strandbesuch gerät er in die Ermittlungen in einem rätselhaften Mordfall. Unter einem Pfahlbau wurde eine furchtbar zugerichtete Leiche gefunden. Und das mitten in der Hochsaison! Panik unter den Urlaubsgästen scheint vorprogrammiert, wäre da nicht Stuhr, der Kommissar Hansen als »verdeckter Ermittler« zur Verfügung steht. Eine heiße Spur führt ihn auf die Hochseeinsel Helgoland …

V. JOSWIG / H. V. MELLE

Stahlhart

269 Seiten, Paperback.
ISBN 978-3-8392-1194-6.

ALLES AUS LIEBE Der Bremer Gerichtsreporter Rainer West wird durch seine Scheidung in eine emotionale und finanzielle Krise gestürzt. Alles ändert sich, als er Britta Kern kennenlernt. Die neue Beziehung gibt ihm Kraft und auch beruflich geht es wieder aufwärts. Doch plötzlich wird er verdächtigt, an einer Serie brutaler Banküberfälle beteiligt zu sein und auch Brittas Bruder gerät in das Visier der Ermittler. Rainer West macht sich auf die Suche nach der Wahrheit – und bringt damit nicht nur sich selbst in größte Gefahr …

GMEINER

Wir machen's spannend

BERNWARD SCHNEIDER

Flammenteufel

274 Seiten, Paperback.
ISBN 978-3-8392-1179-3.

SPIEL MIT DEM FEUER Berlin im Oktober 1933. Anwalt Eugen Goltz erhält einen Telefonanruf. Eilig sucht er seine Mandantin, die Tänzerin Alice Resow, in einem Hotel in der Lietzenburger Straße auf. Er findet sie tot vor. Im nächsten Moment stürmt die Gestapo in das Hotel, hat aber zu Goltz' Überraschung nur Interesse daran, Alice' Tod wie einen Selbstmord aussehen zu lassen.
Eugen Goltz beschließt, die Hintergründe des mysteriösen Falls aufzuklären. Eine heiße Spur führt ihn zurück in die Nacht des Reichstagsbrands vom 27. Februar 1933.

UWE KLAUSNER

Kennedy-Syndrom

420 Seiten, Paperback.
ISBN 978-3-8392-1185-4.

DAS MAUERGEHEIMNIS Berlin, im August 1961. In einer S-Bahn Richtung Wannsee wird ein erschossener Mann entdeckt, allem Anschein nach ein Amerikaner. Kurz darauf wird ein weiterer Toter gefunden, diesmal auf einem Schrottplatz in der Nähe des Flughafens Tempelhof. Schnell wird Hauptkommissar Tom Sydow klar, dass es zwischen den beiden Fällen einen Zusammenhang gibt. Doch damit nicht genug: Sydow kommt einem unglaublichen Komplott auf die Spur, dessen Fäden bis ins Hauptquartier der CIA zu reichen scheinen. Offenbar ist es jemanden gelungen, das bestgehütete Geheimnis der DDR zu lüften: die Pläne zum Bau der Berliner Mauer.

GMEINER

Wir machen's spannend

KLAUS ERFMEYER
Irrliebe

274 Seiten, Paperback.
ISBN 978-3-8392-1183-0.

TODESANZEIGE Als Franziska Bellgardt über eine verführerische Kontaktanzeige den Franzosen Pierre Brossard kennenlernt, scheint sie die Liebe ihres Lebens gefunden zu haben. Doch die Leidenschaft für den rätselhaften Pierre endet mit ihrem Tod. Franziskas Schulfreundin Marie Schwarz und ihr Freund, der Dortmunder Rechtsanwalt Stephan Knobel, beginnen die schicksalhafte Beziehung zu ergründen. Bald zeigt sich, dass es um weit mehr geht als Franziskas Liebe zu einem Mann, dem sie sich bedingungslos unterwerfen wollte …

BERND KÖSTERING
Goetheglut

278 Seiten, Paperback.
ISBN 978-3-8392-1181-6.

OPFER DER FLAMMEN Weimar im Sommer 2004. In der Ilm wird ein Toter gefunden. Hendrik Wilmut, Literaturexperte aus Frankfurt am Main, gerät unter Mordverdacht. Seine Freunde ziehen sich zurück, nur sein Cousin Benno lässt ihn nicht im Stich. Mit seiner Hilfe vollzieht Wilmut eine erstaunliche Wandlung: Er wird vom Gejagten zum Jäger, vom Angeklagten zum Ermittler. So kommen sie dem Geheimnis des Kassibers sehr nahe. Doch dann verbrennt der vermutliche Beweis seiner Unschuld in der Herzogin Anna Amalia-Bibliothek. Jetzt gibt es nur noch eine Frau, die ihn retten kann …

GMEINER

Wir machen's spannend

BERND FRANZINGER
Familiengrab

371 Seiten, Paperback.
ISBN 978-3-8392-1173-1.

VOLLTREFFER Bei einer Geburtstagsfeier wird auf die Familie des Pfälzer Parkettfabrikanten Anton Denzer ein heimtückischer Mordanschlag verübt, bei dem mehrere Menschen sterben. Die Tatwaffe ist eine mannshohe Felsenkugel, die in einem Berghang gelöst und auf ihren todbringenden Weg ins Tal geschickt wurde. Die Ermittlungen gestalten sich schwierig, denn Kommissar Wolfram Tannenberg und sein Team treffen auf eine Mauer des Schweigens. Familie Denzer hat in der Vergangenheit ihre Probleme selbst geregelt, doch es folgen weitere Anschläge. Die Lösung des Falls liegt seit Jahrzehnten in den Wäldern des Moosalbtals verborgen …

MATTHIAS P. GIBERT
Zeitbombe

367 Seiten, Paperback.
ISBN 978-3-8392-1202-8.

ALPTRAUM FREIHEIT Zwischen Kassel und Fulda überfährt ein ICE einen Mitarbeiter der Kripo Kassel. Der tragische Vorfall wird als Suizid zu den Akten gelegt. 14 Tage später der nächste Tote: Erneut ein Polizeibeamter, wieder von einem Zug getötet. Kommissar Paul Lenz beginnt an der Selbstmordvariante zu zweifeln. Bei seinen Ermittlungen stößt er auf einen mehr als 20 Jahre zurückliegenden Mordfall. Lenz gräbt trotz massiver Behinderungen aus den eigenen Reihen die alten Akten aus und stellt fest, dass die Sachlage damals nicht so eindeutig war, wie es die Beteiligten heute darstellen …

GMEINER

Wir machen's spannend

Alle Gmeiner-Autoren und ihre Romane auf einen Blick

ANTHOLOGIEN: Tod am Tegernsee • Drei Tagesritte vom Bodensee • Nichts ist so fein gesponnen • Zürich: Ausfahrt Mord • Mörderischer Erfindergeist • Secret Service 2011 • Tod am Starnberger See • Mords-Sachsen 4 • Sterbenslust • Tödliche Wasser • Gefährliche Nachbarn • Mords-Sachsen 3 • Tatort Ammersee • Campusmord • Mords-Sachsen 2 • Tod am Bodensee • Mords-Sachsen 1 • Grenzfälle • Spekulatius **ABE, REBECCA**: Im Labyrinth der Fugger **ARTMEIER, HILDEGUNDE**: Feuerross • Drachenfrau **BAUER, HERMANN**: Philosophenpunsch • Verschwörungsmelange • Karambolage • Fernwehträume **BAUM, BEATE**: Weltverloren • Ruchlos • Häuserkampf **BAUMANN, MANFRED**: Wasserspiele • Jedermanntod **BECK, SINJE**: Totenklang • Duftspur • Einzelkämpfer **BECKER, OLIVER**: Das Geheimnis der Krähentochter **BECKMANN, HERBERT**: Die Nacht von Berlin • Mark Twain unter den Linden • Die indiskreten Briefe des Giacomo Casanova **BEINSSEN, JAN**: Todesfrauen • Goldfrauen • Feuerfrauen **BLANKENBURG, ELKE MASCHA** Tastenfieber und Liebeslust **BLATTER, ULRIKE**: Vogelfrau **BODE-HOFFMANN, GRIT / HOFFMANN, MATTHIAS**: Infantizid **BODENMANN, MONA**: Mondmilchgubel **BÖCKER, BÄRBEL**: Mit 50 hat man noch Träume • Henkersmahl **BOENKE, MICHAEL**: Riedripp • Gott'sacker **BOMM, MANFRED**: Blutsauger • Kurzschluss • Glasklar • Notbremse • Schattennetz • Beweislast • Schusslinie • Mordloch • Trugschluss • Irrflug • Himmelsfelsen **BONN, SUSANNE**: Die Schule der Spielleute • Der Jahrmarkt zu Jakobi **BOSETZKY, HORST (-KY)**: Promijagd • Unterm Kirschbaum **BRÖMME, BETTINA**: Weißwurst für Elfen **BUEHRIG, DIETER**: Der Klang der Erde • Schattengold **BÜRKL, ANNI**: Ausgetanzt • Schwarztee **BUTTLER, MONIKA**: Dunkelzeit • Abendfrieden • Herzraub **CLAUSEN, ANKE**: Dinnerparty • Ostseegrab **CRÖNERT, CLAUDIUS**: Das Kreuz der Hugenotten **DANZ, ELLA**: Ballaststoff • Schatz, schmeckt's dir nicht? • Rosenwahn • Kochwut • Nebelschleier • Steilufer • Osterfeuer **DETERING, MONIKA**: Puppenmann • Herzfrauen **DIECHLER, GABRIELE**: Glutnester • Glaub mir, es muss Liebe sein • Engpass **DÜNSCHEDE, SANDRA**: Todeswatt • Friesenrache • Solomord • Nordmord • Deichgrab **EMME, PIERRE**: Zwanzig/11 • Diamantenschmaus • Pizza Letale • Pasta Mortale • Schneenockerleklat • Florentinerpakt • Ballsaison • Tortenkomplott • Killerspiele • Würstelmassaker • Heurigenpassion • Schnitzelfarce • Pastetenlust **ENDERLE, MANFRED**: Nachtwanderer **ERFMEYER, KLAUS**: Irrliebe • Endstadium • Tribunal • Geldmarie • Todeserklärung • Karrieresprung **ERWIN, BIRGIT / BUCHHORN, ULRICH**: Die Reliquie von Buchhorn • Die Gauklerin von Buchhorn • Die Herren von Buchhorn **FINK, SABINE**: Kainszeichen **FOHL, DAGMAR**: Der Duft von Bittermandel • Die Insel der Witwen • Das Mädchen und sein Henker **FRANZINGER, BERND**: Familiengrab • Zehnkampf • Leidenstour • Kindspech • Jammerhalde • Bombenstimmung • Wolfsfalle • Dinotod • Ohnmacht • Goldrausch • Pilzsaison **GARDEIN, UWE**: Das Mysterium des Himmels • Die Stunde des Königs